LES DERNIÈRES PAGES

Du même auteur
chez Sonatine Éditions

Par un matin d'automne, traduit de l'anglais par Marie-Jo Demoulin-Astre, 2010.

Heather Mallender a disparu, traduit de l'anglais par Catherine Orsot Cochard, 2012.

Le Secret d'Edwin Strafford, traduit de l'anglais par Catherine Orsot Cochard, 2013.

Le Retour, traduit de l'anglais par Élodie Leplat, 2014.

Sans même un adieu, traduit de l'anglais par Claude et Jean Demanuelli, 2016.

Les Mystères d'Avebury, traduit de l'anglais par Maxime Berrée, 2017.

La Croisière Charnwood, traduit de l'anglais par Marc Barbé, 2018.

L'Héritage Davenall, traduit de l'anglais par Élodie Leplat, 2019.

Le Monde des Abberley, traduit de l'anglais par Claude et Jean Demanuelli, 2020.

L'Énigme des Foster, traduit de l'anglais par Claude et Jean Demanuelli, 2021.

L'Inconnue de Vienne, traduit de l'anglais par Laurent Boscq, 2022.

Robert Goddard

LES DERNIÈRES PAGES

Traduit de l'anglais
par Claude et Jean Demanuelli

SONATINE ÉDITIONS

Directeur de collection : Arnaud Hofmarcher
Coordination éditoriale : Marie Misandeau
et Élisabeth Richard

Titre original : *This Is The Night They Come For You*
Éditeur original : Bantam Press

Sonatine Éditions
92, avenue de France
75013 Paris
lisezsonatine.com

Ouvrage réalisé par Cursives à Paris

ISBN 978-2-38399-084-0
N° d'édition : 1084 – Dépôt légal : octobre 2023

Le pouvoir est par nature criminel.

Marquis de Sade

1

Un milieu d'après-midi chaud et moite à l'hôtel de police d'Alger. Le commissaire Mouloud Taleb, dont aucune affaire pressante ne requiert l'attention, se contente d'attendre que la pendule atteigne une heure décente pour pouvoir prendre congé. À ce stade avancé de sa carrière, se préoccuper avec un peu trop de zèle de ses devoirs ne lui rapporterait rien d'autre que les soupçons de ses collègues ; il s'efforce donc en règle générale de se conduire avec plus de détachement encore qu'il n'en ressent. Même ainsi, 15 h 45, toutes proportions gardées, c'est trop juste pour partir. Il va donc devoir transpirer encore un peu – au sens littéral du terme, dans la mesure où, son bureau n'ouvrant sur rien en dehors du mur en béton peu réjouissant du bâtiment voisin, il ne bénéficie pas de la brise rafraîchissante de la mer.

Depuis que le coronavirus a frappé le pays en mars, le personnel se fait encore plus rare, et le taux de criminalité a chuté de manière significative, n'offrant plus guère matière à enquêtes à ceux des policiers qui continuent d'être présents. La contestation Hirak[1] a resurgi de façon sporadique, mais elle se trouve hors de la juridiction de Taleb. Bien qu'il n'ait pas pu s'offrir le luxe de le dire haut et fort à l'époque, il approuvait de tout cœur les revendications des organisateurs en faveur d'une réforme globale du système et s'est réjoui silencieusement quand le

1. Mouvement de contestation qui débuta dans la plupart des grandes villes algériennes en février 2019, réclamant le départ de Bouteflika et la libéralisation générale du pays. *(Toutes les notes sont des traducteurs.)*

président Bouteflika, cédant aux pressions, a fini par se retirer. Malheureusement, nombre des apparatchiks de Bouteflika sont encore en place, et Taleb s'étonne lui-même de n'avoir toujours pas décidé que l'heure avait sonné pour lui de prendre sa retraite. On ne peut pas dire que ce soit leur faute s'il n'a pas grand-chose à espérer de ce congé, même si, d'une certaine manière, cela reste à voir. Comme beaucoup de ses concitoyens, Taleb est autant une victime de l'histoire qu'il en est un survivant.

On pourrait presque dire la même chose de sa relation avec les cigarettes Nassim – il en allume une, histoire de soulager quelque peu son ennui. Il se lève et s'approche, désœuvré, de la fenêtre, d'où il contemple la rue pour découvrir que le monde n'est guère plus animé à l'extérieur qu'à l'intérieur.

Un coup d'œil à son reflet dans la vitre couverte de poussière lui permet d'apercevoir un homme mince, aux sourcils lourds et aux cheveux gris et bouclés qui se raréfient, vêtu d'un complet marron froissé et d'une chemise d'un jaune passé, ouverte au col. Il devrait mettre sa cravate, au cas où un visiteur se présenterait. Mais personne ne viendra jamais le voir. Les anciens amis du service sont tous morts ou à la retraite depuis longtemps. Il fait figure d'homme oublié.

Pas de tous, semblerait-il, puisque c'est le moment que choisit son téléphone pour sonner.

Avec un empressement dont il a presque honte, Taleb bondit vers son bureau et s'empare de l'appareil.

« Taleb ? »

La voix est – sans erreur possible, mais non sans surprise – celle de son patron, le directeur Bouras. Qui devrait à cette heure être dans les bras de la maîtresse à propos de laquelle on chuchote, à raison, qu'il lui loue un appartement dans le quartier des Oliviers. Il se peut fort bien, nonobstant, qu'il y soit malgré tout. Une fraction de seconde, Taleb s'amuse à l'idée qu'il va peut-être entendre un ronronnement affectueux en arrière-fond.

« Oui, chef ?

– Tu es occupé ?

– Pas si tu as besoin de moi.

– Contre toute attente, Taleb, il se pourrait que ce soit le cas.

– Tu es dans ton bureau ?

– Où pourrais-je bien être, à ton avis ?

– C'est plutôt que… comme tu as appelé toi-même…

– La secrétaire est absente aujourd'hui.

– Bien sûr. Eh bien…

– Je t'attends dans mon bureau aussi vite que te le permettra ton emphysème, d'accord ?

– Oui, chef. J'arrive. »

Taleb s'attarde juste le temps de tirer une dernière bouffée de sa cigarette avant de l'écraser. D'un coup sec, il ouvre le tiroir de son bureau, où il récupère la cravate qu'il y a laissée. Il ne l'avait pas dénouée avant de l'enlever un peu plus tôt dans la journée, s'était contenté de relâcher le nœud, lequel se mêle à présent d'accrocher la détente de son arme de service au moment de quitter le tiroir, envoyant celle-ci s'écraser au sol, où, au grand soulagement de Taleb, malgré tout légèrement surpris, le coup ne part pas. Avec un hochement de tête contrit devant pareille maladresse, il récupère soigneusement le pistolet, le replace dans le tiroir qu'il verrouille avec soin.

Quelques instants plus tard, cravate bien en place, il grimpe jusqu'au dernier étage de l'hôtel de police, où se trouve l'antre du grand patron. Il se demande si la plaisanterie à propos de l'emphysème constitue le prélude à une invitation à la retraite qu'il lui serait difficile de décliner. Autant qu'il sache, il n'a pas d'emphysème, juste une petite toux le matin et un essoufflement passager quand il se mesure à un escalier trop raide. Il n'a aucunement l'intention de demander au médecin son opinion sur le sujet. Ce serait donc ça ? Un examen médical obligatoire ? Non. C'est la DRH qui décide de ce genre de choses. Le directeur n'a aucun rôle à jouer en la matière en dehors de quelques mots d'une totale banalité, lors d'une brève cérémonie d'adieux, sur la carrière exemplaire d'un bon serviteur de l'État. Une convocation de ce genre, voilà qui suggère un tout autre type de problème. Dans la mesure où Taleb n'est impliqué pour l'heure dans aucune affaire en cours de quelque importance, il se demande sincèrement quelle peut bien être la nature dudit problème.

Sa perplexité est bientôt noyée dans le cocon climatisé du vaste bureau du directeur avec sa vue imprenable sur la ville et le ciel. Les contours peu ragoûtants d'Alger – immeubles délabrés, paraboles rouillées poussant comme des champignons au-dessus des toits, rues bloquées par les embouteillages, nuage de pollution – ne sont pas visibles de sa fenêtre, qui donne sur une enfilade de docks aux grues impressionnantes et de longs pétroliers glissant sur les eaux bleues et calmes de la Méditerranée. Sa position a offert à Farid Bouras le privilège d'un panorama aseptisé sur *Alger la blanche**[1].

C'est un assez bel homme au teint lisse, menacé cependant par l'embonpoint et la calvitie. S'il a obtenu le poste qu'il occupe actuellement, c'est à force de déjeuners prolongés, qui commencent à laisser sur lui leur empreinte, en compagnie de personnages influents de la hiérarchie. Le fait que nombre de scrupules aient dû être mis de côté pour lui ouvrir la voie vers les sommets empoisonne quelque peu la relation entre les deux hommes, à la manière d'un reproche non formulé. Si Taleb était aussi corrompu que Bouras, leurs rapports s'en verraient grandement facilités, d'autant que, paradoxalement, ils s'apprécient mutuellement.

« Installe-toi, Taleb », dit Bouras avec un ample geste de la main.

S'asseoir dans le bureau de Bouras revient à prendre place sur une luxueuse banquette en cuir prétendument importée d'Italie,

1. Les mots ou expressions en italique suivis d'un astérisque sont en français dans le texte original.

mais notoirement inconfortable. Le sentiment général est que le directeur prend un malin plaisir à observer ses subordonnés se contorsionner pour tenter de se tenir droit sur le capitonnage glissant. Taleb adopte une posture ouvertement avachie, calé sur deux coussins dont il sait d'expérience qu'ils constituent un perchoir fiable.

De là, il voit très bien le rectangle blanc sur le mur derrière le bureau ; c'est l'emplacement où pendant vingt ans a trôné la photo encadrée du président Bouteflika. À la suite de la démission forcée de celui-ci l'an dernier, elle n'a pas été remplacée, en dépit de l'élection de son successeur. Un choix qui fait montre d'un certain manque de confiance à l'égard du nouveau régime, que partage amplement Taleb.

« Tu avais quel âge au moment de l'indépendance, Taleb ? demande Bouras, comme s'il était sincèrement intéressé par la réponse.

– Sept ans.

– Tu te souviens de cette journée ?

– Je revois mon père en train de sourire. Ce qui lui arrivait rarement.

– Et... après l'indépendance, est-ce que ça lui arrivait plus souvent ?

– Non, encore moins.

– Eh bien, voilà qui en dit long. L'histoire de la République résumée dans l'historique des sourires de ton père. » Bouras s'attarde un instant sur cette pensée avant d'ajouter : « Tu y crois, toi, à l'existence du *hizb fransa* ?

– Non, chef, pas du tout. » À l'instar de beaucoup de ses concitoyens, Taleb n'accorde aucune foi à la théorie du complot selon laquelle les Français auraient laissé derrière eux, après leur départ en 1962, une cinquième colonne – *hizb fransa*, le « parti de la France » – chargée de saper les fondements de la nouvelle République de toutes les manières possibles. Il est convaincu que si de Gaulle avait eu un tel objectif, le vieux renard aurait certainement trouvé un moyen d'empêcher définitivement l'accession du pays à l'indépendance.

« Mais s'il existait bel et bien, réfléchit tout haut Bouras, il expliquerait les dégâts causés à l'État par des gens comme Nadir Laloul et Wassim Zarbi, je me trompe ?

– C'est pour ça que tu as demandé à me voir, pour discuter de Laloul et de Zarbi ? Si c'est le cas, soyons clairs. C'est la cupidité qui a toujours motivé les gens de leur acabit, et non le dévouement à une cause.

– Mais n'ont-ils pas été des fanatiques avant d'être des criminels ?

– Peut-être bien. Mais il ne leur a pas fallu longtemps pour franchir le pas.

– Zarbi en a payé le prix avec ses vingt ans de prison.

– Lui, oui. Mais pas Laloul.

– Ce qui, d'après ce que je vois, te chiffonne toujours.

– Rien ne me ferait plus plaisir que de le traduire en justice avant de prendre ma retraite.

– En ce cas..., lui dit Bouras avec un grand sourire, j'ai une bonne nouvelle pour toi, Taleb. Il se pourrait bien que tes vœux soient exaucés. »

Ce dernier sent un grand frisson d'orgueil professionnel le parcourir. L'émotion est troublante, mais également rassurante, comme ce serait sans doute le cas si sa libido devait brusquement se réveiller dans l'éventualité – fort improbable – où quelque créature de rêve tenterait de le séduire. Laloul, qui avait détourné des sommes astronomiques de la compagnie pétrolière nationale, la Sonatrach, avait laissé son vieil acolyte Zarbi payer seul les pots cassés quand il s'était enfui du pays, peu de temps après la prise de pouvoir de Bouteflika en 1999, avec ses milliards volés déjà placés sur des comptes offshore. Taleb faisait partie de l'équipe qui s'était occupée de l'affaire. En dehors de Zarbi, qui leur avait été servi sur un plateau, leur enquête s'était embourbée et heurtée à un mur de silence, ce qui était parfaitement prévisible

– et avait d'ailleurs été prévu par la majorité des hommes chargés de l'enquête. C'était comme ça. C'était l'Algérie.

« On a une piste pour Laloul, patron ? demande Taleb plein d'espoir.

– Pas vraiment, non. On n'a pas trouvé Laloul. Et en plus, on a perdu Zarbi.

– Comment ça, perdu ?

– Il a été libéré à la fin de l'année dernière, mais assigné à résidence, avec interdiction donc de s'absenter ne serait-ce qu'une nuit de sa villa sans permission officielle. Or, un peu plus tôt ce mois-ci... il a été porté disparu.

– Première nouvelle.

– Une nouvelle que le Département du renseignement et de la sécurité[1] s'est gardé d'ébruiter. »

Ah, le DRS, l'agence secrète de renseignements du pays, considéré par tous – Taleb compris – avec un mélange de crainte et de méfiance, parce que capable de tout sans avoir de comptes à rendre à personne. Taleb n'est pas surpris par ce silence. Zarbi a travaillé pour le Département – et son incarnation antérieure, la Sécurité militaire – pendant plus de trente ans. Le fait qu'il ait été complice de Laloul dans son escroquerie constituait un sérieux embarras pour l'agence, et Toufik, son impitoyable directeur, n'avait pas hésité à le jeter aux loups. Vingt ans plus tard, l'épisode est toujours présent dans les mémoires, et une grave défaillance du système de surveillance n'est pas chose facilement avouable pour la direction actuelle du Département.

Mais Bouras a négligé une subtilité qui risque dans certains cercles de le mettre dans l'embarras ; Taleb décide donc de le lui faire remarquer, non sans y mettre les formes.

« Nous devrions plutôt parler du DSS, non ? »

Peu de temps après le départ forcé de Toufik, l'agence de renseignements s'est offert un relooking en changeant subtilement

1. Devenu en 2016 le Département des services de sécurité, ou DSS.

d'initiales et en procédant à une réorganisation censée la rendre plus présentable... pour qui, pour quoi ? La chose n'est pas entièrement claire.

« Oui, bien sûr, dit Bouras, que sa bévue semble contrarier. Comment ai-je bien pu oublier ? Le DSS, le Département des services de sécurité.

– Les renseignements savent où il est ?

– Non. Du moins, c'est ce qu'ils prétendent. Mais hors du pays, c'est une certitude. Une vedette dont on pense qu'elle a été louée pour le compte de Zarbi n'est plus à son mouillage à Sidi-Fredj.

– Il a son passeport ?

– Le vrai, non. Mais avec ses antécédents, je pense qu'il n'a pas dû avoir beaucoup de mal à s'en procurer un autre.

– Le DSS aurait dû le surveiller d'autant plus près, grommèle Taleb.

– Je n'aurais pas gagné grand-chose à le leur faire remarquer. Ce que j'ai gagné en revanche, c'est un accord pour que notre département collabore aux recherches. Vu son incompétence, le DSS était mal placé pour discuter. Notre nouveau président n'est pas aussi entiché de l'agence que l'était son prédécesseur, d'où cette occasion en or. Chercher Zarbi peut nous conduire à Laloul, Taleb. Si mon supposé meilleur ami m'avait abandonné en taule pendant vingt ans – tout en menant de son côté une vie d'opulence –, je pense que je serais tenté... d'aller lui rendre une petite visite.

– Ça tombe sous le sens, opine Taleb.

– Eh oui. Et peut-être que tu peux faire mieux que le DSS, en suivant les quelques indices en notre possession. Tu es le seul policier encore en activité à avoir été impliqué dans l'enquête de l'époque, par suite, tu es l'homme de la situation. Sans compter que tu es également un enquêteur hors pair. Personne n'en a jamais douté. » Le ton de Bouras suggère qu'il s'agit là d'une qualité à mettre au regard de certaines faiblesses dont, fort heureusement, il s'abstient de dresser la liste. « J'ai fait en sorte que tu rencontres à 8 heures demain matin un agent du DSS, à la villa de Zarbi à Hydra. Vous allez être amenés à travailler ensemble. Elle s'appelle Souad Hidouchi.

– Elle ?

– Eh oui, Taleb. C'est une femme. Tu te souviens que ça existe, les femmes ? » L'expression de Bouras se fige soudain. Il lève les mains dans un geste d'excuse et en passe une sur son front. « Désolé. Excuse-moi. Je ne voulais pas me montrer irrespectueux, ni envers toi, ni envers ta femme – paix à son âme.

– Pas de problème, chef, dit Taleb, qui se compose un sourire de circonstance. C'est loin, tout ça.

– N'empêche..., soupire Bouras.

– J'ignorais que le DSS s'était mis à recruter des agentes.

– Oh, si. On innove dans tous les secteurs, l'heure est à la révision des vieilles pratiques. Il faut s'adapter, sinon on est vite mis hors circuit. Apprendre à travailler en collaboration avec un autre service te fera du bien, Taleb.

– Leurs objectifs seront les mêmes que les nôtres, patron ?

– À toi de le découvrir. C'est *notre* objectif, autrement dit l'arrestation de Laloul, que je veux te voir atteindre, peu importe les priorités du DSS.

– Compris.

– Tu me fais ton rapport à moi, et à moi seul. Il s'agit d'une affaire hautement sensible. » Bouras baisse la voix et se penche au-dessus de son bureau. « *Le pouvoir** n'a pas cessé d'exister simplement parce que la jeune génération voudrait qu'il en soit ainsi. »

Ah, le pouvoir. Contrairement au *hizb fransa*, il y a de bonnes raisons de croire, comme le font la plupart des Algériens, qu'un pouvoir au-dessus de la Constitution de la République – une autorité, en somme, quasi désincarnée, même si les humains en sont les complices dociles et avérés – a toujours eu et aura toujours le dernier mot dans les débats politiques qui divisent la nation. Une autorité connue de tous sous cette appellation aussi simple que parlante : *le pouvoir**. Une machine aussi infatigable qu'impitoyable, toujours prête à écraser tout groupe, tout citoyen qui oserait rêver d'une Algérie libre et débarrassée de la corruption ; l'ultime arbitre de leurs destinées à tous, qui ne saurait être contesté et, de toute façon, ne peut être vaincu.

Taleb acquiesce d'un mouvement de tête.

« Le commissaire Meslem disait toujours que les difficultés que l'on rencontrait dans cette affaire étaient dues aux agissements de gens placés au-dessus de Laloul et de Zarbi dans la hiérarchie et qui cherchaient à se protéger. »

Meslem avait été le responsable en chef de l'enquête. Parti en retraite et décédé depuis longtemps. Mais Taleb sait que Bouras, tout autant que lui-même, se souviendra de lui comme d'un homme au courant des machinations du *pouvoir**.

« Fais de ton mieux, Taleb, dit son chef sur un ton où perce néanmoins l'urgence. Ne prends pas de risques inutiles. Et ne fais rien que je ne puisse approuver. C'est clair ?

– On ne peut plus clair. »

Bouras sort un téléphone portable d'un des tiroirs du bureau et le fait glisser vers Taleb.

« Tiens-moi au courant des progrès de l'enquête au moyen des canaux habituels. Mais utilise ce portable pour les appels d'urgence ; il y a un numéro où je peux être contacté. J'insiste, uniquement en cas d'extrême urgence. Et ce serait mieux pour chacun de nous si tu devais ne jamais y recourir.

– Alors, j'espère que je n'y serai jamais contraint.

– Pas autant que moi, Taleb, je t'assure. »

S'ensuit un bref silence, rompu par le léger couinement émis par la banquette au moment où Taleb se lève pour récupérer le téléphone.

« Tu voudras sans doute consulter les dossiers relatifs à l'affaire.

– Dans la mesure où il y en a, oui. »

Taleb se souvient que le ministère de l'Intérieur a réquisitionné lesdits dossiers, mais Meslem, il s'en souvient aussi, s'est débrouillé pour en garder une partie.

Bouras agite la main pour congédier son visiteur, mais il y a dans son geste comme une bénédiction.

« Bien, je ne te retiens pas plus longtemps. »

En redescendant, Taleb s'arrête sur un palier à mi-étage pour allumer une cigarette et regarder à travers la vitre poussiéreuse la ville dont il aperçoit certains quartiers crasseux et plus ou moins dégradés. Il connaît ces escaliers aux marches branlantes, ces rues sinueuses, ces ruelles malodorantes qui lui étaient familiers il y a longtemps et lui ont laissé un goût amer. Ce décor dessine la carte de sa carrière et celle de son existence. Il connaît aussi ceux qui y vivent, et peut-être mieux qu'ils ne se connaissent eux-mêmes : des gens souvent à court de ressources, à l'humour corrosif, tous prisonniers d'une lutte pour améliorer leur sort ou, parfois, simplement survivre. Telle est la ville où il est né, et tels sont ses habitants.

C'est, contrairement à ses habitudes, le cœur léger que Taleb reste là un moment. Il aurait dû trouver une excuse pour refuser la mission dont le charge le directeur. Rien de bien ne sortira en recherchant la vérité sur la manière dont Laloul a réussi à détourner autant d'argent pendant si longtemps sans se faire prendre. Trop de gens avaient, et ont encore, beaucoup trop à perdre pour que pareille quête puisse un jour aboutir. Et pourtant… et pourtant. Il est de fait bien plus enthousiaste à l'idée de relever le défi qu'il ne l'aurait imaginé. Que cherche-t-il ? La gloire ? La rédemption ? Une montée d'adrénaline ? La vérité – la vraie – envers et contre tout ? Il ne saurait dire. Mais quelque chose, en tout cas, de plus que ce que lui a fourni l'existence qu'il mène depuis des décennies. Oui, c'est cela même qu'il cherche. Un but. Un sens. Une dernière tentative pour…

« Toujours des nôtres, Taleb ? » lance une voix derrière lui.

C'est Megherbi, des mœurs, obséquieux à souhait face à ses supérieurs, méprisant à l'égard de ceux qu'il considère comme inférieurs.

« Il semblerait que je peux encore être utile, répond Taleb, tandis que l'autre dévale la volée de marches suivante.

– Difficile à croire.

– Mais néanmoins vrai », marmonne Taleb dans sa barbe.

Et tout en regardant Megherbi s'éloigner, il tire longuement sur sa cigarette… et sourit.

2

Le soleil voilé de cette fin juillet répand une douce lumière sur les champs et les vallonnements du Hampshire. Du toit de Litster's Cot, où Stephen Gray progresse lentement dans son travail de remplacement des tuiles, la vue est paisible, dégagée ; les taches vert foncé des collines boisées au sommet s'éparpillent parmi le vert plus tendre des prairies pentues. Le chemin qui passe en dessous de lui est calme, l'air immobile. Les seuls bruits qui lui parviennent quand il n'est pas en train d'enfoncer un clou sont les roucoulements paresseux des colombes et les aboiements sporadiques d'un chien à quelque huit cents mètres de là.

Gray est un homme trapu aux larges épaules, dans les soixante-cinq ans, cheveux et barbe aussi gris que son nom. Il a gagné en muscles et perdu en graisse au cours des mois pendant lesquels il a remis en état le cottage de son père – ces longs mois vides, de paralysie nationale, qui ne l'ont guère changé de la vie solitaire qu'il a menée ces dernières années. Son père est mort il y a moins de douze mois, mais de toute façon, il avait passé l'essentiel des dix dernières années dans une maison de retraite à Basingstoke, laissant Litster's Cot se détériorer doucement tout en refusant que son fils ou quiconque s'avise de faire autre chose que relever un poteau, tailler quelques arbustes et tondre les deux minuscules pelouses.

Gray s'arrête un moment pour s'éponger le front. Il s'appuie contre le boisseau de la cheminée et regarde autour de lui, appréciant le pittoresque des alentours. Sa trop grande connaissance des lieux a fini par générer chez lui une certaine indifférence. Il sait que le décor est beau, mais c'est aussi tout simplement le paysage dont il fait partie – un paysage parmi d'autres.

Il est seul. Il ne voit personne où que se porte son regard. Des signes de présence humaine, oui, certes. Des fermes, des clochers, des barrières, plus rarement la trace d'un avion à réaction dans le ciel. Des signes de présence humaine, sans doute, mais qui n'ont rien de physique. Il n'y a que lui ici, enfermé dans la bulle de chaleur de cet après-midi, avec sous la paume de la main la tiédeur des briques de la cheminée cuites par le soleil.

C'est alors qu'il entend un bruit familier, qui a pourtant cessé de l'être récemment dans ce coin de campagne. Un bruit de moteur.

Il écoute, se demandant combien de temps il faudra à la voiture pour apparaître au détour du chemin bordé de haies. Puis, bien plus tôt qu'il ne l'aurait cru, elle entre dans son champ de vision. Et, bizarrement, il sait qu'elle ne poursuivra pas sa route.

La voiture est une Renault, avec une plaque d'immatriculation française. Elle s'arrête le long du mur du jardin de devant. Conduite à gauche, bien sûr, ce qui permet à la femme derrière le volant de lever directement les yeux vers lui tandis qu'elle baisse sa vitre. Gray aperçoit un visage mince encadré de longs cheveux noirs, les yeux cachés derrière des lunettes de soleil.

« Je suis bien à Litster's Cot ? » lance-t-elle.

L'accent est indubitablement français, mais la prononciation reste parfaite, remarque-t-il.

Pour toute réponse, il se contente de hocher la tête. Déjà plein d'appréhension. Qui est cette femme ? Que lui veut-elle ?

« Vous êtes Stephen Gray ? » demande-t-elle en fronçant les sourcils dans sa direction.

Il hoche à nouveau la tête, réticent, soupçonneux.

« Oui ? insiste-t-elle.

– Oui, concède-t-il, se sentant obligé d'acquiescer.

– *Très bien**. »

Elle coupe le moteur. Le silence de l'après-midi revient aussitôt.

Elle ouvre la portière et descend. Elle est assez grande, mince et, d'une certaine façon, typiquement française. Habillée sans recherche, mais avec classe, d'un haut et d'un pantalon en lin clair. La quarantaine peut-être, de longs doigts effilés autour desquels elle enroule le cordon de la clé de contact. Son geste suggère une certaine nervosité. Tout comme le léger essoufflement que Gray perçoit dans sa voix.

« J'ai eu beaucoup de mal... à vous trouver, dit-elle.

– Pourquoi vouliez-vous le faire ?

– Vous ne... m'attendiez pas ?

– Non, pourquoi ? J'aurais dû ? Je ne sais même pas qui vous êtes.

– Oh. Je pensais que... votre sœur vous aurait téléphoné.

– Ma sœur ?

– C'est elle qui m'a donné votre adresse, en me disant qu'elle vous appellerait... pour vous prévenir de ma visite. »

Il regrette alors de ne pas avoir branché son téléphone aujourd'hui. Mais c'est devenu une habitude chez lui. Et puis, il ne voulait pas être dérangé durant son labeur. D'ailleurs, en règle générale, il ne reçoit pas beaucoup d'appels. Il regrette maintenant de ne pas avoir parlé à Wendy. Cela lui aurait permis d'avoir une idée de... ce dont il retourne. Le fait que sa visiteuse soit française le trouble déjà en soi considérablement.

« Qui êtes-vous ? demande-t-il à brûle-pourpoint.

– Suzette Fontaine. Mais vous me connaissez sans doute sous le nom de Suzette Dalby. »

Suzette Dalby. Mon Dieu, elle devait avoir une dizaine d'années quand Gray avait rendu visite aux Dalby pour la troisième et dernière fois chez eux à Alger. Une petite fille tranquille, toujours curieuse, aux grands yeux marron qui semblaient tout voir... et qui suivaient chacun de ses gestes. Gray sait que ces yeux se poseront à nouveau sur lui si elle ôte ses lunettes de soleil. Il est convaincu que son regard sera exactement le même… tout aussi insistant.

« Pouvons-nous parler, monsieur Gray ? Je viens de loin.

– N'est-ce pas le cas pour nous tous ? » Il ne sait pas trop pourquoi il fait cette remarque. Mais il est indubitable que Mme Fontaine, la femme qu'il a connue petite fille à Alger il y a plus de trente ans de cela, vient effectivement de loin. Et qu'elle soit venue le débusquer jusqu'ici, alors que le trafic international est terriblement chargé et rend le moindre voyage plus que compliqué, laisse supposer une urgence. « Je vous rejoins », dit-il d'un ton décidé.

Il se déplace avec précaution sur la pente du toit, met le pied sur le premier barreau de son échelle et commence à descendre – plus lentement, à strictement parler, que nécessaire. Il cherche à gagner du temps, essaie de deviner le motif de cette visite. L'événement est tout à fait imprévu et ne lui dit rien qui vaille.

Il atteint le bas de l'échelle, contourne la maison et emprunte l'allée au béton fissuré qui longe la pelouse et conduit au portail d'entrée rouillé avec son motif de soleil aux rayons ondulés. Sa visiteuse ne l'a pas ouvert ; elle attend poliment à l'extérieur.

« Entrez », propose-t-il.

Les gonds grincent quand il ouvre le portail devant elle.

Elle enlève ses lunettes et le regarde.

« Je vous salue à nouveau », dit-elle avec un sourire désarmant.

Un simple coup d'œil suffit à le convaincre que le regard de la dame est aussi inchangé et troublant qu'il s'y attendait.

« Cela fait combien de temps ? Trente-trois ans ?

– Vous êtes fort sur les dates. Oui, c'est exact. Le printemps d'avant la catastrophe. 1987. Une vie entière s'est écoulée depuis.

– Comment m'avez-vous retrouvé ?

– Vous étiez dans le carnet d'adresses de mon père. Je l'ai toujours.

– Ah, bon. » Mais l'adresse qu'avait Dalby était celle de la maison de Guildford. Donc… « C'est mon ex-femme qui a dû vous dire où j'étais.

– Elle s'est contentée de me mettre en relation avec votre sœur. Elle pensait que vous viviez avec elle.

– Eh bien, madame Fontaine, le fait est…

– Je vous en prie, appelez-moi Suzette. Je suis sûre que c'est le nom que vous me donniez la dernière fois que nous nous sommes vus.

– Entendu, Suzette. Qu'est-ce qui vous amène jusqu'ici ? Ça doit être important pour justifier tant d'efforts.

– Ça l'est », répond-elle en hochant la tête.

Il la regarde d'un air interrogateur. Pour autant, elle ne poursuit pas.

« Pourrions-nous… parler à l'intérieur ? demande-t-elle avec un mouvement de tête en direction de la maison. Il y a… beaucoup à expliquer.

– Oui, si vous voulez, dit-il, convaincu d'avoir toujours l'air désinvolte et sûr de lui, encore qu'il n'en soit pas certain. En fait, pourquoi ne pas nous installer dans le jardin derrière la maison ? Nous pourrons parler tranquillement. Je pourrais vous faire du thé, du moins si vous le souhaitez. »

Elle sourit. Il se rend compte qu'il n'a aucun souvenir de l'avoir vue sourire enfant. C'était une petite fille sérieuse et silencieuse. Une autre personne, peut-être, dans un autre endroit, à une autre époque.

« C'est gentil à vous. »

Il passe devant elle et franchit la grille couverte de chèvrefeuille qui conduit à l'arrière de la maison, où se trouvent une table en fer forgé et quelques chaises.

« Je reviens tout de suite », annonce-t-il en la laissant là avant de pénétrer dans la maison.

Il va dans la cuisine, se lave les mains et met la bouilloire en route avant de se précipiter dans le salon pour trouver son téléphone là où il l'a laissé, sur l'appui de la fenêtre, et de l'allumer. Un seul message.

« Salut, Stephen. C'est moi, Wendy. J'ai envoyé quelqu'un te voir à Litster's Cot. J'espère que tu ne m'en voudras pas. Elle semblait vraiment vouloir te rencontrer. Suzette Fontaine. Anciennement Dalby. Bizarre, non – qu'elle refasse surface comme ça après toutes ces années. Elle a dû m'expliquer qui elle était, bien sûr, mais apparemment tu la connais, et ce sera donc moins bizarre pour toi… le fait qu'elle vienne te voir, j'entends. Bref, je voulais te prévenir qu'elle n'allait pas tarder. J'espère que tu auras mon message avant qu'elle arrive, mais étant donné que ton téléphone n'est jamais branché…, ajoute-t-elle avec un grand soupir. Appelle-moi quand elle sera partie. J'aimerais savoir de quoi il retourne. Et comment tu t'en sors. Bon… j'espère t'avoir très bientôt. Ciao, ciao. »

Mais pourquoi Wendy n'a-t-elle pas dit qu'elle n'avait pas la moindre idée de l'endroit où il se trouvait ? Primo, parce qu'elle ne sait pas mentir ; deuxio, parce qu'il ne lui a pas demandé de ne rien révéler du lieu de sa résidence. Cependant, pourquoi l'aurait-il fait ? Il n'y avait aucune raison pour que Suzette surgisse du passé comme un diable hors de sa boîte.

En attendant, elle est bel et bien là. Il jette un œil par la fenêtre tout en garnissant son plateau et la voit tourner autour de la pelouse, bras croisés sur la poitrine, tête baissée, en train de réfléchir, semble-t-il. Oui, c'est ça, elle réfléchit. Mais à quoi ?

Il ressort dans le jardin avec le plateau, un sourire de circonstance plaqué sur le visage.

« Pour une surprise… c'en est une, Suzette, dit-il en posant son chargement sur la table.

– Je sais. Désolée.

– Je vous en prie. Asseyez-vous. »

Ils prennent place, légèrement mal à l'aise, de chaque côté de la table. Gray le soleil dans les yeux, Suzette dans l'ombre projetée par un chêne au fond du jardin. Il verse le thé, lui propose du lait et s'excuse pour l'absence de sucre.

« J'ai été navré, dit-il, hésitant, d'apprendre la mort de votre père. » Ses condoléances arrivent avec vingt-six ans de retard. Il est conscient – et conscient qu'elle l'est, elle aussi – qu'il aurait pu trouver le moyen de les leur exprimer à l'époque, à elle et à sa mère, s'il s'en était donné la peine.

« Il n'aurait jamais dû rester à Alger, déclare-t-elle d'un ton attristé mais terre à terre. Il était condamné à plus ou moins long terme.

– Qu'avez-vous fait de votre vie depuis ?

– Rien de bien remarquable. Je vis près de Paris. J'ai deux enfants. Rien d'extraordinaire, en somme. Et vous ?

– Pas d'enfants. Pas de mariage non plus, comme vous l'avez découvert. Cet endroit appartenait à mon père, qui est mort l'an dernier. Je retape la maison. Et pour l'instant, j'y habite. À présent, allez-vous enfin me dire…

– … pourquoi je suis ici ?

– Je suppose que c'est en relation avec votre père ?

– Oui. Absolument, acquiesce-t-elle en hochant la tête avant de boire une gorgée de thé.

– Et donc…

– Mon père, mais aussi votre sœur. »

Ce n'est pas de Wendy qu'elle parle, bien sûr. Mais de Harriet. Il ne peut s'agir que de Harriet. C'est pour elle que Gray s'était rendu en Algérie. C'était elle le lien avec Nigel Dalby, le père de Suzette.

« C'est bizarre, soupire-t-elle.

– Quoi donc ?

– À en croire ma mère, papa a toujours assuré qu'il n'avait aucune idée de ce qui était arrivé à votre sœur. Et c'est aussi ce qu'il vous a dit, n'est-ce pas ?

– Grosso modo, oui.

– Eh bien, il se pourrait que ce ne soit pas la vérité.

– Comment ça ? s'exclame Gray en fronçant les sourcils.

– Il y a quelques semaines, j'ai reçu un courrier de Coqblin & Baudouin, un cabinet d'avocats suisses basé à Genève, qui agit pour le compte d'un client algérien. Un dénommé Saidi, pour ce que ça vaut, puisque c'est probablement le patronyme le plus répandu qui soit en Algérie, si bien que je ne suis pas sûre que ce soit son vrai nom. Les avocats me faisaient savoir que M. Saidi avait découvert un document caché dans notre ancien appartement d'Alger, et apparemment rédigé par mon père.

– Quel genre de document ? »

Suzette hésite. Elle semble chercher ses mots.

« Je suppose qu'on pourrait parler de... confession, finit-elle par prononcer.

– Une confession ?

– De ce qui s'est réellement passé à Paris à l'époque... de la disparition de Harriet. De ce qu'a fait papa... qui a conduit à cette disparition.

– Et qu'a-t-il fait ? demande Gray en posant sa tasse et en lançant à Suzette un regard appuyé.

– C'est très difficile pour moi, Stephen, répond-elle en fermant les yeux un moment. M. Saidi me demande de lui dire si je crois le document authentique. Il est tapé à la machine, vous comprenez ? On m'en a envoyé une photocopie. On dirait bien qu'il a été tapé sur le genre de vieille machine à écrire dont se servait papa, mais je ne peux pas l'affirmer. Malgré tout, j'ai bel et bien l'impression que c'est mon père qui l'a écrit. Tout ne concerne pas Harriet. Il y a... d'autres choses. Je pense que M. Saidi espère pouvoir vendre le document à la presse française. Vous comprendrez pourquoi quand vous l'aurez lu.

– Vous l'avez sur vous ?

– J'en ai fait une copie à votre intention. Je voudrais votre avis... avant de lui donner une réponse. Techniquement, si le document s'avère authentique, le contenu devrait nous appartenir, à moi et à ma mère, même si mon père n'a jamais fait de testament, et si j'ignore ce qu'il en est au juste au regard de la loi algérienne. D'après ce que j'ai compris, M. Saidi me proposerait une compensation financière si nous le laissions l'utiliser à sa guise. J'ai pensé… que vous aviez peut-être découvert des choses au sujet de Harriet qui vous permettraient de vérifier la véracité de ce qu'avance mon père.

– Peut-être.

– Mais il faut que vous lisiez ces pages, bien sûr. Et que vous décidiez par vous-même.

– Je serai heureux de le faire. J'ai passé une bonne partie de ma vie d'adulte à essayer de comprendre les circonstances de la mort de Harriet. Disons que, d'une certaine manière, ce serait là une réponse à une prière.

– Je doute que vous le pensiez encore… quand vous l'aurez lu, dit Suzette en baissant la tête.

– Pour être tout à fait franc avec vous, poursuit Gray après une hésitation, j'ai toujours soupçonné votre père d'en savoir plus long que ce qu'il voulait bien dire.

– N'oubliez pas que, même avant les années de terreur, il était dangereux de parler… des gens proches du régime.

– C'est ce que vous cherchez à me dire ? Que "des gens proches du régime" se trouvaient impliqués dans la mort de Harriet ?

– Vous étiez au courant des liens qu'elle entretenait avec un dénommé Zarbi ?

– Wassim Zarbi ? Oui. Quand j'ai interrogé votre père à son sujet, il m'a dit que l'homme travaillait pour les services de sécurité.

– Oui. La *Sécurité militaire**. Papa n'aurait jamais pu, sans que sa propre sécurité soit menacée, porter une accusation contre un tel homme.

– Mais c'est bel et bien ce qu'il fait… dans ce document ?

– Je me suis longtemps demandé ce que je devais faire, Stephen. Si je devais vous contacter ou pas. C'est tellement loin tout ça. Ma mère préférerait qu'on oublie tout.

– Vous en avez discuté avec elle ?

– Pas de ma visite d'aujourd'hui, non. Je sais pertinemment ce qu'elle en dirait sans avoir besoin de le lui demander. Mais elle a lu la confession et elle m'a conseillé sur ce que nous devrions faire.

– Et qui est ?

– L'avis de maman n'est pas vraiment pertinent. C'est le vôtre qui m'intéresse.

– Eh bien, je vous le donnerai sans problème. »

Ils s'examinent par-dessus la table. Leur rencontre est empreinte d'une étrangeté fondamentale. Gray est sûr que Suzette le perçoit autant que lui. C'était une enfant lors de leur première rencontre, alors que lui-même avait déjà trente ans. Elle est aujourd'hui plus âgée qu'il ne l'était alors, tandis que lui a dépassé la soixantaine. Harriet, elle, restera jeune éternellement, arrachée à la vie à vingt-trois ans. Quant à Nigel Dalby, il n'est jamais parvenu à l'âge que Gray a lui-même. Un jardin du Hampshire par un après-midi d'été n'est pas un endroit où convoquer les fantômes. Ce qui n'empêche pas la sœur disparue de Gray et le père décédé de Suzette de venir les hanter tous les deux.

Suzette se lève de sa chaise et dit simplement : « La copie est dans ma voiture. Je vais la chercher. »

Tandis qu'elle traverse la pelouse pour atteindre le portail, Gray remplit sa tasse et tente de mettre de l'ordre dans ses pensées. Les abeilles bourdonnent autour du buisson de lavande à côté de lui. Un papillon d'un blanc éclatant volette au-dessus de la plaque de mauvaises herbes où son père faisait autrefois pousser des légumes. Les tourterelles continuent à roucouler. Mais il ne ressent nullement la paix que dégage son environnement. Il n'éprouve que doute et désarroi. Que dire à cette femme ? Que lui révéler ? Tout ce qu'il sait avec certitude, c'est qu'il n'y a pas de bonnes réponses à ces questions. Pas ici et maintenant.

Quelques minutes s'égrènent. Puis elle est de retour, un sourire circonspect aux lèvres tandis qu'elle pose sur la table devant lui une enveloppe couleur chamois format A4.

« Voilà. »

Il fait un geste pour la prendre, mais elle garde la main posée dessus.

« Je préférerais que vous commenciez votre lecture après mon départ. Je veux que vous examiniez le document avec soin. Et je veux que vous me donniez votre avis… en toute objectivité.

– Vous croyez que ce sera possible ? C'est de ma sœur que nous parlons. Des circonstances de sa mort.

– Je sais que c'est dur pour vous. Ça l'est aussi pour moi, vous savez.

– Je vous dirai les choses telles que je les vois, Suzette. Ça vous convient ? »

Elle se rassied, ôte sa main de l'enveloppe. Mais il ne fait rien cette fois-ci pour la prendre.

« Ça vous dérange si je fume ?

– Je vous en prie. »

Elle allume une Camel légère. La première bouffée suggère qu'elle en avait un besoin pressant.

« M. Saidi semble penser qu'on aurait pu contrefaire la confession de mon père, Stephen. Je ne sais pas pourquoi. Vous avez une idée ?

– Je ne vois pas le bénéfice qu'on pourrait en tirer.

– Moi non plus.

– Et vous, votre impression ? Vous reconnaissez la main de votre père ?

– Oui. Mais… je n'ai pas d'éléments de comparaison. La lettre *e*, malgré tout, n'est pas correctement alignée. Ce qui était le cas sur la machine de papa. J'avais pour habitude de regarder par-dessus son épaule quand il tapait son courrier parce que j'aimais respirer l'odeur de sa cigarette posée sur le cendrier à côté de son coude. Toujours des Rothmans. Le cendrier était en Bakélite. Il y avait dans le fond une image de Cagayous, ce personnage de pied-noir dont les aventures étaient racontées dans une sorte de feuilleton qui avait paru pour la première fois dans les journaux algériens une centaine d'années plus tôt. Le cendrier devait déjà être un objet ancien quand papa se l'était procuré. Il aimait ce genre de choses. Il aimait le passé. Enfin... certains aspects. » Sa voix s'est peu à peu teintée de nostalgie à cette évocation, mais maintenant, c'est avec un effort presque physique qu'elle recentre ses pensées. « Qui vous a dit que mon père avait été tué, Stephen ?

– Euh... j'ai reçu une lettre de celui qui l'aidait à la librairie.

– Riad Nedjar ?

– Lui-même.

– Avez-vous eu de ses nouvelles depuis ?

– Nedjar ? Non. Et vous, êtes-vous encore en contact avec lui ?

– Non. Il a débarrassé l'appartement après la mort de papa et nous a fait parvenir certaines de ses affaires. Au nombre desquelles ne figurait pas la machine à écrire. Trop encombrante, j'imagine. Et puis, pourquoi aurait-il pensé que nous voudrions la garder ? Je ne me souviens pas des détails de l'opération, et maman non plus, apparemment. Nous étions l'une comme l'autre passablement... bouleversées.

– Ce qui se comprend.

– Enfin, bref, je me demande si Nedjar était au courant de cette... confession censément écrite par mon père.

– Je croyais qu'elle avait été cachée quelque part.

– C'est ce que dit M. Saidi. Sans préciser où exactement. Peut-être sous les lames du parquet, je ne sais pas. Mais Nedjar était le seul ami qu'avait encore papa vers la fin. Alors...

– Est-ce qu'il vit toujours à Alger ?

– Selon tout apparence, non. Je me suis renseignée. Il semble être parti quelques mois après que papa a été tué. À ce moment-là, poursuit-elle après un haussement d'épaules, tous ceux qui étaient en mesure de le faire quittaient le pays. Les années 1990 en Algérie... c'était de la folie pure et simple.

– Savez-vous où il est allé ?

– En France, c'est la réponse qui semble s'imposer. Mais il parle l'anglais aussi bien que le français. C'est papa qui le lui avait appris, et il le parle couramment. Si bien qu'il pourrait se trouver dans ce pays. Ou peut-être aux États-Unis. En fait, il pourrait être n'importe où. Mais pour ce qui est de savoir comment vivait papa au cours des mois qui ont suivi notre départ à moi et à maman… il est probablement la seule personne capable de nous renseigner. Et nous avons peu de chances de le retrouver.

– J'imagine que non.

– Je ne crois pas avoir envie que M. Saidi se fasse de l'argent grâce à la confession de mon père, même s'il est prêt à partager le profit avec moi. Et moins encore s'il reste le moindre doute sur l'authenticité de ce document.

– Je vous promets de lire ces pages, Suzette, et de vous dire honnêtement ce que j'en pense. C'est vraiment tout ce que je peux faire.

– Bien sûr, dit-elle en écrasant son mégot. Vous pouvez m'appeler… disons, dès que vous avez fini ? Je suis descendue dans un hôtel de l'autre côté de Basingstoke, le Tylney Hall. Vous le connaissez ?

– J'en ai entendu parler. » Gray ramasse l'enveloppe et l'ouvre avant d'évaluer rapidement le nombre de feuillets qu'elle contient. « Je vous appelle demain matin ?

– D'accord », acquiesce-t-elle.

Ils passent par la maison pour ressortir, et Gray prend son téléphone pour qu'ils puissent échanger leurs numéros. Il remarque qu'elle n'est pas sans se rendre compte de l'état de délabrement de l'intérieur.

« La restauration est en cours, dit-il avec un sourire contrit.

– Votre père vivait seul ici ?

– Oui. Ma mère est morte il y a longtemps. Elle ne s'est jamais remise de la perte de Harriet.

– Je suis désolée. Papa m'en a peut-être parlé, tout bien réfléchi.

– Ne vous tracassez pas.

– Et votre père ? S'est-il jamais remis… tout à fait ?

– Il a… fait face, pourrait-on dire.

– Et vous-même ?

– Ma foi, la vie a ses aléas, Suzette. Les malheurs, personne n'en fait l'économie. Je suis certain que vous n'avez pas besoin de moi pour vous le rappeler.

– Non, bien sûr. Je comprends. »

Et là-dessus au moins, Gray n'a aucun doute.

3

Une heure plus tard, Suzette Fontaine contemple de la fenêtre de sa chambre du Tylney Hall le parc tiré au cordeau de l'hôtel. Tout est vert et somnole dans la lumière dorée de cette fin d'après-midi. Le contraste avec le vacarme et les clameurs de sa ville d'origine, Alger, ne saurait être plus marqué. C'est un monde tellement différent qu'on croirait être sur une autre planète. Mais c'est pourtant celle où elle vit depuis plus d'un quart de siècle à présent, après avoir abandonné son pays natal pour le confort et la sécurité de la France.

Et ce sont bien là, elle en est consciente, les deux éléments qui devraient la guider. Pour ce qui la concerne, sa rencontre avec Stephen Gray s'est aussi bien déroulée qu'elle était en droit d'espérer, compte tenu de son ambivalence quant aux conclusions auxquelles elle voudrait le voir arriver à propos de la confession de son père. Elle n'a pas dit à Gray que les avocats de Saidi s'étaient montrés aussi clairs que peuvent l'être des avocats en la matière : leur client veut bel et bien l'entendre conclure que la confession est un faux – en échange de quoi, elle recevra une « compensation » autrement plus importante que la part hypothétique des profits résultants de sa vente aux médias. « Hypothétique » parce que, à l'évidence, la confession ne sera pas vendue. Pour elle, c'est clair comme de l'eau de roche. On va effectivement la payer, mais simplement pour nier que son père ait jamais rédigé pareil document. Ce n'est pas plus compliqué. Quant à savoir pourquoi... c'est une autre histoire, dans laquelle la simplicité le cède à un enchevêtrement de conjectures.

Elle ne peut s'empêcher de se demander si le client de Coqblin & Baudouin n'est pas au courant de ses difficultés financières actuelles. La faillite de la galerie de Vincent, juste après qu'il ait été accusé d'avoir servi d'écran à des faussaires, lui a attiré une publicité désastreuse, même si elle a été de courte durée. Leur séparation est sans doute connue elle aussi, quand bien même l'étendue des dettes qu'elle a contractées pour faire face à leurs besoins – les siens et ceux des enfants – ne le serait pas. Le montant pourrait aisément, cependant, être chiffré par quiconque voudrait juger de sa vulnérabilité, notamment au genre d'offre – implicite, discrète et soigneusement masquée derrière un jargon juridique adéquat – qu'elle vient de recevoir.

Elle connaît l'opinion de sa mère sur la conduite qu'elle devrait adopter. Elle retrouve sans peine la note d'exaspération mêlée d'insistance qu'elle a détectée dans sa voix quand elles ont abordé le sujet.

« Peu importe la raison pour laquelle Saidi veut te voir déclarer que le document est un faux. Concentre-toi sur ce qui est le mieux pour toi et les enfants. C'est tout ce à quoi tu dois penser. Tu n'as qu'à dire ce que Saidi veut t'entendre dire et le laisser t'offrir cette compensation. »

La démarche qui consiste à ne pas poser les mauvaises questions a été pour sa mère d'un grand secours dans son mariage avec Kermadec. (Suzette ne pense jamais à son beau-père autrement que par son nom de famille et refuse de l'appeler papa, ou Gérard, quand ils se retrouvent, ce qui n'arrive pas souvent. Elle le soupçonne de n'être pas seulement un homme d'affaires véreux, mais bel et bien un escroc. Elle le déteste de toutes ses forces et, ce qui est pire, il le sait. Mieux, il semble prendre un malin plaisir à cet état de choses.)

« En fait, c'est une bonne nouvelle, *ma chère**. Tu t'en rends bien compte, tout de même. Ça vous facilitera grandement les choses, à toi ainsi qu'à Timothée et à Élodie. C'est à eux que tu dois penser d'abord. Sans compter que je ne crois pas une seconde que ton père ait écrit ce truc. Si bien qu'il n'y a pas vraiment de problème, si ? »

Pas de problème ? Si seulement c'était aussi simple. Sa mère est la reine de l'affabulation. Elle se souvient de ses rendez-vous chez l'esthéticienne et le coiffeur avec bien plus de précision que de son propre passé. Après leur départ d'Alger, Suzette priait nuit et jour pour que son père vienne les rejoindre à Marseille. Mais il ne l'a jamais fait. Quand la nouvelle de sa mort leur est parvenue, elle a bien vu que sa mère était soulagée. Être une veuve encore relativement jeune était de loin préférable au rôle d'épouse d'un mari absent. Kermadec attendait déjà dans les coulisses. Il était temps de tourner la page.

Ce que ne parvient pas à faire Suzette. Si le document que lui a envoyé le cabinet Coqblin & Baudouin est authentique, c'est un message de son père qu'elle ne peut pas se permettre d'ignorer. Un message qui n'est ni plus ni moins que l'histoire de sa vie – et de sa mort.

Quel va être l'avis de Gray ? S'il déclare que la confession est un faux sous prétexte qu'elle contient des affirmations manifestement mensongères concernant sa sœur, alors le problème sera résolu. En revanche, s'il dit que tout lui semble vrai, il lui faudra trancher.

Ce qui ne sera pas chose facile. Le nom de Haddad qui apparaît à plusieurs reprises dans les feuillets lui donne l'impression d'avoir été substitué à un autre, lequel a été effacé de son exemplaire. Il ne contient pas la lettre *e*, bien entendu, mais pourrait avoir été choisi précisément pour cette raison. Même si on exclue cette hypothèse, les lettres qui forment le nom Haddad ressortent légèrement plus en relief que dans les autres mots. Mais s'il s'agit bien d'une substitution, quel est donc ce nom qu'elle n'est pas censée voir ? Et pour quelle raison ?

C'est exactement le genre de question que sa mère lui a vivement conseillé de ne pas poser. Et elle s'est efforcée de suivre son conseil, vraiment. Elle traverse la chambre, s'empare de son téléphone sur la table de chevet et vérifie ses messages. Élodie lui a envoyé une photo de la salade de poulpes qu'elle déguste avec ses amis dans une taverne de Mykonos. Insouciante, pleine de vie et toute à la joie des vacances, elle ne sait rien de la fragilité de son avenir. Suzette lui envoie une brève réponse, s'efforçant d'adopter la même légèreté de ton.

Aucun message de Timothée, ce qui n'a rien d'étonnant. Leur relation est de plus en plus tendue. Il la rend responsable de la séparation, et ce, d'autant plus qu'il est en fait incapable de trouver une raison valable pour l'accuser. Après tout, c'est Vincent qui trafiquait avec des escrocs, pas elle. Et pourtant, son fils refuse de le reconnaître. Leur dernière dispute est venue de l'erreur stupide qu'elle a commise en cédant à la provocation contenue dans son affirmation selon laquelle c'étaient les « gens comme elle » – il entendait par là les colons français d'Afrique du Nord – qui étaient somme toute à l'origine du terrorisme islamiste en France. Qu'elle n'ait pas davantage choisi de naître en Algérie que lui de ne pas le faire ne compte apparemment pour rien.

Aujourd'hui elle donnerait tout pour ne pas lui avoir crié dessus. Elle revoit encore le pli dédaigneux de ses lèvres tandis qu'il la dévisageait, le regard vide, avant de hausser les épaules et de sortir de la maison d'un pas nonchalant.

Suzette soupire et repose son téléphone. Sur le lit se trouve l'enveloppe qui contient l'exemplaire de la confession de son père. Sa confession supposée. « Oh, papa », murmure-t-elle, s'imaginant un instant qu'elle peut vraiment lui parler, alors même que les derniers mots qu'ils ont échangés sur une ligne téléphonique perturbée entre Alger et Marseille, quelques jours avant sa mort en février 1994 étaient à peine audibles. Il y a si longtemps. Mais aussi vivaces dans son souvenir que la plupart des mots du quotidien employés depuis.

Elle s'assied sur le lit et fait glisser le document hors de l'enveloppe. Ces pages qu'elle tient entre les mains sont-elles vraiment des copies des feuilles que son père a introduites dans sa machine à écrire et remplies de ses mots, seul dans son appartement d'Alger à attendre la fin ? Ou bien sont-elles des faux habiles destinés à servir un but sinistre ? Elle ne connaît pas la réponse. Mais elle sait, tandis qu'elle commence à relire les feuillets une fois de plus – elle ne peut pas s'en empêcher – ce qu'elle ressent.

J'AVOUE*

Je suis pareil à une mouche prise au piège dans un verre renversé. Je vois ce qui se passe au-dehors, mais je ne peux pas m'échapper. J'aurais dû partir avec Monique et Suzette quand j'en avais encore la possibilité. Je ne suis pas sûr de savoir pourquoi je ne l'ai pas fait. J'ai dit que je devais m'occuper de la librairie. Monique a rétorqué que j'étais fou. Elle avait raison. Qui prétendais-je tromper ? Ils ont incendié la boutique quelques semaines plus tard. Le Chélifère en feu. Rien d'autre qu'une coquille vide. Les livres réduits en cendres. Il restait bien quelques couvertures racornies par les flammes, mais les pages elles-mêmes – et les mots qu'elles contenaient – se sont toutes envolées.

Riad s'est débarrassé des gravats. A nettoyé l'endroit et l'a sécurisé. J'ignore comment. Je n'ai pas demandé. J'avais compris le message. J'aurais dû le saisir bien plus tôt. Quand ils ont commencé à se laisser pousser la barbe et à s'habiller comme des Afghans, les jeux étaient faits. C'est alors que les assassinats ont débuté. Boudiaf d'abord. Le premier leader honnête qu'ait jamais eu ce pays. Rien d'étonnant à ce qu'il ait fallu le dégager. Tué par balles en direct à la télévision par un de ses gardes du corps. Ont suivi les intellectuels : des écrivains, des journalistes, des universitaires et, bien entendu, des libraires. Tirer sur le messager est une pratique courante. J'aurais dû m'en rendre compte plus tôt. Mais je ne pensais pas que les choses pouvaient se déliter aussi vite.

Les mises en garde n'ont pourtant pas manqué. Pas forcément des plus subtiles, d'ailleurs. Sifflets, simulacres de gorge tranchée à mon passage dans la rue auraient dû suffire à m'avertir de ce qu'ils réservaient à quelqu'un comme moi, vêtu à l'occidentale, parlant le français et l'anglais, osant vendre des ouvrages européens. J'étais dans leur collimateur.

Riad m'avait prévenu. Fermer Le Chélifère et déguerpir, tel était son conseil. Ce qui l'aurait mis au chômage. Mais cela valait mieux, selon lui, que de débarquer un jour dans la boutique pour me trouver mort sur le seuil. Une devanture moins provocatrice aiderait, disait-il, si j'étais décidé à laisser la librairie ouverte. Mais y avait-il moins provocateur que Dumas et Zola ? J'avais même remisé Camus sur un rayon du haut dans un coin sombre. Riad n'était pas sûr. Tintin, *peut-être, à la limite. Ou peut-être aurait-il fallu qu'il n'y ait plus de livres du tout.*

Eh bien, c'est le cas aujourd'hui. Et de toute façon, il a perdu son boulot. Il en a trouvé un autre, cependant. Employé aux écritures aux entrepôts Hasnaoui. Ce qui ne l'empêche pas de continuer à m'apporter de quoi manger et à venir bavarder avec moi – ou, plus souvent, à m'écouter parler. C'est un type bien, Riad. Une bonne âme. Mais il est sans illusions. L'Algérie est devenue folle, de son point de vue. Elle a perdu tout sens de l'unité nationale. Les assassinats ne servent aucun but. Ils ne sont qu'un symptôme de cette folie généralisée.

Riad est le seul à qui je parle encore, en dehors de quelques coups de fil à Monique et à Suzette. Je n'arrive pas toujours à les joindre, et Riad pense qu'il est dangereux de se servir du téléphone. Je crois qu'il exagère. Je ne suis pas la cible d'une chasse à l'homme organisée. Tant que je ne sors pas de l'appartement, je suis en sécurité.

Mais que signifie la sécurité ? Quelle est la différence entre elle et la prison ? Infime, à mon sens.

Je suis donc ici, à errer dans les cinq petites pièces de notre appartement – six, si on compte le minuscule hall d'entrée.

À présent que je l'ai pour moi tout seul, il me semble immense. Je dors dans l'ancienne chambre de Suzette. Je me sens moins solitaire dans son lit que dans celui que je partageais avec Monique. Quand je me réveille, le soleil éclabousse souvent le mur à côté de la porte, où je distingue les traits que nous avons tracés sur le plâtre pour indiquer la taille de Suzette à mesure qu'elle grandissait.

Je lis beaucoup. Je relis, plus exactement. Je n'ai jamais conservé nombre de bouquins ici, si bien que la liste n'est pas longue. Rien de bien prétentieux. Sherlock Holmes *au grand complet, des nouvelles, et un bon paquet de* Maigret. *Voilà à quoi cela se résume. En y ajoutant quelques numéros du* Monde *et de l'*International Herald Tribune *que Riad achète sous le manteau grâce à un contact à l'aéroport, pour m'éviter d'être totalement coupé du monde extérieur.*

Je peux dire l'heure désormais, quasiment à la minute près, simplement à la manière dont le soleil se déplace dans l'appartement. Je suis sensible au moindre changement de temps. Les variations les plus infimes de la circulation m'indiquent ce qui se passe dans la ville autour de moi.

Et puis, il y a les pigeons. J'entends leurs roucoulements et les battements bruyants de leurs ailes quand ils s'envolent de leur perchoir sur le toit. Il leur arrive d'atterrir sur le balcon. Mais pendant la journée, je ne sors pas, je me contente de pencher la tête sur le côté comme ils le font, eux, et de fixer les billes de leurs yeux à travers la vitre. Quand ils comprennent qu'ils n'auront pas de pain, ils prennent leur envol.

Que ne donnerais-je pas pour renoncer moi aussi et m'envoler ?

Du balcon, si je me penche par-dessus la balustrade, je vois le Mémorial des martyrs, au sud, sur les hauteurs dominant Sidi M'Hamed. Cela fait bien longtemps maintenant que je ne m'y suis pas rendu. Sa conception m'a toujours gêné. On dirait un fantôme encagoulé, en grande robe, en train de surveiller la ville et d'attendre son heure pour dévorer ses citoyens. Lesquels n'ont besoin de personne pour s'entre-dévorer. Ils vont bientôt devoir construire un autre mémorial en l'honneur d'une nouvelle génération de martyrs.

Personne n'apprend jamais rien de l'histoire en Algérie. On se contente de la dupliquer sous des formes de plus en plus dramatiques. Je donnerais cher pour n'avoir jamais mis les pieds dans ce pays. J'y ai pourtant connu de nombreux moments heureux, mais l'horreur qu'il génère a fini par effacer tout le reste. Impossible de survivre dans un endroit pareil. La seule issue, c'est la fuite. Et pour moi, c'est trop tard.

D'une certaine façon, mon destin était écrit dans le ciel avant même ma naissance. Mon père travaillait dans les services secrets de la Marine pendant la Seconde Guerre mondiale. Il rencontra une très belle secrétaire dont il tomba amoureux au quartier général de la France libre à Londres. Ils se marièrent en 1941, et je suis né l'année suivante.

Ils ont souvent vécu loin l'un de l'autre au cours de leurs premières années de mariage. Après la guerre, quand la vie est devenue beaucoup moins exaltante et que mon père a réendossé son costume d'instituteur, ma mère a commencé à se sentir seule, à étouffer dans ce milieu qu'elle trouvait étriqué. L'Angleterre au tournant des années 1950 n'était pas faite pour elle. Elle a quitté le foyer quand j'avais douze ans pour déménager à Paris. Pris un amant italien et mené la belle vie*, *que l'adolescent que j'étais alors trouvait extraordinairement exotique. Elle me manquait terriblement. Bien plus que je l'aie jamais dit à mon père, surtout quand, après leur divorce, il s'est remarié avec Marjorie, l'infirmière scolaire de son école, que je surnommais Margarine : un ersatz sans goût ni grâce.*

À Paris, maman s'habillait avec beaucoup plus d'élégance qu'elle ne l'avait jamais fait en Angleterre. Fumait des Disque Bleu comme un pompier, buvait comme un trou et passait sa vie à faire les boutiques. Giuseppe s'était complètement entiché d'elle et lui passait tous ses caprices. Il était dans les affaires. Lesquelles, je ne l'ai jamais bien su. Il devait souvent se rendre à Milan en urgence. Il portait des costumes élégants, conduisait une Lamborghini et fumait le cigare. Ils vivaient dans un appartement de l'île Saint-Louis. Vie qui, à mes yeux, avait une aura incroyable, même si j'avais surpris quelques disputes qui laissaient entendre que ce n'était sans doute pas toujours une partie de plaisir. Un problème avec des factures impayées. Et un autre qui s'appelait Isabella et vivait à Milan.

Je faisais de mon mieux pour ignorer ces désagréments. Giuseppe était généreux et agréable à vivre. Et ce que je voulais, c'était passer autant de temps que possible dans le monde de maman. Mon amour de la France, je ne le comprends qu'aujourd'hui, n'était qu'une extension de mon amour pour elle. Et je crois avoir toujours su, au fond de moi, que je ne le garderais pas très longtemps.

J'intégrai Cambridge en 1961. Le département des langues vivantes. En français, bien évidemment. Pour la suite, je pensais déjà à un poste d'assistant à la Sorbonne. Mais je n'y étais que depuis quelques semaines à peine quand je fus appelé par mon directeur d'études qui avait de mauvaises nouvelles à m'annoncer. Giuseppe avait téléphoné pour dire que maman était à l'hôpital dans un état grave à la suite d'une chute dans l'escalier de l'immeuble et que je devais venir au plus vite.

J'essayai de rappeler Giuseppe ; sans succès. Je contactai donc mon père qui fut stupéfait d'apprendre que Giuseppe n'avait manifestement pas jugé bon de le prévenir. Non pas qu'il se montrât particulièrement intéressé, mais il me conseilla malgré tout de me rendre à Paris, histoire de « représenter la famille ». Je quittai donc Cambridge le lendemain, à la première heure.

À partir de Londres, le voyage devint un vrai parcours d'obstacles. J'étais tellement préoccupé par l'état de ma mère que je me trompai de direction sur la Northern Line et manquai mon train à Charing Cross de cinq minutes. Le temps se gâta considérablement, et le premier ferry au départ de Folkestone partit avec plusieurs heures de retard. Le soir tombait quand on arriva enfin à Boulogne. Et il était 9 heures passées quand le train entra en gare du Nord.

C'est une façon détournée d'expliquer pourquoi je me trouvais à Paris le soir du 17 octobre 1961. Une date comme une autre, sur le moment. Un mardi ordinaire. J'ignorais que ce jour allait devenir tristement célèbre dans l'histoire. Une histoire que j'allais voir se dérouler sous mes yeux.

Quand il avait appelé l'université, Guiseppe avait dit que ma mère était à l'Hôtel-Dieu sur l'île de la Cité. Je n'avais toujours pas réussi à lui parler. Et quand j'avais appelé l'hôpital en attendant le train à Boulogne, j'avais été coupé une fois que le téléphone eut avalé toutes mes pièces. Je n'avais donc aucune idée de l'état de ma mère. J'étais très anxieux et épuisé en montant dans le métro à la gare du Nord.

J'aurais dû descendre à la station Cité, juste à côté de l'hôpital, mais je décidai de continuer jusqu'à Saint-Michel. J'avais besoin de marcher un peu et de prendre l'air avant d'avoir à affronter ce qui m'attendait à l'Hôtel-Dieu.

Grossière erreur.

C'est en voyant un homme sur le quai de la station Saint-Michel avec du sang qui coulait en abondance d'une blessure à la tête que je me dis pour la première fois que la situation n'était pas normale. Il avait l'air algérien. De même que ceux qui l'entouraient. Ils parlaient en gesticulant beaucoup. Ils donnaient l'impression… d'avoir peur.

J'avais suivi la guerre en Algérie de plus près que la plupart des Britanniques, pour partie parce que ma mère était française et pour partie parce qu'elle n'était pas avare d'avis bien sentis sur la manière dont la rébellion devait être matée. Soyons honnêtes et disons qu'elle n'éprouvait aucune sympathie pour la cause algérienne. L'opinion générale était, malgré tout, que la France finirait par accorder son indépendance à l'Algérie et se retirer du pays. Le gouvernement du général de Gaulle était en pourparlers avec l'armée de libération algérienne, rattachée au FLN. Un traité de paix était en vue.

Mais cette nuit-là, aucun signe de paix nulle part. Je sortis de la station de métro et me retrouvai au milieu d'une scène de carnage. Une foule de manifestants algériens avait été encerclée par la police. Tout comme moi, ils essayaient de traverser le pont Saint-Michel, et quand je commençai à me diriger vers le fleuve, je me retrouvai pris dans ce qui tenait à la fois d'une bataille et d'une émeute.

Je changeai de direction, dans l'idée de traverser la Seine en empruntant le Petit-Pont un peu plus en amont. Mais très vite, la situation empira. On entendait des sirènes, des coups de sifflet, des cris, des hurlements et le fracas des vitrines qui volaient en éclats. Et de temps en temps aussi, les crépitements d'une fusillade. Des groupes d'Algériens tentaient d'échapper aux assauts de policiers armés de matraques. J'étais bousculé, projeté de tous côtés au point de ne plus pouvoir tenir debout. Pour couronner le tout, il pleuvait à verse. Nous pataugions dans de grandes flaques rougies par le sang, écrasant sous nos pas chapeaux, écharpes et même chaussures. Je n'en croyais pas mes yeux. J'avais du mal à me persuader que j'étais à Paris et non à Alger. J'avais l'impression que la guerre avait éclaté devant moi.

Aucune chance de traverser par le Petit-Pont. Tandis que j'essayais de me frayer un chemin au milieu de cet enfer, je regardai devant moi et vis des Algériens se faire littéralement jeter du pont dans le fleuve par des agents de police. J'en vis même un taper sur les mains d'un manifestant qui s'accrochait au parapet jusqu'à ce qu'il lâche prise et disparaisse dans l'eau. Un coup d'œil en aval me permit de constater que des scènes semblables se déroulaient sur le pont Saint-Michel. Le fleuve était haut, et le courant rapide. Les manifestants qui tombaient ou étaient jetés des ponts étaient aussitôt emportés et disparaissaient dans l'obscurité.

Je m'évertuais malgré tout à gagner le Petit-Pont, sonné par ce que je voyais, quand un policier plongea sur moi. Il tenta de m'asséner un coup de matraque sur la tête, mais je réussis à lever le bras pour me protéger, même si la douleur fut telle que je crus un instant qu'il me l'avait cassé. Puis il me cracha dessus. Je me contentai de le dévisager, trop choqué pour prendre la fuite.

C'est alors que, heureusement pour moi, un autre agent s'interposa. Il hurla à son collègue que je n'étais manifestement pas nord-africain, même si ce n'est pas là le mot qu'il utilisa. J'expliquai de mon mieux que j'étais anglais et que j'essayais de rejoindre l'Hôtel-Dieu où ma mère avait été hospitalisée. L'autre se métamorphosa à l'instant : de brute armée d'une matraque, il devint en un clin d'œil une créature plus conforme à la conception «bobby à vélo» que je pouvais me faire de certains agents de police. Il me prit par le bras, me fit franchir les cordons de police ainsi que le pont, ignorant totalement les agressions brutales dont étaient victimes les manifestants autour de nous, et me protégeant d'elles avec autant de sollicitude que d'adresse.

«Qu'est-ce qui se passe* ? *demandai-je au moment où deux autres malheureux étaient jetés du pont, hurlant et dégoulinant de sang, juste devant nous.*

– Un nettoyage en retard* », *me répondit-il. L'expression avait quelque chose de presque innocent. Apparemment, c'était là tout ce dont j'étais témoin : une opération de nettoyage de la voie publique. Un petit ménage de routine. Pas de quoi m'inquiéter, surtout maintenant que j'étais sous sa protection.*

Il m'emmena jusqu'à l'entrée de l'hôpital où il m'abandonna. En pénétrant à l'intérieur, je me rendis compte que j'avais le visage couvert de sang. J'aurais été bien incapable de dire comment la chose était possible. On me prit d'abord pour un blessé, victime de l'émeute. J'aperçus plusieurs personnes sur des brancards qui étaient beaucoup plus mal en point que moi. Je réussis enfin à expliquer les raisons de ma présence en ces lieux.

Une infirmière consulta une liste. Je regardai son doigt courir jusqu'au bas de la page. Où il s'immobilisa.

Je sus aussitôt, en voyant son visage, que j'arrivais trop tard.

C'est presque criminel que ma mère, si belle, si cultivée, soit morte à la suite d'une chute dans un escalier parce qu'elle était ivre, à l'âge de quarante-quatre ans. Elle pourrait aisément être encore en vie aujourd'hui. Elle n'aurait guère que soixante-quinze ans. Mais elle est morte cette nuit du 17 octobre 1961 sans reprendre conscience.

Je ne garde pas un souvenir très précis de ce qui s'est passé au cours des vingt-quatre heures qui ont suivi. Une cohorte de tantes et d'oncles défila pour venir nous réconforter, Giuseppe et moi. Il se désintégra littéralement, ce qui m'obligea à gérer le côté pratique de la situation même si j'étais dévasté. La gardienne de l'immeuble se chargea de nombreux détails avec une remarquable efficacité.

Je restai à Paris jusqu'à l'enterrement, fixé au lundi suivant. Quant aux violences qui avaient déchiré Paris, je les oubliai dans un premier temps. Il me fallut plusieurs jours pour retrouver mon état normal et comprendre ce dont j'avais été témoin. La version officielle des événements semblait n'avoir strictement rien à voir avec les scènes auxquelles j'avais assisté. Quelques Nord-Africains tués ou blessés. Plusieurs blessés dans les rangs des forces de l'ordre. Je savais que ça ne pouvait pas être vrai. La presse n'en crut pas un mot non plus. Des questions délicates furent posées. Pourquoi la police avait-elle tiré sur des manifestants désarmés et non violents ? À la télévision, je vis que l'on entassait des centaines de manifestants dans des avions à l'aéroport d'Orly pour les renvoyer en Algérie. Je commençai à décrire à mon oncle Benoît – le frère aîné de ma mère – les scènes dont j'avais été témoin ; à la suite de quoi, il explosa de fureur, affirmant que les renvoyer chez eux était encore bien trop généreux. Le FLN avait assassiné des policiers qui se rendaient à leur travail ou en revenaient tout au long des deux mois précédents. Il fallait bien que justice soit faite. Quand je tentai de dire que ce n'étaient pas à des tueurs du FLN que la police s'en était prise cette nuit-là, mais simplement à des immigrants nord-africains ordinaires, sa colère monta d'un cran et il exigea de savoir de quel côté je me situais. Si nous avions été chez lui plutôt que dans l'appartement de ma mère, je crois qu'il m'aurait jeté dehors.

Mais ça, c'était oncle Benoît. Il avait aussi ses bons côtés. Je me souviens de son énorme bras autour de mes épaules devant la tombe de ma mère, tandis que les feuilles mortes balayaient les allées du Père-Lachaise sous un ciel gris d'automne et que les larmes gonflaient mes yeux. Elles gonflaient aussi les siens. Il ne dit pas un mot, mais c'était inutile. Il avait toujours mieux communiqué en gardant le silence.

Quand je rentrai en Angleterre, je découvris que personne ne savait rien des événements du 17 octobre. Pour tout dire, personne ne s'y intéressait. Le « problème algérien » de la France passait pratiquement inaperçu. Pour la plupart de mes condisciples à Cambridge, il était sans importance.

À mesure que je me réadaptais à ma vie à Cambridge, je me sentis de moins en moins concerné par la question. Je lus quelques articles de presse sur la marche vers l'indépendance de l'Algérie et le moment de sa proclamation en juillet 1962 – l'exode des colons français, la descente des drapeaux tricolores, la passation de pouvoir officielle, les scènes de liesse dans les rues d'Alger. Je me divertis à imaginer oncle Benoît s'étouffant d'apoplexie. Quant à moi, je restai sans réaction particulière devant ces événements.

Je ne savais pas alors – pas plus que la majorité d'entre nous – combien d'Algériens au juste avaient été tués lors de cette fameuse nuit du 17 octobre, emmenés dans des fourgons jusqu'au bois de Boulogne pour y être battus à mort, jetés inconscients dans la Seine pour s'y noyer, assassinés dans les centres de détention montés par la police. Je ne le savais pas. Et je n'aurais jamais voulu le croire.

La certitude viendrait plus tard. Et, avec elle, la conviction que quelqu'un devait répondre de ces crimes.

4

Les plans sur la comète que j'avais dressés pour décrocher une mention très bien à Cambridge suivie d'un poste à la Sorbonne ne se matérialisèrent pas franchement. Et c'est un euphémisme que de présenter les choses ainsi. Je pourrais accuser le sort qui m'avait fait perdre ma mère jeune, mais j'étais bel et bien le seul responsable. Bien que l'argent dont j'héritai n'arrangeât pas les choses. Tant qu'il dura, je me laissai aller à une propension à l'excès qui ne fit que croître et embellir. Inutile de perdre davantage de temps sur la triste histoire de mes ambitions déçues. J'obtins tout juste mon diplôme, sans mention ni gloire, et même ainsi je pouvais m'estimer heureux.

Après Cambridge, je ne savais pas trop quoi faire de ma peau. Hors de question de retourner vivre chez mon père et Marjorie. Je m'égarai jusqu'à Londres et intégrai un cercle d'amis tout aussi égarés que moi. Nous étions en 1964. Les fameuses années 1960 ne faisaient que commencer. Il n'y avait pas grand-chose de véritablement décadent dans nos vies. Pas plus d'ailleurs que de bien extraordinaire.

Je trouvai un emploi au rayon des langues étrangères chez Foyles. C'est là que je rencontrai Harriet Gray pour la première fois, un soir de la fin novembre. Je tombai sous le charme dès que je posai les yeux sur elle. Ou, pour être plus précis, dès qu'elle ouvrit la bouche. Sa voix mélodieuse accentuait le brillant de ses yeux jusqu'à un degré inouï de beauté intérieure aussi bien qu'extérieure. Elle était à la recherche d'un dictionnaire d'argot français, et je saisis l'occasion de tenter de mieux la connaître.

Il pleuvait dehors. L'eau dégoulinait de son parapluie. Je me souviens qu'elle s'en excusa. Et puis, sans trop savoir pourquoi, on éclata de rire tous les deux. C'était une façon étrangement merveilleuse de débuter une relation. Avant même qu'elle ressorte du magasin, j'avais obtenu un rendez-vous pour le lendemain soir. Je n'étais pas trop sûr que l'attirance que j'éprouvais pour elle soit mutuelle, mais elle semblait me trouver amusant, ce qui était un bon début.

Noël et le Nouvel An se déroulèrent dans un tourbillon romantique. Je ne m'étais jamais senti aussi heureux avec quelqu'un que je l'étais avec Harriet. Elle me donnait envie d'être meilleur. Et effectivement, pendant un temps, je le devins. Nous semblions être faits l'un pour l'autre.

Elle était sortie d'Oxford l'été précédent et travaillait dans une agence de casting de Soho. Elle visait une carrière dans l'industrie du cinéma, ce qui, d'après ce qu'elle me laissa entendre, n'impressionnait nullement ses parents.

J'eus l'occasion de le découvrir par moi-même quand je passai Noël chez elle à Basingstoke. Son père ne dit pas grand-chose, mais sa mère tenta à plusieurs reprises de me faire parler de ma famille, de mes perspectives d'avenir en matière professionnelle et insista sur la nécessité pour Harriet de « se ranger », bien qu'il fût difficile de deviner si c'était en ma compagnie ou non. Une sœur cadette mal fagotée, un frère cinglé de maquettes d'avion Airfix et un labrador qui sautait partout contribuaient à créer une impression de conformisme petit-bourgeois, auquel Harriet était bien décidée à ne pas se plier.

Ce n'est qu'à notre retour à Londres qu'elle me révéla sa percée décisive dans le monde du cinéma. Elle avait réussi à décrocher un job dans l'équipe du légendaire cinéaste burlesque Jacques Tati pour son dernier projet en date. Tati, me dit-elle, avait fait construire un immense décor extérieur dans la banlieue parisienne pour cette production, et il avait besoin de quelqu'un capable de parler français et anglais afin de gérer la horde de figurants engagés pour l'occasion. Tous n'étaient pas français, et il y avait donc pas mal de communication bilingue à assurer. Elle avait pensé commencer en janvier, mais le mauvais temps avait entraîné des retards. Elle ne comptait pas pouvoir prendre son poste – très modestement rémunéré, mais parfait sur un CV – avant avril. C'était pour elle une occasion en or, et je savais qu'elle devait la saisir. Mais qu'advenait-il alors de moi ? De nous ? Elle y avait déjà songé. « Pourquoi ne pas venir avec moi, Nigel ? »

En effet, pourquoi pas ? Ce n'était pas comme si je tournais le dos à un brillant avenir. Et ce que je savais avec certitude, c'était que je ne voulais pas tourner le dos à Harriet. Paris au printemps avec la fille que j'aimais… Qui aurait refusé pareille aubaine ? Pas moi.

J'avais vu Les Vacances de M. Hulot *et* Mon oncle, *si bien que je connaissais le génie comique qu'était Tati et que j'étais conscient de la chance qu'avait Harriet de pouvoir travailler pour lui. Quant à ce que je pourrais moi-même faire à Paris, je n'en avais pas une idée bien nette lorsque nous quittâmes Londres fin mars 1965.*

Specta Films, la société de Tati, avait déniché un appartement pour Harriet près de la place de la Bastille. C'était un minuscule perchoir au cinquième étage d'un immeuble, d'où elle pouvait tout juste lire l'heure sur l'horloge de la gare de Lyon dont on apercevait l'aiguille des minutes. Sans surprise, la plomberie était capricieuse et les fenêtres fuyaient chaque fois qu'il pleuvait, mais se remplissaient aussi de tout ce que Paris avait à offrir quel que soit le temps. Et quand on les ouvrait et qu'on faisait l'amour pendant que Françoise Hardy chantait sur l'électrophone Dansette, pour rien au monde nous n'aurions voulu être ailleurs.

Giuseppe était rentré depuis longtemps à Milan pour affronter ses créanciers : rien dans cette ville n'était plus lié à ma mère pour venir me hanter, en dehors de sa tombe au Père-Lachaise, sur laquelle je me rendis une fois en compagnie de Harriet. Paris me donnait l'impression d'être tout nouveau pour moi ce printemps-là – le début de l'inconnu, mais un inconnu riche de promesses.

Tati avait planté son décor extérieur sur un plateau balayé par les vents au-delà du bois de Vincennes. Un des avantages de l'emplacement de l'appartement était que Harriet pouvait prendre le train gare de la Bastille, à un jet de pierre de là. Ses premiers comptes rendus laissaient entrevoir tous les retards et les imprévus dans lesquels s'enlisait la production. Tati avait loué le site à la municipalité pour y construire un décor factice de ville contemporaine propre à recevoir les dernières mésaventures en date de M. Hulot. La plupart des acteurs étaient des amateurs. Les façades des gratte-ciel avaient la fâcheuse habitude de s'envoler à la moindre bourrasque, et Tati n'arrêtait pas de changer d'avis sur le déroulé de sa narration.

Pour comble de bonheur, le site avait été retenu pour recevoir un énorme nœud de voies de desserte de l'autoroute de l'Est, dont la construction venait tout juste de commencer. Les autorités n'allaient certainement pas attendre que Tati vienne à bout de ses problèmes de création pour faire intervenir grues et bulldozers.

Ainsi donc, Tativille – comme fut baptisé l'endroit – disposait d'une durée de vie réduite. Le film finit par s'appeler Playtime*. Personne ne savait pourquoi. Sauf Tati, peut-être, qui savait aussi vraisemblablement que le temps imparti était limité.*

Le travail principal de Harriet consistait à surveiller les figurants, souvent inoccupés, et à les calmer, sans oublier une cohorte d'épouses américaines qui avaient été recrutées pour jouer les touristes dans le film. Elle-même n'avait pas toujours grand-chose à faire et ne tarda pas à se rendre à mes prières : voir Tativille de l'intérieur.

C'était aussi bizarre qu'elle me l'avait décrit : une vaste arène battue par les vents, de faux buildings où la comédie était censée se dérouler, mais où il semblait que seuls des menuisiers et des électriciens se démenaient sur des gonds et des interrupteurs, tandis qu'au loin une haute silhouette au visage fermé, vêtue d'un imperméable, celle du grand homme en personne, passait à grandes enjambées d'une discussion infructueuse à une autre.

Mais il aimait bien Harriet. C'était évident quand il pénétrait dans le préfabriqué Portakabin où elle travaillait et que, en la voyant, il lui souriait d'un air ravi. « La rose anglaise », l'appelait-il. Il semblait m'apprécier également, convaincu que je ferais un fonctionnaire anonyme idéal pour une des nombreuses scènes de bureau qu'il projetait. Et c'est ainsi que, pour la somme royale de soixante-dix francs par jour – environ cinq livres –, je me retrouvai embauché pour un petit rôle dans la production – si toutefois l'occasion m'était donnée de pouvoir jamais le tenir.

Voilà comment j'en vins à rejoindre Harriet à Tativille les jours où l'on risquait d'avoir besoin de mes services, même si le plus souvent je ne faisais rien hormis boire du café, lire un Maigret *et me balader sur le site. C'était ennuyeux au possible, mais du moins étais-je rémunéré pour m'ennuyer. Harriet n'était plus la seule à participer aux dépenses du ménage.*

C'est au cours d'une de ces déambulations que je tombai sur Wassim Zarbi, avec lequel j'entamai une conversation. Je l'avais aperçu dans les parages, mais je ne savais pas grand-chose du rôle qu'il tenait dans le film, en dehors du fait que celui-ci l'obligeait à porter un costume à rayures pour le moins voyant et un feutre flamboyant. Son teint un peu sombre suggérait des origines nord-africaines. Grand et bien de sa personne, il arborait une moustache luxuriante. Nous nous présentâmes mutuellement tout en fumant une cigarette.

Zarbi précisa qu'il était algérien. Il parlait l'anglais aussi bien que le français et donnait l'impression de quelqu'un qui avait déjà beaucoup vécu. Il devait avoir une trentaine d'années et me laissa entendre qu'il avait fait plus que sa part dans la guerre d'indépendance.

Ce qui revenait à dire qu'il avait servi dans les rangs du FLN. Il ne laissa pas d'être impressionné par le fait que j'aie pu en entendre parler. Il était venu à Paris pour gagner sa vie, mais avait laissé son cœur dans le pays pour lequel il avait combattu. « La plupart des Britanniques ignorent tout de l'Algérie. Ils croient que l'on n'y trouve que du sable et des chameaux, mais ça, c'est le Sahara. L'Algérie où vit le plus gros de la population ressemble beaucoup plus à l'Espagne ou à l'Italie. »

Il fut encore plus impressionné quand je lui révélai ma présence à Paris le 17 octobre 1961, où j'avais été témoin des violences policières à l'encontre des manifestants algériens. Un massacre, corrigea-t-il : plus d'une centaine de morts. Et le monde n'avait pas bronché. La France refusait toujours de reconnaître ce qui s'était passé. « Ils ont massacré notre peuple, et ils font comme si de rien n'était. » Lui-même n'était pas à Paris à l'époque, mais il avait pu discuter avec beaucoup de gens qui l'étaient. « Ils n'oublieront jamais le 17 octobre. »

Plus tard, je rapportai notre conversation à Harriet. Je ne lui avais jamais décrit cette nuit en détail auparavant. Elle se montra horrifiée, mais aussi incrédule. Comment autant de morts avaient-elles pu être étouffées ? Zarbi devait exagérer. Elle ne l'aimait pas ni ne lui faisait confiance. Il lui avait clairement fait comprendre son mépris pour elle lors de leurs rares rencontres à Tativille. Son attitude envers les femmes était condescendante, voire dédaigneuse. On ne pouvait lui accorder aucun crédit pour dire la vérité sur quelque sujet que ce soit. Mais s'il exagérait, cela impliquait que j'en faisais autant. Le refus de Harriet de se dédire sur ce point nous conduisit à notre première dispute. On se raccommoda sans trop tarder. Mais le fait qu'elle ait pu douter de moi se logea dans un coin de ma tête pour ne plus en ressortir. Je n'aimais pas du tout ce que j'éprouvai à la suite de cet incident.

Quand je revis Zarbi, nous abordâmes aussitôt le même sujet. Il me demanda si j'aimerais rencontrer un survivant d'un des pires épisodes du 17 octobre. Je lui répondis par l'affirmative. Et c'est ainsi qu'un après-midi où Tativille ne réclamait pas notre présence il m'emmena dans sa vieille Citroën délabrée jusqu'à un café situé dans une rue à l'écart, non loin de la gare du Nord. La plupart des gens du quartier et tous les habitués du café sans exception semblaient être algériens. Ils parlaient une langue dont Zarbi me dit que ce n'était pas de l'arabe, mais du tamazight – la langue berbère. Un homme borgne qui boitait et portait un pantalon taché de graisse émergea de la cuisine et vint se joindre à nous. Il dit s'appeler Ahmed Kaddour. Il n'était pas très causant, mais Zarbi réussit à le convaincre de révéler pourquoi il boitait et comment il avait perdu un œil.

Kaddour s'était joint à la manifestation du 17 octobre 1961 parce que les hommes des brigades Z, comme on les appelait, avaient commencé à faire des descentes dans le bidonville de Nanterre où il vivait, saccageant les lieux et arrêtant tous ceux qui tentaient de leur barrer la route. Il faisait partie des manifestants qui avaient été appréhendés près du pont Saint-Michel et emmenés à la préfecture de police, non loin de là, où ils avaient été retenus dans la cour et soumis à un passage à tabac en règle. Un coup à la tête lui avait coûté un œil, et une série de coups de matraque l'avait handicapé à l'aine de façon permanente. C'est quand ils commencèrent à le garrotter avec une ceinture qu'il crut sa dernière heure venue. Mais ils finirent par se lasser et choisirent de le jeter dans la Seine.

Il n'était pas le seul. « Le fleuve charriait beaucoup de morts », dit-il. Un énorme effort de volonté lui avait permis de ne pas sombrer et de continuer à respirer jusqu'à ce qu'il réussisse à se hisser sur la berge au port de Javel. C'est là qu'un veilleur de nuit l'avait trouvé et avait appelé une ambulance. « J'ai eu de la chance, dit-il avec un sourire amer.

– C'est bien ce que je t'ai dit, Nigel, commenta Zarbi. Un vrai massacre. »

Un autre homme vint nous rejoindre tandis que Kaddour regagnait sa cuisine en boitant : un ami de Zarbi, un ancien compagnon d'armes dans les rangs du FLN du nom de Nazim Haddad. Plus petit et moins imposant que Zarbi, Haddad paraissait un peu plus âgé, avec ses cheveux clairsemés et son air sévère. Sa voix posée semblait peser chacun de ses mots. Comme Zarbi, il parlait bien anglais. J'eus l'impression que les deux hommes s'étaient donné rendez-vous ici. « Wassim me dit que tu as été témoin, Nigel, des sévices dont a été victime notre frère Kaddour cette nuit-là. Mais sais-tu qui est le vrai responsable dans l'histoire ?

– De toute évidence la police, non ? répliquai-je.

– Elle n'a fait qu'obéir aux ordres.

– Qui a donné ces ordres alors ?

– Papon, le préfet de police de l'époque, qui est toujours en place. Et de Gaulle, M. le président… toujours là, lui aussi.

– Tu ne me feras pas croire ça.

– C'est pourtant la vérité.

– Écoute, la police s'est complètement déchaînée, on est bien d'accord là-dessus. Mais à t'entendre, tout était orchestré… au plus haut niveau ?

– C'est bien ça, Nigel, intervint Zarbi. C'est bien ce que nous sommes en train de dire.

– Mais ce n'est tout simplement pas…

– … pas possible ?

– Eh bien…

– C'est tout à fait possible. Et nous ne sommes pas loin d'être en mesure de le prouver. »

Je compris alors que Zarbi ne cherchait pas vraiment à être acteur. Et qu'il n'était pas venu en France uniquement pour trouver du travail. Haddad et lui étaient investis d'une mission. Une gravité latente les habitait – une détermination farouche. Et un air menaçant, à peine visible mais palpable, que je trouvai tout à la fois perturbant et excitant. Ils se regardèrent. Avant de tourner les yeux tous les deux vers moi.

« On a besoin de ton aide, dit Haddad.

– Désolé, mais…

– Aucun danger, mon ami*, *dit Zarbi. On pense que ça pourrait marcher. Mais si ce n'était pas le cas, tu t'en sortirais sans problème.*

– N'empêche, je…

– Rien de plus que jouer la comédie. Comme nous le demande Tati pour des clopinettes.

– Mais pourquoi avez-vous besoin de moi ?

– Parce que tu es blanc, Nigel, dit Haddad. Et que, comme tu peux le constater… nous ne le sommes pas.

– Quel rapport ?

– On ne peut pas t'en dire plus, sauf si tu es prêt à t'engager.

– Comment m'engager dans quelque chose dont j'ignore tout ?

– On comprend parfaitement. Réfléchis à la question. Prends quelques jours.

– N'oublie pas, Nigel, dit Zarbi tout en me serrant fermement l'épaule, que tu ne courrais aucun danger.

– Et que nous obtiendrions dans cette affaire la preuve que nous recherchons, ajouta Haddad.

– Ce qui ne serait pas rien, non ? dit Zarbi en relâchant sa prise avec un sourire et me pressant des yeux de ne pas le laisser tomber. Tu peux le faire. Je sais que tu peux. »

Zarbi ne me reconduisit pas jusqu'à l'appartement. Il me laissa boulevard Beaumarchais, prétendant qu'il était pris ailleurs et ne pouvait m'emmener plus loin. Ses dernières paroles au moment où je descendais de la voiture me donnèrent davantage l'impression qu'il s'agissait en fait d'une précaution pour éviter que l'on nous voie ensemble. « Ne parle pas à Harriet de notre visite d'aujourd'hui, Nigel. Cela doit rester entre nous, d'accord ? »

J'étais déjà résolu, en raison de la dispute que nous avions eue, à agir en ce sens, craignant qu'elle veuille décider à ma place quelle attitude je devais adopter, alors que j'avais à cœur de me déterminer moi-même. Je m'étais montré sceptique devant l'affirmation de Haddad selon laquelle les violences policières du 17 octobre 1961 avaient reçu l'aval des plus hautes instances de l'État. Mais j'étais secrètement excité autant qu'écœuré à l'idée que cela ait pu être le cas – et que je puisse moi-même contribuer à le prouver.

Je pris soin de ne pas montrer à Harriet que j'avais un quelconque motif de préoccupation. Et elle ne parut rien remarquer d'anormal dans mon comportement.

Ce dimanche, nous avions été invités pour le repas de midi chez Viviane Labbé, assistante costumière à Tativille, et son mari universitaire, Alain. Nous étions une dizaine de personnes dans leur maison au bord du fleuve à Saint-Maur-des-Fossés. L'ambiance était à la détente et à l'autosatisfaction. Intellectuels parisiens bien nourris discutant des subtilités d'un film ou d'un roman dans un jardin pomponné aux couleurs printanières et se livrant à des propos assaisonnés de temps à autre d'opinions politiques gauchisantes. Je décidai, après quelques verres, de tester la solidité de cet esprit de gauche en soulevant le sujet sensible du 17 octobre.

La réaction fut étrangement schizophrénique. Ils tombèrent à bras raccourcis sur Papon, le parfait fasciste, collaborateur enthousiaste des nazis pendant la Seconde Guerre mondiale. Ils ne remettaient pas en cause les violences policières exercées cette nuit-là. Mais ils doutaient fortement qu'il ait pu y avoir autant de victimes et que des dizaines d'Algériens aient été jetés dans la Seine. Les corps auraient forcément été retrouvés plus bas en aval, firent-ils remarquer – or ils ne l'avaient tout bonnement pas été. Suivit un débat complexe sur les endroits où ils auraient pu échouer. L'écluse de Suresnes, peut-être ? Rouen, pourquoi pas ? Ce qui m'exaspéra au plus haut point. Pourquoi, demandai-je, de Gaulle avait-il mis à la tête de la police parisienne un ancien collaborateur nazi ? La décision ne lui appartenait pas, me répondit-on. Il n'était pas président quand Papon avait été nommé. D'accord, mais pourquoi l'avoir laissé en place en ce cas ? Parce que, à un niveau dont ils préféraient ne pas parler, il faisait le boulot. Boulot – c'était là, je m'en rendis compte, un sentiment secrètement partagé – qu'il fallait faire. Il y avait encore trop de banlieues où la police n'osait pas mettre les pieds, sauf en force. L'un d'entre eux s'était-il déjà rendu une fois dans ces banlieues ? Apparemment non. Ils savaient à quoi s'en tenir. Sans compter qu'on se demandait bien pourquoi les Algériens se plaignaient encore. Ils avaient obtenu ce pour quoi ils avaient combattu : leur indépendance. Cette histoire était terminée, appartenait déjà au passé, mieux valait l'oublier.

Je laissai tomber le sujet avant que la discussion s'envenime. Pendant notre retour à la maison, Harriet fut de mon avis : j'avais mis le doigt sur un point sensible Mais, me fit-elle remarquer, c'était fondamentalement leur problème, pas le nôtre. « L'Algérie n'a rien à voir avec nous, pas vrai ? »

Je suppose que, d'un certain côté, elle avait absolument raison. Et je donnerais n'importe quoi aujourd'hui pour avoir laissé les choses en l'état.

Ce que je n'ai pas fait.

Gray interrompt sa lecture et finit son whisky. Il se demande si Suzette entretient encore des doutes sur l'authenticité du document. Tous les mots jusqu'au dernier lui semblent porter l'accent de la vérité. Hormis le nom de l'ami de Zarbi. Nazim Haddad. Quand Gray regarde la page de plus près, il est sûr que ces deux mots ont quelque chose de suspect dans leur apparence. Ils sont plus nets que ceux qui les entourent, mais à peine, vraiment à peine. Sans compter que le nom n'aurait pu être mieux choisi, puisqu'il évite le recours à la lettre *e*, si constamment mal alignée par ailleurs.

Que faire ? La réponse à donner à Suzette est simple. Mais au-delà, il a d'autres considérations. Il faut qu'il se protège lui-même de toute action de la part de celui qui lui a envoyé la confession de son père. Et le plus tôt serait le mieux. Parce que Dieu sait ce qu'ils ont en tête.

Gray se lève, passe d'une pièce à l'autre, tire les rideaux et allume la lumière. Dehors, il fait presque nuit. L'obscurité a grignoté les champs silencieux pour arriver jusqu'à lui. Les chouettes vont bientôt lancer leurs appels. Il les entend tous les soirs sans jamais les voir. Un homme n'est jamais plus visible qu'encadré dans une fenêtre éclairée, au cœur de la campagne. La solitude a quelque chose de paisible. Mais n'exclut pas parfois la vulnérabilité.

Il écarte l'idée qu'il pourrait être en danger comme un symptôme de surréaction. Il n'y a personne, là, dehors, qui le regarde. Pour autant, il ne peut pas ignorer totalement les risques inhérents à la situation qui est la sienne en ce moment. Il existe une précaution évidente à prendre. La seule question est de savoir s'il doit la prendre maintenant ou attendre jusqu'au lendemain.

Akram, le plus bavard des deux frères qui gèrent le garage près de l'appartement de Taleb, où celui-ci loue une place de parking, fait signe qu'il remarque son retour tardif ce soir-là en penchant légèrement la tête au moment où il ouvre la grille pour le laisser entrer. En règle générale, Taleb arrive bien avant la fermeture de la grille, mais une consultation prolongée des dossiers du commissaire Meslem concernant l'affaire Zarbi/Laloul a différé de plusieurs heures son départ de l'hôtel de police.

Meslem avait empêché le ministère de l'Intérieur de retirer de la circulation certains dossiers sensibles en les remisant dans des endroits improbables, conscient qu'il était de la paresse autant que de l'arrogance des fonctionnaires ministériels : leur témoigner de la servilité pouvait vous faire pardonner les plus grosses négligences. En parcourant ce que Meslem avait laissé derrière lui au moment de sa retraite, Taleb s'est souvenu de tous les fils épars qui n'avaient jamais été noués dans cette affaire – la suspicion de corruption dans toutes les sphères des instances étatiques, la connivence de beaucoup de gens sur lesquels Laloul avait dû s'appuyer pour perpétrer pareille félonie si longtemps et à une pareille échelle. C'était une affaire exemplaire des dysfonctionnements de l'Algérie de l'époque – et, comme il ne le sait que trop, de celle d'aujourd'hui.

Taleb loue un emplacement dans ce garage depuis le début des années 1990, quand il est devenu trop dangereux pour un flic de garer sa voiture dans la rue. Disons-le, il pourrait à nouveau le faire aujourd'hui. Mais Taleb est un homme d'habitude, et Akram et son frère ne risquent pas de perdre sa clientèle de sitôt. Leur installation comprend une grande cour entourée des immeubles voisins et protégée seulement en partie. Les places couvertes sont très recherchées, mais Taleb en a une, ce qui témoigne de la longévité de sa location.

Après s'être garé, il descend de voiture dans un concert de roucoulements et de battements d'ailes des pigeons juchés sur leur perchoir ombragé et revient jusqu'à la grille qu'Akram lui tient ouverte.

« On a travaillé tard, inspecteur ? » demande le garagiste.

Taleb n'a jamais pris la peine de l'informer de sa promotion au grade de commissaire.

« C'est le lot des flics, Akram.

– J'attends toujours que tu m'annonces ton départ à la retraite.

– Pas encore.

– C'est bien.

– Tu trouves ?

– Évidemment. Tout le monde doit avoir un but dans la vie. Le mien, c'est ce garage. Le tien… c'est de lutter contre le crime.

– Et comment crois-tu que je m'en tire ?

– Ça, ça revient à me demander de juger si l'indépendance est une réussite.

– Et la réponse est ?

– C'est trop tôt pour le dire », conclut Akram avec un sourire.

Gray n'a pas à réfléchir longtemps avant de décider qu'il vaut mieux attendre. Surprendre Wendy à cette heure n'est vraiment pas une bonne idée. Mieux, ce serait probablement désastreux. Il n'en reste pas moins qu'il ne semble pas prêt à s'endormir tout de suite. Il se sent physiquement fatigué, mais mentalement sur les nerfs. Les conséquences possibles de la visite de Suzette n'arrêtent pas de tourner dans sa tête.

Pour finir, il semble bien qu'il n'ait rien d'autre à faire sinon retourner à son fauteuil et reprendre sa lecture là où il l'a laissée.

5

Quand je revis Zarbi à Tativille, je lui dis que j'étais prêt à les suivre, Haddad et lui. Je me fis la réflexion que je pourrais toujours renoncer à tout moment. Il fallait juste que je découvre ce qu'ils attendaient de moi et que je décide si je voulais m'engager ou pas. Le lendemain, Zarbi m'emmena à nouveau retrouver Haddad au café proche de la gare du Nord où nous avions discuté avec Kaddour. J'aperçus ce dernier par la porte ouverte de sa cuisine et je crois qu'il me reconnut, sans pour autant me le signifier. Haddad et Zarbi entamaient déjà une conversation à mi-voix quand nous décidâmes d'emprunter un escalier étroit qui menait à une petite pièce à l'étage.

C'est là, tandis que les minces rideaux à moitié tirés filtraient la lumière, qu'ils m'exposèrent leur plan. Haddad me montra une coupure de Paris Match *où figuraient plusieurs photos d'une réception à l'Élysée. Il m'en désigna une du doigt, sur laquelle de Gaulle serrait la main d'un dignitaire en visite officielle. À côté du chef de l'État se tenait un jeune homme de petite taille, plutôt frêle, aux cheveux foncés, au teint pâle, au visage éveillé et au sourire nerveux. Un genre de conseiller, sans doute.*

« Celui-là, dit Haddad, c'est Guy Tournier, conseiller spécial à l'Élysée. C'est lui, notre cible. »

Tournier, me dit-il, était une sorte d'intermédiaire pour de Gaulle dans des affaires que ce dernier souhaitait superviser sans pour autant s'impliquer personnellement. Pendant la guerre d'indépendance, Tournier avait fait partie d'une commission secrète dont la fonction consistait à approuver les assassinats et les actes de violence menés contre le FLN et d'autres groupes d'Algériens en France. Parmi les membres de la commission figuraient aussi des représentants du Premier ministre, les commandants des opérations spéciales des services du contre-espionnage, le SDECE, et, bien entendu, Papon. À en croire Haddad, c'était là le groupe qui avait décidé des actions policières du 17 octobre, ainsi que des explosions orchestrées contre des cafés algériens et des exécutions de certains sympathisants du FNL perpétrées par des agents du SDECE au cours des semaines précédentes. L'objectif, d'après Haddad, c'était de mettre le gouvernement français en position de force dans les pourparlers de paix menés à l'époque avec le FLN. Objectif formulé très clairement par de Gaulle en personne, et développé par Tournier devant la commission.

Haddad et Zarbi n'avaient aucune preuve, évidemment, aucun procès-verbal de réunion à communiquer à la presse sous couvert de l'anonymat. Cela arrangeait bien de Gaulle de pouvoir laisser croire que c'était Papon le seul responsable des événements.

« Nous allons changer tout ça, Nigel, déclara Haddad. Et tu vas nous aider. »

Puis il entreprit de me détailler le plan qu'ils avaient en tête. Un compte rendu détaillé des travaux de la commission serait arraché à Tournier, accompagné, dans l'idéal, de documents qui serviraient de preuves. Haddah et Zarbi se faisaient fort d'obtenir le compte rendu. Mais Tournier n'était pas facile à approcher. Il vivait seul, évoluait dans des cercles fermés et, quand il n'était pas chez lui ou au travail, était habituellement accompagné d'un garde du corps. Sa seule faiblesse, c'était l'intérêt qu'il portait à la gent masculine. Des jeunes gens au physique agréable qui, bien évidemment, ne pouvaient être algériens. Donc uniquement des Européens bon teint, si l'on peut dire. Comme moi.

Je faillis refuser dans l'instant. Mais quelque chose dans l'atmosphère confinée de cette petite pièce, qui nous rapprochait, m'en dissuada. Je pressentis que mon abandon ne resterait pas sans suite. Que ces conséquences ne seraient pas faites pour me plaire et méritaient donc d'être prises en compte. J'avais dit que j'étais prêt à faire ce qu'ils attendaient de moi. Ils avaient choisi de me l'exposer. Je n'avais plus qu'à m'exécuter.

Le rôle joué par de Gaulle dans les événements du 17 octobre devait être révélé au grand jour. J'avais moi-même été témoin de certaines des horreurs perpétrées et tout ce qu'on me demandait, c'était de manœuvrer Fournier pour le contraindre à des aveux. Zarbi m'assura qu'ils ne lui feraient pas de mal parce qu'ils n'en auraient pas besoin. « C'est un petit homo timide, Nigel. Quand nous le tiendrons tout seul devant nous, sans son garde du corps baraqué pour le protéger, il se mettra à table sans problème.

– Et on enregistrera jusqu'à son dernier mot au magnétophone, ajouta Haddad. On va l'avoir. Et, dans la foulée, on aura aussi M. le président. »

Je savais, quand nous quittâmes le café, que je ne contrôlais déjà plus la situation. C'était une chose de condamner les agissements de la police face à ces manifestants algériens, une autre d'attirer dans un piège un conseiller spécial du président de la Ve République. Mais j'étais certain que Zarbi et Haddad le prendraient très mal si je les lâchais à ce stade. La seule pensée de ce qu'ils seraient capables de me faire suffisait à me persuader de ne pas renoncer. J'avais par ailleurs imaginé une stratégie susceptible de me sortir d'affaire sans dommage. Ils ne seraient pas présents quand j'essayerais d'embobiner Fournier. Je pourrais faire en sorte que notre rencontre ne débouche sur rien et prétendre par la suite que j'avais fait de mon mieux, mais que ce mieux n'avait pas suffi. Il leur faudrait alors réfléchir à un autre moyen de l'approcher, en ayant recours à quelqu'un de plus apte à réussir dans l'entreprise.

Le plan était bon, pour autant que je puisse en juger.

Harriet ne manqua pas de remarquer à quel point j'étais distrait et nerveux au cours des jours suivants. Je ne cessais de lui assurer, évidemment, que tout allait bien. Mais je suis certain que cela ne faisait qu'ajouter à son inquiétude à mon sujet. J'étais moi-même passablement inquiet, pour tout dire. Tout ce que j'avais à faire, c'était d'attendre que Zarbi me fasse signe quand ils seraient prêts à passer à l'action. Pour ensuite jouer mon rôle aussi mal que j'en avais l'intention.

Ils surveillaient discrètement les mouvements de Tournier depuis quelque temps. Ils le savaient homme d'habitude et de routine. S'il n'était pas réclamé auprès du président, il dînait seul les lundis, mercredis et vendredis dans un restaurant, Le Doge, non loin de son appartement, juste à côté de l'avenue Montaigne dans le VIIIe arrondissement.

C'est le mercredi après notre rencontre au café que Zarbi me fit savoir que les choses devaient se passer le soir-même. Ils avaient prévu une réservation au Doge au nom dont ils avaient convenu d'un commun accord : Davidson. Ils me faisaient confiance pour réussir à convaincre Tournier de partager sa table avec moi. Si je savais m'y prendre, avec un peu de chance, il m'inviterait à le retrouver dans son appartement après s'être dûment débarrassé de son garde du corps. Un Interphone commandait la porte d'entrée de son immeuble, mais Zarbi me dit que tout ce que j'avais à faire, c'était de leur ouvrir la porte de l'appartement.

Je n'avais plus aucune échappatoire, maintenant. Je devais aller jusqu'au bout – du moins jusqu'au bout de mes intentions. Ce fut une journée tranquille à Tativille, et je pus donc partir bien avant Harriet. Je passai par l'appartement le temps de lui griffonner un mot lui disant que je devais sortir et que je rentrerais peut-être tard. Puis je pris le métro jusqu'à Franklin-Roosevelt et empruntai en ce début de soirée les rues qui menaient au Doge. Un homme, en train de lire un journal dans une voiture garée non loin du restaurant, avait les épaules suffisamment carrées pour passer pour un gorille. Il ne me prêta pas la moindre attention, me sembla-t-il, quand je longeai la voiture.

Tournier dînait de bonne heure pour un Français. Il était seul dans la salle quand j'arrivai, installé à une table d'angle qu'on devait sans doute lui réserver de façon plus ou moins systématique. Le menu était posé devant lui, ainsi qu'un martini et une cigarette. Il avait l'air encore plus pâle que sur la photo de Paris Match. Il portait un costume sombre coûteux. De grands cernes lui soulignaient les yeux. Il semblait fatigué. Peut-être de Gaulle le faisait-il trop travailler. Peu importe, il était là, libre et seul, avec toute la soirée à sa disposition.

On me présenta un menu. Je commandai une coupe de champagne. Regardai par la fenêtre. Vis le garde du corps dans sa voiture, la tête dans son journal. Peut-être en avait-il assez de pouponner Tournier. Peut-être ne l'aimait-il pas.

Je commençai à réfléchir à la meilleure manière d'engager la partie, ce que j'étais manifestement censé faire. Je pouvais aller jusqu'à sa table et lui proposer de dîner ensemble. Je pouvais essayer de multiplier les sourires et tenter d'attirer son attention. Je n'avais aucune expérience en la matière. Vraiment aucune idée de la manière dont les choses pouvaient tourner. Avec un peu de chance…

Je ne l'avais pas vu parler au serveur. Pourtant, soudain, celui-ci se matérialisa à mes côtés, m'informant que l'autre monsieur en train de dîner – qu'il ne nomma pas – se demandait si je lui ferais le plaisir de me joindre à lui. Je regardai Tournier, qui me sourit – un sourire engageant qui m'encourageait à accepter l'invitation. Ce n'était pas la première fois que cela lui arrivait. Je le compris aussitôt. Ce que je comprenais moins, c'était la façon dont notre dîner à deux* allait se terminer.

Je lui rendis son sourire et me levai tandis que le serveur écartait ma chaise. J'allai jusqu'à la table de Tournier. Il se leva en souriant toujours, me gratifia d'une poignée de main et de ce qui ressemblait fort à une courbette. Nous prîmes place, avant *d'échanger quelques propos anodins comme quoi on ne pouvait que souhaiter voir deux clients solitaires partager leur repas.*

Zarbi avait dit de Tournier qu'il était timide, mais il ne m'apparut pas le moins du monde comme tel. Sûr de lui, il n'était pas sans témoigner d'une certaine rigidité qui s'accompagnait d'une grande vulnérabilité enfouie sous une morgue apparente. Je pressentis qu'il pouvait se montrer intimidant s'il le voulait. Mais ce n'était manifestement pas le cas pour l'instant. Nous jouions à un jeu fort différent, dont il connaissait les règles beaucoup mieux que moi.

Nous commandâmes notre menu. Tournier insista pour s'occuper du vin et le régler. « J'aime ce qu'il y a de meilleur », dit-il. Je le crus volontiers. Il me complimenta sur la qualité de mon français, mais nous décidâmes d'en rester à l'anglais, qu'il parlait couramment. Il sembla accepter l'histoire que je lui servis : je m'appelais Christopher Davidson, j'étais assistant du directeur de publication d'une petite maison d'édition, et en vacances seul en France. Lui-même se présenta comme un haut fonctionnaire, ce que je savais être effectivement vrai.

J'étais nerveux, ce qui m'entraîna à boire trop vite. Les serveurs déployèrent une remarquable célérité à remplir mon verre, même quand d'autres clients arrivèrent ; Tournier était manifestement un habitué apprécié. Je ne doutais pas que ma nervosité fût parfaitement visible, mais j'espérais qu'il se tromperait sur sa véritable origine.

Dans la mesure où j'avais prétendu travailler dans l'édition, rien de surprenant à ce que notre conversation dérive vers la littérature. Je racontai le pèlerinage que j'avais fait sur la tombe d'Oscar Wilde un peu plus tôt dans la journée, même si je supputais que l'allusion manquait de subtilité. Elle sembla fonctionner. Ses yeux n'arrêtaient pas de revenir sur moi. Il prenait un plaisir manifeste à mes tentatives répétées pour louer les vins qu'il avait choisis. Cette soirée demeure la seule occasion à ce jour où il m'ait été donné de déguster un montrachet grand cru.

Je ne cessais de me dire que je maîtrisais au mieux la situation et que j'allais faire en sorte qu'il n'arrive rien de fâcheux, mais il vint un moment où je perdis cette assurance. Le problème n'était pas que je m'enivrais rapidement, ou du moins, ce n'était pas là le seul problème. Ce qui me dérouta, c'est que je compris à quel point Guy Tournier me déplaisait.

Il m'avait ferré, croyait-il, mais ce faisant, il m'avait révélé une bonne partie de sa vraie nature : arrogante, manipulatrice, égocentrique. En témoignait sa réaction à l'allusion que je fis à un moment à Camus. Sans trop savoir pourquoi. Avais-je lu son œuvre ? Je répondis que je connaissais L'Étranger *et* La Peste. *Quand il me demanda mon opinion, j'hésitai. En tant que pied-noir, Camus ne pouvait représenter que l'échec aux yeux de Tournier. L'homme qui avait étudié l'absurde tragique de la vie ne pouvait, d'un point de vue philosophique, que lui répugner. Je décidai de dire à mon interlocuteur ce que je le soupçonnais de vouloir entendre.*

« Je crois qu'on le surestime, répondis-je après avoir judicieusement savouré une longue gorgée de vin. Il confond faiblesse et malheur. Il ne comprend pas que si nous ne croyons en rien… nous ne sommes rien. »

Tournier eut l'air impressionné pour la première fois depuis le début de notre rencontre.

« Exactement, Christopher. C'est Camus tout craché. »

Après cela, je ne pouvais me permettre la moindre erreur. Il me trouvait intellectuellement stimulant autant que physiquement désirable. Il ne voulait certainement pas que notre relation en reste là.

« J'ai trouvé votre compagnie fascinante, Christopher, déclara-t-il en finissant son cognac. Cette soirée a été une délicieuse surprise.

– Pour moi de même.

– Il est encore relativement tôt, poursuivit-il en jetant un coup d'œil à sa montre de prix. Aimeriez-vous, peut-être, venir passer un moment chez moi ? J'habite tout près. »

Que pouvais-je faire, après être allé aussi loin, sinon accepter l'invitation ?

« Mon chauffeur m'attend dehors. Il lui arrive de se montrer un peu trop curieux à mon goût. Il vaudrait peut-être mieux que je rentre avec lui et que vous veniez seul de votre côté.

– Je comprends tout à fait. » Il s'agissait là, clairement, d'un stratagème auquel il recourait couramment. Pour un homme de sa position, la discrétion s'imposait.

Il me donna son adresse. Je la connaissais, bien entendu, mais je m'efforçai de me montrer attentif quand il me fournit les instructions nécessaires.

« Appartement 6, Christopher. Il y a un… ah, comment dites-vous en anglais… Interphone ?

– Entryphone ?

– C'est ça. Entryphone. Vous verrez quoi faire. Je vous attendrai. »

Nous quittâmes le restaurant séparément, Tournier le premier après avoir payé nos deux repas, ce que je lui laissai faire bien volontiers quand je vis le montant de la note. Il monta dans la voiture que j'avais repérée un peu plus tôt et celle-ci démarra.

Je sortis seul dans la fragrance tardive d'une nuit de printemps. Je suivis un chemin détourné pour me rendre chez lui. Arrivant sur l'avenue George V, je vis l'entrée du métro près du pont de l'Alma et restai là un moment, au milieu de la circulation, à me dire que c'était le moment ou jamais d'abandonner la partie.

C'est alors que, surgi de nulle part, Zarbi apparut à mon côté. Et l'occasion s'évanouit.

« Que se passe-t-il, Nigel ? demanda-t-il.

– Tournier s'assure que le garde du corps ne sera pas là pour me voir pénétrer dans l'appartement. Je dois attendre que l'horizon soit dégagé pour me présenter.

– Ah, génial. Tu t'es bien débrouillé. Mais il ne faut pas que tu attendes trop longtemps. Allons-y ensemble. » À partir de ce moment-là, il était décidé à ne plus me lâcher.

Nous nous mîmes en route. L'air nocturne m'éclaircissait les idées. L'odeur du tabac bon marché de la cigarette que fumait Zarbi s'infiltrait dans mes narines. Une partie de mon cerveau savait que je regretterais d'avoir laissé l'expérience aller jusqu'à son terme. Mais l'autre savait que je ne supporterais pas d'avoir laissé passer l'occasion de voir le méprisant Guy Tournier rendre des comptes, plus maintenant que je l'avais observé et écouté de près. Il méritait ce qui l'attendait.

Nous n'échangeâmes plus un mot jusqu'à l'appartement. Haddad fumait une cigarette sous un porche voisin, une besace passée sur l'épaule. Nous regardâmes dans sa direction tout en remontant le trottoir de l'autre côté de la rue. Il hocha la tête. « Le garde du corps est parti, murmura Zarbi. Vas-y. »

Il traversa pour aller rejoindre Haddad. Pour ma part, je continuai jusqu'à ce que je me retrouve en face de l'immeuble de Tournier – toit mansardé, pierre grise, balcons en fer forgé et hautes fenêtres. Je me présentai devant la porte.

Je vis une rangée de boutons assortis du numéro du logement correspondant, sur une plaque en cuivre fixée au pilier à côté du porche, et, au-dessus de la plaque, un bouton séparé affichant le numéro de l'appartement de Tournier et flanqué d'un Interphone. L'homme semblait disposer d'une intimité renforcée, à son usage exclusif.

Je jetai un coup d'œil par-dessus mon épaule et aperçus Zarbi et Haddad approcher l'un derrière l'autre, plaqués contre la façade de façon à ne pas être vus depuis les étages. Puis j'appuyai sur le bouton de l'appartement n° 6.

Un léger crépitement dans le haut-parleur avant que me parvienne la voix de Tournier. « Christopher ?

– Oui, c'est moi.

– Entrez, je suis au deuxième. »

Un clic, et la porte s'ouvrit. Je la poussai et pénétrai dans l'immeuble.

Je retins la porte quelques secondes avant de la relâcher. Zarbi et Haddad s'introduisirent adroitement derrière moi avant qu'elle se referme avec un bruit sourd. Pas un mot ne fut prononcé. Zarbi se contenta d'un signe de tête. Je devais continuer tandis qu'eux me suivraient.

J'ouvris une seconde porte menant à un hall en marbre. L'escalier, également en marbre, décrivait une courbe élégante autour de la cage d'ascenseur. Je m'avançai. J'avais encore le temps d'enrayer la machine. Pourtant, je n'en avais pas l'intention. Plus maintenant que j'étais allé aussi loin. Je commençai à gravir les marches.

J'entendais le bruit de mes pas sur le sol, mais rien derrière moi. Zarbi et Haddad se déplaçaient sans bruit, habitués qu'ils étaient à ce genre de mission clandestine. Je ne tournai pas la tête pour les voir, mais du coin de l'œil, j'aperçus leurs ombres tout en montant. Allais-je devoir encore sonner pour que Tournier m'ouvre sa porte ? Ou bien la tenait-il déjà ouverte dans l'attente de mon arrivée ?

Ni l'un ni l'autre. J'atteignis le deuxième étage et vis devant moi la haute et large porte fermée de l'appartement n° 6, la lumière faisant reluire le lustre de son bois laqué. Tournier devait guetter à cet instant derrière le judas, puisque la porte s'ouvrit à mon approche.

Je me demandai à quelle distance se trouvaient Zarbi et Haddad. Le palier était long entre le haut de l'escalier et la porte, laquelle était à présent grande ouverte. Tournier m'accueillit avec un sourire, tendant un bras majestueux pour me faire signe d'entrer.

« Vous voilà, dit-il.

– En effet, répondis-je en souriant à mon tour. Me voilà. »

C'est alors que j'entendis des pas précipités derrière moi. Tournier aussi. Presque aussitôt, il comprit que je n'étais pas venu seul. Son sourire s'évanouit. Il recula et repoussa la porte vers moi, sans doute dans l'idée de me la claquer à la figure.

Mais je lançai mon pied dans l'ouverture pour l'arrêter, puis pesai de l'épaule de tout mon poids pour la maintenir en position. L'instant d'après, Zarbi et Haddad étaient derrière moi. Le premier fonça vers la porte, y mettant toutes ses forces, envoyant valser Tournier qui fit un vol plané. Je le vis retomber sur le dos, sur un tapis abondamment fleuri. Zarbi poursuivit sur sa lancée, Haddad sur les talons. Le premier remit Tournier sur ses pieds comme s'il s'était agi d'un mannequin, le propulsant contre le mur où il le cloua de son avant-bras. Il lui plaqua une main sur la bouche pour l'empêcher de crier. Tournier jeta un regard haineux dans ma direction. Puis Haddad referma en partie la porte, me bloquant la vue.

« Nous nous occuperons du reste, Nigel, dit-il en me fixant dans les yeux.

– Mais je croyais…

– On te fera savoir ce qu'on arrive à lui faire dire. » J'entendis les protestations étouffées de Tournier, suivies d'un râle étranglé.

« Oui, mais…

– Maintenant, tu t'en vas », ordonna Haddad en m'adressant un signe de tête lourd de sens.

J'aurais pu donner l'alarme. Demander à un des autres résidants de l'immeuble d'appeler la police. J'aurais pu faire beaucoup de choses. En l'occurrence, je me contentai de reprendre l'escalier et de ressortir dans la rue, me disant qu'une intervention musclée était peut-être nécessaire pour arracher une confession à Tournier et que moins j'en savais, mieux c'était. La fin justifiait les moyens. L'argument habituel pour se défausser. Auquel je me ralliai sans hésiter.

Quand je rentrai à l'appartement, je dis à Harriet que j'avais reçu un message de Giuseppe me faisant savoir qu'il était à Paris et que nous pouvions nous voir. Le rendez-vous était fixé dans un bar proche des Champs-Élysées, que nous avions troqué par la suite pour un bistrot, avant qu'il prenne la direction de la gare de Lyon afin d'attraper un train de nuit pour Milan. J'étais désolé que le temps ait manqué pour qu'elle puisse faire sa connaissance.

Harriet ne dit rien qui trahît son scepticisme devant mon histoire. Mais je sentis qu'elle n'était pas tout à fait convaincue. Elle pensait probablement que ma fébrilité n'était pas l'état dans lequel aurait dû me laisser une simple soirée passée avec Giuseppe. Ce n'était pas forcément agréable de savoir qu'elle me soupçonnait d'avoir menti. Du moins n'avait-elle aucune idée de ce que j'avais pu faire dans la réalité. C'était là ma seule certitude.

On n'avait pas besoin de moi à Tativille le lendemain. Je traînai dans l'appartement toute la matinée, me demandant si Zarbi me téléphonerait pour me rapporter ce qu'ils avaient réussi à extorquer à Tournier. Mais il n'en fit rien.

En début d'après-midi, j'en eus assez d'attendre des nouvelles. Je me rendis dans le bar le plus proche, où j'éclusai quelques verres, ce qui eut le don de me calmer les nerfs, mais pas de m'éclaircir les idées. Il fallait que je sache ce qui était arrivé. Je ne pouvais pas rester là à faire semblant d'avoir passé la soirée de la veille avec Giuseppe.

Je pris le métro jusqu'à Franklin-Roosevelt et rejoignis la rue où habitait Tournier. Je n'étais pas sûr de savoir au juste ce que je ferais une fois là-bas. Je suppose que je voulais simplement me rassurer en constatant que tout était normal dans l'immeuble.

Ce n'était pas le cas. Plusieurs voitures de police garées devant l'entrée encombraient les lieux, sans compter une dizaine de résidants et de passants qui se démanchaient le cou pour essayer de voir ce qui se passait au-delà de la porte cochère ouverte. À grand renfort de grommellements et de hochements de tête.

Je demandai à une femme entre deux âges qui tenait en laisse un chien minuscule si elle savait ce qui se passait. Personne n'était vraiment au courant, répondit-elle, mais quelqu'un était mort dans l'immeuble et on avait appelé la police. L'homme à côté d'elle se montra plus causant. C'était un meurtre. Comment pouvait-il en être aussi sûr ? Facile. Il avait reconnu un des policiers qui étaient entrés dans l'immeuble d'après une photo vue dans le journal. Il s'agissait du chef de la brigade criminelle. Ce qui signifiait qu'il ne s'agissait pas d'une mort classique. On aurait l'occasion d'en apprendre plus dans les journaux du matin.

Brusquement, je me sentis mal. Mon expression dut trahir mon état, parce que la femme entre deux âges me saisit immédiatement le poignet, inquiète.

« Vous êtes souffrant, monsieur* ?

– Ça va, merci », dis-je en me dégageant avant de m'éloigner.

Mais, bien entendu, ça n'allait pas du tout.

6

Taleb ajuste ses lunettes de soleil quand il s'arrête devant la villa de Wassim Zarbi. Le soleil est encore bas dans le ciel sans nuages de ce début de matinée. Arriver jusqu'ici a relevé du parcours du combattant, entre sa vue qui, avec l'âge, ne se fait plus très nette – et qui n'est guère aidée par des verres de lunettes abondamment rayés – et les éclairs éblouissants du soleil qui l'aveuglaient chaque fois qu'il prenait un tournant ou arrivait au sommet d'une côte. Fort heureusement, il se sent plus alerte que d'ordinaire grâce à une coupure d'électricité qui l'a obligé à prendre une douche froide ce matin. Lui et sa Renault ont réussi à atteindre leur destination en un seul morceau, même si, dans un cas comme dans l'autre, le propos ne laisse pas d'être exagéré. Ils ne tiennent ni l'un ni l'autre ce qu'on pourrait appeler une forme olympique.

La villa est cachée à la vue par un haut mur d'enceinte surmonté de rouleaux de fil barbelé. Les visites ne sont manifestement pas les bienvenues. Le portail est fermé. Un gardien, vêtu de l'uniforme du DSS, émerge par la porte d'une petite loge à droite. Un spécimen du genre : massif, musclé, le crâne rasé, le visage vide de toute expression. Il s'approche de la voiture avec une lenteur calculée.

« J'ai rendez-vous avec l'agente Hidouchi, explique Taleb tout en montrant sa plaque.

– T'es trop vieux pour elle, répond le gardien.

– Je suis aussi trop en avance pour elle ?

– Elle était là ce matin alors que tu te rasais à peine.

– Il vaudrait mieux, en ce cas, qu'on ne la fasse pas attendre plus longtemps, non ? »

Faute de trouver une riposte adéquate, le gardien repart d'un pas délibérément mesuré vers la loge, et quelques minutes plus tard, les battants du portail s'ouvrent.

Taleb les franchit et s'arrête devant la villa à côté d'une moto noire et racée, dont il suppose qu'elle appartient à Souad Hidouchi. La villa est immense ; elle est dotée de plusieurs toits et de balcons au fer forgé travaillé ; ses murs d'un blanc aveuglant sont entrecoupés de colonnes en relief de marbre gris. La plupart des fenêtres sont fermées par des volets. Les frondaisons de quelques palmiers qui s'agitent mollement sont les seuls signes de la présence d'un jardin noyé quelque part à l'intérieur de la propriété.

Taleb descend de sa voiture et gravit les larges marches qui mènent à la porte à double vantail. Le heurtoir en cuivre, une tête d'éléphant qui pour l'instant brille de tous ses feux sous le soleil, est bien entendu totalement redondant. Celui qui aurait besoin de s'en servir pour qu'on le laisse entrer n'aurait de toute façon jamais pu franchir la grille.

Taleb est attendu. L'un des vantaux est entrouvert. Il pénètre dans la fraîcheur d'un hall d'entrée en marbre crème. Remarque l'escalier majestueux et les immenses pièces vides de part et d'autre dont il a un aperçu par les portes à demi ouvertes. Il guette un bruit qui lui donnerait une idée de l'endroit où se tient Hidouchi. Mais il n'entend rien.

Il erre dans une succession de pièces de réception encore plus grandes mais à peine meublées pour se retrouver dans un vaste espace d'où descendent des marches, sans doute jusqu'à un niveau inférieur abritant garages et salles en sous-sol. Juste devant lui, visible par une immense porte coulissante, une piscine donne au nord-est sur la mer.

L'agglomération tentaculaire d'Alger est invisible de cet endroit. Taleb ne voit que la piscine et la Méditerranée qui se confondent avec le bleu du ciel. Au loin, un pétrolier se dirige vers le port, et au-delà on aperçoit le phare de Bordj El-Bahri. À un tel moment et en un tel lieu, la ville qu'il dit sienne est magnifique. Il prend le temps de savourer la vue et la pointe de fraîcheur revigorante qu'il perçoit dans l'air.

C'est alors qu'entre dans son champ de vision une silhouette qui longe la margelle de la piscine. Par un effet d'optique, l'agente Souad Hidouchi semble marcher sur l'eau. Ce n'est qu'au moment où Taleb sort sur la terrasse que se révèlent les dalles du pourtour. Et du même coup, ce n'est qu'alors que lui-même se révèle aux yeux de Hidouchi.

Elle fait le tour du bassin à grandes enjambées pour venir à sa rencontre : jeune, une trentaine d'années, mince, en tenue de motard, blouson et pantalon de cuir. Elle a la tête inclinée sur le côté dans une attitude provocante. Il y a de la morgue dans sa posture, doublée d'un air intransigeant, comme il sied, bien sûr, à une représentante de la sécurité nationale. Mais il y a plus encore. Elle n'imagine manifestement pas devoir faire des concessions aux traditions, ni d'ailleurs qu'on s'attende à ce qu'elle en fasse. Au souvenir des horreurs des années 1990, Taleb se demande si elle a la moindre idée de ce qui serait arrivé à l'époque à une femme vêtue comme elle l'est aujourd'hui. Non, sans doute pas. Elle ne croirait pas un mot de ce qu'il pourrait lui raconter. Ce qu'il n'a, bien sûr, aucunement l'intention de faire, sachant pertinemment que la jeune génération ne s'intéresse pas à ce qu'il a à dire. Pour elle, le fait qu'il soit détenteur de connaissances encyclopédiques sur les souffrances d'Alger et de ses habitants, glanées au cours de quarante-sept années passées à patrouiller et à inspecter des scènes de crime ou de violence, ne compte pour absolument rien.

« Commissaire Taleb ? » s'enquiert-elle en esquissant un vague sourire.

Des lunettes noires lui cachent les yeux, même s'il devine que ceux-ci sont posés sur lui.

« Oui, répond-il, avec un sourire beaucoup plus engageant. Agente Hidouchi ?

– Absolument. Je vois que tu as trouvé le chemin sans problème.

– Pour tout te dire, je suis déjà venu ici. Le chemin, je le connaissais.

– Et cela remonte à quand ?

– À très longtemps. Peu de temps après que Nadir Laloul s'est enfui du pays. J'espérais que Zarbi pourrait nous aider à retrouver sa trace. Mais non, il n'a pas pu. Ou n'a pas voulu. Et puis il s'est fait arrêter.

– Mais pas par toi ?

– Non. La décision relevait du ministère de l'Intérieur.

– Et tu n'étais qu'un humble agent de police. »

Se moque-t-elle de lui ? Ou bien se contente-t-elle d'énoncer un fait ? Il est d'ores et déjà évident que travailler avec elle va mettre à mal l'agilité mentale de Taleb.

« Je ne suis toujours qu'un humble fonctionnaire de police, agente Hidouchi. C'est là mon lot dans la vie.

– Et c'est aussi la raison pour laquelle tu es ici, bien entendu. Afin que tes services et les miens puissent coopérer.

– Allons-nous vraiment le faire ?

– Je l'espère. Passons à l'intérieur, veux-tu ?

– Où que tu ailles, je te suis. »

Remarque qui ne déclenche aucun signe d'amusement chez Hidouchi. Mais elle le précède bien à l'intérieur de la villa. Et c'est lui qui suit.

« Puis-je demander…

– … comment nous avons pu laisser un vieillard de quatre-vingt-cinq ans, fragile du cœur avec ça, se soustraire à une assignation à résidence et nous glisser entre les doigts pour sortir du pays ? demande-t-elle, avec un coup d'œil par-dessus son épaule pour juger de sa réaction.

– Eh bien, je…

– Ce n'était pas moi qui dirigeais les opérations. La personne qui en avait la charge a été affectée au contrôle de la frontière libyenne depuis.

– C'est sympa pour lui.

– Tu as raison, il s'agissait bien d'un homme. »

Elle emprunte un large couloir qui mène, autant que Taleb s'en souvienne, au bureau où Zarbi l'a reçu à grand renfort d'arrogance et de mépris à la fin du printemps 1999.

« Des changements notables depuis ta dernière visite, Taleb ? »

Taleb, et non commissaire. C'est clair, maintenant : c'est à Hidouchi que revient de définir les règles qui régiront leur coopération.

« Beaucoup moins de meubles. Beaucoup moins de tout, en fait. Je crois bien me rappeler un épais tapis le long de ce couloir. Et des vues du Sahara richement encadrées.

– Il semblerait que la femme de Zarbi ait vendu l'essentiel de ses biens, peu de temps avant qu'il soit relaxé. »

Ah, la femme de Zarbi. Une ancienne chanteuse de boîte de nuit, si sa mémoire est bonne, plus jeune que lui d'une trentaine d'années.

« Elle a vécu ici pendant toute la durée de son emprisonnement ?

– Oui, mais sans jamais lui rendre visite. Et elle a déménagé avant que lui réemménage.

– On sait où elle est maintenant ?

– En Tunisie. Avec son petit ami tunisien.

– Pauvre vieux Zarbi.

– Techniquement parlant, tu as raison. Il est vieux. Et pauvre. »

Ils arrivent au bureau. Qui surplombe le jardin, dont la verdure est visible à travers les lattes inclinées du store en bois. Le bureau de Zarbi est toujours en place, ainsi qu'un fauteuil pivotant en cuir et un meuble de rangement. Sur le bureau, un ordinateur. En face, accrochée au mur, une photo en noir et blanc où l'on voit Zarbi serrer la main du président Boumédiène, datant, dirait Taleb, du milieu des années 1970. Rien d'autre dans la pièce.

« Le meuble de rangement est vide, dit Hidouchi. Il y avait beaucoup de cendres dans la cheminée. Il semblerait que Zarbi ait eu froid pendant le mois le plus chaud de l'année.

– Et l'ordinateur ?

– Il n'avait pas droit à une connexion Internet. Le disque dur ne contient rien de plus récent que les innombrables recherches de sa femme pour trouver en ligne des costumes de bain italiens pour femmes fortes.

– Tu as dit qu'il était pauvre.

– Tous ses fonds lui ont été confisqués en 1999. Il était propriétaire de cette maison. Mis à part ça, pas d'autres biens ni de capitaux. Mais il a des créanciers, dont certains ont ajouté beaucoup d'intérêts à leurs prêts au cours des vingt dernières années.

– Il avait donc de bonnes raisons de vouloir quitter le pays.

– Et nous en avions au moins autant de vouloir l'en empêcher.

– Tu es bien sûre de ça ? »

Elle vient d'enlever ses lunettes de soleil. Ses yeux marron, couleur tek, s'attardent un moment sur lui. Il n'arrive pas à décider si la sensation que cela lui procure est agréable ou pas.

« Qu'est-ce que tu cherches à me dire ?

– Eh bien, si j'en crois mon expérience…

– Ah, je me disais aussi… Qu'est-ce qu'elle nous dit, ton expérience ?

– Que ceux qui prennent habituellement ce genre de décisions disent parfois vouloir une chose alors qu'ils ne souhaitent que son contraire.

– Tu crois qu'ils n'étaient que trop heureux de voir Zarbi quitter le pays et leur éviter par là-même pas mal d'embêtements ?

– Le cas s'est déjà présenté.

– Ton expérience est dépassée, Taleb. »

Nous y voilà. Son expérience est dépassée. Tout autant que lui – c'est clairement ce que sous-entend Hidouchi. Il ne servirait à rien de lui faire remarquer que le passé détermine tout ce qui se produit aujourd'hui dans leur pays, et que l'expérience est une des rares protections contre ses ravages. Elle devra l'apprendre par elle-même.

« Les dirigeants actuels n'ont aucun intérêt à protéger la réputation des régimes passés, poursuit-elle. Ce serait même plutôt l'inverse.

– Mais si, comme tu le dis, Zarbi n'avait pas accès à des fonds propres, comment a-t-il pu louer une vedette ?

– Nous ne le savons pas avec certitude.

– Ah, je vois. » C'est son regard à lui maintenant qui s'attarde sur elle. Elle a une moue qui n'annonce rien de bon. « Écoute, je suis ici pour aider. » Et c'est bien ce qu'il a l'intention d'essayer de faire, sincèrement. « Reprenons depuis le début. Comment était surveillée la villa ?

– Nous avions une caméra qui couvrait le portail d'entrée, reliée au quartier général.

– Mais personne sur le site ?

– On estimait que Zarbi n'en valait pas la peine.

– Je suppose que l'on ne voit rien de son départ sur la vidéo.

– Non, en effet.

– Comment est-il sorti en ce cas ?

– Il y a un tunnel qui relie le niveau du garage à une sortie sur une route en contrebas. Nous ignorions son existence.

– Une sortie de secours est généralement la règle chez les gens comme Zarbi. Selon mon expérience.

– J'ai pour ordre de le retrouver, Taleb, dit-elle en prenant une grande inspiration et en le regardant d'un œil dur. Je ne crois pas que quiconque dans mon département l'ait aidé à s'enfuir. Plus personne en poste aujourd'hui n'a travaillé avec lui. S'il a été remis en liberté, c'est parce qu'il était vieux, n'avait plus aucun pouvoir et ne représentait aucune menace. Du moins à notre connaissance.

– Avec qui était-il en contact, après sa libération ?

– Pratiquement personne. On avait mis son téléphone sur écoute, évidemment. Il se rendait régulièrement chez son médecin. Il est allé deux ou trois fois voir son avocat. C'est tout.

– Et qui venait à la villa ?

– La gouvernante. Le jardinier. Une vieille amie avec laquelle Zarbi jouait au backgammon plusieurs fois par semaine.

– Et qu'est-ce qu'on sait de cette amie ?

– Razane Abderrahmane. Soixante-dix ans. Une ancienne maîtresse, peut-être ? »

Taleb a pris l'avantage à présent. Son âge lui a permis d'emmagasiner davantage de souvenirs.

« Il y avait une Abderrahmane qui, dans les années 1980, tenait une boîte de nuit. C'est peut-être bien là que Zarbi a rencontré sa femme. En tout cas, c'est bien là qu'elle chantait. Quant à la relation qu'entretenait Zarbi avec la propriétaire… qui sait ? Elle lui a rendu visite quand il était en prison ?

– Son seul visiteur ces dernières années, c'était son avocat.

– Vous avez vérifié le registre ?

– Pas personnellement. C'est la prison qui nous a fourni les détails. »

Taleb s'autorise un soupir que Hidouchi reçoit d'un air résigné et contraint.

« Je vérifierai par moi-même, dit-elle d'un ton égal.

– Je peux voir ce que vous avez d'Abderrahmane sur la bande vidéo de la sécurité ?

– Pas ici. Mais tu pourras jeter un coup d'œil au QG. »

Il fait la grimace. Il préfère éviter toute visite dans les services rivaux. La supériorité de leurs équipements le déprime. Mais il y a d'autres raisons, autrement mieux fondées, pour éviter les bâtiments du DSS, comme le sait tout Algérien. Ils ont peut-être changé leurs initiales, mais on doute fortement qu'ils aient changé leurs méthodes. SM, DRS, DSS – pas un pour racheter l'autre une fois qu'ils vous tiennent.

« Un problème, Taleb ? » Hidouchi semble soulagée d'avoir repris la main dans leur échange. « Tu as peur qu'on ne te laisse pas ressortir une fois qu'on t'aura laissé entrer ? Inutile de t'inquiéter. Tu es avec moi. »

C'est vrai. Il est avec elle. Et avec le DRS, ou le DSS, peu importe la manière dont ils choisissent de se faire appeler. Ils le tiennent à présent.

À trois mille kilomètres au nord, dans le Hampshire, par une douce matinée, Wendy Baker, qui a enfilé une robe de chambre par-dessus sa chemise de nuit, prépare le café dans la cuisine de sa maison aux abords d'Odiham. Elle n'a pas suffisamment dormi, ce qui n'est pas rare. Elle est épuisée presque en permanence depuis que son mari, Oliver, a contracté la Covid un peu plus tôt dans l'année. Il se remet difficilement des effets secondaires, ce qui oblige Wendy à s'occuper seule de leur commerce de vins. Elle verse l'eau bouillante sur le café et s'apprête à couper une tranche de pain pour le toaster quand elle entend un bruit dehors.

Elle passe dans la buanderie pour jeter un coup d'œil par la fenêtre sur la cour derrière la maison. À sa grande surprise, elle voit la voiture de son frère Stephen devant le garage à deux places. Stephen lui-même n'est visible nulle part, mais une des portes du garage est ouverte. Certaines de ses affaires, qu'il a sorties de la maison de Guildford après son divorce d'avec Catherine, sont toujours entreposées ici, longtemps après la date qu'il leur avait initialement indiquée pour les en débarrasser. Elle se dit qu'il est passé récupérer quelque chose, mais voit aussi dans sa venue l'occasion d'en apprendre davantage sur la visite de Suzette Fontaine.

C'est à ce moment-là que Stephen émerge du garage, les mains vides. Elle tapote la vitre du doigt et agite la main. Stephen se retourne et en fait autant. Son sourire ne trompe pas sa sœur un seul instant. Il est clair qu'il espérait venir et repartir sans se faire remarquer. Elle lui fait signe de la rejoindre dans la cuisine.

« Tu veux un café ? lui demande-t-elle quand il entre. Il est tout frais.

– Ma foi, c'est vrai que ça sent bon. Pourquoi pas, merci.

– Qu'est-ce qui t'amène à une heure pareille, Stephen ?

– Oh, je… je ne voulais pas vous déranger. Je cherche juste… un truc.

– Et alors ? » Elle leur verse un café à chacun et s'assoit à la table où Stephen s'installe lui aussi. « Tu as trouvé ce que tu cherchais ? le presse-t-elle.

– Non, pas vraiment. Comment va Oliver ?

– Il se remet, lentement.

– Transmets-lui mes amitiés, tu veux ?

– Tu ne restes pas pour le voir ?

– Non. Je… il faut que je fasse plein de choses à Litster's, tant que le temps se maintient.

– C'est sûr que Suzette Fontaine a dû te faire perdre du temps.

– Ah, oui, Suzette. C'est vrai, j'allais…

– Tu allais m'appeler ? »

Il avale une gorgée de café et lui sourit d'un air contrit.

« J'allais te passer un coup de fil ce soir, une fois la couverture du toit terminée. Il n'y a pas grand-chose à dire, pour être honnête.

– Elle a fait tout ce chemin pour discuter de pas grand-chose ?

– Eh bien, pour elle, c'est important. Il semblerait que son père ait écrit une sorte de journal qu'il avait laissé à sa mère, laquelle n'en a révélé l'existence à Suzette que récemment. Selon toute apparence, il y aurait une possibilité de publication. Il raconte comment il a travaillé avec Tati sur le film *Playtime*. Son expérience de libraire à Alger, ses rencontres avec divers écrivains célèbres, sans parler des Black Panthers…

– Les Black Panthers ?

– Un certain nombre d'entre eux ont passé pas mal de temps à Alger dans les années 1960 et 1970. Des gens comme Stokely Carmichael, Eldridge Cleaver…

– Qui ça ?

– Peu importe. L'idée, c'est que le journal pourrait être une bonne affaire d'un point de vue commercial, et Suzette voulait me faire savoir – nous faire savoir, je suppose – qu'il pourrait être publié.

– Mais… quel rapport avec nous ?

– La partie qui porte sur *Playtime* parle de Harriet. »

Harriet. Bien sûr. Suzette aurait pu en parler directement à Wendy. Il est vrai qu'elles ne se connaissent pas, tandis que Suzette connaît Stephen du temps où il s'est rendu à Alger.

« Et qu'est-ce qui est dit à propos de Harriet ?

– Simplement qu'elle était la petite amie de Dalby et qu'ils travaillaient tous les deux à Tativille. Et que c'est sa disparition qui l'a poussé à s'établir à Alger.

– Tu l'as lu ce journal, alors ?

– Suzette ne m'en a montré que quelques extraits. Malheureusement, je n'ai pas de copie. Elle a remporté la sienne. Mais il n'y a rien qui nous concerne.

– N'empêche, j'aimerais bien savoir ce qu'il raconte.

– Je comprends, dit Stephen en buvant encore un peu de café. J'appellerai Suzette dans la journée et lui demanderai de m'envoyer un exemplaire. Comme ça, on pourra le lire tous les deux à loisir. »

Wendy songe un instant à lui demander le numéro de Suzette pour lui parler elle-même. Puis elle réfléchit. Quoi qu'ait pu écrire Nigel Dalby à propos de Harriet, les événements rapportés doivent remonter à plus de cinquante ans. Elle reçoit un choc quand elle se rend compte qu'elle n'arrive même plus à se rappeler avec précision le ton de voix de sa sœur. Il y a trop longtemps qu'elle ne l'a pas entendu.

« Bonne idée », dit-elle doucement. Elle n'a pourtant pas l'intention de laisser son frère s'en tirer aussi facilement. « Tu cherchais quoi dans le garage ? demande-t-elle à brûle-pourpoint.

– Oh, un DVD de *Playtime* que j'ai acheté il y a quelques années lors de la sortie d'une version restaurée. Parmi les bonus, il y avait un documentaire télé de l'époque sur le tournage du film. Dans son journal, Dalby dit que Harriet travaillait avec les figurants, dont faisait partie un groupe d'American Army Wives. Il me semble me rappeler qu'elles étaient dans le documentaire, et je voulais savoir si Harriet apparaissait à un moment ou à un autre, en arrière-plan peut-être. Je ne faisais pas suffisamment attention quand je l'ai regardé la première fois. Sans compter que j'ai fait défiler la bande en avance rapide pour sauter les débats interminables d'une série de soi-disant experts. Bref, je me suis juste demandé si...

– Elle était là ?

– Ouais. Juste au bord de l'écran, à moitié sur l'image, à moitié en dehors, mais... en mouvement, encore...

– ... vivante ? »

Wendy pousse un soupir, et Stephen saisit son regard. Idée poignante que cette image d'une sœur qu'ils n'ont pas vue depuis 1965, ni l'un ni l'autre. Wendy avait alors dix-sept ans, Stephen tout juste dix. Il aurait dû, mieux qu'elle, être capable de reprendre sa vie en main. Au lieu de quoi, ce qui l'a poursuivi toute son adolescence et sa vie d'adulte, c'est l'obsession de la vérité sur le sort de Harriet.

« Je n'ai pas trouvé le DVD, dit Stephen. Il a peut-être été jeté par erreur. À moins que je n'aie pas bien cherché.

– Dieu sait qu'il y a de quoi chercher, s'exclame-t-elle en levant les sourcils d'un air entendu.

– Et tu aimerais bien être débarrassée de tout ce fatras ?

– Je n'ai pas dit ça.

– Non, mais tu l'as pensé très fort. »

Wendy sourit. Il est vrai qu'elle y a pensé plus d'une fois. Mais ce n'est pas ce à quoi elle pense en ce moment, et qui est beaucoup plus grave. Et beaucoup plus perturbant. Elle a un sixième sens pour tout ce qui concerne son frère. D'autres avaleraient son histoire à dormir debout. Elle en revanche sait avec certitude que ce n'est pas un DVD de *Playtime* qu'il cherchait. Et qu'il est en train de lui mentir. Ce qu'elle ignore, c'est pourquoi.

Il finit sa tasse et lui sourit.

« Il faut que j'y aille. Merci pour le café. »

Après le départ de Stephen, Wendy monte un café à Oliver.

« C'était ton frère ? lui demande celui-ci en s'asseyant dans son lit.

– Oui. Il cherchait quelque chose dans le garage.

– Pas encore une petite place pour ranger son fourbi, j'espère ?

– Non, répond-elle avec un sourire. Pas une petite place.

– Alors quoi ?

– Pour être honnête, je n'en sais trop rien.

– Y a rien de bien neuf, en somme. Je n'ai jamais trop su grand-chose à son sujet, remarque Oliver en buvant à petites gorgées. Mmmh. Le goût me revient, tu sais. C'est vraiment bon.

– Je suis heureuse de l'apprendre. Je te laisse à ton plaisir.

– Où vas-tu comme ça si vite ?

– M'habiller. Avant de descendre au garage.

– Pour quoi faire ?

– Il faut que je vérifie ce que me raconte mon petit frère.

– Pour ne pas changer, Wen », dit Oliver en hochant la tête.

Les cartons de Stephen sont empilés contre le mur du fond du garage : certains gros, d'autres petits, certains avec des indications sur leur contenu griffonnées au feutre – « PLACARD DU SÉJOUR », « SALON TÉLÉ », « CLIENTS », « VOYAGES », « VÊTEMENTS D'ÉTÉ », « VÊTEMENTS D'HIVER », « COMPTES ». En les passant en revue, Wendy se demande s'il a encore vraiment besoin de tout ce fatras. Il semble s'être parfaitement débrouillé sans jusque-là. Et Oliver et elle seraient ravis de pouvoir s'en passer eux aussi.

Aucun indice concernant les cartons que Stephen aurait pu ouvrir. Étrangement, ils ont tous l'air intacts. Elle doute qu'il ait pu laisser aussi peu de traces d'une quelconque recherche, à tel point qu'elle en vient aussi à douter qu'il en ait bien entrepris une. Mais si ce n'est pas le cas...

C'est alors qu'elle remarque un détail. Le carton du haut sur une des piles contenait du vin – une douzaine de bouteilles de chablis grand cru – bu depuis longtemps. Le nom et le blason du producteur sont imprimés sur le côté. Wendy garde un bon souvenir de sa visite au caveau avec Oliver il y a une dizaine d'années de cela. Or ce carton n'est plus au sommet de la pile. Il y en a un autre coincé entre lui et la poutre.

Wendy traîne l'échelle jusque-là et monte pour jeter un coup d'œil. Le nouveau carton est relativement petit, mais apparemment solide. Elle est sûre de ne l'avoir jamais vu auparavant. Stephen a dû l'apporter ce matin. Il n'est pas venu pour chercher quelque chose, mais plutôt pour cacher quelque chose.

Elle soulève le carton qu'elle pose sur l'échelle. Il est très lourd, fermé avec un ruban adhésif marron. Le contenu est plus petit que le contenant, puisqu'il glisse à l'intérieur quand elle le remue. Elle n'a aucune idée de ce que ça peut être. Stephen n'a rien écrit sur le côté.

Mais il a inscrit quelque chose sur le dessus. Son nom. « STEPHEN GRAY ». Au stylo-bille noir, à cheval sur l'adhésif, ce qui signifie que si l'on essaie d'ouvrir le carton, le nom sera déchiré. Il ne manquera donc pas de s'en rendre compte. C'est là une précaution qu'il n'a jamais prise avec les autres cartons.

Wendy examine longuement et avec attention celui qu'elle a sous les yeux. Elle a très envie d'arracher le papier collant pour découvrir ce qu'il y a à l'intérieur et qui compte tant pour Stephen. Mais si c'est aussi important, pourquoi n'a-t-il pas gardé le carton à Litster's Cot, où il était vraisemblablement entreposé jusqu'à présent ? Pourquoi avoir pris la peine de l'apporter ici ? Et pourquoi mentir à son sujet ?

Elle reste un moment là où elle est, à multiplier les questions sans trouver de réponses. Que fait-il ? Que pense-t-il ?

Elle l'ignore. L'a toujours ignoré. Tout ce qu'elle sait, c'est que Harriet n'est jamais sortie de sa vie comme elle est sortie de la sienne.

« Ah, Stephen », soupire-t-elle tout en remettant le carton en place avant de redescendre de l'échelle.

À quelques kilomètres de là, à Tylney Hall, Suzette part se promener dans le parc de l'hôtel après le petit déjeuner. Elle a mal dormi et elle a déjà bu plus de café et fumé plus de cigarettes qu'il ne faudrait. Elle n'a aucunes nouvelles de Stephen Gray et ne sait pas quand elle en aura, même s'il lui a dit qu'il lui en donnerait ce matin. C'était, bien entendu, avant qu'il lise la confession de son père. Avant qu'il découvre le rôle que ce dernier a joué dans la mort de sa sœur. À condition, cela va sans dire, de croire à l'authenticité de la confession. Comme elle-même y croit secrètement. Il y a plus d'une bonne raison qui la pousserait à penser le contraire. Mais aucune susceptible de la faire changer d'avis. Il ne lui reste plus qu'à attendre que Stephen Gray lui donne son avis sur la question – maintenant qu'il connaît la vérité.

7

Le meurtre d'un conseiller proche du président faisait la une de tous les journaux et sans doute de tous les bulletins d'informations à la télé, mais, heureusement, nous n'avions pas de poste dans l'appartement. Tout le monde à Tativille ne parlait que de ça. Sauf moi, bien entendu. Je faisais de mon mieux pour éviter le sujet chaque fois qu'il était abordé, surtout par Harriet. Je gardais la tête baissée et m'efforçais de ne pas penser à l'idiot pour lequel Zarbi et Haddad m'avaient pris. Zarbi ne se montra pas ce jour-là sur le plateau, et je ne demandai pas si c'était parce que ses services n'étaient pas requis, ou simplement parce qu'il ne s'était pas présenté. Je soupçonnais fort que la raison, c'était moi. Les choses ne firent qu'empirer quand sortirent au grand jour les détails de la scène de crime chez Guy Tournier. Au départ, il n'y avait pas eu consensus sur le fait de savoir s'il avait été victime d'un assassinat ou d'un cambriolage qui avait mal tourné. Mais lors d'une conférence de presse extraordinaire, la police précisa qu'il n'y avait eu ni cambriolage ni effraction. Tournier avait été étranglé par quelqu'un qu'il avait laissé entrer chez lui, et un message de son ou de ses meurtriers avait été badigeonné sur le mur au-dessus de son corps : « POUR LES MORTS DU 17 OCTOBRE 1961* ».

La presse s'interrogea sur les raisons pour lesquelles Tournier avait été choisi comme cible d'un pareil acte. Elle semblait tout ignorer de la commission secrète dont il avait été membre. Cependant, c'était une désapprobation unanime qui s'exprimait le plus souvent devant le traitement qu'il avait subi. Quoi qu'il *ait pu se passer le 17 octobre 1961, disait-on, rien ne pouvait justifier un crime aussi abominable. Quant aux responsables, il n'y avait qu'une réponse possible :* les Algériens*. *On leur avait accordé leur indépendance. Et voilà comment les Français étaient remerciés.*

La police soutenait cette argumentation en affirmant que le meurtre portait la signature du FLN. Affirmation qui sous-entendait un lien avec le gouvernement algérien, ce qui, bien évidemment, était nié avec la plus grande véhémence à Alger. Mais la police appelait également un jeune Anglais du nom de Christopher Davidson à se présenter dans les meilleurs délais au commissariat le plus proche. Il avait dîné avec Tournier au Doge quelques heures avant l'assassinat. On soulignait qu'il ne figurait pas au nombre des suspects dans l'affaire.

Qu'il soit suspect ou non, la police ne risquait pas d'avoir des nouvelles de Christopher Davidson. Et je ne pouvais qu'espérer que le personnel du restaurant serait incapable de fournir un signalement utilisable. J'aurais volontiers quitté Paris pour rentrer directement en Angleterre afin d'échapper au cauchemar dans lequel je m'embourbais. J'avais un mort sur la conscience et tout à craindre des autorités françaises si je faisais quoi que ce soit pour attirer leur attention.

Quant à Harriet, elle avait déjà des doutes concernant le récit que je lui avais fait de ma soirée du mercredi. Elle m'avait répété plus d'une fois que je devais à son avis éviter Zarbi, et je commençais à me demander avec inquiétude si elle ne me soupçonnait pas d'être impliqué dans ce qui était arrivé à Tournier. Pourtant, elle ne dit rien.

Le vendredi fut une journée particulièrement chargée à Tativille, à cause des prises de vue très compliquées d'une scène à un arrêt de bus, dans laquelle j'étais un des passagers censés monter dans le bus et en descendre, tandis que Tati s'acharnait à régler les déplacements de chacun en fonction de l'effet exact qu'il voulait créer. Je me rendis soudain compte que Zarbi faisait aussi partie des figurants, mais je ne trouvai jamais l'occasion – à moins qu'il ne se soit bien gardé de me la fournir – de lui parler. Un vague sourire quand je surpris son regard un peu plus loin dans le couloir du car bondé fut tout ce que j'obtins de lui. Il s'esquiva sitôt la scène terminée. Quand je tentai de le retrouver un peu plus tard, quelqu'un me dit qu'il était parti pour la journée.

Vint le week-end, prolongé par le lundi de Pentecôte. Qui passa avec une lenteur d'autant plus exaspérante que tout avait des airs de normalité. Harriet continuait à ne rien dire concernant Tournier, même si une allusion en passant au principal événement du moment aurait été parfaitement naturelle, puisqu'il faisait encore la une de tous les journaux. Je ne dis rien non plus. On alla faire des courses, flâner au bord de la Seine, voir un film, manger dans un bistrot. On renonça à une tentative maladroite de faire l'amour. On ne se dit pas grand-chose en dehors des exigences du quotidien. J'avais du mal à savoir si c'était elle qui me tourmentait ou si je m'en chargeais tout seul. J'étais si tendu qu'elle ne pouvait manquer, j'en étais sûr, de s'en apercevoir.

Pour finir, tard dans l'après-midi du lundi, elle sortit de son silence. Nous étions assis sur un banc au Jardin des plantes, l'heure de la fermeture approchait, et pourtant nous n'étions ni l'un ni l'autre, je crois, pressés de rentrer.

« Je suis désolée d'avoir raté Giuseppe la semaine dernière, dit soudain Harriet, avec un manque si évident de sincérité qu'une pareille entrée en matière n'augurait rien de bon.

– Bof, c'était vraiment une visite éclair, ripostai-je, affectant un air détaché.

– Je devrais lui téléphoner et me présenter.

– Crois-tu ?

– Tu as bien son numéro à Milan, maintenant ?

– Non. En fait, je ne l'ai pas.

– Une adresse, alors ?

– Non… pas vraiment.

– Le message que tu as eu de lui, il l'avait confié à Marthe ? »

Marthe était la gardienne de notre immeuble.

« Je n'ai jamais pensé à lui demander. Pourtant quelqu'un a bien dû le laisser entrer dans l'immeuble puisqu'il a glissé un mot sous notre porte.

– Et comment connaissait-il notre adresse ? »

Je m'enfonçais de plus en plus dans le mensonge à chaque nouvelle réplique.

« Euh... je ne lui ai jamais demandé non plus. Je suppose... qu'il a dû téléphoner à mon père.

– En ce cas, peut-être qu'il a donné son numéro à ton père. »

En dehors d'un « peut-être » bredouillé, je ne trouvai pas d'autre réponse à cette remarque. J'étais acculé. Je pouvais faire en sorte qu'elle cesse de vouloir vérifier mon histoire avec Giuseppe en niant savoir comment le contacter (ce qui se trouvait être vrai). Et je pouvais aussi faire sortir Marthe du tableau. Mais impossible de l'empêcher d'appeler mon père, qui lui dirait qu'il n'avait absolument aucunes nouvelles de Guiseppe. Et alors...

Je lui pris la main, dans l'espoir de désamorcer la bombe. Mais elle se dégagea et regarda sa montre avec ostentation.

« Il faut qu'on y aille, tu ne crois pas ? »

Et elle se leva sans attendre ma réponse.

Je dormis bien cette nuit-là, peut-être parce que j'avais fort mal dormi les nuits précédentes. À l'évidence, même l'angoisse finit par s'épuiser. Mais je fus réveillé de bonne heure par le bruit de la douche. L'horloge de la gare de Lyon indiquait à peine plus de 5 heures. Quelques minutes plus tard, Harriet entrait dans la chambre, les cheveux encore mouillés, et commençait à s'habiller.

« Qu'est-ce qui se passe ? demandai-je.

– Je ne te l'ai pas dit ? répondit-elle, évitant mon regard tout en finissant de se vêtir à la hâte. Il faut que je sois à Tativille de bonne heure aujourd'hui.

– Pour quoi faire ?

– Pas le temps de t'expliquer, dit-elle en m'embrassant rapidement sur la joue. À plus tard. »

Et sur ces mots, elle disparut.

Je quittai les lieux une heure et demie plus tard environ, me demandant quand, ou même si, j'aurais l'explication promise. Elle était partie sans déjeuner, sans même une tasse de café – du jamais-vu. Et je n'arrivais pas à imaginer la raison pour laquelle on pouvait avoir besoin d'elle d'aussi bonne heure sur le tournage. J'étais presque certain qu'elle m'avait menti à ce sujet. Mais pourquoi ? Que cherchait-elle ? J'aurais préféré qu'elle me dise d'emblée que mon histoire à propos de Giuseppe ne tenait pas la route, plutôt que de jouer à un jeu que je ne comprenais pas.

Quand j'arrivai à Tativille, elle n'était pas là, et personne ne savait pourquoi. Plus étrange encore, elle était passée en coup de vent avant l'arrivée de tout le monde, à en croire le gardien de nuit qui l'avait aperçue au moment où lui-même s'en allait, son service terminé. Sans surprise, plusieurs personnes pensèrent que je serais à même de leur fournir une explication et manifestèrent de l'exaspération face mon incapacité à le faire.

Mais pas Viviane Labbé. Elle se montra étonnamment bienveillante, supposant que nous avions eu une querelle d'amoureux. Je jouai le jeu. En un sens, c'était vrai. Et Viviane s'approcha plus encore de la vérité quand elle dit espérer que je n'étais pas trop perturbé par l'affaire Tournier. Je bafouillai quelque chose du genre « Pourquoi le serais-je ? », et elle me rappela que j'avais soulevé le sujet brûlant du 17 octobre au cours du dîner chez elle le précédent week-end, lequel avait été suivi à peine quelques jours plus tard d'un meurtre qui était manifestement lié à cet événement.

« Une coïncidence horrible, Nigel, dit-elle. Rien de plus*. »*

Rien de plus qu'une horrible coïncidence ? Si seulement elle avait pu dire vrai.

Nous étions de retour dans le bus ce jour-là, à monter et à descendre indéfiniment à cause des innombrables hésitations de Tati. Zarbi restait invisible. Je ne demandai pas où il était, craignant de paraître trop insistant. J'avais peur de me retrouver moi-même impliqué. Cependant, l'idée de ce que Harriet avait pu décider pour nous sortir de l'impasse m'effrayait plus encore.

Je quittai le tournage dès que nous en eûmes terminé pour l'après-midi, pris le premier train pour Bastille et filai droit à l'appartement, espérant que Harriet m'y attendait déjà.

Ce n'était pas le cas. Autant que je puisse en juger, elle n'y était pas revenue depuis qu'elle en était partie le matin même de bonne heure. Je tournai en rond une heure ou deux avant de me rendre dans un bar du coin que nous connaissions. Je lui laissai un mot désespéré.

« Je t'en prie, je t'en supplie, rejoins-moi à La Pouliche. »

Elle ne vint pas.

L'apitoiement sur moi-même, à rester seul assis sur un tabouret de bar, prit peu à peu le dessus. Je perdis le compte du nombre de bières que j'avalai, lequel atteignait de toute façon des sommets. J'étais passablement éméché quand je retournai à l'appartement. Dans l'état de confusion où je me trouvais, je me dis que ce ne serait peut-être pas plus mal pour affronter Harriet. Mais elle n'était toujours pas là.

Je m'effondrai sur le lit tout habillé et m'endormis sur-le-champ.

Je fus réveillé par le bruit de la clé qui tournait dans la serrure. Aussitôt, je pensai que c'était elle qui rentrait enfin. Il faisait déjà jour, elle avait donc passé la nuit dehors, mais je m'en moquais. Tout ce que je voulais, c'était voir son visage et entendre sa voix. Je me frottai les yeux, essayai d'ignorer le mal de tête qui menaçait de me faire exploser le crâne et me levai péniblement.

« Harriet ? appelai-je tout en entrant d'un pas mal assuré dans le séjour.

– Non, pas Harriet. » Telle fut la réponse brutale.

Zarbi était là, esquissant un sourire tout en prenant la mesure de mon état. Sa veste en cuir crissa légèrement quand il sortit de la poche de son jean un paquet de cigarettes et un briquet, pendant que je le dévisageais, trop interdit pour songer à parler.

« T'en veux une ? dit-il en me tendant le paquet. Ou bien du café, peut-être ? On dirait que tu en as besoin.

– Mais bon Dieu... qu'est-ce que tu fous ici ? réussis-je à articuler.

– Je suis venu te voir, Nigel, expliqua-t-il sans se départir de son sourire.

– Mais... comment t'es entré ?

– Je me suis servi de la clé de Harriet.

– Pardon ?

– Tu ne la reverras plus.

– Qu'est-ce que tu veux dire ?

– Que tu ne la reverras plus. Personne d'autre non plus. Jamais.

– Qu'est-ce que tu lui as fait ?

– Elle est venue chez moi hier matin, de bonne heure. Elle avait trouvé l'adresse dans les fichiers de Tativille. Elle m'a accusé d'avoir tué Fournier et m'a menacé d'aller voir les flics. Je ne pouvais pas lui laisser faire un truc pareil.

– Tu es en train de me dire que... tu l'as tuée ? »

Il ne répondit pas, se contentant de tirer sur sa cigarette et de me fixer calmement du regard. J'essayai un instant de chasser l'idée qu'il avait tué Harriet de ses mains. Puis je me précipitai sur la porte. Il fallait que je m'éloigne de lui, que je fasse savoir ce qu'il avait fait.

Mais il fut à la porte plus vite que moi et m'envoya un coup de poing à la gorge. Pour tout dire, je n'eus pas le loisir de voir arriver son poing et je m'effondrai au sol en suffoquant.

Avant que j'aie le temps de me reprendre, il me traînait dans la cuisine, où il me remit sur pied et m'appuya contre la gazinière.

« Respire, Nigel, me conseilla-t-il. Respire profondément. »

Il attendit que je cesse de tousser et de cracher, puis il remplit un verre d'eau au robinet de l'évier.

« Assieds-toi et bois un peu pendant que je fais du café. On va parler de tout ça, toi et moi. En personnes raisonnables. C'est l'erreur qu'a commise Harriet. Elle ne s'est pas montrée raisonnable, elle. Tu comprends, non ? dit-il en me tapotant la joue. Dis-moi que tu comprends.

– OK, OK, je comprends, grommelai-je en hochant la tête.

– Un café ?

– Oui. »

Je pris le verre d'eau qu'il me tendait et m'assis devant la minuscule table de cuisine tandis qu'il ouvrait tiroirs et placards pour chercher ce dont il avait besoin, puis mettait la cafetière à pression à chauffer sur la cuisinière. Il s'appuya ensuite contre un des placards, finit sa cigarette, en alluma une autre, tout en me souriant. J'étais à sa merci. Je ne doutais pas une seconde qu'il me tuerait si l'envie lui en prenait. Qu'est-ce que Harriet avait bien pu espérer gagner en l'affrontant ? Menacer un homme comme Zarbi revenait à agacer un tigre. Les choses ne pouvaient que mal finir.

« Elle m'a dit que je devais quitter Paris – quitter la France – tout de suite, reprit-il tandis que l'eau commençait à bouillir. Sinon, elle irait nous dénoncer – toi et moi – à la police. Je suppose qu'elle essayait de te protéger en me faisant sortir du tableau. Mais je ne peux pas retourner en Algérie. Pas tant que Ben Bella est au pouvoir. Quand on se sera occupés de lui, ce sera différent. Mais pour l'instant, il faut que je reste ici. Je ne pouvais en aucun cas satisfaire à ses exigences. Elle ne m'a pas laissé le choix, Nigel. »

Je bus mon eau lentement et le regardai d'un œil incrédule. S'ensuivit une bonne minute de silence, voire plus. Je tremblais sans plus pouvoir me contrôler, et ma respiration était saccadée. Je ne savais pas quoi dire. Je refusais de penser à ce qu'il avait pu faire à Harriet.

« Ça a été rapide, poursuivit-il, se doutant de la tournure de mes pensées. Pas comme pour Tournier. On s'est assurés qu'il savait ce qui lui arrivait. Et pourquoi.

– Vous l'avez... enregistré ? demandai-je, parvenant enfin à m'exprimer.

– Il a tout nié en bloc. Il a essayé de nous acheter pour qu'on lui laisse la vie sauve, mais jamais on n'aurait fait une chose pareille. »

Ce qui ne ressemblait ni de près ni de loin à une réponse à ma question.

« Vous avez toujours eu l'intention... de le tuer ?

– Bien sûr. Ben Bella fait tout ce qu'il peut pour établir des ponts avec les Français, pour que ceux-ci l'aident à rester au pouvoir. Tuer Tournier, c'était contribuer à faire sauter ces ponts. Ben Bella nie toute responsabilité dans l'affaire, mais les Français ne le croient pas, et ils ne viendront pas à son secours quand nous déciderons de le renverser.

– Tu es en train de me dire que tu t'es servi de moi pour mettre en scène un assassinat... et comme complice... d'un coup d'État à Alger ?

– Tu t'es bien débrouillé, Nigel. Tu as joué ton rôle à la perfection. On t'en est très reconnaissants. Et c'est bien pourquoi je t'aide.

– Parce que... tu m'aides, là ?

– Évidemment. Aller trouver les flics serait suicidaire. Ils ne mettront jamais la main sur Nazim et moi. Nous avons des tas de caches possibles dans cette ville. Et des endroits où atterrir si nous devons filer en urgence. Ce qui revient à dire qu'ils n'auront que toi à se mettre sous la dent, et une histoire qu'ils ne croiront pas une minute. Ils t'accuseront vraisemblablement du meurtre de Harriet et de celui de Tournier. Tu finiras en taule. À moins que ce ne soit carrément la guillotine. Ils voudront venger le meurtre du toutou de De Gaulle. Alors, oui, on peut dire que je t'aide. Et il vaudrait mieux que tu me croies. Parce que personne d'autre ne t'aidera. »

J'étais vaguement conscient que le café avait fini de passer. Zarbi le remarqua lui aussi. Il récupéra deux tasses dans le placard et les remplit.

Je restai assis là, à regarder la scène dans un état second tandis qu'il ajoutait deux cuillerées de sucre à son café et, sans rien me demander, deux au mien également, avant de planter la tasse devant moi.

« Qu'est-ce que vous avez fait à Harriet ? finis-je par demander.

– T'as pas besoin de le savoir, Nigel, répondit-il en buvant quelques gorgées. Elle n'est plus là, c'est tout. Plus là. Mais toi, si. T'es toujours là. T'es toujours en vie. Et je veux t'aider à le rester. Tu me suis ?

– Pas vraiment, non.

– Je te l'ai déjà dit. Tu nous as aidés. Je pense que tu peux nous être encore utiles. À Alger, quand nous aurons pris le pouvoir.

– À Alger… mais qu'est-ce que j'irais faire à Alger ?

– On s'occupera de toi. J'ai déjà quelques idées sur ce que tu pourrais faire pour nous.

– Non, non, protestai-je, reculant devant l'avenir qu'il me réservait. Non, non. »

Soudain, sa main plongea dans son dos et sortit une arme de la ceinture de son jean. Il la posa sur le plan de travail, juste à côté de moi. Il prit une autre gorgée de café et désigna le pistolet de la tête.

« Si tu veux te venger pour Harriet, essaie de le prendre. »

Je regardai l'arme. Levai les yeux sur lui. Mais sans esquisser un geste. J'étais certain qu'il serait trop rapide pour moi, même avec sa tasse à la main. Harriet était suffisamment sûre d'elle pour croire qu'elle avait pris la mesure de Wassim Zarbi. Mais elle se trompait. Et maintenant, elle était…

Je m'en voulais terriblement à cet instant, me reprochant mon manque de courage. J'allais faire ce qu'il me disait de faire. Parce qu'il m'offrait la possibilité de me sortir d'une situation cauchemardesque d'où j'aurais été incapable de m'extraire par mes propres moyens. Comme il l'avait souligné, les autorités françaises refuseraient de croire qu'il m'avait manipulé. Même si je filais en Angleterre, elles n'auraient aucun mal à me retrouver.

J'avais été vu en compagnie de Tournier très peu de temps avant sa mort. Et l'explication la plus évidente de la disparition de Harriet serait que je l'avais tuée parce qu'elle menaçait d'aller trouver la police. Mais si je n'étais pas lié au meurtre de Tournier, on n'aurait aucune raison de penser qu'elle était morte, tant que son corps ne serait pas découvert. Le fameux cadeau de Zarbi, c'était ça, je ne pouvais qu'accéder à ses exigences. J'étais piégé. J'étais désormais sa créature.

Zarbi récupéra l'arme, qu'il fit disparaître de ma vue.

« Bois ton café, Nigel, ordonna-t-il. Ça fera cesser tes tremblements. Ensuite, écris un mot à Specta Films pour dire que Harriet est partie et que tu as l'intention d'en faire autant, que vous ne travaillerez plus ni l'un ni l'autre à Tativille. Je le posterai pour toi plus tard. Ensuite, tu n'auras plus qu'à te préparer un sac et à descendre dans la rue, où t'attend Nazim. Je vais ranger et nettoyer l'appartement. Vous deux, vous allez à Marseille. On a un endroit là-bas où vous pourrez attendre jusqu'à ce que je vous rejoigne. Je vais continuer à travailler quelque temps à Tativille, de manière que rien ne me relie à toi et au départ de Harriet. Combien de temps, je l'ignore, ça dépendra de la vitesse à laquelle iront les choses en Algérie. Mais, crois-moi, elles vont bouger. Ta nouvelle vie pourra alors commencer. C'est excitant, tout ça, non ? »

Je le fixai d'un œil hagard et désespéré.

« N'aie pas l'air si inquiet, me dit-il avec un grand sourire. Ça ne sera pas aussi moche que tu le crains. »

Combien de fois me suis-je demandé depuis comment j'aurais dû agir, si j'aurais pu me montrer plus malin que Zarbi et le faire traduire en justice pour le meurtre de Harriet et celui de Tournier, sans finir moi-même en prison… ou connaître une fin encore plus horrible. Je n'ai jamais trouvé de réponse convaincante. Ce qui n'excuse en rien le fait d'avoir trahi la mémoire de Harriet. J'aurais dû me rendre à la police, dire la vérité et assumer les conséquences de mes actes. J'aurais dû arrêter de mentir, d'esquiver, de fuir et de me cacher. J'aurais dû affronter la réalité de ce qui s'était passé et du rôle que j'avais joué.

Dieu sait alors comment les choses auraient tourné. Mais du moins ne serais-je pas ici, seul, dans cet appartement décrépit, dans cette ville de chaleur et de haine, dans ce présent auquel je ne semble pas pouvoir échapper :

L'extrait se termine ainsi, au bas d'une page. Sans un mot de plus. Selon Coqblin & Baudouin, ce qu'ils envoyaient à Suzette lui suffirait pour se faire une opinion sur l'authenticité du document. Pourquoi ne pas lui envoyer la totalité – ils ne lui fournissaient aucune explication. Elle s'interrogeait sur le pourquoi de cette décision chaque fois qu'elle posait le regard sur cette dernière ligne. La phrase brutalement interrompue, l'histoire laissée en suspens juste au moment où son père s'apprêtait à quitter Paris en 1965. Elle continue à s'interroger, tandis qu'elle glisse les feuillets dans l'enveloppe. Est-ce que l'histoire de sa vie à Alger – et ce qu'il y a fait à la demande de Zarbi – révèle des secrets qui ne sauraient être divulgués ? M. Saidi a-t-il quelque chose de sinistre à cacher ?

Si c'est le cas, cela suffirait amplement à expliquer la raison pour laquelle il s'efforce de la pousser à dénoncer la confession comme un faux. C'est pour elle la solution la plus facile. Qui lui éviterait d'avoir à faire face au rôle joué par son père dans la mort de Harriet Gray. Sans compter qu'elle résoudrait en même temps ses difficultés financières.

Elle peut encore choisir cette voie, bien entendu. Ce que Stephen Gray pourra dire importe finalement assez peu. La décision lui appartient.

Si ce n'est qu'elle ne l'a pas encore prise.

8

Taleb s'appuie contre le dossier inconfortable de la chaise en plastique et se frotte les yeux. Il est assez content de lui, ce qui contribue à alléger l'atmosphère étouffante de cette petite pièce sans fenêtre aux murs gris qu'il n'a pas quittée depuis plusieurs heures. Il pense s'être bien débrouillé, même s'il a dû gaspiller l'essentiel de la première à maîtriser le fonctionnement lent et chaotique du système de rembobinage du lecteur qu'on lui a alloué. Avant de se rendre à la prison d'El-Harrach pour éplucher le registre des visiteurs, l'agente Hidouchi s'est excusée de ne pas pouvoir lui donner accès au système informatique du DSS, ce qui aurait grandement facilité et accéléré l'examen des séquences de vidéosurveillance de la villa de Zarbi.

« Tu n'es pas des nôtres, Taleb. Tu n'es pas *persona grata* ici. Il va donc te falloir emprunter le chemin le plus dur. »

Eh bien, ce chemin, il l'a suivi. Et la réponse, il l'a trouvée. Il attend avec impatience de voir comment Hidouchi va réagir devant sa découverte. Et avoir quelque chose à anticiper avec plaisir est important quand on se trouve confiné, quel que soit son statut, dans les entrailles du quartier général du DSS. Le bâtiment a beau être plus clair, plus blanc, moins oppressant que l'ancien centre névralgique du DRS à Ben Aknoun, les rumeurs sur ce qui s'y passe n'ont guère changé.

Sa mission accomplie avec succès, Taleb se dit qu'il a bien mérité une cigarette. Hidouchi va indubitablement monter sur ses grands chevaux s'il fume dans cette pièce sans ventilation, dont il soupçonne qu'elle a dû être utilisée comme salle d'interrogatoire dans un passé récent – les crochets fixés au plafond font partie d'un design sur lequel il préfère ne pas trop s'attarder. Il décide donc de se rendre dans la petite cour qu'il a aperçue par les fenêtres du couloir dans lequel elle l'a entraîné plus tôt.

Il se met en route d'un pas presque élastique. Dans le match qui les oppose, Hidouchi et lui, il pense mener aux points, même si les choses ne resteront en l'état que s'il parvient à garder la tête froide. Le couloir est vide et silencieux. S'il se passe quelque chose en ce moment au QG du DSS, ce n'est certainement pas ici.

À mi-chemin, il y a une porte. La cour gravillonnée sur laquelle elle ouvrira est ceinte de hauts murs aux fenêtres couvertes d'un film réfléchissant. Taleb ignore – et s'en moque – qui pourra être en train de l'observer par l'une d'elles. Le regarder fumer une cigarette ne saurait être pour personne un événement très enthousiasmant. Il tourne la poignée.

Mais avant même qu'il ait eu le temps d'ouvrir la porte et de mettre un pied dehors, une alarme déchire l'air et lui vrille les oreilles. Sa pause cigarette s'est brutalement transformée en cauchemar.

Seules quelques secondes s'écouleront, estime-t-il, avant que débarquent des gardes armés du DSS pour voir de quoi il retourne. Se mettre à courir est sans doute la dernière chose à faire. Il allume sa cigarette, lève les mains au-dessus de sa tête pour dissiper tout malentendu sur ses intentions. Il n'ambitionne en aucune façon de devenir l'une des cibles du DSS abattues en essayant de s'enfuir. Il est possible, concède-t-il, que les points gagnés sur Hidouchi au cours de la première manche soient en train de partir en fumée.

« Allô ?

– Suzette ? Stephen Gray à l'appareil.

– Ah, Stephen. Je commençais à me demander si j'aurais jamais de vos nouvelles.

– Désolé. Deux ou trois bricoles... dont il a fallu que je m'occupe.

– Ce n'est pas grave. Vous avez fini de lire… les feuillets ?

– Oui.

– Alors ?

– Eh bien, pour moi, il n'y a aucun doute sur leur authenticité : c'est bien votre père qui a rédigé ce document.

– Je vois.

– Pourquoi ne pas nous retrouver pour en discuter ?

– Bonne idée. Voulez-vous que je vienne ?

– Ce serait parfait.

– Je serai chez vous dans une heure.

– Entendu. À tout de suite. »

C'est un Taleb beaucoup moins optimiste qui est assis devant le lecteur, en train de boire dans un gobelet en plastique le café du DSS – supérieur comme on pouvait s'y attendre aux offres de l'hôtel de police, mais encore bien loin des rêves d'un amoureux du café –, quand la porte s'ouvre et que l'agente Souad Hidouchi fait son entrée. L'expression qu'elle arbore ne dit rien à Taleb en dehors du fait que sa morgue naturelle est toujours intacte.

« Tu devrais arrêter de fumer, Taleb, dit-elle sans même esquisser l'ombre d'un sourire. C'est mauvais pour la santé.

– C'est ce qu'il semblerait, répond-il avec une grimace de lassitude.

– Tu m'as assuré avant que je te laisse que tu ne commettrais aucun écart de conduite.

– Je crains de m'être un peu laisser aller, j'en conviens. Il faut mettre ça sur le compte du film que je visionnais.

– Quelques scènes mémorables ?

– En effet.

– Montre-moi ça.

– Prends une chaise. Du nouveau à propos d'El-Harrach ? »

Hidouchi tire une chaise vers le bureau et s'assied à côté de lui.

« Le personnel administratif là-bas n'est qu'un ramassis de crétins, soupire-t-elle. Zarbi a eu des visites régulières en dehors de celles de son médecin, mais sous prétexte que la visiteuse venait voir un autre prisonnier en même temps, son nom s'est retrouvé accolé non pas à celui de Zarbi, mais à celui de l'autre.

– Et cette visiteuse, ce ne serait pas Razane Abderrahmane ?

– Exact.

– À mon sens, ce n'est pas la bêtise qui est à l'origine de l'erreur.

– Non ?

– J'ai parcouru tous les enregistrements de ses visites à la villa de Zarbi. Regarde un peu ça. »

Taleb allume le lecteur. L'écran montre une vieille Peugeot blanche très amochée qui s'arrête devant le portail de la villa. Il fait nuit. Une date apparaît dans l'angle de l'écran : *19:54, 04.02.20.* Une femme d'un certain âge vêtue d'un manteau et d'un châle est assise derrière le volant. Ses abondants cheveux gris sont retenus en chignon, et une cigarette pend mollement au coin de sa bouche, aux lèvres pratiquement inexistantes. L'œil noir qu'elle fixe sur la caméra n'est pas précisément engageant, mais remplit à l'évidence sa fonction puisque les vantaux s'ouvrent, lui permettant d'entrer – et par suite de sortir du champ de la caméra.

« C'est elle ? demande Hidouchi.

– Ça fait un paquet d'années que je ne l'ai pas vue, et il semblerait que le temps ne lui ait pas fait de cadeau, mais oui, c'est bien Razane Abderrahmane. »

Taleb passe en avance rapide pour trouver le départ de la Peugeot blanche deux heures et demie plus tard. Ce faisant, des souvenirs épars de ses visites au night-club d'Abderrahmane pendant la période relativement insouciante des années 1980 lui reviennent en vrac. Il aurait chéri cette époque bien davantage s'il avait pu deviner les journées sombres qui s'ensuivraient.

« La voilà, annonce-t-il.

– Qu'est-ce que je suis censée remarquer ?

– Rien. Pour cette fois.

– Mais pour une autre ?

– C'était qui l'autre prisonnier qu'elle allait voir ? demande Taleb en appuyant à nouveau sur avance rapide.

– Un type du nom de Bahlouli. Sami Bahlouli.

– Bahlouli le crooner ? Il est en taule ? Qu'est-ce qu'il a fait ? Des chansons trop sirupeuses ?

– Évasion fiscale.

– Je suis surpris qu'il ait jamais gagné suffisamment de pognon pour se risquer à ce genre de fraude.

– Tu vas bientôt me dire, soupire Hidouchi, que Bahlouli chantait lui aussi au night-club d'Abderrahmane.

– Absolument. Il y a bien longtemps.

– Tu étais toi-même un habitué, Taleb ? Il y a bien longtemps comme tu dis, quand tu étais jeune ? »

Taleb passe outre aux sarcasmes de Hidouchi et fait défiler une autre scène d'arrivée d'Abderrahmane à la villa. *19:46, 18.02.20.* Apparemment similaire en tout point à la précédente. La manière dont elle est habillée ; la cigarette au coin des lèvres ; le regard noir à vous glacer le sang lancé à la caméra.

« Regarde la banquette arrière de la voiture, dit Taleb en pointant du doigt un fatras de tissus usés jusqu'à la corde.

– Je regarde et je ne vois rien de particulier.

– Moi non plus. Mais essayons un autre soir. » Il va jusqu'à une séquence indiquant *19:57, 09.03.20.* Voilà une fois encore Abderrahmane dans sa vieille Peugeot. Il fait un arrêt sur image au moment où elle franchit le portail. « Regarde la banquette arrière maintenant. »

Hidouchi se penche vers l'appareil, une mèche de ses cheveux effleure la joue de Taleb, l'empêchant de se concentrer.

« Elle l'a recouverte avec un plaid à carreaux. Et…

– Oui ?

– … il y a quelque chose en dessous du plaid.

– Suffisamment volumineux pour être un corps, tu crois ? »

Hidouchi se renfonce sur son siège, la mèche de cheveux suit le mouvement. Elle se tourne de côté pour regarder Taleb.

« Elle a fait entrer quelqu'un en secret.

– C'est ce que je crois.

– Et l'a fait ressortir ?

– Oui. »

Nouvelle avance rapide et arrêt sur image sur le départ de la visiteuse trois heures plus tard. Le plaid est toujours en place, comme l'est aussi ce qui se cache dessous.

« Zarbi s'est peut-être dit qu'il avait besoin des services d'un pro du backgammon.

– L'ironie t'a souvent servi dans ta carrière, Taleb ?

– Pas du tout. Mais elle m'a permis de garder mon équilibre.

– Mmmh, dit Hidouchi en se levant d'un air décidé. On va faire venir Abderrahmane ici sur-le-champ pour l'interroger.

– Puis-je suggérer une autre manière de procéder ? lance-t-il en levant les yeux vers Hidouchi et en souriant pour tenter de l'amadouer.

– Laquelle ? demande-t-elle sans lui rendre son sourire.

– C'est nous qui allons la voir, et non l'inverse.

– Pourquoi ? Elle a manifestement besoin qu'on lui rappelle ses devoirs de citoyenne.

– On pourrait perdre beaucoup de temps en s'y prenant de cette manière, agente Hidouchi. Je recommande…

– Oui ? Qu'est-ce que tu recommandes ? Une petite conversation tranquille avec ta vieille hôtesse de night-club dans son confortable appartement ?

– Exactement. L'expérience m'a appris que les gens sont plus prompts à te répondre quand tu t'adresses à eux gentiment. »

Il n'a pas cessé de sourire, décidé à la faire céder.

Et c'est ce qu'elle fait.

« Très bien. On va procéder à ta manière. Mais si ça ne marche pas…

– … je serai le premier à la pendre au plafond. »

9

Le beau temps tient toujours, chaud et clair. Suzette s'arrête devant Litster's Cot dans l'engourdissement de ce milieu d'après-midi estival. Rien n'a changé depuis la veille, si ce n'est que cette fois-ci Stephen Gray n'est plus sur le toit.

Tandis qu'elle descend de la voiture, il apparaît au portillon sur le côté de la maison. Il lui fait signe d'entrer directement dans le jardin, avant de disparaître.

Il attend, déjà assis à la table en fer forgé quand elle le rejoint. Devant lui se trouve l'enveloppe renfermant la confession de son père.

« Asseyez-vous pendant que je vais préparer le thé », dit-il en lui souriant comme s'il s'agissait d'une banale visite de courtoisie.

Elle n'essaie pas de l'arrêter ; pourtant, elle préférerait entendre ce qu'il a à dire sans plus attendre. Il convient de respecter les règles de base du savoir-vivre. Pour autant, elle ne s'assied pas tandis qu'il retourne dans la maison. Elle fait les cent pas sur la pelouse tout en fumant une cigarette. Une partie d'elle-même ne demande qu'à reconnaître le document comme l'œuvre de son père, tandis que l'autre incline à la prudence et lui conseille le choix confortable de l'offre de compensation de M. Saidi, laquelle l'obligera à reconnaître que c'est un faux.

Plus vite que prévu, Gray est de retour avec le plateau. Il le pose sur la table et verse le thé. Il y a une assiette de biscuits, dont ils se désintéressent l'un et l'autre aussitôt. Elle finit sa cigarette et en allume une autre.

« Désolée, dit-elle avec un sourire gêné. Je suis un peu nerveuse, sans trop savoir pourquoi.

– Eh bien, ce dont nous discutons n'est pas précisément une broutille, si ? dit Gray en la regardant d'un air grave. Une certaine nervosité me paraît parfaitement compréhensible.

– Vous avez dit être convaincu que c'était l'œuvre de mon père, dit-elle en tapotant l'enveloppe des doigts.

– J'en suis convaincu, en effet. Mais vous, non ?

– Dites-moi ce qui vous a convaincu.

– Eh bien, ça confirme tout ce que je sais de Harriet, plus ou moins. Ça répond à toutes les questions soulevées par sa disparition. Écoutez, je comprends que vous ayez du mal à admettre ce qu'a fait votre père à Paris. Ce n'est pas exactement ce que j'appellerais un portrait flatteur. Mais c'est un autoportrait. Il a eu la décence de reconnaître le rôle qu'il a joué dans ce qui est arrivé, même s'il n'en a jamais été la cause directe. Ça lui a pris beaucoup de temps, mais il a fini par affronter la vérité. Il me semble que, du moins sur ce point, vous pouvez être fière de lui. »

Ils boivent tous deux quelques gorgées de thé. Elle ne sait toujours pas comment orienter la conversation, quel tour lui donner.

« Écoutez, Suzette, je vais être honnête avec vous. Votre père a fini par me révéler – même si c'est de manière posthume – la vérité après laquelle j'ai couru pendant la plus grande partie de ma vie. Maintenant, est-ce parce que ce que je soupçonnais s'est avéré remarquablement proche de la réalité que je dis ça ? Évidemment. Mais je n'en reste pas moins sincèrement convaincu de l'authenticité de sa confession. Vous vous souvenez de ce qu'il a écrit à propos de sa visite chez nous à Basingstoke lors du Noël 1964 ? Il parle de mon obsession pour le modélisme. C'est vrai. J'avais des maquettes de Spitfire et de Hurricane pendues partout au plafond de ma chambre. Comment quelqu'un ayant fabriqué le document de toutes pièces aurait-il pu connaître ce détail ? Et notre labrador, Benji. Il y fait également allusion. Personne ne pourrait inventer des trucs pareils.

– À moins que mon père n'ait lui-même fourni les informations. Nous n'avons aucun moyen de savoir quelles pressions il a pu subir pendant ses derniers mois à Alger.

– Vous avez une idée des gens qui auraient pu exercer de telles pressions ?

– Non. Mais l'Algérie est un repaire de conspirateurs. Elle l'a toujours été. N'oubliez pas que j'ignore qui est M. Saidi et ce qu'il a en tête.

– À quoi pourrait servir d'avoir falsifié ce document ? Tout ça, c'est de l'histoire ancienne.

– L'histoire ancienne, ça n'existe pas en Algérie, Stephen. Tout ce qui s'est passé là-bas depuis 1962 est arrivé hier.

– Quel âge aviez-vous quand vous avez quitté le pays ?

– Quinze ans.

– Et vous n'y êtes jamais retournée depuis ?

– Jamais.

– Dans ce cas...

– ... je ne sais pas de quoi je parle ? C'est ce que vous essayez de me dire ?

– Non, non. Ce n'est pas ce que je dis. Pas du tout. Mais...

– Vous aviez déjà entendu parler de Nazim Haddad avant de lire la confession ?

– Non, reconnaît Gray en haussant les épaules. Non, pas du tout.

– Et pourtant, vous aviez étudié de près les affaires de Wassim Zarbi.

– On dirait que vous écoutiez mes conversations avec votre père quand je lui rendais visite à Alger, remarque Gray avec un sourire amusé.

– En effet, oui. J'essayais de comprendre ce que vous attendiez de lui. Et puis, l'appartement était petit. Sans compter que..., ajoute-t-elle en souriant avec naturel pour la première fois de l'après-midi, les enfants sont souvent attirés par le mystère.

– Que vous a raconté votre père au sujet de Harriet ?

– Pas grand-chose. J'en ai plus appris de ma mère. Elle disait que Harriet était une ancienne petite amie de mon père qui avait disparu à Paris et était censée s'être noyée à Amsterdam – accident ou suicide, on ne savait pas trop.

– Ah. La théorie d'Amsterdam. Elle arrangeait beaucoup de gens.

– Il y avait des preuves allant dans ce sens ?

– Ma foi, n'oubliez pas que j'avais dix ans quand Harriet a disparu, si bien qu'à l'époque toute cette histoire m'a énormément perturbé. J'ai passé beaucoup de temps aussi à écouter des adultes qui tenaient de sombres conversations. L'essentiel de mes informations, je les ai eues de troisième main de ma sœur Wendy. L'histoire voulait que Harriet ait disparu, ainsi que son petit ami, Nigel Dalby – votre père. Nigel a fini par contacter sa famille pour lui dire qu'il était parti s'installer à Alger sans intention de retour. Il était surpris que Harriet ne soit pas rentrée en Angleterre. Il était resté sur l'idée que c'était là ce qu'elle avait décidé quand ils s'étaient séparés. Nous n'avons jamais eu l'occasion de lui parler directement. Mon père est allé à Paris et a fait de son mieux pour découvrir ce qui était arrivé à Harriet, mais sans succès. C'était un homme discret, réservé, respectueux de l'autorité. Il n'était pas vraiment taillé pour tirer le maximum de la police française. Je pense que c'est probablement l'ambassade d'Angleterre qui a obtenu des Français qu'ils alertent Interpol. C'est ce qui a conduit à un rapport de la police néerlandaise spécifiant qu'un sac contenant certaines des affaires personnelles de Harriet, dont son passeport, avait été retrouvé dans le train Bruxelles-Amsterdam quelques jours après qu'elle avait été aperçue à Paris pour la dernière fois. Deux ou trois semaines plus tard, mon père a été convoqué à Amsterdam pour identifier le corps d'une jeune femme retiré d'un des canaux. Le corps avait été très endommagé par la circulation fluviale. Apparemment, c'était assez horrible à voir. Il n'a jamais réussi à l'identifier comme étant celui de Harriet, même si les autorités ont beaucoup insisté pour ce faire. Finalement, l'enquête s'est enlisée. Mon père a même essayé d'aller à Alger rendre visite à Nigel pour lui demander s'il savait quelque chose de plus dont il n'aurait pas parlé. Mais ça ne s'est jamais fait parce que l'ambassade d'Algérie lui a refusé son visa.

– On sait pourquoi ?

– À l'époque, non, mais aujourd'hui, on en a une petite idée, non ? Harriet a été vue pour la dernière fois par le gardien de nuit de Tativille de bonne heure le matin du mardi 8 juin 1965. Onze jours plus tard se produisait un coup d'État à Alger. Le 19 juin, Ben Bella était déposé et remplacé par son ministre de la Défense, Boumédiène. De toute évidence, le nouveau gouvernement voulait éviter que les activités de Zarbi à Paris sortent au grand jour. Il était important que le régime antérieur soit tenu pour seul responsable du meurtre de Tournier. Ils n'allaient certainement pas autoriser mon père à entrer dans le pays. De fait, je dirais qu'ils lui ont probablement rendu un sacré service. Je n'imagine pas mon père à Alger. Il aurait complètement perdu pied sitôt descendu de l'avion. On ne saura jamais dans quel pétrin il aurait pu se fourrer.

– Il était certain que le corps d'Amsterdam n'était pas celui de Harriet ?

– Oui, mais par la suite, il s'est mis à douter de lui-même. Après des mois, puis des années, quand on a dû accepter le fait que Harriet ne reviendrait pas, la seule explication sensée, c'était qu'elle était morte, et il a commencé à se demander si le corps sur la table d'autopsie n'aurait pas pu être le sien. Le doute et les questionnements l'ont rongé. Comme ils ont aussi rongé ma mère. Ils n'ont plus jamais été les mêmes, ni l'un ni l'autre. Ma mère s'est repliée sur elle-même. Elle a tout simplement… cessé de communiquer. Quant à mon père, eh bien, il a fait de son mieux pour nous assurer une vie normale à Wendy et à moi, mais l'effort l'a épuisé, littéralement. Vous et moi avons été terriblement marqués par cette tragédie, je suppose. Regardez un peu où nous en sommes aujourd'hui encore, plus de cinquante ans après.

– Vous auriez pourtant pu laisser tomber, non, Stephen ? Personne ne vous a forcé à traquer la vérité quand vous avez grandi. Après tout, votre sœur Wendy n'a rien fait de la sorte.

– Wendy a toujours été plus équilibrée que moi. Vous avez raison, bien sûr. Personne ne m'a forcé à rien. Mais c'est devenu une obsession chez moi. Je regardais des photos de Harriet dans l'album de famille – en vacances, l'été, en Cornouailles ; dans son costume, à la remise des diplômes à Oxford – et je n'arrêtais pas de me demander ce qui avait pu lui arriver et ce que je pouvais faire pour le découvrir. Avait-elle simplement cherché à nous fuir ? Était-elle encore vivante quelque part ? Et puis, il y avait mes parents. J'étais arrivé à me convaincre que la vérité, peu importe laquelle, les aiderait à panser leurs blessures. Ils ont cessé de parler de Harriet, mais je savais qu'ils n'avaient pas cessé pour autant de penser à elle. À la fin de l'année 1967, juste avant Noël, mon père est parti en voyage d'affaires. La compagnie pour laquelle il travaillait fabriquait des composants électroniques. L'explication qu'il nous donna, c'est qu'il devait aller sonder une société française en vue d'un éventuel partenariat. Je ne découvris que plus tard qu'il s'était arrangé pour faire coïncider son voyage avec la sortie de *Playtime* sur les écrans. Je trouvai un ticket dans la poche de son imperméable, qui provenait du cinéma L'Empire à Paris et montrait qu'il était allé voir le film dès la première semaine de sa projection. J'ai d'emblée compris pourquoi. Et pourquoi il voulait nous le cacher. Il espérait voir Harriet dans une des scènes de foule.

– Et il l'a vue ?

– Non. Je ne crois pas qu'elle ait jamais fait partie des figurants. Et si c'était le cas, les scènes dans lesquelles elle apparaissait n'ont sans doute pas franchi le stade des rushs. Quand le film est sorti chez nous quelques mois plus tard, je suis allé le voir avec Wendy. On n'a rien dit à nos parents. C'était au cours d'une visite en catimini de Wendy un après-midi, alors qu'elle était passée à la maison. Nous avions tous des secrets les uns pour les autres à cette époque, voyez-vous. Je suis presque sûr que je me serais ennuyé à mourir pendant la projection si je n'avais pas cherché Harriet tout au long. *Playtime* n'avait pas grand-chose pour plaire à un ado lambda de treize ans. Quoi qu'il en soit, nous ne l'avons jamais repérée. Contrairement à votre père, qui lui était bel et bien là. Je l'ai reconnu pour l'avoir vu lors de sa visite de Noël chez nous en 1964. Je me souviens encore du coup de coude que j'ai envoyé dans les côtes de Wendy avant de lui murmurer : "T'as vu, c'est Nigel Dalby", et de la réponse stupéfaite de Wendy : "Mon Dieu, t'as raison, c'est bien lui."

– Attendez. » Suzette n'en croit pas ses oreilles. Son père dans une scène de *Playtime* ? Voilà qui est nouveau pour elle. « Papa m'a dit que les scènes où il apparaissait avaient toutes fini par être coupées.

– Non. On peut facilement le manquer, mais il est bien là, affirme Gray en souriant. Vous voulez le voir ? »

Suzette hésite, sans trop savoir pourquoi. Elle devrait sauter de joie à l'idée de voir une image animée de son père jeune homme. Et pourtant, cette perspective l'effraie.

« Le DVD est dans la maison, Suzette, propose Gray. Je peux vous passer la scène, il n'y a pas plus simple.

– D'accord, allons-y », dit-elle avant de vider sa tasse en songeant qu'elle ne peut plus reculer.

Gray l'entraîne à l'intérieur. Tout en le suivant dans le petit salon, Suzette remarque au passage la manière preste dont il fait disparaître la bouteille de whisky de la table basse à côté du fauteuil. Il la dépose d'une main sur un rayon de la bibliothèque, tandis que de l'autre il attrape le DVD de *Playtime* un peu plus loin sur l'étagère.

« Asseyez-vous », dit-il en lui montrant le fauteuil.

Il allume la télé et charge le DVD dans le lecteur. Il y a un second fauteuil, poussé contre le mur dans un coin de la pièce, mais il ne fait rien pour s'en approcher et préfère s'adosser à la bibliothèque avant d'appuyer sur le bouton de la télécommande.

L'écran s'allume, et elle se retrouve sans transition devant une scène du film. C'est de toute évidence l'endroit où s'est arrêté Gray la dernière fois qu'il a visionné la bande. Il la rembobine sur environ cinq minutes avant de la relancer.

Jacques Tati, accoutré de son habituel imperméable informe de M. Hulot, de son chapeau à bords étroits et de son pantalon trop court, sort d'une agence de voyages à l'heure de la fermeture, chassé par un employé pressé de baisser le rideau. Distrait par le bruit de la porte qu'on verrouille derrière lui, Hulot entre en collision avec un passant vêtu d'un costume foncé élégant et coiffé d'un chapeau mou, un porte-documents à la main. Un second passant, semblablement vêtu, évite de justesse la collision et s'éloigne d'un pas pressé.

Gray fait un arrêt sur image juste avant que ce dernier quitte la scène. Suzette le regarde longuement – jeune, mince, les cheveux noirs, en costume et chapeau, il se déplace d'un pas rapide. Son visage est légèrement flou.

« Vous pouvez me le repasser ? » demande-t-elle.

Gray fait à nouveau défiler la scène. Cette fois, elle voit clairement son visage. Elle concentre toute son attention sur ses traits pendant les quelques secondes que dure l'action. Et retient son souffle juste avant que Gray fige l'image. C'est son père. Une version de lui plus jeune que toutes celles qu'elle ait jamais vues. Un Nigel Dalby de vingt-trois ans.

« Je n'y crois pas, murmure-t-elle.

– Et pourquoi ?

– Non, je veux dire, j'y crois. C'est lui sans aucun doute. C'est vraiment lui. »

D'un geste instinctif, elle porte sa main à sa bouche. Il y a quelque chose de tout à la fois profond et émouvant dans ce qu'elle ressent. Comme si le temps se repliait sur lui-même, révélant une part d'elle déjà logée au tréfonds de son père avant même qu'il le devienne.

« Il réapparaît quelques minutes plus tard », indique Gray avant de passer en avance rapide jusqu'à une scène où les gens montent dans un bus bondé. Hulot en fait partie. Gray fige l'image. « Là. À droite de la porte.

– Seigneur. Le regarder comme ça…, dit-elle, prise d'un rire nerveux. Ça me donne… *la chair de poule**.

– Pardon ?

– Oui, des frissons partout.

– Je comprends. C'est une étrange expérience. Quasi surnaturelle.

– Il n'y a que ces deux scènes ?

– Autant que je sache, oui. Mais il y a des tas d'hommes en costume dans d'autres scènes du film. Il se peut qu'il apparaisse dans d'autres endroits où je ne l'ai pas encore repéré.

– Pourquoi ne m'en a-t-il jamais parlé ?

– Il avait de bonnes raisons de vouloir oublier l'époque de Tativille.

– Oui. Bien sûr. Mais pourquoi ma mère ne m'en a-t-elle jamais parlé non plus ?

– C'est votre mère, Suzette. »

C'est vrai. Elle devait savoir. Suzette en est certaine. Et pas le moins du monde surprise qu'elle n'en ait jamais soufflé mot.

« Il y a quelque chose d'autre, annonce Gray en rembobinant la bande. Ou, devrais-je dire, *quelqu'un* d'autre. »

Il passe une autre scène. Des gens quittent un immeuble de bureaux à la fin de la journée. L'un d'eux s'écrase contre une porte qu'il croyait ouverte. Tandis qu'il tâte son nez contusionné et que certains de ses collègues l'entourent de leurs attentions et de leur sympathie, un homme grand, le teint basané, la moustache généreuse, vêtu d'un costume clair et coiffé d'un fédora, et non d'un costume foncé et d'un chapeau mou, s'arrête brièvement, le temps de leur jeter un regard dédaigneux avant de sortir dans la rue et de s'éloigner à grands pas.

« Zarbi, dit simplement Gray.

– Zarbi ?

– C'est lui. J'ai vu quelques photos au fil des ans. Pas beaucoup, mais suffisamment quand même. C'est bien Wassim Zarbi.

– Seigneur ! Tous les deux, en même temps.

– C'est…, commence Gray, interrompu par la petite musique d'un téléphone portable dans une autre pièce. Désolé. Il vaut mieux que je prenne cet appel. Je l'attends, si c'est bien celui auquel je pense. »

Il tend la télécommande à Suzette et s'empresse de sortir.

Suzette s'appuie contre sa chaise, rembobine la bande et passe à nouveau les scènes déjà vues. La collision devant l'agence de voyages ; la sortie de l'immeuble de bureaux ; la montée dans le bus bondé. Elle observe les mouvements et les expressions de son père. C'est lui. C'est bien lui.

Suzette jette à nouveau un coup d'œil sur Zarbi. Elle l'a vu une fois au Chélifère. Et une autre quand il est venu chez eux. La visite n'était pas désirée. L'atmosphère était lourde de gêne et de malaise. Suzette se souvient de sa voix : profonde, dure, rauque. Et de son visage : des yeux qui lançaient des éclairs ; une moue caractéristique qui faisait remonter sa moustache d'un côté. Elle se souvient de l'impression de puissance qu'il avait donnée à la petite fille qu'elle était. Comme s'il avait pu la soulever et l'écraser dans une seule de ses mains si l'envie lui en avait pris. Elle se demande si le regard hautain qu'il jetait aux autres figurants dans la scène de *Playtime* était pour lui une mimique d'acteur ou simplement une manière d'être. Le mépris, elle en est sûre, devait lui venir facilement.

Gray revient dans la pièce.

« Alors, comment ça se passe ? demande-t-il.

– Ça va, répond-elle. Ça va bien.

– Désolé de vous avoir causé un tel choc.

– Non, je vous en prie. Je suis heureuse de l'avoir vu. Comment avez-vous entendu parler de Wassim Zarbi pour la première fois ?

– Ah, Zarbi. Et si on retournait dans le jardin ? C'est une longue histoire. »

Le soleil a creusé une ombre profonde en travers de la table pendant qu'ils étaient à l'intérieur. Gray propose de refaire du thé, mais Suzette refuse. Elle veut entendre ce qu'il a à dire. Et elle veut l'entendre maintenant.

« C'est pendant mes premières vacances d'été à l'université de Bristol que j'ai sérieusement tenté d'aller au fond de cette affaire, commence-t-il. 1974, ça doit être ça. J'ai d'abord contacté le père de Nigel. Mais il était devenu gâteux à la suite d'une attaque, et la belle-mère de Nigel – la redoutable Marjorie – ne voulait surtout rien savoir de son beau-fils. Elle a prétendu qu'ils avaient perdu tout contact avec lui. Il était toujours à Alger, apparemment, mais elle ne connaissait pas son adresse. C'est alors que je suis tombé sur un copain fanatique de cinéma à Bristol. Il connaissait quelqu'un à Paris qui avait travaillé sur le tournage de *Playtime*.

« Donc, départ pour Paris. Le type en question m'a abreuvé d'anecdotes sur Tati tant que je l'abreuvais de bières. Mais il ne se souvenait ni de Harriet ni de Nigel. "Il y avait des tas de gens qui allaient et venaient, *mon ami**, me dit-il. Tativille, c'était *la gare de Lyon sans trains**." C'est tout ce que j'en tirai. Mais il me brancha sur quelqu'un d'autre qui, d'après lui, risquait d'être mieux informé : Viviane Labbé, assistante costumière. Oui, celle-là même qui est mentionnée dans *J'avoue**. Je lui rendis visite à Saint-Maur-des-Fossés, la maison où Harriet et Nigel avaient été invités à déjeuner, même si elle n'y a jamais fait allusion. Elle se souvenait d'eux, cependant. Elle les avait bien aimés, surtout Harriet, et avait été surprise et abasourdie par leur départ soudain. Elle n'avait pas grand-chose à ajouter, ce qui ne l'a pas empêchée de se montrer plus que compatissante à propos de la mort de Harriet à Amsterdam – puisque c'était là la version des événements qui lui était revenue aux oreilles. C'était "*une grande tragédie**". Et ce n'était apparemment pas la seule. Specta Films avait fait faillite, et avec la meilleure volonté du monde, on ne pouvait plus voir *Playtime*. Ce qui semblait la déprimer au plus haut point.

« C'est au moment où je partais qu'elle mentionna Wassim Zarbi. Un figurant algérien qu'elle avait très souvent aperçu en grande conversation avec Nigel. Ce qu'elle avait trouvé bizarre, étant donné que Zarbi ne se montrait pas en règle générale très causant. Elle le décrivit comme hautain. J'eus l'impression qu'elle n'avait pas une très haute opinion des Algériens. Où pouvais-je trouver ce Zarbi ? *"Aucune idée*!"* Telle fut sa réponse, accompagnée d'un haussement d'épaules prononcé.

« J'étais, semble-t-il, dans une impasse. Je rentrai en Angleterre, où je trouvai un petit boulot pour les vacances. Quelques mois plus tard, je recevais une lettre de Mme Labbé. Je lui avais laissé mon adresse à tout hasard, sans trop d'illusions. Elle disait qu'une ancienne collègue de Tativille, qui s'était récemment rendue à Alger, avait entendu dire que Nigel Dalby tenait une librairie dans la ville. L'ancienne collègue en question ne se souvenait ni du nom ni de l'adresse, mais Mme Labbé s'était dit que je serais peut-être intéressé. Et c'était le cas. Enfin quelque chose de tangible à me mettre sous la dent. Il ne pouvait pas y avoir des dizaines de jeunes libraires anglais à Alger.

« J'ai dû attendre l'été suivant pour me rendre là-bas. J'avais vu *Pépé le Moko* et *La Bataille d'Alger* grâce à mon copain cinéphile de Bristol et j'avais lu deux ou trois bricoles sur le pays et son histoire, si bien que je croyais savoir ce que je faisais. En réalité, je n'en avais pas la moindre idée. Je pris la visite guidée de la Casbah. J'emmagasinai les scènes et les bruits, je gravis les rues pentues, clignai les yeux sous la lumière aveuglante et transpirai tout mon soûl. Le deuxième jour, je demandai au portier de l'hôtel s'il avait entendu parler d'une librairie tenue par un jeune Anglais. Bingo ! Le Chélifère. Il ignorait le nom du propriétaire, mais moi, j'étais sûr de le connaître.

« Inutile de vous décrire Le Chélifère. Le magasin n'a jamais beaucoup changé, pas vrai ? Des piles de livres dont tous ne possédaient pas de couverture, posées sans ordre apparent sur les rayons, les tables, le sol et même les marches d'escalier. Je n'aurais su dire si la poussière venait plus de la rue que des vieux bouquins en souffrance. Je fus accueilli par un jeune employé algérien – Riad Nedjar, tel était son nom. C'était avant votre naissance, bien sûr. Nigel et votre mère étaient mariés depuis peu et vivaient au-dessus du magasin, comme je devais le découvrir. Mais c'est du minuscule bureau au rez-de-chaussée, qui servait aussi de réserve, qu'émergea Nigel quand Nedjar l'appela. Il ne me reconnut pas. Ce qui n'avait rien de surprenant. Quand je me suis présenté, il a dit être étonné, mais il l'a bien caché et m'a invité à monter à l'étage pour faire la connaissance de sa femme. Monique n'a pas eu l'air particulièrement ravie de me voir. Peut-être n'appréciait-elle guère ce qui pouvait lui rappeler la petite amie anglaise décédée de Nigel. Quant à ce dernier, il s'en sortit plutôt bien, même s'il m'assura ne rien avoir à me dire susceptible d'éclaircir le mystère de la mort de Harriet. Nous avons convenu qu'il viendrait prendre un verre à mon hôtel ce soir-là pour que nous puissions bavarder un moment.

« Et il est venu. Et nous avons bavardé. Il m'a posé toutes les bonnes questions à propos de la manière dont nous avions vécu la disparition de Harriet à l'époque. Il a insisté sur le fait qu'elle l'avait tout bonnement plaqué à la suite d'une dispute ridicule, parce qu'elle l'avait vu avec une autre fille. Il était incapable d'expliquer ce qui avait pu la pousser à partir pour Amsterdam. Elle n'était certainement pas du genre suicidaire, et il en concluait donc qu'elle s'était noyée accidentellement. Quand je lui ai expliqué que mon père n'avait pas reconnu le corps à la morgue comme étant celui de Harriet, il n'a même pas essayé de discuter. "Qui sait ?" Tel était son refrain. Quant à la raison pour laquelle il avait décampé à Alger, il a dit qu'il y avait trop de souvenirs de Harriet à Paris pour qu'il puisse continuer à y vivre. Par ailleurs, il n'avait aucune envie de rentrer en Angleterre. Il était parti pour Alger sur un coup de tête, sans savoir s'il y resterait longtemps, ni ce qu'il pourrait y faire. Il avait d'abord travaillé à la librairie pour l'ancien propriétaire, lequel avait fini par la lui confier avant de se retirer en France. Quand j'ai suggéré qu'il était peut-être parti en Algérie sur la recommandation de son ami de Tativille, Wassim Zarbi, il a fermement nié. C'était son idée à lui, et à lui seul. Sans compter que Zarbi n'était pas un ami, mais simplement une relation de travail. Nigel n'avait plus aucun contact avec lui.

« Il espérait que je prendrais plaisir à ma visite à Alger, mais m'expliqua avec autant de tact que possible qu'il ne serait pas en mesure de me voir beaucoup au cours de mon séjour. Monique n'avait pas vraiment apprécié ma visite. Il était sûr que je comprenais. Et c'était le cas, même si je n'écartais pas la possibilité qu'il se servait de Monique comme prétexte pour ne pas avoir à répondre à d'autres questions sur Harriet. Je lui laissai entendre que j'étais venu pour la ville autant que pour lui. J'avais eu envie de ce voyage après avoir vu *La Bataille d'Alger*. Il se détendit aussitôt et me parla du tournage qui s'était déroulé juste après son arrivée, au cours de l'été 1965. Il me dit que son employé pourrait m'en dire plus, puisqu'il y avait travaillé comme figurant. Et me proposa de donner sa journée à Nedjar le lendemain pour qu'il puisse me faire visiter la ville. Naturellement, j'acceptai.

« Bon, vous connaissez Riad Nedjar. Je n'ai pas besoin de vous dire à quel point il est charmant. Il n'avait que quelques années de plus que moi, et il était plein de vie, amical, amusant. Qui plus est, il parlait bien anglais. Il est arrivé à l'hôtel pendant que je finissais mon petit déjeuner et il m'a emmené faire un tour de la ville. C'était une autre approche, très agréable, que de la découvrir grâce à un autochtone qui la connaissait comme sa poche. Il avait joué le rôle d'un enfant de la Casbah aux grands yeux noirs dans le film de Pontecorvo, et il y avait encore en lui quelque chose d'enfantin. Je me souviens d'avoir beaucoup ri ce jour-là. La seule note discordante arriva quand je l'interrogeai au sujet de Zarbi. Nous étions dans un café, et il baissa aussitôt la voix. "Un conseil, mon ami, dit-il en se penchant vers moi par-dessus la table. Zarbi, c'est *la Sécurité militaire**. Tout en haut de l'échelle. C'est pas bon de parler de gens comme lui. Même quand on n'est qu'un touriste. Tu me suis ? Contente-toi de le rester, Stephen, d'accord ? Sans chercher à devenir quelqu'un qui pourrait intéresser les autorités. Surtout pas, crois-moi. Alors, que Nigel ait rencontré Zarbi à Paris, ce que ce dernier pouvait bien y fabriquer, qu'ils soient restés en contact depuis... laisse tomber, n'aborde pas de tels sujets. Avec personne."

« La mise en garde était on ne peut plus claire. Et à regarder Nedjar, tandis que me parvenait la voix d'une chanteuse à la radio en fond sonore, que la fumée de cigarette s'amassait autour de nous, et que des yeux aux autres tables tout à coup bien visibles s'attardaient sur nous, je compris qu'il serait sage d'observer cet avertissement. Nous n'étions pas en Angleterre, pas même en France. Mais en Algérie. Et je n'avais aucune idée des règles qui régissaient la vie des Algériens. Nedjar, lui, les connaissait à fond. Et l'une d'elles était qu'un homme comme Zarbi était intouchable.

« Sur ses conseils, je réservai pour le lendemain une visite en car organisée par l'office du tourisme des ruines romaines de Tipasa. Je déambulai dans les vestiges de l'amphithéâtre et du forum. J'écoutais les cigales, sentais la chaleur du soleil sur mon dos et clignais les yeux devant le bleu éblouissant de la Méditerranée. J'étais pratiquement sûr de ne jamais revenir en Algérie. Harriet était morte depuis dix ans, et j'avais ma vie à moi. Je ne doutais pas, par ailleurs, que la mise en garde de Nedjar fût fondée. Mieux valait ne pas réveiller le chat qui dort. Harriet était aussi perdue pour moi que pouvaient l'être les Romains de l'Antiquité.

« Mais comme vous le savez, il en est allé autrement. Je suis bel et bien retourné en Algérie deux fois au fil des ans. Pour diverses raisons, je n'arrivais pas à renoncer à l'idée qu'une réponse m'attendait là-bas, quelque part. Chaque fois que je croisais Nedjar, il avait l'air déçu de me revoir, même s'il ne manquait jamais de me faire sentir qu'il était heureux de ma visite. »

Gray se renfonce dans son fauteuil.

« Bon, voilà le genre d'homme qu'est Riad Nedjar. Un des meilleurs. Vous m'avez demandé hier si j'avais eu de ses nouvelles depuis la mort de votre père, et j'ai répondu par la négative.

Je crains que ce ne soit pas vrai. Je ne me sentais pas libre de vous fournir des renseignements à son sujet sans sa permission. Je l'ai contacté hier soir. Il vit à Londres maintenant. Il a un petit restaurant algérien à Soho. L'appel que j'ai reçu tout à l'heure, c'était lui. Il est d'accord pour vous rencontrer, Suzette, et vous dire ce qu'il pense de la confession de votre père.

– Il est au courant ? interroge Suzette en regardant Gray avec de grands yeux.

– Apparemment oui, dit Gray en hochant la tête.

– Mais... comment ?

– Pourquoi ne pas le lui demander quand vous le verrez ?

– Et pour quand peut-on arranger cette rencontre ?

– Ce soir même. Si ça vous convient. »

Suzette s'efforce de se faire à l'idée que Riad Nedjar n'est finalement pas encore sorti de sa vie. Elle ignore si le fait qu'il est au courant de la confession est une bonne ou une mauvaise nouvelle. Ce qu'elle sait, c'est qu'elle doit le découvrir. Et qu'on vient de lui en offrir l'occasion sur un plateau.

« Ça me va », répond-elle d'un ton décidé.

10

Les barres d'immeubles d'Alger – peinture écaillée par plaques, zigzags des fils électriques sur les façades festonnées de paraboles et drapées de lessives qui sèchent sur leurs cordes – surgissent des pentes de la ville comme des tertres au milieu du Sahara, innombrables et indifférenciées. Ahanant sur les marches d'escalier de la tour où habite Razane Abderrahmane, Taleb se dit qu'une pareille ascension pratiquée au quotidien doit la maintenir en forme. L'ascenseur est en panne, ce qui est sans doute la norme. Mais il est déjà en train de flancher alors qu'ils ne sont qu'à mi-chemin du sommet, ce qui signifie que lui-même est loin d'être au sommet de sa forme. L'agente Hidouchi a plusieurs étages d'avance sur lui et lui jette de temps à autre un coup d'œil méprisant à travers les barreaux de la cage d'escalier.

« Les officiers de police ne sont pas censés passer régulièrement une visite médicale ? lui assène-t-elle, sarcastique, quand il finit par la rejoindre.

– On est plus indulgent… pour les vieux, dit-il, haletant.

– Et aussi pour ceux qui fument deux paquets de cigarettes par jour ?

– Un seul… en fait.

– Un de trop.

– Je n'aurais jamais survécu aux années 1990 sans mes Nassim. C'est comme si tu me demandais… d'abandonner un vieil ami.

– Essaie plutôt de le voir moins souvent. Alors, tu veux un peu plus de temps pour te remettre ? Ou bien je sonne chez Abderrahmane ? »

Taleb réussit à prendre une respiration plus longue que les précédentes sans tousser. Il s'approche de la porte et sonne lui-même. Sans obtenir de réponse. Il sonne à nouveau. Toujours rien.

Hidouchi, bras croisés, le regarde sans aménité, comme si c'était sa faute. Elle tapote son avant-bras de ses doigts. Puis elle entreprend de sonner à la porte de l'appartement voisin.

Elle ne s'arrête que quand celle-ci s'ouvre sur une femme d'un certain âge. Hidouchi brandit son badge du DSS.

« Nous cherchons Razane Abderrahmane », annonce-t-elle d'un ton cassant.

La femme a l'air effrayée, ce qui ne surprend pas Taleb. Le DSS à votre porte ne peut signifier qu'une mauvaise nouvelle, même si ses agents cherchent quelqu'un d'autre que vous.

« Elle est sur son balcon, explique-t-elle, inquiète. Elle est un peu… sourde.

– Veux-tu lui dire que nous sommes ici ?

– Oh. Oui. Bien sûr. J'y vais de ce pas. »

La femme bat en retraite, l'air agité.

Elle ne referme pas sa porte, si bien que Hidouchi et Taleb l'entendent crier à l'adresse de sa voisine, même s'ils n'arrivent pas à distinguer la réponse de celle-ci. Elle revient au bout de quelques minutes avec une clé dont elle se sert pour ouvrir la porte d'Abderrahmane.

« Elle dit que vous n'avez qu'à entrer.

– Merci », dit Taleb.

Hidouchi reste muette.

Ils traversent une suite de pièces encombrées d'un fatras coloré pour arriver jusqu'à des portes-fenêtres ouvertes sur une vague brise et l'éclat aveuglant du soleil.

Le balcon est étonnamment grand et tient davantage d'une terrasse, en fait ; il surplombe la ville et son vaste panorama, ainsi que le port qui s'étend au-delà de la balustrade. La vue est partiellement bloquée par du linge qui sèche, et dont Taleb détourne pudiquement les yeux de crainte d'y surprendre quelques articles de lingerie appartenant à la propriétaire.

Celle-ci est allongée sur un transat en plein soleil, laissant échapper d'une ample robe des membres diversement ridés, mais tous flasques et bronzés. Ses cheveux sont ramassés dans un turban. Derrière elle est suspendue une cage où trône un gros perroquet aux plumes ébouriffées, qui jette un œil soupçonneux sur les nouveaux arrivants.

Abderrahmane gratifie Taleb d'un mince sourire. Ses yeux se cachent derrière d'énormes lunettes noires.

« T'es donc au DSS à présent, Mouloud ? »

Il remarque que les sourcils de Hidouchi se relèvent devant l'emploi de son prénom.

« Non, répond-il en haussant la voix pour s'assurer qu'elle l'entend.

– Pas besoin de hurler, dit-elle en grimaçant. Je ne suis pas sourde.

– *La samah Allah !* » braille le perroquet.

Taleb fait de son mieux pour ignorer l'interruption, bien qu'il se surprenne à se demander si apprendre à un perroquet à dire « Dieu me pardonne » pourrait passer pour un blasphème.

« Nous avons manifestement été mal informés. Quoi qu'il en soit, et pour répondre à ta question, je fais toujours partie de la police. L'agente Hidouchi, elle, est du DSS.

– C'est pas vrai ! s'exclame Abderrahmane en regardant cette dernière d'un œil inquisiteur. Tu aurais pu travailler pour moi comme hôtesse. Il y a des hommes qui aiment les femmes intraitables.

– Tu devrais prendre notre visite au sérieux, rétorque Hidouchi. Si je te donne la possibilité de nous communiquer les renseignements dont nous avons besoin dans cet environnement… civilisé, c'est bien grâce au commissaire Taleb.

– Commissaire, dis donc ! Si je comprends bien, t'as grimpé les échelons, t'es tout en haut, maintenant, Mouloud ?

– Il n'est en haut de rien du tout, aboie Hidouchi. Venons-en aux faits. Wassim Zarbi ? Tu connais ? »

C'est le moment que choisit Abderrahmane pour allumer une cigarette, exhibant pour ce faire un briquet en onyx gros comme un œuf de cane.

« Autant que je me souvienne, c'est un cadeau de Wassim, dit-elle en exhalant un épais nuage de fumée. Ah, c'était quelque chose d'avoir un ami au DRS. Que dis-je, plusieurs. Les années 1980 ont été sacrément fastes pour nous, pas vrai, Mouloud ? »

Il est vrai qu'elles l'ont été, même si à l'époque personne n'en avait conscience. Personnellement, Taleb est incapable de penser à quelque chose dans sa vie – ou dans celle du pays – qui ait changé pour le mieux depuis. Mais il n'a pas l'intention de se laisser prendre au piège de la nostalgie par Abderrahmane, qui a réussi à sous-entendre l'existence d'une relation entre eux plus intime qu'elle ne l'a été en réalité, et ce, sans doute dans l'espoir de voir se creuser un fossé entre Hidouchi et lui.

« Tu as régulièrement rendu visite à Zarbi chez lui dans les mois qui ont précédé sa disparition, poursuit Hidouchi. Et tu lui as également rendu visite à la prison d'El-Harrach.

– De quel crime on m'accuse ?

– *La samah Allah !*

– Tu as fait entrer quelqu'un en secret dans la villa de Zarbi le 9 mars de cette année, dit Hidouchi, qui foudroie le perroquet du regard. C'est une violation des conditions attachées à sa libération conditionnelle. Être complice d'une telle violation…

– … serait un crime, intervient Taleb.

– Ah, mais des crimes, il y en a tant, pas vrai ? dit leur hôtesse d'une voix traînante dans un nuage de fumée. C'est difficile de se les rappeler tous. Et de toute façon, celui-ci, je le nie. Je suis allée jouer au backgammon avec Wassim parce qu'il était seul et que tous ses anciens amis prétendaient ne l'avoir jamais connu. Point barre.

– La vidéosurveillance de la villa nous raconte une tout autre histoire, insiste Taleb.

– La vidéo du DSS, je me trompe ?

– Oui.

– Trafiquée, alors. Ce sont des experts en la matière. Et qui donc suis-je censée avoir introduit en secret ?

– C'est précisément pour le savoir que nous sommes ici.

– En ce cas, vous perdez votre temps. Et vous me faites perdre le mien.

– *La samah Allah !* »

Hidouchi lève les yeux au ciel. Taleb sait exactement ce qu'elle pense. Ils auraient dû convoquer Abderrahmane pour l'interroger et s'épargner du même coup le spectacle qu'elle leur inflige. Son attitude aurait été radicalement différente dans le cadre intimidant du QG du DSS.

« Tu joues au backgammon, Mouloud ? » demande-t-elle.

Il ne répond pas. Le moment est venu de lui faire comprendre la gravité de sa situation. Il attire à lui un tabouret bas qu'il a repéré et s'assied à côté du transat. Tous deux sont à présent au même niveau, face à face. Taleb a l'impression que leurs échanges prennent une coloration plus intime, plus authentique. Le perroquet se déplace légèrement le long de son perchoir pour mieux les observer.

« Tu as toute mon admiration, Razane, commence-t-il. Tu n'as fait aucune concession ni à l'âge ni au pragmatisme. Tu es allongée là comme un lézard sur son rocher et tu ne caches pas le mépris qu'on t'inspire.

– Je n'éprouve aucun mépris pour toi, Mouloud, objecte-t-elle en esquissant un sourire. Tout au plus de la pitié.

– Ta performance est remarquable. Quel malheur que les habitués de La Girafe ne puissent se joindre à moi pour l'apprécier.

– J'étais quelqu'un à l'époque, hein ?

– Sans aucun doute. Mais il te fallait coopérer avec les autorités pour pouvoir garder ton business. Et les choses n'ont pas changé aujourd'hui.

– Sauf que je n'ai plus de business. Je me suis retirée des affaires. Je n'ai donc plus à coopérer avec personne.

– Si tu ne nous dis pas ce qu'on a besoin de savoir, je ne vais pas pouvoir t'aider, Razane. L'autorité peut revêtir des visages bien plus sévères que le mien.

– C'est ce que je vois, dit Abderrahmane avec un regard pour Hidouchi.

– Qui as-tu introduit en secret chez Zarbi ?

– Personne.

– Si on ne repart pas d'ici avec une réponse, c'est avec toi qu'on partira. Et là où on t'emmènera… ils t'écraseront comme un moustique. Tu le sais. Tu as déjà eu l'occasion de voir des victimes de ce genre de traitement. Et moi aussi. Inutile de t'infliger ça. »

À la surprise de Taleb, des larmes ruissellent le long des joues d'Abderrahmane. Elle pousse un soupir.

« Comme je hais ce pays !

– C'est le seul que nous ayons, Razane.

– *La samah Allah !* »

Nouveau soupir. Elle tire un mouchoir d'un des plis de son ample cafetan et s'essuie les yeux.

« Un Anglais. Blanc. Environ ton âge. Il ne m'a pas donné son nom, et je ne lui ai pas demandé.

– Tu l'as fait à la requête de Zarbi ?

– Oui.

– L'homme, tu l'avais récupéré où ?

– Pas très loin d'ici. Rue des Nénuphars. Il attendait à l'angle. Comme Zarbi me l'avait dit.

– Et tu l'as redéposé au même endroit ?

– Oui.

– Tu l'as vu entrer dans une maison rue des Nénuphars ?

– Non. Il est resté à l'angle et m'a regardée m'éloigner.

– De quoi est-ce qu'ils ont parlé, Zarbi et lui ? » intervient Hidouchi.

Abderrahmane grimace. Manifestement, elle préfère répondre aux questions de Taleb, même si c'était pourtant précisément celle qu'il allait poser.

« J'en sais rien. Ils sont allés dans le bureau de Wassim. Ils m'ont laissée devant la télévision. J'ai été déçue par le nombre de chaînes disponibles. Il s'en est excusé, je me souviens. Quelque chose à voir avec le DSS qui lui bloquait son accès Internet.

– Décris-moi l'Anglais.

– La soixantaine. Cheveux grisonnants. Barbu. Yeux marron, je crois. Il parlait très bien le français. Et il était poli. Ce qui, pour quelqu'un de ma génération, n'est pas rien.

– Tu es sûre de ne pas avoir saisi son nom ? demande Taleb. Zarbi ne lui en a pas donné ?

– Non. Il y a même fait très attention, m'a-t-il semblé.

– Et tu n'as rien entendu de leur discussion ?

– Nous étions dans des pièces très éloignées les unes des autres.

– Mais bon, tu t'ennuyais, Razane. La télévision ne disposait pas de tes programmes favoris. J'imagine aisément que tu l'as désertée pour t'approcher à pas de loup du bureau de Zarbi.

– Tu peux bien imaginer ce que tu veux. J'en ai pas bougé du séjour.

– Tu as été surprise quand Zarbi a disparu ?

– Y a-t-il quelqu'un dans ce pays qui s'étonne de voir disparaître les gens ?

– Pourquoi tu l'as aidé ? dit Taleb en lui souriant.

– C'était un bon client dans le temps, répond-elle en haussant les épaules. Et tout le monde l'a lâché quand il s'est retrouvé en taule. Je ne supporte pas ça, les gens qui tournent le dos à leurs amis en cas de coup dur.

– C'est un criminel qui a été reconnu coupable, intervient Hidouchi d'un ton tranchant.

– La différence entre les criminels reconnus coupables et les autres, c'est que ce sont les seconds qui dirigent le pays, affirme Abderrahmane en écrasant sa cigarette avant d'en rallumer une. Bref, j'ai pris plaisir à nos parties de backgammon.

– Il t'a dit qu'il avait l'intention de quitter le pays ?

– Non. S'il l'avait fait, je lui aurais demandé de m'emmener avec lui. Je ne cracherais pas sur un endroit plus confortable que ce trou à rats pour finir ma vie. Une villa en Sardaigne, par exemple.

– Il est parti en Sardaigne ?

– J'en sais rien. C'est moi qui donnerais cher pour y aller.

– Tu as rencontré d'autres visiteurs à la villa, Razane ? s'enquiert doucement Taleb.

– Non. Quoique j'aie croisé son avocat une fois au moment où il s'en allait. Ah oui, et une autre, à la prison d'El-Harrach. Un homme très occupé, cet Ibrahim Boukhatem. Mais cher. Sinon, il y a longtemps que je l'aurais appelé pour lui demander conseil sur la meilleure façon de me débarrasser de vous deux.

– Voilà qui est intéressant. On a cru comprendre que Zarbi avait très peu de liquidités. Comment a-t-il pu s'offrir les services d'un Boukhatem ?

– Peut-être qu'il a eu une réduction. Pour services rendus. »

Taleb remarque que Hidouchi s'affaire sur son téléphone. Il poursuit donc tout seul.

« La dernière fois que tu as vu Zarbi, c'était combien de temps avant sa disparition ?

– Comment ça, tu ne le sais pas déjà ?

– Dis toujours.

– Deux, trois jours. J'ai appris qu'il avait disparu quand je suis allée à la villa pour une de nos parties de backgammon et que j'ai été interceptée au portail par un barbouze du DSS.

– Zarbi t'a-t-il jamais dit qu'il possédait une vedette ?

– Non. Nous parlions essentiellement du passé, pas du présent. Et certainement pas de l'avenir.

– *La samah Allah !* »

Hidouchi lève les sourcils et fait un signe de tête à Taleb pour qu'il la rejoigne devant la balustrade. Avec un sourire à l'adresse d'Abderrahmane, il se lève de son tabouret et la suit.

Hidouchi, dos à leur hôtesse, le regard perdu sur la ville, montre à Taleb une photo sur son téléphone. Un nom : Ibrahim Boukhatem. Et une adresse dans le quartier de Hydra.

« Boukhatem possède une villa dans un cul-de-sac juste derrière la rue des Nénuphars, déclare-t-elle à voix basse.

– Tu penses que l'Anglais venait de la villa de Boukhatem ?

– Je pense que c'est à l'avocat que nous devrions le demander.

– Je suis d'accord. J'en conclus que nous en avons terminé ici ?

– Elle s'en sort bien, grâce à toi.

– Ne le lui dis surtout pas. J'ai ma réputation à préserver. »

À peine sont-ils sortis de l'appartement que Hidouchi se met à pianoter sur son téléphone, ce qui ne l'empêche nullement de continuer à s'adresser à Taleb ni de dévaler l'escalier à une vitesse folle.

« Il faut qu'on arrive à parler à Boukhatem avant qu'elle ait le temps de le prévenir.

– Je doute qu'elle soit en relation avec lui, dit Taleb.

– Tu m'excuseras si je ne me fie pas trop à tes doutes », réplique-t-elle en portant le téléphone à son oreille et en poussant un grognement de frustration.

Le numéro du cabinet bascule directement sur une messagerie.

« Tu vas laisser un message ?

– Non. J'y vais de ce pas pour voir ce que j'arrive à trouver. Je te laisse t'occuper de la villa. »

Taleb soupçonne Hidouchi de ne pas vouloir le voir interférer dans la stratégie qu'elle projette de mettre en place si jamais elle arrive à coincer l'avocat sur son lieu de travail. Mais il n'a aucune sympathie pour les gens comme lui. Qu'elle fasse donc ce que bon lui semble.

« Tu connais ce type, Taleb ?

– Vaguement. C'est un de ces avocats qui se pointent dans un costume à deux cent mille dinars après une arrestation qui a fait beaucoup de bruit, et se mettent en devoir de t'expliquer que leur roi du crime de client est en fait un citoyen modèle. Je suis à peu près certain que c'est lui qui a défendu Zarbi en 1999.

– Mais on peut partir du principe qu'il n'a pas continué à le faire pour des raisons sentimentales.

– Zarbi avait manifestement accès à des ressources beaucoup plus importantes que celles que supposaient vos services.

– À ton avis, cet Anglais, ce serait qui ? demande-t-elle en haussant les épaules.

– Aucune idée. Mais Boukhatem devrait pouvoir nous le dire.

– Alors, interrogeons-le là-dessus.

– Si j'en ai l'occasion, je ne vais certainement pas m'en priver. »

Une fois Hidouchi partie dans un rugissement de moto en direction du bureau de Boukhatem près du front de mer, Taleb revient lentement et pensivement à Hydra. Sa mémoire, organe faillible s'il en est mais capable de remonter très loin, commence à établir des liens encore trop ténus pour qu'il puisse véritablement en saisir l'agencement. L'avocat, le fugitif et l'Anglais. Tous liés d'une manière ou d'une autre non pas seulement à la fraude de la Sonatrach, mais – c'est là son sentiment – à une autre affaire, plus trouble et de plus grande envergure, le genre dont regorge l'histoire du pays. Ce que celle-ci pourrait être exactement reste vague. Mais ça lui reviendra. Il suffit d'un peu de temps. Combien ? Impossible d'en juger. Mais il sait d'expérience que tenter de précipiter le processus se révèle finalement contre-productif.

Les villas de Boukhatem et de Zarbi présentent au monde un visage étonnamment similaire : hauts murs, gardiens à la grille, façade rébarbative. Au-delà de l'enceinte, un îlot de luxe. Taleb ne peut voir ni les fontaines, ni les cours, ni les jardins immaculés, ni les patios dallés de marbre. Mais il les sait là. Il pourrait presque les sentir. C'est l'heure la plus chaude de l'après-midi, même si, ici à Hydra, la température est plus supportable qu'en centre-ville. Il n'y a pas à proprement parler de brise, mais l'espace et la richesse opèrent leur magie. Taleb se tient dans l'ombre projetée par un immense palmier en attendant une réponse à la pression pleine d'espoir qu'il vient d'imposer à la sonnette de la grille.

Pour finir, une porte encastrée dans le mur s'entrouvre d'une trentaine de centimètres sur un homme massif vêtu d'un costume mal coupé, qui lui coule un regard endormi tout en mâchant vigoureusement du chewing-gum.

« Je cherche Ibrahim Boukhatem », annonce Taleb en exhibant son badge.

L'homme examine l'insigne d'un œil soupçonneux, peu enclin, apparemment, à reconnaître qu'il puisse être authentique. Il n'en ouvre pas moins la porte un peu plus largement.

« Pas là, marmonne-t-il. En voyage d'affaires.

– Quel genre d'affaires ?

– Il est avocat. Alors, le genre juridique, je dirais.

– Il y a peut-être ici des membres de la famille ?

– Non. Sa femme et ses enfants sont partis pour l'été.

– Où ça ?

– Ils ont une maison dans les montagnes au-dessus de Tlemcen.

– Sympa », commente Taleb dont le téléphone vibre dans sa poche.

Il le sort. Hidouchi. Il refuse l'appel.

« Autre chose, mon oncle ? s'enquiert l'homme dont les manières ne s'arrangent pas.

– Tu travailles ici depuis longtemps ?

– Quelques années.

– La famille reçoit beaucoup de visites ?

– Beaucoup ou pas beaucoup. Je pourrais pas dire. C'est pas mon genre de famille.

– Tu saurais si un Anglais a séjourné chez eux il y a environ quatre mois ? Je dirais... début mars.

– Mars ? Je saurais pas dire. Peut-être, peut-être pas.

– Il faudrait quoi pour te décider ?

– Une petite prime, je suppose. Tu sais, comme dans les jeux à la télé. Tu réponds juste à une question et tu gagnes un prix. »

Taleb sort de sa poche la liasse de billets dédiés aux pots-de-vin et en sort quelques-uns.

« Est-ce qu'il y avait un Anglais ici en mars ? Cinq mille pour un oui ou un non. »

L'homme se fend d'un mouvement de tête et tend la main.

« Il est resté combien de temps ?

– Trois nuits.

– Autour du 9 mars ?

– Oui, ça doit être ça, dit l'homme en agitant les doigts d'un air gourmand.

– J'ai également besoin d'un nom.

– Là, j'ai jamais su.

– C'est bien sûr ? demande Taleb en palpant quelques billets supplémentaires.

– Sûr de sûr. Je pourrais en inventer un si je voulais te rouler, mon oncle.

– C'est vrai. »

Taleb fourre les cinq mille dinars dans la main tendue qui se referme aussitôt sur eux comme une pince. Saisi d'une impulsion, il administre trois claques appuyées sur la joue de l'homme qui, brusquement inquiet, fait un bond en arrière. Sa suffisance s'est soudain évanouie.

« Content d'avoir fait ta connaissance… mon n'veu. »

Taleb revient à sa voiture, allume une cigarette et laisse sa mémoire vagabonder pendant quelques minutes assez productives. Un tableau se forme dans son esprit, encore flou pour l'instant, mais avec quelques éléments déjà identifiables. C'est l'Anglais introduit par Abderrahmane chez Zarbi qui met ses souvenirs en branle. Zarbi et un Anglais, vingt-sept ans plus tôt.

Après sa deuxième cigarette, il appelle une Hidouchi exaspérée par le temps qu'il a mis pour le faire.

« Il y a quelqu'un à la villa ? demande-t-elle sèchement.

– Personne qui mérite notre attention. La famille est partie. Boukhatem aussi, non ?

– Exact. À en croire sa secrétaire – quand elle a compris qu'elle commettait une erreur en essayant de se débarrasser de moi –, il est à Bahreïn : un litige portant sur le titre de propriété d'un pétrolier. Il y a des chances pour qu'il reste coincé là-bas pas mal de temps.

– Boukhatem ? Ou le pétrolier ?

– Ce n'est pas avec de grosses plaisanteries de ce genre qu'on risque de retrouver Zarbi, Taleb, proteste-t-elle, manifestement contrariée par la tournure que prend leur enquête.

– J'ai eu une idée, dit Taleb, histoire de lui remonter le moral.

– Elle est bonne au moins ?

– Je crois. Retrouve-moi à l'hôtel de police dans une demi-heure. »

11

Ils prennent la voiture de Suzette pour regagner Basingstoke, Gray expliquant en chemin comment Riad Nedjar a fini par tenir un petit restaurant algérien à Soho.

« Après avoir quitté l'Algérie, il a passé une douzaine d'années à Paris, qu'il a décidé de quitter également après les émeutes de 2005. Être algérien à Paris devenait tout bonnement trop compliqué, m'a-t-il dit. Il fallait prendre parti, et lui ne voulait pas. Comme il parlait anglais couramment, Londres lui a semblé le meilleur choix. Il m'a demandé si je pouvais lui donner un coup de main pour s'installer, et je n'ai été que trop heureux de l'aider dans la mesure de mes moyens. Il l'avait toujours fait pour moi quand j'étais à Alger, et j'ai fini par investir dans sa petite affaire. En fait, j'ai toujours quelques parts. Très rémunérateur, jusqu'à ce que la Covid mette sérieusement à mal l'économie du centre de Londres. Mais il se bat et il résiste bien. Je crois que c'est une des personnes les plus optimistes que j'aie jamais rencontrées. Quant à ce qu'il pense de la confession de votre père, eh bien, il vaut mieux qu'il vous en parle lui-même.

– Il la croit authentique, n'est-ce pas ? le presse Suzette.

– Contentez-vous de l'écouter. Il n'y a rien à gagner à tenter de deviner ce qu'il aura à vous dire.

– Mais il ne l'a pas vue, je me trompe ? Il ne l'a pas vraiment lue.

– Eh bien, comme vous aurez l'occasion de le découvrir, ce sont là deux questions différentes.

– Que voulez-vous dire ?

– Je ne peux pas vous en révéler plus. Mais Riad, lui, le fera volontiers. »

La logique de Gray est irréfutable. Suzette est impatiente d'obtenir tout de suite des réponses à ses questions, mais, s'agissant de Nedjar, Gray reste toujours aussi évasif. Dans le train qui les emmène à Londres, tout ce qu'il lui livre, c'est un compte rendu plus détaillé des raisons qui l'ont poussé à retourner en Algérie.

« Je suis allé à Paris pour un long week-end à l'automne 1983 en compagnie de Catherine, ma petite amie – que j'ai commis plus tard l'erreur d'épouser –, et d'un autre couple de connaissances. La presse française ne parlait que de la *marche des Beurs**, une manifestation d'immigrants contre le racisme et les violences policières, qui remontait lentement de Marseille à Paris, où nous étions alors. Vous étiez encore très jeune à l'époque, mais vous en avez sans doute quand même entendu parler.

– Oui, en effet, dit Suzette, qui se garde d'ajouter que c'est en grande partie grâce à un dossier monté par Timothée et son groupe de travail au lycée.

– Bref, le portier de notre hôtel était algérien, et j'ai bavardé un jour avec lui. Il était content que quelqu'un comme moi s'intéresse à cette marche. En passant, je mentionnai Zarbi, dont, naturellement, il n'avait jamais entendu parler, encore que son regard se soit allumé quand j'exagérai le rôle qu'il avait joué dans *Playtime*. Il me dit que, si mon intérêt était réel, l'homme à qui je devais parler était un historien amateur de la communauté algérienne qui travaillait comme potier dans le quartier de Ménilmontant, où lui-même vivait. Il écrivait de courts articles pour un bulletin mensuel local et était suffisamment âgé pour avoir gardé le souvenir des figures marquantes des années 1960. Le portier proposa de m'emmener voir l'homme en question quand il aurait fini son service.

« Nous voilà donc partis pour rencontrer le potier, qui se souvenait bel et bien de Zarbi comme membre clandestin du FLN dans les années précédant l'indépendance et qui était resté à Paris après. Il ne savait rien de Harriet et pas grand-chose non plus de Tativille, mais quand je fis allusion à la disparition de ma sœur en juin 1965, cela lui rappela une rumeur selon laquelle Zarbi et un autre membre du FLN avaient joué un rôle dans le meurtre de Guy Tournier, un proche de De Gaulle, ce même mois.

« Il n'en fallut pas plus pour motiver un nouveau voyage en Algérie. Le printemps suivant, me souvenant de ma précédente visite de Tipasa en 1975, je choisis une agence de voyages spécialisée en archéologie pour faire le tour des monuments romains qui subsistaient encore dans le pays. Catherine n'avait aucune appétence pour ce genre de choses, et je partis donc seul, comme j'en avais toujours eu l'intention. Je fis l'impasse sur une partie de l'excursion de manière à rester plus longtemps à Alger afin d'exposer à Nigel mes dernières trouvailles. Ce qui ne me mena nulle part. Il pensait que la rumeur concernant Zarbi et le meurtre de Tournier ne pouvait pas avoir de lien avec le fait que Harriet ait quitté Paris, comme il préférait encore le formuler. Quant à Riad, il se contenta de me répéter son précédent conseil : ne pas toucher à Zarbi ni à ses semblables si je voulais m'éviter des ennuis.

« Vos parents, à l'époque, avaient leur appartement, et vous étiez entrée dans leur vie, bien sûr. De fait, c'est là que nous nous sommes vus pour la première fois. Vous aviez quel âge en 1984 ? Six ou sept ans ?

– Six ans », dit Suzette. Son enfance à Alger lui semble désormais si lointaine qu'elle la croirait presque appartenir à la vie d'une autre. Mais elle garde néanmoins un souvenir précis de la visite de Gray et de l'effet qu'elle eut sur ses parents. « Ils ont été mal à l'aise tout le temps où vous êtes resté, Stephen, même si vous n'avez sans doute rien remarqué. Du coup, moi aussi. En fait, quand vous êtes parti, on a eu l'impression qu'un gros nuage se dissipait. Je suis désolée, mais c'est comme ça que je l'ai ressenti.

– Moi aussi. J'espère que ma visite suivante vous a moins pesé. Je l'ai tellement soûlée avec les merveilles des vestiges romains, pour couvrir mes traces, que Catherine s'est sincèrement prise de passion pour le sujet et a insisté pour que nous retournions les visiter ensemble.

– Vous avez raison, c'était… quoi, trois ans plus tard ?

– Oui. 1987.

– Je me souviens d'avoir regardé avec une admiration sans bornes cette Anglaise blonde qui faisait son apparition dans notre appartement. Elle a été gentille avec moi.

– Catherine était gentille avec tout le monde.

– La visite du Mausolée royal de Maurétanie était comprise dans votre forfait ? Je veux dire, ce n'est pas romain, mais…

– Nous y sommes allés, oui. L'endroit est étonnant.

– On y est allés nous aussi un soir de printemps, quand j'étais plus âgée. Il commençait à faire nuit, et papa m'a terrifiée en me racontant une légende à propos de moustiques aussi gros que des oiseaux, capables de sortir du tombeau et de nous attaquer si nous nous approchions trop près de l'entrée. Un trésor était censé être caché à l'intérieur, et les moustiques géants le protégeaient. »

Elle n'a pas plus tôt fini sa phrase qu'elle regrette d'avoir mentionné cet épisode. S'ouvre à ses pieds un abîme de nostalgie douce-amère. Ce jour-là, ils avaient pique-niqué, ses parents et elle, près du mausolée sur les hauteurs parfumées surplombant la Méditerranée. Le monde était un endroit magnifique pour une petite fille. Ils étaient heureux. Elle n'avait aucune crainte de l'avenir, pour la bonne raison qu'elle n'avait aucune idée de ce qu'il lui réservait. C'est alors, tandis que le soleil, rouge et gonflé, sombrait dans le ciel, que les ombres s'allongeaient, que l'air fraîchissait et que son père lui racontait son histoire idiote, qu'elle fut prise de frissons et n'eut soudain plus qu'une envie : rentrer.

Cette soirée lui semble aujourd'hui avoir marqué la fin de quelque chose de précieux. On était en 1990. Elle était à quelques semaines de son douzième anniversaire. Même si elle l'ignorait encore, l'Algérie avait commencé à basculer dans le chaos de *la décennie noire**[1]. Et le sort de son père était déjà scellé.

« Vous ne m'avez pas demandé, Suzette, quel nom avait cité le potier comme étant le complice de Zarbi au FLN, dit doucement Stephen, brisant le court silence.

– Nazim Haddad ?

– Non. Je ne crois pas qu'il existe une personne de ce nom. Je crois que celui que donne votre père dans sa confession a été modifié dans la copie qui vous était destinée.

– Modifié pour remplacer... ? demande-t-elle, voulant qu'il le dise lui avant qu'elle ait à le faire.

– Nadir Laloul. L'homme au centre du scandale de la Sonatrach qui a fui l'Algérie en 1999 et laissé son vieux comparse Wassim Zarbi affronter la tempête. Vous n'avez rien remarqué à propos du rendu du nom Haddad chaque fois qu'il apparaît dans le document ?

– Si, bien sûr, répond-elle en hochant la tête.

– La question n'est pas de savoir s'il a été changé. Personnellement, j'en suis convaincu. Et je vous soupçonne de l'être tout autant. La question est de savoir pourquoi.

– Pour protéger Laloul.

– Oui. Ce qui signifie soit que Saidi est de connivence avec lui, soit qu'il le craint.

– Deux bonnes raisons de lui dire que la confession est un faux et de le laisser acheter mon silence, Stephen.

– Je sais. Mais il faut d'abord que vos entendiez ce que Riad a à dire.

– Je ne serai que trop heureuse de le faire. Mais ensuite, il faudra bien que je prenne une décision, non ?

– C'est juste. N'oubliez pas, par ailleurs, une autre possibilité.

1. Nom donné à la période de violences terroristes qui firent des dizaines de milliers de morts en Algérie au cours des années 1990, parfois appelée la « guerre civile algérienne ».

– Laquelle ?

– Il se peut que Saidi soit en fait Laloul. »

Ils arrivent à Londres et prennent un taxi jusqu'à Soho dans la chaleur moite de cette fin d'après-midi. Le Maghreb Deli est encore ouvert à cette heure. Viandes séchées, bocaux de sauces, sucreries en boîte entassées un peu partout. Un mélange entêtant de café, de chocolat, d'épices et de fromages. Une petite femme mince aux yeux pétillants, encore rapetissée par la visière de sa casquette, les accueille avec un sourire qui s'évanouit dès qu'elle comprend à qui elle a à faire et ce qui les amène. C'est l'épouse de Riad Nedjar.

« Mon mari est à l'étage, dit-elle en soupirant, résignée. Il vous attend. »

Elle montre du doigt une porte derrière le comptoir et ils gravissent l'escalier jusqu'à une pièce qui se trouve juste au-dessus de la boutique, où, dans un espace de travail fermé par des piles de tomates en boîte, de pois chiches et de fèves, Riad Nedjar est assis à son bureau.

Il est plus âgé que dans le souvenir de Suzette, bien sûr, plus âgé d'un quart de siècle pour tout dire, mais il a incroyablement peu changé, en dehors de ses cheveux grisonnants. Il est mince, étroit de poitrine, avec cette même étrange élasticité des membres qui le fait, semble-t-il, bondir sur ses pieds quand ils entrent dans la pièce. Il a les traits d'un homme encore relativement jeune, même s'il a sans doute à peu près l'âge de Gray.

« *Chevrette** », s'exclame-t-il en lui souriant.

Ce surnom, qu'il est le seul à utiliser et qui a été inspiré par l'habitude qu'elle avait, enfant, de montrer à tout le monde son adresse à l'escalade, l'amène instantanément au bord des larmes pour des raisons qu'elle a du mal à comprendre. Lui a l'air aussitôt accablé.

« *Pardon, pardon**, dit-il en se précipitant pour la consoler, avant de reculer vivement quand il se souvient qu'il ne doit pas l'embrasser.

– *Ne t'inquiète pas**, dit-elle en faisant mine de balayer son inquiétude. C'est bon de te revoir, Riad. J'ai tant espéré, toutes ces années, un moment comme celui-ci. Si j'avais su où tu étais...

– Après la mort de Nigel, j'ai bien senti que ta mère... ne souhaitait pas me revoir.

– Ça fait bien longtemps que je ne vis plus avec ma mère. J'aurais tant aimé avoir de tes nouvelles.

– Je suis désolé, dit Nedjar en plaçant ses deux mains l'une contre l'autre dans un geste d'excuse. Les circonstances..., ajoute-t-il avec un haussement d'épaules, mais sans poursuivre.

– Ça n'a pas d'importance. Tu es heureux ici ?

– Oui. J'ai toujours aimé la nourriture, presque autant que les livres. Alors... Vous avez vu ma femme ? Emine, qui s'y entend bien mieux que moi en affaires. Sans elle... je serais perdu. Elle est libanaise, ce qui veut dire qu'elle a rencontré encore bien plus de difficultés dans la vie que nous autres Algériens.

– Tu penses toujours à moi comme à une Algérienne, Riad ?

– Mais tu es née là-bas, Suzette. Tu ne pourras jamais rien y changer.

– Tu as des enfants ?

– Non. Et c'est une grande tristesse pour nous. Mais Stephen m'a dit que toi, tu avais un fils et une fille.

– Oui. Timothée et Élodie, dit-elle en sortant son téléphone. Je te montre quelques photos ? »

À voir le sourire de Nedjar, la réponse ne peut être qu'affirmative.

« Je crois que je vais vous laisser à vos petites affaires, intervient Gray. Je reviens... disons dans une heure. »

Suzette surprend le signe de tête qu'adresse Nedjar à Gray par-dessus son épaule, mais le temps qu'elle jette un coup d'œil derrière elle, ce dernier n'est plus qu'une ombre à mi-chemin de l'escalier en colimaçon.

Nedjar se rapproche d'elle tandis qu'elle fait défiler ses nombreuses photos de Timothée et d'Élodie. Elle tourne l'écran vers lui pour qu'il puisse voir celle d'Élodie qu'elle préfère, décrivant les personnalités et les prouesses de ses enfants avec cet enthousiasme débordant qu'elle abhorre chez les autres mères. Nedjar accueille tout ce qu'elle dit à grand renfort de sourires et de hochements de tête. C'est un expert en écoute. Elle se souvient de cette qualité à présent. Sa capacité à écouter. Même si on n'est jamais vraiment sûr de ce qu'il pense.

Quoi qu'il en soit, les anecdotes concernant sa famille ne les mènent pas très loin. Elle n'a pas fait tout ce chemin pour rattraper le temps perdu, si agréable – et si inattendu, en fait – que ce soit de revoir Nedjar. Il leur prépare un thé à la menthe, et ils s'assoient sur des chaises branlantes de part et d'autre de son petit bureau encombré. Le soleil y projette l'ombre allongée des lettres d'un or passé qui témoignent sur la vitrine de l'existence antérieure d'une agence de recrutement de secrétaires. Le passé, à la fois celui des individus et celui du pays, s'amoncelle autour d'eux.

« Stephen m'a parlé de ton dilemme, commence Nedjar, sirotant son thé d'un air pensif. Mon conseil est simple : accepte le dédommagement que ce mystérieux M. Saidi te propose. Comme ça, tu n'entendras plus jamais parler de cette histoire, et tes adorables petits pourront profiter de l'argent. Depuis que nous sommes arrivés ici, je connais la paix. La plupart de nos clients pensent que je suis marocain. Mon passé – celui de l'Algérie – ne représente rien pour eux. Je leur vends notre fameuse purée de sésame, nos citrons confits, notre confiture aux fruits de la passion et ils s'en vont contents, tandis qu'Emine tient la caisse et que je savoure le présent. Que demander de plus à la vie ? Le reste – la justice, le châtiment, la satisfaction de redresser les torts, de dénoncer les mensonges – est un mirage. Et si tu poursuis un mirage, où te retrouves-tu sinon dans le désert, les pieds enfoncés dans le sable ? »

Il y a quelque chose de tout à la fois terrifiant et convaincant dans l'argument de Nedjar. Suzette se dit qu'il faut à tout prix qu'elle proteste.

« Tu penses que ça n'a finalement aucune importance que papa ait écrit ce document ou pas ?

– *Chevrette**, répond-il en lui adressant un sourire compatissant, je n'ai pas le moindre doute : c'est bel et bien Nigel qui en est l'auteur.

– Pas le moindre ?

– Je le trouvais devant sa machine à écrire en train de taper furieusement chaque fois que j'allais à l'appartement dans les mois qui ont suivi votre départ, à Monique et à toi. Qui plus est, il m'a clairement fait savoir qu'il rédigeait ses mémoires. "Le temps, j'en ai à revendre, me disait-il, alors autant l'utiliser à bon escient." La situation empirait de jour en jour. Les représentants du Groupe islamique armé étaient partout, avec leurs barbes, leurs crânes rasés et leurs regards de fanatiques. J'allais oublier leurs fusils et leurs couteaux. Nous vivions au beau milieu d'une guerre entre deux armées qu'il était si facile de confondre que nous n'avions aucune idée de qui était réellement l'ennemi. Si ce n'est la mort. La mort était la seule constante. Je vivais dans une terreur permanente, pour Nigel autant que pour moi. Le Chélifère a été incendié, mais en admettant qu'il ne l'ait pas été, vouloir vendre des livres dans un tel climat de folie aurait été absurde. Voire suicidaire. Les islamistes s'enivraient de ce pouvoir soudainement acquis : celui d'assassiner, de violer, de terroriser, de dicter leur loi. Les gens ordinaires ne pensaient à rien d'autre qu'à survivre. Certaines familles se résolurent à envoyer un de leurs fils rejoindre le GIA et un autre le DRS, de manière à pouvoir jouer sur les deux tableaux, selon le camp dont elles croyaient avoir le plus à craindre à un moment donné. La démarche avait au moins un sens alors que rien d'autre n'en avait plus, surtout dans la mesure où on ne savait pas toujours qui tuait qui – ni pourquoi. On n'était que trop heureux de simplement réussir à rester en vie jour après jour.

« Nigel était perdu. Il n'avait aucun talent d'une quelconque utilité pour faire face à ce genre de situation. Sauf un, peut-être.

Il lui est venu à l'esprit que ses mémoires pourraient être pour lui une façon de combattre les forces qui le menaçaient. Vois-tu, Suzette, ton père n'était pas qu'un simple petit libraire. Il avait un arrangement avec Zarbi au DRS, qui lui permettait de ne pas être harcelé. Dans les bons moments, du moins. Autrement dit, dans les années 1970 et 1980, à peine effleurées par la folie ambiante. Tout a changé dans les années 1990. Plus d'arrangements possibles. Cela dit, il est vrai que Zarbi et lui, ça remontait à loin. À Paris, dans les années 1960. Je le savais parce que, de temps en temps, Nigel laissait échapper une remarque. J'ai donc commencé à me demander s'il espérait pouvoir utiliser comme monnaie d'échange le récit de certaines des choses qu'il avait faites pour Zarbi. Pour sortir du pays sans risques. Ou simplement sortir d'Alger. Après tout, l'Algérie est un grand pays. Même les islamistes ne pouvaient pas être partout. Malheureusement, ça n'est jamais arrivé. Il n'a jamais quitté Alger. En fait, il n'a même jamais quitté l'appartement.

« Ils devaient le guetter du haut d'un immeuble voisin, attendre qu'il sorte sur le balcon. Ils avaient le champ libre. Ils en ont profité. Tuer ton père n'avait rien d'un hasard, Suzette. C'était un assassinat. Quelqu'un en a donné l'ordre. Zarbi, peut-être ? Il est possible que Nigel l'ait contacté par le biais d'un intermédiaire pour lui réclamer de l'aide en échange de ses mémoires.

– Tu le crois vraiment ?

– C'est ce que j'ai d'abord pensé quand je me suis rendu à l'appartement quelques heures après sa mort. La police était sur place et m'a demandé d'identifier le corps. Avant qu'on me conduise à la morgue, j'ai voulu voir si le document était toujours là où il le laissait habituellement, dans le tiroir de son bureau. Il n'y était plus. L'inspecteur chargé de l'enquête m'a dit que rien n'avait été déplacé. Mais que pouvait-il dire d'autre, de toute façon ? Tout ce que je savais, moi, c'est que les feuillets n'étaient plus là où ils auraient dû être.

– Tu ne nous l'as jamais dit à l'époque.

– À quoi bon ? Tu avais assez à faire avec la mort de ton père. En quoi ça t'aurait aidée de savoir qu'il avait été tué à cause d'un document qui était ensuite tombé entre les mains de ceux-là mêmes qui avaient ordonné sa mort ? Non. Peu importait qui pouvait l'avoir dérobé. Sans doute l'inspecteur lui-même. Les types aux ordres de Zarbi ne devaient pas manquer. C'était un homme puissant à l'époque. Sa chute était encore à venir. Il n'y a pas grand-chose de positif à dire du *pouvoir**, mais du moins a-t-il pour habitude, à plus ou moins long terme, de dévorer ses propres enfants.

« Je t'ai envoyé quelques-unes des affaires de ton père auxquelles je te pensais attachée et j'ai disposé du reste, comme me l'avait indiqué Monique. Puis j'ai fait ce que j'aurais dû faire beaucoup plus tôt si je n'avais pas cru Nigel incapable de se débrouiller sans moi. J'ai quitté l'Algérie. Mais l'Algérie m'a poursuivi jusqu'à Paris. Les jeunes des banlieues me rappelaient trop les *hitistes*[1] d'Alger, attendant que quelqu'un vienne les recruter pour servir la cause de la violence. Et la violence s'ensuivait inévitablement. C'est pour ça que je suis venu ici. Où elle ne m'a pas suivi.

– La machine à écrire de papa ? Tu l'as jetée ? »

Nedjar ne répond pas tout de suite. Il avale pensivement une gorgée de thé, ouvre l'un des tiroirs de son bureau et sort, à la surprise totale de Suzette, le vieux cendrier en Bakélite de son père. Il le pose avec soin devant elle. Son regard tombe sur une image de Cagayous dans son uniforme passé, avec son chapeau cabossé, son pull à rayures, son pantalon à carreaux, sa veste trop courte et son sourire narquois. Un peu de cendres, vestige des nombreuses cigarettes posées dans le cendrier au fil des ans, reste incrusté en surface, ajoutant une note supplémentaire au discrédit attaché à l'expression malveillante du personnage.

1. Argot algérien pour désigner les jeunes voyous appuyés contre les murs pendant les années 1990, dérivé du mot arabe *hit* qui signifie « mur » et dont un autre sens pourrait renvoyer à leur désœuvrement.

« *Son cendrier**, murmure-t-elle, interloquée.

– Je ne peux pas te donner sa machine à écrire. Je ne l'ai pas, mais j'ai ça.

– Je n'aurais jamais cru le revoir un jour.

– Mais il est là. Et Cagayous aussi. Tu te souviens de son slogan célèbre : "*Algériens nous sommes**." Nigel a gardé jusqu'au bout dans sa vitrine une édition complète de ses mésaventures. Je n'arrêtais pas de lui dire que mettre ainsi en exergue un héros populaire des Français d'Algérie, c'était une provocation pour les islamistes, un rappel inutile du passé colonial du pays. C'était plus fort que lui. "Libraire un jour, libraire toujours", telle était sa devise. Je crois qu'en fait ça n'a fait aucune différence. Il aurait été stigmatisé quoi qu'il ait mis dans sa vitrine. Il aurait dû partir avec toi et Monique.

– Je n'ai jamais vraiment compris pourquoi il ne l'avait pas fait.

– Moi, je crois comprendre, dit Nedjar en poussant un soupir. La culpabilité, Suzette, voilà la raison. Le sentiment de culpabilité pour ce qu'il avait fait… et pas fait.

– Tu veux dire à Paris, en 1965 ?

– En partie, oui.

– Stephen t'a dit ce que papa raconte à propos de Harriet Gray dans ses mémoires ?

– C'était inutile. Je le savais déjà. »

Suzette fronce les sourcils. Où veut en venir Nedjar ? Est-ce qu'il est en train de prétendre que son père s'est confié à lui il y a longtemps ? Ou qu'il a lu le texte pendant que son père le rédigeait ?

« Comment as-tu su ?

– Nigel gardait une copie carbone de ce qu'il écrivait, répond Riad après un long soupir. Je crois qu'il s'attendait à ce que Zarbi tente de lui voler le document, avant ou après sa mort. Et donc, comme sauvegarde, il y avait ce double, qu'il m'a donné pour être sûr qu'il soit en sécurité.

– Et tu l'as ? demande Suzette, bouche bée de stupéfaction.

– Je récupérais les nouvelles pages de la copie dès que j'allais à l'appartement. La dernière fois, c'était deux jours avant qu'il soit abattu. Je n'en ai jamais lu un mot de son vivant. Il me l'avait expressément demandé. Et j'ai respecté sa volonté. Après… c'était une autre histoire. J'ai envisagé de détruire ces pages sans les lire. Quiconque avait volé l'original avait facilement pu tomber sur la liasse de feuillets carbone et découvrir qu'il devait y avoir une copie quelque part. J'ai pensé tout de suite que je serais le premier à être soupçonné de l'avoir en ma possession. J'ai donc envoyé mon exemplaire à mon oncle à Oran, en lui demandant de le mettre à l'abri. Encore une chance que je l'aie fait, parce que mon appartement a été cambriolé et mis à sac quelques jours après la mort de Nigel. Ils n'ont pas trouvé ce qu'ils cherchaient. La police m'a fait subir un interrogatoire serré. Je ne leur ai pas dit un mot concernant un quelconque document. S'ils tenaient Zarbi au courant – et je suis sûr que c'était le cas –, celui-ci a dû en conclure qu'il n'en existait pas de copie et que je ne représentais donc pas une menace pour lui.

« Quand j'ai finalement quitté le pays, j'ai pris le train pour Oran, récupéré le paquet chez mon oncle, avant d'aller directement au port et d'embarquer sur le ferry pour Marseille. Ce n'est qu'alors – et pas avant – que j'ai lu le récit de ton père. Et compris ce pour quoi il était mort.

– Tu ne nous en as jamais rien dit.

– Je pensais que Monique était probablement au courant de l'essentiel. Dans le cas contraire… Ce n'est pas une histoire très gaie, Suzette. Nigel n'avait rien d'un héros. Il a fait des choses pas très propres. Dont certaines pour vous protéger, toi et Monique, mais quand bien même… Je ne voyais pas la nécessité de vous infliger la vérité sur sa vie et sa mort.

– Je crois qu'il va falloir que tu me l'infliges maintenant. Sinon, comment vais-je bien pouvoir décider ce qui est le mieux pour moi ?

– Je t'ai déjà dit ce que j'en pensais. Mais je peux comprendre que tu éprouves le besoin de lire la totalité du document. J'espérais, surtout pour toi, que tu n'aurais jamais à le faire. Mais il semblerait que mes espoirs étaient vains. »

Nedjar se penche et commence à tourner les boutons d'un petit coffre-fort posé à côté du bureau. Il actionne la poignée et tire sur la porte. Il sort une enveloppe en papier kraft bien remplie et froissée et la fait glisser sur le bureau dans sa direction. L'enveloppe date de l'époque où Le Chélifère était encore ouvert. Le nom et l'adresse du magasin sont griffonnés dans une encre couleur sépia. Le timbre est toujours dessus, en partie masqué par le cachet de la poste qui a bavé.

« Avant que tu les lises, Suzette, je dois te dire qu'il n'y a aucun Nazim Haddad dans les pages de mon exemplaire. Dans l'extrait que M. Saidi t'a fait parvenir, c'est le nom qui se substitue à celui de Nadir Laloul.

– Il me semblait bien.

– Quant au pourquoi de cette substitution, tu en auras une meilleure idée quand tu auras lu le texte *in extenso*. Je dis *in extenso*, mais je soupçonne que ton père a sans doute écrit quelques pages de plus après ma dernière visite à l'appartement.

– Stephen l'a lu ?

– Je le lui ai montré il y a bien longtemps. Il était venu en Algérie à plusieurs reprises, quand il cherchait à découvrir la vérité à propos de sa sœur. Je me suis dit que je ne pouvais pas ne pas lui en parler.

– Si je comprends bien, quand je me suis pointée au cottage hier pour lui montrer l'extrait de M. Saidi, il savait déjà avec certitude qu'il était authentique… et connaissait le contenu de la version complète.

– Oui. Mais il pouvait difficilement te le dire sans m'en parler d'abord, si ? Ce qu'il a fait, et c'est alors que j'ai décidé de t'expliquer comment j'avais eu ce document. À présent… voilà cette vérité que tu vas devoir lire. »

Suzette fait mine de saisir l'enveloppe. Au moment où elle la touche, Nedjar pose une main légère sur la sienne.

« N'oublie pas, je t'en prie, que ton père t'adorait. Il n'aurait voulu en aucun cas que tu te mettes en danger à cause de lui. Il est mort depuis vingt-six ans. La Terre n'a pas cessé de tourner, tu as grandi et tu as eu toi-même des enfants, sans avoir eu besoin de fouiller dans les périodes les plus sombres de sa vie.

– Je crois que c'est devenu nécessaire, Riad, dit-elle en regardant Nedjar droit dans les yeux.

– Je comprends. Mais écoute-moi bien, *Chevrette**. Quoi que tu décides, ne retourne pas en Algérie. Ce pays dévore ses fils et ses filles, sans même une once de pitié. Le jour où je suis parti, je me suis juré de ne jamais revenir. Je suis allé à pied jusqu'à la gare de l'Agha prendre le premier train pour Oran par un matin du printemps 1994, et j'ai longuement regardé les toits d'Alger tandis que le soleil se levait, jetant une lumière poudrée d'or sur le Mémorial des martyrs qui semblait posé sur la ville comme une sauterelle géante. Une certitude s'est imposée à moi avec une clarté inouïe : l'Algérie n'est que sables mouvants. Et quand on a la chance de ne pas se laisser engloutir, comme toi et moi l'avons eue, il vaut mieux ne jamais remettre les pieds là-bas. Je ne le ferai pas. Et tu devrais m'imiter, je t'assure. »

Il lui tapote la main, puis retire la sienne et lui adresse un petit sourire triste. Avant de pousser un grand soupir et de se taire.

12

La journée de travail à Alger s'étire péniblement jusqu'à son terme quand Taleb arrive à l'hôtel de police. Ses collègues au costume fatigué sortent d'un pas traînant dans la moiteur étouffante du soir. Parmi eux, Megherbi, du département des mœurs, dont le chemin croise un peu trop fréquemment celui de Taleb au goût de ce dernier.

« On essaie de gratter quelques heures sup pour financer sa retraite, Taleb ? lance Megherbi, jamais avare de piques sarcastiques.

– Vaut mieux ça que vendre au marché noir du porno confisqué. »

La riposte fait mouche. L'autre se hérisse.

« T'es bien le seul à rire de tes plaisanteries, Taleb, tu sais ça ?

– Qui a dit que je plaisantais ? »

La porte d'entrée se referme avant que Megherbi ait le temps de réagir. Taleb trouve Hidouchi qui l'attend à la réception, appuyée contre le comptoir derrière lequel le corpulent et notoirement tire-au-flanc brigadier Slimani s'efforce de prendre des airs affairés, vraisemblablement pour impressionner Hidouchi, dont l'expression suggère que la tentative reste sans effet.

« J'espère ne pas t'avoir fait trop attendre, agente Hidouchi.

– C'était bien assez long.

– Toutes mes excuses.

– Pourquoi on est ici, Taleb ? demande Hidouchi en étirant son long cou pour repousser ses cheveux en arrière et en haussant les sourcils d'un air menaçant.

– Pour suivre une intuition.

– Une intuition ? C'est tout ?

– Si j'en crois mon expérience, une intuition n'est pas forcément à dédaigner. Suis-moi. On va aux archives.

– Azzi a fermé, avertit Slimani.

– Dans ce cas, donne-moi la clé.

– Va me falloir ta signature. »

Taleb appose sa griffe sur le formulaire et prend la clé.

« Vous ferez attention en bas, hein ? Azzi aime pas trop qu'on lui mette le bazar. »

Ils n'échangent pas un mot en descendant dans les entrailles ténébreuses du bâtiment. Tout dépend de ce que Taleb va pouvoir déterrer – en admettant qu'il déterre quoi que ce soit – dans un des innombrables dossiers, pas toujours scrupuleusement enregistrés, qui renferment les détails de milliers de crimes, résolus ou pas, remontant à l'aube de la République. En accord avec la tradition nationale, le passé au quartier général de la police, bien que rarement visité, n'est jamais jeté aux oubliettes. Tout est là – à condition de savoir où chercher.

Taleb déverrouille la double porte du département des archives et pénètre dans une caverne d'obscurité, Hidouchi sur les talons. Il tâtonne pour trouver l'interrupteur. Une dizaine de néons s'animent avec réticence. Un ventilateur sur le bureau du surveillant se met à bourdonner, soufflant dans leur direction les relents de la fumée de sa cigarette et faisant bruire les pages d'un journal abandonné là contre le panneau bien en vue « *DÉFENSE DE FUMER** ».

« Tu as le chic pour me faire découvrir tous les meilleurs endroits, lance Hidouchi non sans ironie.

– C'est effectivement le meilleur si tu veux trouver ce que nous cherchons.

– Et qui est ?

– La vérité. »

Taleb penche la tête et laisse courir son regard le long de cartes jaunies collées sur les différents casiers. Les années couvertes par chacun des casiers sont reportées dans une écriture peu lisible sur les étiquettes, dont certaines, hélas, sont tombées et n'ont pas été remplacées.

« On cherche quelle année ?

– 1993. Les islamistes accaparaient beaucoup de notre temps, et les criminels ordinaires essayaient tout naturellement de profiter du fait que nous étions débordés. Une année record en matière d'archives.

– Là-bas, dit-elle en désignant un tiroir plus loin. C'est là qu'on doit regarder.

– Merci. Ta vue est meilleure que la mienne.

– Mais ta mémoire peut remonter plus loin. »

Taleb se demande en traversant la salle si cette remarque est en fait un compliment. Il aimerait le croire, sans en être sûr. Qu'est-ce qu'une longue mémoire, après tout, sinon un signe de vieillesse ?

Ils arrivent à la rangée de casiers étiquetés « 1993 », empilés les uns sur les autres sur les rayons métalliques qui s'étirent jusqu'au mur du fond. Taleb prend le temps de jauger l'ampleur de leur tâche. Il a parlé d'une année record et la preuve est là : dans la seule quantité de dossiers conservés au sous-sol.

« Quel mois ? veut savoir Hidouchi.

– Octobre. Ou novembre. Je ne suis pas sûr.

– Dommage. » Hidouchi passe devant lui, balayant les casiers du regard. Des atomes de poussière flottent autour d'elle dans la flaque de lumière qu'elle traverse. « Tout ça devrait être numérisé depuis longtemps. Il suffirait de taper sur une touche pour accéder directement à ce qu'on cherche.

– On n'a pas la chance d'avoir les ressources du DSS.

– Malgré votre charge de travail ? T'inquiète. On ne me reprendra jamais à laisser entendre que la police ne fout rien. Ou plutôt, ne foutait rien. Vous gardiez vraiment tout à l'époque ? Les rapports de la plus petite infraction ?

– Non. Juste les trucs graves. Meurtres, viols, incendies, enlèvements, extorsions, chantages, cambriolages, fraudes, corruption, contrebande, rackets. Même comme ça, il y avait de quoi faire.

– Octobre commence là, dit Hidouchi en désignant du doigt un carton sur le rayon le plus haut. On va avoir besoin de l'échelle. Je vais la chercher. »

Hidouchi passe devant Taleb à grandes enjambées. Il s'efforce de se rappeler la date exacte du dossier qui l'intéresse. Mais la mémoire lui fait défaut. L'automne 1993 avait été marqué par une telle cascade de violences que distinguer une semaine particulièrement sanglante d'une autre était impossible à l'époque, plus encore aujourd'hui.

Il n'y a rien d'autre à faire que de se mettre au travail. Il descend deux cartons et se dirige vers la table de lecture située près du bureau de l'archiviste. Il entend le cliquetis de l'échelle que Hidouchi fait rouler derrière lui.

« N'en prends que quelques-uns pour commencer, lui lance-t-il en lâchant les cartons sur la table. Ça ne sert à rien de vider les rayons, sauf en réel cas de besoin. »

Il ouvre un des cartons et se retrouve en face d'un énorme dossier qui contient les détails d'une horrible affaire de viols et de meurtres multiples. Sa mémoire est réactivée par les noms des victimes répertoriés sur la couverture, y compris celui d'une policière qui n'était pas en service, dont il se souvient comme d'une femme pleine de vie, aimant rire et d'un optimisme débordant. Il sort le dossier de la boîte avec précaution, ne supportant pas l'idée de tomber sur une photo de son corps démembré. Il prend une longue inspiration. Il savait que ce serait une épreuve. À présent, il commence tout juste à comprendre à quel point elle sera difficile.

Il n'a guère avancé quand Hidouchi vient le rejoindre avec deux autres cartons.

« Il faut absolument que je sache ce que nous cherchons, déclare-t-elle en le regardant, les sourcils arqués. Avec ou sans date.

– L'arrestation d'un Anglais – impossible de me rappeler son nom – dans un train en provenance d'Annaba. Il voyageait avec un passeport dont la date de validité avait expiré.

– Je n'appellerais pas ça précisément un "truc grave".

– L'affaire s'est compliquée.

– Zarbi était impliqué ?

– Autant que je me souvienne », dit Taleb en acquiesçant de la tête.

Ils poursuivent leurs recherches en silence. On n'entend que le froissement du papier, le bourdonnement du ventilateur et le grésillement des néons. Taleb essaye de se concentrer sur ce qu'il lui faut trouver, tout en bloquant les souvenirs ravivés par les noms de tous ces morts. Il termine une boîte et en commence une autre. Hidouchi, qui n'a pas l'esprit encombré par ces images macabres, procède plus rapidement, ne trouve rien et s'en va chercher deux autres cartons.

Et ainsi de suite. D'une boîte à une autre. À la moitié de la quatrième, Hidouchi s'arrête net et le regarde.

« Tu as travaillé avec un inspecteur du nom de Dif, Taleb ? »

Ce dernier, d'abord, ne répond pas. Le regard vissé sur le dossier sous ses yeux. Lequel renferme les détails d'un petit braquage de banque désuet à souhait. Dans les circonstances présentes, l'affaire a quelque chose d'apaisant. Il finit par trouver quelques mots à dire.

« Pourquoi tu me demandes ça ?

– Décapité après avoir été enlevé. Les testicules arrachés et fourrés dans la bouche. Le 10 octobre, à en croire le dossier.

– Oui. C'est bien ça.

– Et le lendemain, le 11 octobre…

– … un agent tué et un autre blessé par un tireur embusqué à l'enterrement de Dif.

– Tu y étais, Taleb ?

– J'y étais.

– Ça n'a pas dû être… facile.

– Tu avais quel âge en 1993, agente Hidouchi ?

– Quatre ans. J'ai passé mon enfance à croire que les explosions et les fusillades étaient les bruits normaux de la vie urbaine.

– Et c'est bien ce qu'elles ont été, pendant trop longtemps. Dif n'a pas été le premier ni le dernier que nous avons perdu à cause des islamistes. Nous étions leurs cibles favorites.

– Tu pourrais aussi bien me dire ce que l'Anglais avec son passeport périmé vient faire dans toute cette histoire. Je suis sûre que tu t'en souviens, même si tu ne te rappelles pas son nom.

– Oui. Je m'en souviens. Ça pourrait prendre des heures de trouver le bon dossier, alors… assieds-toi un moment. »

Ils rapprochent deux chaises de la large table en bois et se regardent entre les cartons poussiéreux et leur contenu aux pages cornées. Hidouchi arbore une expression moins dédaigneuse qu'à l'accoutumée. La lecture du dossier Dif – avec ses photos post mortem – lui a manifestement donné à réfléchir.

« Les étrangers en Algérie, à l'époque, on n'en voyait pratiquement pas. Les islamistes avaient lancé une fatwa contre les visiteurs infidèles, et le monde avait compris le message : il ne faisait pas bon se rendre en Algérie. Alors, quand un Anglais s'est fait arrêter dans un train de nuit en provenance d'Annaba pour avoir troublé l'ordre public, et quand en plus on a découvert qu'il n'avait pas de visa, on l'a embarqué pour l'interroger. C'était avant tout pour assurer sa protection. Quelques passagers l'accusaient d'être en état d'ivresse, ce qui aurait largement suffi à cette époque pour qu'il finisse comme Dif. Mais c'était son jour de chance. Il a passé la matinée dans une cellule de dégrisement, et à un moment ou à un autre, pendant l'après-midi, je suis allé l'interroger.

– Tu avais quel grade à cette époque, Taleb ?

– Inspecteur.

– Un défaut de visa, tu ne t'occupais pas de ce genre d'affaire, si ?

– En temps normal, non. Mais après avoir été arrêté, l'Anglais avait accusé un membre du DRS et un représentant haut placé de la Sonatrach d'un grave délit, rendant du même coup l'affaire… délicate. Pour une raison que j'ignore, le commissaire Meslem a pensé qu'il pouvait me la confier.

– Le membre du DRS et le représentant haut placé étaient, je présume, Zarbi et Laloul.

– Exact.

– Et le crime dont les accusait l'Anglais ?

– Un assassinat, selon le policier qui l'avait arrêté, perpétré à Paris à peu près à l'époque où le président Ben Bella avait été déposé, en 1965. Mais l'Anglais était ivre quand il avait fait cette révélation. Alors qu'il avait cuvé son vin quand je l'ai interrogé, et là, il a nié toute allégation de ce genre.

– Donc fin de l'histoire, si je comprends bien. Qu'est-ce que tu as fait de lui ?

– Eh bien, il était manifestement entré dans le pays illégalement, via la Tunisie d'après moi. Son motif ? Il a été incapable de me fournir une explication satisfaisante. En fin de compte, il m'a donné le nom d'un compatriote qui vivait à Alger et pouvait se porter garant. J'ai oublié son nom à lui aussi, mais il avait un magasin qui s'appelait Le Chélifère. » En voyant Hidouchi froncer les sourcils d'étonnement, Taleb poursuit : « Baptisé ainsi d'après ces minuscules araignées qu'on trouve parfois dans la reliure des vieux bouquins. Tu vois ce que je veux dire ?

– À vrai dire, je ne passe pas beaucoup de temps le nez dans les vieux bouquins.

– Non, j'imagine bien. Bref, je suis allé au Chélifère pour voir ce que je pouvais en tirer. Vendre des livres autres que le coran était une occupation risquée à l'époque. La porte de la boutique était verrouillée, les rideaux baissés, si bien qu'on ne voyait pas l'intérieur, mais un panneau invitait les clients à frapper avant d'être admis à entrer. Il m'a fallu frapper encore et encore pour alerter l'employé algérien qui gardait la boutique en lieu et place du propriétaire. Il m'a dit n'avoir jamais entendu parler de l'Anglais qu'on avait arrêté, mais je n'ai pas été convaincu. J'ai insisté pour qu'il me donne l'adresse de son employeur. Autant que je me souvienne, il a tenu à m'accompagner sous prétexte que, sans lui, j'aurais du mal à me faire ouvrir. Son employeur était un reclus, un de ceux, nombreux à cette époque, qui ne sortaient jamais de chez eux parce qu'ils craignaient d'être sur la liste des cibles des islamistes. Il me raconta la même histoire : il ne connaissait pas l'homme qu'on avait arrêté, et pas davantage Zarbi ou Laloul. J'étais certain qu'il mentait. Je suis donc revenu ici dans l'intention de pousser plus loin l'interrogatoire de l'Anglais. Mais il faut croire que ça ne devait pas se faire.

– Pourquoi ça ?

– Parce qu'il n'était plus là. Embarqué par le DRS sous prétexte que la sécurité nationale était engagée. L'ordre, au cas où tu te poserais des questions, venait de Zarbi en personne. Mon patron était d'accord avec moi : ça sentait mauvais, mais il ne m'en a pas moins ordonné de laisser tomber l'affaire. Aller à l'encontre des décisions venues d'en haut, quand Toufik était aux commandes, était tout bonnement suicidaire. Et quand je dis ça, ce n'est pas seulement en termes de carrière.

– Tu exagères, dit Hidouchi qui, manifestement, n'apprécie pas les insinuations.

– Vraiment ? Tu n'étais qu'une enfant pendant *la décennie noire**. Tu l'as dit toi-même. Tu n'y croirais pas si je te racontais certaines des choses qui se sont passées – des choses que des hommes ont faites à d'autres hommes. Je n'y croirais pas moi-même si je n'en avais pas été témoin. Les islamistes n'étaient pas les seuls terroristes. J'ai eu sous les yeux des preuves que des *agents provocateurs** du DRS étaient responsables de certains des massacres imputés au GIA. L'un de ces massacres a coûté la vie à ma… »

Taleb s'interrompt, se renverse sur sa chaise, laissant la vague de douleur familière le submerger. Elle passera, il le sait. Elle passera, et lui sera toujours là, bien vivant. Disons, toujours en vie. La vie – c'est du moins ce qu'il en est venu à comprendre depuis la perte de sa femme et de sa fille – n'est qu'un terme au contenu tout relatif.

À cet instant, il est plus en colère contre lui-même que contre le sort contraire qui l'a condamné à vieillir seul. Il s'était juré de ne pas révéler à Hidouchi cet événement le concernant. Et pourtant...

« Désolé, agente Hidouchi, oublie ce que je viens de dire.

– Et je suis censée faire comment ? demande Hidouchi qui le regarde intensément et, lui semble-t-il, avec compassion.

– En essayant très fort – pour moi.

– Tu ne crois tout de même pas que j'ai accepté de travailler avec toi sans d'abord me renseigner sur ton compte, Taleb ? On t'a accordé six semaines de congé en 1997 à la suite du décès de ta femme et de ta fille survenu dans un raid du GIA sur un village près de Tiaret. À en croire le rapport que j'ai lu, l'attaque a été d'une brutalité extrême : mutilations, éviscérations, décapitations. Et sans aucun doute, pour les femmes, viols avant la mort. Je n'arrive même pas à imaginer comment un homme qui est mari et père peut faire face à une telle situation.

– Je ne prétends pas avoir fait face.

– Mais tu as bel et bien survécu.

– Tu en parles comme si c'était une prouesse de ma part. En réalité, j'ai simplement échoué à mourir.

– Il n'y avait aucune allusion dans le rapport à des responsables autres que des membres du GIA.

– Je suppose que c'était un rapport du DRS. À quoi on aurait pu s'attendre d'autre de leur part ?

– Tu as parlé de preuves.

– Des survivants ont mentionné des assaillants qui portaient de fausses barbes. Tandis que des appels à l'aide à la police locale sont restés sans réponse. Tu peux tirer tes propres conclusions. En tout cas, j'ai tiré les miennes il y a bien longtemps. Mais pour être tout à fait clair, agente Hidouchi, je m'en veux au moins autant que j'en veux aux auteurs du raid, quels qu'ils soient. La famille de ma femme vivait dans ce village – ses parents et sa sœur ont également été tués. Je l'ai envoyée là-bas avec notre fille parce que je craignais de les voir prises pour cibles en raison de mon statut d'officier de police si elles restaient à Alger. En l'occurrence… je les ai envoyées à la mort.

– La faute en revient à leurs assassins, Taleb, pas à toi.

– Cette faute, peut-être que nous la partageons. » Taleb se redresse et va jusqu'au bureau de l'archiviste, où il cherche le cendrier dont il est sûr qu'il est là, quelque part. Il finit par le débusquer dans un tiroir. Il sort ses cigarettes, en allume une et revient à la table, le cendrier à la main. « Excuse-moi de passer outre au règlement, mais dans des moments comme celui-ci, mon vieil ami Nassim est mon seul recours. Tu en veux une ?

– Tu n'as aucune idée de ce qui est arrivé à l'Anglais ? demande Hidouchi tout en faisant un signe de dénégation, apparemment consciente que ce qu'elle a de mieux à faire, c'est de changer de sujet.

– J'ai enquêté discrètement. Il a quitté le pays pour Paris, par avion, deux jours après que le DRS nous en a retiré la garde.

– Il n'a donc pas été éliminé ? Ni retrouvé démembré au bord de la route ?

– Non. Zarbi semble avoir fait montre d'une incroyable mansuétude.

– Peut-être parce que l'homme ne représentait pas une réelle menace.

– Peut-être, oui. Ou peut-être parce qu'il anticipait un moment où tous deux auraient besoin de coopérer. Je crois que cet Anglais est le même que celui qu'Abderrahmane a fait entrer en secret dans la villa de Zarbi. Et si nous trouvons le dossier détaillant son arrestation, nous trouverons son nom. C'est pourquoi, dit Taleb en tirant une longue bouffée de sa cigarette, je suggère que nous nous remettions au travail. »

Ils poursuivent donc dans le silence retrouvé, tandis que les aiguilles de la pendule fixée tout en haut du mur derrière le bureau de l'archiviste se déplacent avec lenteur et que le soir tombe.

Quarante minutes s'écoulent.

C'est alors que, en plongeant dans un nouveau carton, Hidouchi se fige, un dossier dans une main, et regarde Taleb. « Je crois que je l'ai », annonce-t-elle en lui montrant la chemise sur la couverture de laquelle est griffonné le nom « STEPHEN FREDERICK GRAY ».

« Oui, rétorque Taleb calmement. C'est lui. »

Hidouchi pose le dossier – plus mince que la plupart de ceux qu'ils viennent de trier – sur la table et l'ouvre.

« Il y a un rapport de l'agent qui a procédé à l'arrestation daté du 25 octobre 1993, une photocopie du passeport de Gray et… un rapport d'interrogatoire rédigé de ta main, plus un document de transfert signé de l'agent du DRS et… quelques notes.

« La date de naissance de Gray ?

– 17 mai 1955.

– Oui. Il avait à peu près mon âge. Et c'est justement ce qu'a dit Abderrahmane. "À peu près ton âge." C'est bien lui.

– Ça correspond à ce que tu disais, remarque Hidouchi en étudiant le document. Arrêté dans le train Annaba-Alger à la suite d'une plainte pour état d'ébriété. A prétendu être connu du propriétaire britannique de la librairie Le Chélifère, Nigel Dalby, ce que ce dernier a nié. Vagues allégations de Gray contre Zarbi et Laloul, aussitôt retirées quand tu l'as interrogé…

– Et les notes, que disent-elles ?

– Elles sont écrites à la main. La tienne ?

– Oui. Je suis désolé, elles doivent être difficiles à déchiffrer.

– Tu les as rédigées avec un stylo, Taleb, ou un bâton ?

– Je peux les déchiffrer moi-même, si tu veux.

– Non. Je vais me débrouiller. "Affaire à classer. Sans suite. Avec l'approbation de AM."

– AM pour le commissaire Meslem. Autre chose ?

– Oh oui. Et même plus que ça pour une affaire prétendument classée. "L'examen d'archives plus anciennes fondées sur le temps et le lieu avancés par Gray suggère un lien avec l'assassinat du conseiller présidentiel Tournier à Paris, le 2 juin 1965. À classer comme NPP. SB, astérisque." Que signifient ces initiales et l'astérisque, Taleb ?

– NPP signifie "ne pas poursuivre". Quant à SB…, dit Taleb en souriant, il s'agit de Sami Bahlouli. Enfin, l'astérisque, c'est pour… ne pas l'oublier, celui-là.

– Je ne comprends pas. Bahlouli le crooner ?

– Lui-même.

– Il intervient où dans le tableau ?

– Je viens juste de m'en souvenir. Ça fait un moment que ça me trotte dans la tête. En fait, depuis que tu m'as dit que Razane Abderrahmane lui avait rendu visite à El-Harrach. J'ai emmené ma femme à La Girafe le 26 avril 1988. C'était notre cinquième anniversaire de mariage, c'est pour ça que je me souviens de la date. Zarbi était présent, en compagnie de sa dernière maîtresse en date et de deux ou trois parasites à l'air louche. Il était à son apogée à l'époque – arrogant, tapageur, plastronnant et j'en passe. Son groupe était assis tout près de la scène. Bahlouli a chanté ses rengaines habituelles en s'accompagnant au piano. Je ne faisais pas trop attention. C'est alors qu'il y a eu un incident. Zarbi s'est retrouvé brusquement sur la scène, hurlant et vociférant. Il a arraché Bahlouli à son tabouret et lui a envoyé son poing dans la figure, même si je crois bien me souvenir qu'il a manqué sa cible. S'en est suivi un moment de réelle confusion, qui n'a pas duré cependant. J'ai décidé d'intervenir pour calmer les esprits, mais les hommes de main de Zarbi m'ont dit qu'ils contrôlaient la situation. Bahlouli a disparu dans les coulisses. Razane papillonnait dans tous les sens, essayant de ramener Zarbi à la raison à coups de champagne gratuit et en rassurant tout le monde : un bref malentendu, maintenant résolu ; nous pouvions tous continuer à profiter pleinement de notre soirée. L'incident était clos.

– Manifestement, il ne l'était pas tout à fait.

– Non. Est-ce que tu peux chercher Tournier sur ton téléphone ? L'officier de police que je suis n'a droit qu'à un modèle de base.

– Pauvre de toi, soupire Hidouchi en sortant son smartphone et en lançant une recherche rapidement couronnée de succès. Nous y voilà. Guy Tournier, conseiller auprès du président de Gaulle, assassiné dans son appartement à Paris le 2 juin 1965, poursuit-elle en résumant au fur et à mesure. Ses meurtriers ne furent jamais appréhendés, mais les autorités françaises étaient convaincues que le responsable, c'était le FLN... Né en 1928... fils d'un avocat réputé... A suivi le parcours habituel de l'élite : l'Institut d'études politiques de Paris, puis l'École nationale d'administration – le parfait petit énarque... A gravi rapidement les échelons de la fonction publique... Est devenu proche conseiller de De Gaulle en 1958... Il aurait... Ah, voilà qui est intéressant...

– Quoi donc ?

– Il aurait, sans que la chose ait jamais été confirmée, fait partie d'une commission secrète censée coordonner les mesures répressives visant la communauté algérienne de Paris avant et après le massacre de manifestants algériens en 1961, ce qui expliquerait qu'il soit devenu une cible pour le FLN.

– Évidemment. Or Zarbi et Laloul étaient de fidèles agents du FLN à l'époque.

– Tu crois que c'est eux qui ont tué Tournier ?

– Ce que je crois est sans importance, agente Hidouchi. En revanche, je voudrais attirer ton attention sur le prénom de Tournier.

– Guy.

– Oui. Et c'est là ce dont j'étais censé me souvenir d'après ma note sur le dossier de Gray. Vois-tu, la chanson que jouait

Bahlouli quand Zarbi a bondi sur la scène de La Girafe était une version française d'un titre célèbre d'Elton Jones : "*Une chanson pour Guy**". C'est ce qui a déclenché la fureur de Zarbi. Il a dû penser que Bahlouli le narguait en lui signalant de cette façon détournée que son rôle dans le meurtre de Tournier n'était pas aussi secret qu'il se l'imaginait.

– Mais comment quelqu'un comme Bahlouli aurait-il pu avoir vent de cette histoire ?

– Peut-être que Razane le lui avait soufflé. Quant à la manière dont *elle* aurait été au courant, eh bien, n'oublions pas qu'elle fournissait à Zarbi une compagnie féminine choisie, y compris, vraisemblablement, la sienne. Crois-le ou pas, mais en 1988, c'était une très jolie femme.

– Il faut que nous l'interrogions plus avant.

– Pourquoi ne pas essayer d'abord Bahlouli ? Je doute qu'il apprécie beaucoup la prison. Il serait sans doute plus disposé qu'elle à coopérer.

– Je prévois une visite pour demain matin à la première heure. »

Hidouchi tape un numéro sur son téléphone et prend un air contrarié quand elle n'obtient pas de réponse. Taleb remarque son impatience, laquelle, s'il se fie à son expérience, peut parfois être un avantage autant qu'un inconvénient. Lui-même s'inscrit plus volontiers dans la frange négative du spectre.

La réponse arrive enfin. Hidouchi se met à parler. C'est à peine si Taleb écoute, dans la mesure où il repasse dans sa tête les liens ténus mais tangibles existant entre Laloul, Zarbi, Abderrahmane, Bahlouli, Stephen Gray, le propriétaire du Chélifère... et un conseiller de De Gaulle décédé depuis longtemps. Il remarque alors un changement dans le ton de Hidouchi. Elle a l'air fâchée.

Elle raccroche et braque un regard noir sur le téléphone, comme s'il était responsable des mauvaises nouvelles qu'on vient de lui donner.

« Qu'est-ce qu'il y a ? demande Taleb.

– Bahlouli a été libéré sur parole il y a trois semaines.

– Eh bien, il ne représente pas un danger public, si ? Il n'est question que de fraude fiscale en l'occurrence. Ils ont sans doute une adresse où on peut le trouver ?

– Pour avoir une adresse, ils en ont une. En fait, tu la connais déjà.

– Ah bon ?

– On y était il y a à peine quelques heures. Surprenant, non, qu'Abderrahmane ait omis de nous préciser qu'elle avait un locataire ? »

13

Suzette commence la lecture des dernières pages de *J'avoue** dans le train qui les ramène à Basingstoke. Gray espère qu'elle trouvera la conclusion de la confession de son père si émouvante qu'elle décidera de confirmer à M. Saidi l'indubitable authenticité du document. C'est ce qu'il lui a plus ou moins conseillé. Les choses pourraient se terminer ainsi. Suzette ne sait tout simplement pas si, en fin de compte, elle se laissera guider par son cœur ou par sa tête. Il lui faut lire les mots de son père pour avoir la réponse.

La confession, telle qu'elle se présente, donne une impression de plus grande intimité, à cause du papier fragile et translucide qui porte la marque légèrement tremblée de la copie carbone de l'original. Tenir ces pages entre ses mains la rapproche de son père. Et lui permet de l'imaginer en train de finir de dérouler les feuillets sur la machine avant de les sortir et de les séparer, enveloppé de la fumée de son éternelle cigarette et de la lumière dorée d'une fin d'après-midi posée sur Alger, qui lui parvient à travers les persiennes demi-closes de l'appartement.

Elle feuillette les pages, cherchant la première de celles qu'elle n'a pas encore lues. Elle retrouve le passage interrompu au bas du dernier feuillet de l'extrait que Coqblin & Baudouin ont jugé bon de lui fournir. Le train franchit à grand fracas les aiguillages tandis qu'il quitte la gare de Waterloo. Gray garde le silence, le regard fixé à dessein sur l'extérieur, lui accordant l'espace dont elle a besoin.

Dieu sait comment les choses auraient tourné. Mais du moins ne serais-je pas ici, seul, dans cet appartement délabré, dans cette ville de chaleur et de haine, dans ce présent dont je ne vois pas comment sortir : [elle tourne la page et continue] *présent dont je suis entièrement responsable. C'est amplement mérité, bien sûr. Je peux difficilement me plaindre. J'ai échappé au destin pendant longtemps, au point de croire qu'il ne me rattraperait jamais. Mais aujourd'hui, il est ici, chuchotant dans les coins, se profilant de l'autre côté de la fenêtre, louvoyant autour de moi jusqu'à qu'il soit prêt à frapper.*

Zarbi se montra d'une incroyable générosité à mon égard quand nous arrivâmes à Alger à l'été 1965. Ben Bella était parti, évincé du pouvoir et remplacé par Boumédiène, son ministre de la Défense. Zarbi et Laloul furent récompensés par des postes en or pour avoir servi la cause de ce dernier, Zarbi à la Sécurité militaire, Laloul à la Sonatrach, la compagnie nationale de pétrole et de gaz. Je fus, quant à moi, récompensé pour services rendus par un appartement petit mais bien situé en centre-ville et un emploi peu exigeant à l'ONAT, l'Office national algérien du tourisme, abrité dans une grande maison, vestige de l'époque ottomane, dans la partie basse de la Casbah.

Alger m'était totalement étranger, ce qui, en un sens, était une bénédiction. Il n'y avait rien – absolument rien – pour me rappeler mon passé. Celui d'Alger était une autre histoire. De nombreux bâtiments portaient des traces évidentes de dommages causés par des tireurs isolés et des poseurs de bombes pendant la guerre d'indépendance. La maison où les paramilitaires français avaient fait sauter le fameux Ali la Pointe était à l'état de ruine. Et de nombreux programmes de construction à grande échelle étaient en cours dans des zones où les Français avaient démoli des pans entiers de la ville pour procéder à une reconstruction qui n'avait finalement jamais eu lieu. Sur la place des Martyrs, autrefois place du Gouvernement, la célèbre statue équestre du duc d'Orléans avait été déboulonnée, mais le piédestal était toujours là. L'époque coloniale était terminée, mais il en subsistait des traces un peu partout.

Par une curieuse coïncidence, je me trouvai bientôt impliqué dans un autre projet cinématographique. Gillo Pontecorvo, le réalisateur italien, tournait La Bataille d'Alger *pour laquelle il avait besoin d'une armée de figurants et du contrôle complet de la ville. L'ONAT fut enrôlé pour participer à la production. Je me jetai dans le travail, ne serait-ce que pour m'éviter d'avoir à penser à ce que j'avais laissé derrière moi à Paris. Je ne soufflai mot à quiconque dans l'équipe italienne de ma participation à* Playtime. *J'étais dans un monde nouveau. J'avais besoin de me renouveler moi-même pour être en harmonie avec lui.*

Les premiers signes de ce que me réservait Zarbi apparurent quand il me demanda de lui rapporter la moindre allusion vaguement politique faite par les figurants embauchés par Pontecorvo pour recréer des scènes célèbres de la guerre d'indépendance. Je n'avais pas grand-chose à lui raconter. Les figurants étaient des Algériens ordinaires qui ne songeaient qu'à gagner un peu d'argent. Nombre d'entre eux s'inquiétaient pour l'avenir sans trop savoir que penser de la destitution de Ben Bella. Les choses n'allaient guère plus loin.

Je contactai mon père pour lui dire que je vivais à Alger, mais que je ne pouvais lui fournir une adresse fixe tant que je ne serais pas véritablement installé. Je ne lui en fis jamais parvenir, ce qui signifie que, même s'il le voulait, il n'avait aucun moyen de me joindre. Selon moi, c'était là une garantie suffisante pour que personne ne retrouve ma trace par son intermédiaire. Je coupai délibérément les ponts. Zarbi me dit que la police parisienne croyait à la noyade de Harriet à Amsterdam, probablement un suicide, même si le corps retrouvé dans un canal n'avait pu être formellement identifié. Nous savions l'un et l'autre qu'elle était morte à Paris, évidemment, bien que je n'aie jamais eu le cran de lui demander quel traitement lui et Laloul lui avaient fait subir. Il ne me l'aurait jamais dit de toute façon. Il me fallait vivre avec l'idée que j'avais joué un rôle dans sa mort. Vivre en sachant que j'étais un lâche. J'ai honte aujourd'hui d'avoir réussi à le faire.

L'équipe de tournage de Pontecorvo quitta les lieux fin 1965, et le temps commença à me peser à l'ONAT. Le tourisme algérien avait peut-être un avenir, mais rien en matière de présent. Je me fis quelques amis parmi les membres du personnel, qui m'introduisirent dans la vie nocturne de la ville, dont la cinémathèque, où j'assistai à la sortie de La Bataille d'Alger. *Les années 1960 glissèrent vers les années 1970. Je me fis lentement à l'idée de vivre à Alger, indéfiniment peut-être.*

Puis Zarbi me trouva un autre rôle : travailler comme traducteur au QG de la Sonatrach, occupation qu'il voulait me voir combiner avec le dépistage d'un éventuel mécontentement au sein du personnel. Je n'en détectai aucune trace, même s'il m'apparut clairement que la société abritait une corruption rampante assez répandue. Je commençai à me demander si Zarbi ne m'avait pas placé là pour garder un œil sur Laloul. Si c'était le cas, le plan ne fonctionna pas, pour la bonne raison que celui-ci passait le plus clair de son temps en dehors de la ville, travaillant à l'extension du terminal gazier et de l'usine pétrochimique d'Arzew, près d'Oran.

La meilleure chose qui me soit arrivée à la Sonatrach, ce fut de rencontrer Monique Dirèche, la secrétaire de mon patron. Je ne pense pas que personne ait jamais été au courant ou se soit soucié de notre histoire d'amour naissante, mais Zarbi était doté d'une aptitude phénoménale à en savoir plus sur ma vie que j'aurais pu l'imaginer. Il me donna sa sournoise bénédiction pour l'épouser si elle voulait de moi et suggéra que nous quittions la Sonatrach pour reprendre une librairie que le propriétaire avait hâte de vendre afin de prendre sa retraite. Il me proposa de fournir les fonds nécessaires au rachat, faisant passer l'opération pour un prêt.

Pourquoi vouloir donner à notre vie de couple un démarrage aussi prometteur ? Parce que – je finis par le comprendre – il avait trouvé comment m'utiliser au mieux de mes talents. Il avait conclu que les gratte-papiers de l'ONAT et de la Sonatrach n'étaient pas le vrai problème de l'Algérie de Boumédiène. C'était la communauté intellectuelle qui était le lieu où la dissidence était susceptible de prendre racine. Or les intellectuels lisaient des livres. À partir de là, qui mieux qu'un libraire serait en mesure de lui fournir des informations à propos de ce que les artistes et les enseignants de la ville lisaient et pensaient, eux qui fréquentaient tous sa boutique ?

C'est ainsi que, dès le début, j'accueillis les clients au Chélifère avec des sentiments mêlés. Ma vie de libraire me plaisait énormément. J'adorais côtoyer des lecteurs avertis. Mais j'étais constamment sur le qui-vive, guettant la moindre allusion potentiellement subversive. L'essentiel de ce que je communiquais à Zarbi était anodin. Mais certains de mes clients laissaient parfois tomber la garde et me confiaient des opinions dont ils auraient appris avec horreur qu'elles risquaient de parvenir aux oreilles d'un officier haut placé de la SM. Ont-ils eu à souffrir des conséquences de ma duplicité ? Pour quelques-uns d'entre eux, c'est indubitable. Ceux qui ont raté une promotion. Qui ont été privés de leur emploi de fonctionnaire. Mais rien de plus grave, m'assura Zarbi. « Nous n'avons pas besoin de tuer les gens maintenant que nous sommes en place, Nigel, me dit-il un jour. Tout ce dont il faut que nous nous assurions, c'est que des gens qui ne seraient pas les bons n'entraînent pas notre pays dans la mauvaise direction. » Mais cette mauvaise direction, quelle était-elle ? Et quelle aurait été la bonne ?

La réponse était claire pour ceux qui – contrairement à moi – choisissaient d'ouvrir vraiment les yeux sur la réalité. Je me disais que l'Algérie était un pays trop jeune pour que son gouvernement ne ressente pas le besoin de se protéger contre un éventuel ennemi intérieur. Mais je sais aujourd'hui que la *réalité était tout autre. J'étais un pion du* pouvoir* *: l'instance de contrôle qui décidait de toutes les questions essentielles. Je n'étais qu'un des innombrables rouages de la répression.*

Ce que comprit de cette situation ambiguë mon seul employé, Riad Nedjar, qui travaillait déjà pour l'ancien propriétaire, je ne peux que le deviner. Nous n'en avons jamais parlé. Pourtant, il a toujours été conscient de plus de choses que ce que je voulais bien croire. Je n'ai aucun doute sur le fait qu'il savait ce qui se passait dans les coulisses. Mais il m'était reconnaissant de l'avoir gardé et de lui apprendre l'anglais à mes moments perdus. Et les clients, même s'ils m'appréciaient, adoraient Riad. Il m'était d'une aide inappréciable. Sans lui, le magasin n'aurait jamais pu être une telle réussite.

J'étais convaincu d'avoir laissé mon passé derrière moi une bonne fois pour toutes, mais je découvris que la chose n'était pas aussi simple. Une touriste française qui avait travaillé à Tativille entra un jour dans la boutique et prétendit me reconnaître, même si, en toute sincérité, je fus bien incapable d'en faire autant. C'est par son intermédiaire que le frère de Harriet, Stephen Gray, retrouva ma trace en 1975 et fit son apparition un beau jour pour me poser des questions au sujet de sa sœur – et de Zarbi, dont lui avait parlé Viviane Labbé. Je me contentai de réponses évasives, repris l'histoire d'Amsterdam comme étant l'hypothèse la plus probable et chargeai Riad de le prier amicalement de repartir au plus vite. Ce dernier n'eut pas besoin de se faire prier. Il s'inquiétait sincèrement de la sécurité de Stephen. Moi aussi. Si j'avais fait part de sa visite à Zarbi, Dieu sait ce qui aurait pu lui arriver. Mais je gardai le silence et j'espérais, quand il s'en alla, ne plus jamais entendre parler de lui.

1978 fut une grosse année pour moi. Suzette entra dans ma vie. Avoir une fille changea l'idée que j'avais de ma place dans le monde. Et me décida à faire en sorte que Le Chélifère soit toujours un succès quand elle serait en âge de songer à y travailler elle-même, avant de finir peut-être par me succéder à la tête du magasin. C'est alors que mourut le président Boumédiène, officiellement d'un cancer rare, même si sa mort donna lieu à des rumeurs d'empoisonnement, inévitables dans le climat politique surchauffé de l'époque. Quelle que fût la raison de sa disparition, j'étais heureux qu'il ne soit plus là : il me semblait vraisemblable que Zarbi serait écarté par le nouveau régime. J'en serais ainsi débarrassé. Mon avenir devenait soudain plus rose.

Les choses tournèrent différemment, cependant. Zarbi m'en demanda en fait beaucoup plus pour l'aider à en imposer aux sous-fifres du président Bendjedid – des gens qu'il ne connaissait pas et qui ne lui étaient pas redevables. Mais je n'avais rien de plus à lui offrir. Zarbi refusa de s'en laisser conter. Laissa entendre qu'il allait me réclamer le remboursement de son prêt, ce qui, d'après ses affirmations antérieures, ne devait jamais se produire. Il fallait à tout prix que je lui donne quelque chose.

Arezki Tidjani, maître-assistant d'histoire à l'université et client fidèle de la librairie au cours de toutes ces années, vint à ma rescousse quand il me posa quelques questions au sujet de la Sonatrach, où il savait que Monique et moi avions travaillé. Tidjani m'apprit qu'il compilait une histoire de l'industrie pétrolière de l'Algérie remontant aux premières découvertes des Français dans le Sahara au cours des années 1950. « Tu serais étonné des trouvailles que j'ai faites. » C'était juste une remarque en passant. Peut-être simplement pour m'impressionner. Ce fut en tout cas l'avis de Monique. Je n'en passai pas moins l'information à Zarbi. Lequel cessa de faire pression sur moi pendant un temps.

Environ un mois plus tard, Tidjani trouvait la mort dans un accident de voiture en tombant d'une falaise sur la corniche entre Alger et Oran. Sa disparition me donna des sueurs froides. La coïncidence était troublante, puisque j'avais rapporté à Zarbi ses recherches sur l'industrie pétrolière. « On ne tue personne pour avoir écrit sur la Sonatrach », m'assura Monique d'un ton détaché. Elle savait depuis longtemps que je travaillais comme informateur pour le compte de Zarbi. Grandir en Algérie lui avait appris l'intérêt du compromis avec le pouvoir. Elle considérait pareil arrangement comme un mal nécessaire, et non comme quelque chose que j'aurais à me reprocher. « C'est à nous de saisir notre chance. »

La désinvolture de Monique sur ce point me rongea au fil des ans. Je l'avais idéalisée quand nous nous étions rencontrés. Je comprenais maintenant son pragmatisme borné dans ce domaine, même s'il devait entraîner, comme c'était le cas présentement, la mort de quelqu'un. Mais qui espérais-je tromper ? C'était l'Algérie. Et telles étaient les règles du jeu. Comme elle l'avait dit : « C'est à nous de saisir notre chance. »

Ce que je continuai précisément à faire malgré les reproches que m'adressait ma conscience. Stephen Gray revint à deux reprises au cours des années suivantes, prétextant un intérêt pour l'archéologie romaine afin de justifier ses visites. La seconde fois, il était accompagné de sa femme, ce qui me permit d'espérer que le mariage finirait par émousser sa détermination à découvrir la vérité sur sa sœur. Il n'apprit rien de moi, même s'il s'entêta à douter de l'histoire que je lui racontais : Harriet avait mystérieusement disparu de ma vie à Paris en 1965, et c'était tout ce que je savais avec certitude. Je ne dis pas un mot à Zarbi de ses visites. La seule chose que j'étais décidé à faire pour Harriet – après l'avoir si honteusement trahie de son vivant –, c'était de protéger son frère au mieux de mes capacités.

Ma vie, en dépit de tous les compromis auxquels j'avais dû me résoudre, aurait probablement suivi un cours globalement sans histoire, n'eût été le chaos dans lequel l'Algérie commença à sombrer à la fin des années 1980. Bendjedid se montra incapable de s'imposer au pays comme avait pu le faire Boumédiène. Je me suis toujours dit, avec le recul, que la situation s'était envenimée avec la construction du mémorial des Martyrs. D'un coût impressionnant et d'un mauvais goût achevé, ce bloc aux proportions qui se voulaient grandioses renfermait, en même temps qu'une crypte de style islamo-arabe, un centre commercial clinquant, incluant même un night-club : insulte délibérée aux islamistes qui le baptisèrent « Hubal », du nom d'une idole détruite par le Prophète à La Mecque. Et Hubal ne tarda pas à compter beaucoup plus que le mémorial, incarnant tout ce que l'Algérie était devenue et qu'ils abhorraient.

C'est alors que le prix du pétrole amorça une chute propre à saper les ressources financières de l'État. L'inflation, la pénurie de denrées alimentaires et le chômage érodèrent le soutien au FLN. Les protestations se multipliaient. Les gens de la rue en avaient assez d'être gouvernés par des anciens de la lutte pour l'indépendance qui ne songeaient qu'à eux. Leur frustration finit par exploser sous la forme de manifestations massives qui commencèrent le 4 octobre 1988. J'ai pensé à l'époque que le fait de scander des railleries d'ordre sexuel à l'encontre de Bendjedid et d'autres membres du gouvernement était précisément la provocation que le pouvoir n'était pas prêt à tolérer. La rancœur était une chose, être ridiculisé une autre. L'armée envahit les rues, tirant sur les manifestants et tuant plusieurs centaines d'entre eux.

Après quoi, plus moyen de revenir en arrière. Comme Riad me le dit une fois que tout fut terminé : « Le FLN est devenu le Gouvernement général*. » Le massacre était en effet un crime que les Français auraient pu aisément perpétrer. Mais là, il s'agissait d'Algériens tuant d'autres Algériens. Et des massacres, il devait y en avoir bien davantage. Jusqu'à donner l'impression qu'ils ne finiraient jamais.

J'ai du mal à rapporter dans le détail la série d'événements sinistres qui s'ensuivirent : les victoires électorales du Front islamique du salut ; la crainte entretenue par ceux, dont j'étais, qui soupçonnaient qu'un gouvernement islamiste serait autrement pire que la bande d'escrocs et d'incompétents que nous avions eue à la tête de nos affaires ; la déposition de Bendjedid _par les_ décideurs* _militaires ; la déclaration de l'état d'urgence visant à empêcher le triomphe du FIS aux urnes ; l'assassinat, à l'occasion d'une adresse télévisée, du nouveau président, Boudiaf, dernier espoir pour certains de jamais retrouver la stabilité – et ce, seulement cinq mois après son entrée en fonction ; et le sentiment de plus en plus répandu à l'été 1992 qu'une lutte féroce pour le pouvoir était ce vers quoi tendait le pays._

À partir de là, l'escalade de la violence ne cessa de s'affirmer. Il fallait aussi compter avec le GIA, décidé à islamiser de force l'Algérie. Avec les milices qui avaient des comptes à régler. Avec les gangsters qui voyaient là l'occasion de se tailler de nouveaux territoires. Si on tombait sur un barrage, on n'avait aucune idée de qui le tenait en fait. Tout ce qu'on savait avec certitude, c'est que ces hommes pouvaient vous tuer sans raison valable. La violence finit par acquérir une identité propre. L'assassinat de Boudiaf s'avéra marquer bien davantage que le début de cette violence. C'était dans le même temps une démonstration de son côté terrifiant. Le garde du corps qui l'avait abattu était soit un islamiste non avoué, soit un instrument du pouvoir éliminant l'un des siens pour des raisons qu'il était le seul à connaître. Personne n'était sûr de rien. Qui tue* ? _Telle était la question qui taraudait tout le monde. Et pourquoi ? Pour moi, et les gens comme moi, ce n'était pourtant pas la plus importante. Les journalistes, les universitaires, les intellectuels, les étrangers et les femmes habillées à l'occidentale devenaient des cibles privilégiées. Un libraire anglais, sa femme française et leur petite fille devaient forcément figurer sur la liste. C'était clair. Et la police, qui était également visée – en même temps que leurs familles –, était incapable de nous offrir la moindre protection. Quand le romancier Tahar Djaout, dont nous avions les ouvrages au Chélifère, fut abattu au moment où il quittait son appartement un matin, il devint impossible d'ignorer le danger plus longtemps. Que fallait-il faire ? Pour finir, Monique et moi prîmes la décision_ *ensemble : elle et Suzette partiraient pour Marseille, où tant de* pieds-noirs* *avaient déjà trouvé refuge.*

Je restai, à l'origine parce que je n'avais aucune envie d'abandonner Le Chélifère. Nous avions travaillé dur pour réussir, et je pensais que j'arriverais à franchir cette mauvaise passe qui ne pouvait, à l'évidence, durer éternellement.

J'avais tort sur les deux tableaux. La violence ne fit qu'empirer, faisant de plus en plus de victimes au quotidien. Les islamistes qui me fusillaient du regard dans la rue allaient manifestement frapper tôt ou tard. Je cessai de me rendre au magasin et laissai à Riad le soin de s'occuper des quelques rares clients qui venaient encore. Puis, à sa demande expresse, je cessai de sortir. « Ils te tueront à la seule vue de ton visage, me prévint-il. On en est là, mon ami. »

C'est ainsi que, après avoir attendu trop longtemps pour quitter le pays sans ennui, je devins un reclus avec pour tout spectacle les murs de l'appartement et la sinistre réalité de ma situation. Je contactai Zarbi dans l'espoir qu'il pourrait m'aider, mais il me dit avoir déjà bien assez à faire pour assurer sa propre sécurité et celle de sa femme : il ne pouvait rien pour moi. Il me pressa cependant de prendre mon mal en patience. « Les choses vont forcément s'arranger, Nigel. »

Elles ne semblaient pourtant pas en prendre le chemin. Et juste au moment où je pensais que la situation, en toute objectivité, ne pouvait guère s'envenimer davantage, mon passé refit surface sans crier gare.

Un jour, Riad arriva à l'appartement accompagné d'un inspecteur de police en civil. L'espace d'une seconde de panique, je crus que, pour une obscure raison, Riad m'avait trahi. Mais ce n'était pas le cas. Ledit inspecteur – un dénommé Taleb – voulait avoir des renseignements sur un certain Stephen Gray, dont je fus horrifié d'apprendre qu'il avait été arrêté en état d'ivresse dans un train de nuit en provenance d'Annaba. Plus terrifiant encore, Stephen avait accusé Zarbi et Laloul d'avoir perpétré un assassinat à Paris en 1965, avant d'ajouter que je pouvais me porter garant pour lui.

À quoi avait-il bien pu penser, je n'arrivais même pas à l'imaginer. Une accusation pareille faite à la police confinait au suicide, même si j'eus l'impression qu'il avait eu de la chance de tomber sur un policier comme Taleb : celui-ci, de toute évidence honnête, relevait d'un phénomène rare pour l'époque. Quant à ce qui avait pu pousser Stephen à venir jusqu'en Algérie à un moment aussi dangereux, je craignais qu'il ait découvert la vérité sur ce qui était arrivé à Harriet et tienne à m'y confronter.

Tout ce que je pouvais faire, étant donné les circonstances, c'était de nier en bloc, nier que je le connaissais, tout autant que j'ignorais l'existence de Zarbi et de Laloul. Je suggérai que Gray était peut-être un de nos clients par correspondance et avait donné mon nom simplement parce qu'il n'y avait littéralement personne d'autre à Alger qu'il connût. Taleb n'eut pas l'air convaincu et me fit savoir qu'il reviendrait s'il avait besoin de me poser d'autres questions.

Plusieurs jours s'écoulèrent sans nouvelles de lui. Il semblait que je m'en sois bien tiré. Mais j'étais inquiet de ce qui pouvait arriver à Stephen. Riad, aussi. C'est ce qu'il me fit savoir en commentant l'incident : « Stephen est fou d'avoir tenu de tels propos. » Et il avait raison. Pourtant, que faire pour l'aider sans se mettre Zarbi et Laloul à dos ?

Riad avait un contact au quartier général de la police et fut donc en mesure de mener une enquête discrète. Cette dernière nous apprit que Gray avait été reconduit à la frontière à la demande du DRS deux ou trois jours après son arrestation. Je ne doutai pas un instant de l'intervention de Zarbi, mais je fus soulagé de constater qu'il n'avait pas réglé le problème de façon plus radicale.

Fin de l'histoire, du moins l'espérais-je. Quand Riad revint me ravitailler la fois suivante, il me fit part de nouvelles inquiétantes. Zarbi était passé au magasin et l'avait prié de me transmettre un message. Une voiture passerait me prendre devant l'immeuble à 8 heures le lendemain matin pour m'emmener le retrouver.

Le rendez-vous m'avait tout l'air d'un piège. Mais Zarbi semblait avoir anticipé ma réaction. « Dis bien à Nigel, avait-il précisé à Riad, que si j'avais l'intention de le tuer, je ne le ferais pas moi-même. Je passerais un contrat avec Napoli. » Napoli – un célèbre gangster d'Alger, de son vrai nom Yacine et surnommé ainsi parce qu'il avait un jour exprimé le désir de gagner suffisamment d'argent pour se retirer à Naples. « Demain, nous ne ferons rien d'autre que bavarder. »

Je n'étais pas rassuré pour autant. D'un autre côté, je n'avais pas le choix. Et c'est pourquoi j'attendais patiemment sous le porche de mon immeuble le lendemain matin quand je vis un Range Rover noir s'arrêter à ma hauteur, tandis qu'un type massif au crâne rasé, les yeux cachés derrière des lunettes noires à reflet, m'intimait l'ordre de monter.

Notre destination était un point de vue surplombant la mer sur la route de Cherchell. Si c'était moi qui avais été au volant, j'aurais été paniqué à l'idée de tomber sur un barrage à chaque tournant, avec des conséquences potentiellement fatales. Nous en croisâmes deux, que nous franchîmes à l'aide d'un bref échange de signes de tête et de saluts le doigt sur la tempe. Ceux qui gardaient le barrage portaient des uniformes de toute évidence militaires, mais je n'aurais su dire quelles étaient leurs affiliations. Il reste que nous nous n'étions pas suspects, et qu'on ne nous causerait pas d'ennuis.

À ma grande surprise, Laloul m'attendait en compagnie de Zarbi. Ils se reposaient sur la banquette arrière d'une limousine gris argent, contemplant le bleu pailleté de la Méditerranée à l'ombre d'un petit bosquet de pins d'Alep. C'était une matinée d'automne splendide. L'air, que j'inhalais à grandes goulées tout en allant les rejoindre, était clair et tiède, chargé d'un parfum de pinède. Je me dis que, sans ses habitants et leur folie meurtrière, l'Algérie aurait été un paradis.

Le chauffeur descendit de la voiture tandis que je m'installais sur le siège passager. On m'avait déjà fouillé, même si la seule idée que je puisse venir avec une arme – en admettant que j'en possède une et que je sache m'en servir – était totalement absurde. Comme le confirma le départ du chauffeur, je ne représentais aucune menace physique pour Wassim Zarbi ou Nadir Laloul. Je n'en avais jamais été une. Savoir tous les trois ce qu'il en était ne faisait que renforcer leur sentiment de supériorité. J'étais en leur pouvoir. L'avais toujours été depuis Paris. Pendant près de trente ans, j'avais été sous leur coupe, même si j'avais réussi, pendant de longues périodes d'aveuglement, à me convaincre du contraire. Mais ce matin-là, tandis que je tournais la tête pour les regarder – plus âgés, plus corpulents, mais du même coup plus imposants que jamais –, je compris que continuer à me leurrer était futile. J'étais leur jouet, je ne valais pas mieux qu'un macaque domestique dont ils pouvaient tordre le cou quand il aurait cessé de les amuser ou de leur être d'une quelconque utilité.

« Comme au bon vieux temps, pas vrai, Nigel ? dit Zarbi tout sourire. Juste nous trois.

– Pourquoi m'avoir fait venir, Wassim ? demandai-je, sans tenir vraiment à obtenir une réponse.

– Il faut que nous arrivions à un accord, intervint Laloul, sortant un cure-dents de sa bouche pour parler. Wassim a mentionné la visite de Stephen Gray.

– Il est reparti maintenant. Je suis sûr que vous lui avez clairement fait comprendre qu'il serait cinglé de revenir.

– Pour ça, oui, dit Zarbi. Cinglé, en attendant, il l'est peut-être bien. Un frère qui veut que justice soit faite pour la mort de sa sœur des années après… Pas toujours facile de faire entendre raison à un homme de cette trempe.

– Et pourtant, vous l'avez laissé partir.

– Les Anglais font tout un tas d'histoires quand leurs ressortissants ont des problèmes. On aurait eu l'ambassade sur le dos. Et on n'a pas envie de voir un journal londonien mener campagne pour sortir Stephen, pauvre touriste innocent, de cette fosse aux serpents qu'est l'Algérie, pas vrai ?

– Tu devrais proposer de leur écrire un texte, Wassim, gloussa Laloul. Tu l'as déjà tout prêt.

– On te laisse envoyer Monique et Suzette à Marseille, Nigel, poursuivit Zarbi. Et voilà comment tu nous remercies.

– J'ignorais totalement que Gray était en Algérie.

– Je l'ai interrogé avant qu'on le mette dans son avion pour Paris. Il a appris un tas de choses sur ce qui s'est passé là-bas avec toi, avec nous, Guy Tournier… et Harriet. Tu aurais dû nous prévenir.

– Je ne sais pas ce qu'il a appris.

– Beaucoup trop. Et ce qu'il n'a pas appris, il l'a deviné. Il sait ce que nous avons fait. À Tournier et à Harriet. Bien sûr, il ne peut rien prouver. Et ne pourrait le faire qu'avec ton aide.

– Je n'ai pas l'intention de l'aider.

– Non. Tu ne le feras pas. Pour la bonne et simple raison que tu ne quitteras pas l'Algérie.

– Je ne songe pas à partir.

– Tu dois bien être le seul étranger à ne pas y songer. Mais soyons clairs, Nigel. L'étranger que tu es ne partira pas. Après tout, tu as une librairie.

– Au fait, comment vont les affaires ? demanda Laloul avec une pointe de sarcasme.

– Tu as ton passeport sur toi ? s'enquit Zarbi, avant que j'aie seulement le temps de songer à une réponse.

– Oui.

– Donne-le-moi. »

Refuser n'était pas une option envisageable. Je sortis mon passeport, regardai un moment le blason doré au lion et à la licorne, avant de le tendre à Zarbi.

« Quand est-ce que je pourrai le récupérer ?

– Quand les choses se seront tassées et que Monique et Suzette pourront rentrer à Alger en toute sécurité. Les membres d'une même famille devraient rester ensemble. Et c'est ici que ta famille doit vivre.

– Tu crois vraiment que les choses vont se tasser ?

– Elles finiront bien par le faire, un jour ou l'autre.

– On peut compter sur toi, Nigel ? s'enquit Laloul sur un ton qui laissait clairement entendre qu'il en doutait.

– Oui, dis-je d'un ton aussi décidé que servile. Vous pouvez.

– On n'en est pas vraiment sûrs, vois-tu. Tu te souviens de Tidjani ?

– Évidemment que je m'en souviens.

– Tu as attendu trois jours pour nous révéler ses projets de recherche. »

La remarque, qui venait de Laloul, était troublante, parce qu'elle était vraie : j'avais effectivement attendu plusieurs jours avant de dire à Zarbi que Tidjani fouillait dans l'histoire de l'industrie algérienne des hydrocarbures. Je ne voulais pas qu'il ait des ennuis, même si, pour finir, j'avais compris que c'était moi qui en aurais s'ils découvraient que j'étais au courant et que je n'avais rien dit. Mais…

« Comment savons-nous que tu as attendu trois jours ? poursuivit Laloul. Parce que ta femme, elle, n'en a attendu que deux.

– Pardon ?

– Aucune jeune femme pied-noire n'aurait pu prétendre à un poste de secrétaire à la Sonatrach, dit Laloul avec un sourire cauteleux, sans quelque chose de plus que… la dactylographie au toucher*.

– Comment on dit en anglais, Nigel ? demanda Zarbi, comme s'il avait sincèrement envie de savoir.

– Touch-typing, *répliquai-je d'une voix atone.*

– Oui. C'est ça. Touch-typing, *l'expression est plus… jolie qu'en français.»*

Sans trop savoir pourquoi, je me sentis honteux à l'idée que Monique avait également agi comme informatrice. Pourquoi n'avais-je pas compris ? Pourquoi ne m'avait-elle rien dit ? Après tout, je lui avais avoué, moi, travailler pour Zarbi. N'avait-elle pas suffisamment confiance en moi pour reconnaître ce qu'elle faisait pour Laloul ? Ce qu'un tel comportement disait de notre mariage me rendait malade.

Zarbi me lança un regard compatissant qui ne fit qu'accentuer mon malaise.

« On ne peut pas vivre dans ce pays sans se résigner à faire des compromis, Nigel. Nous devons tous y passer. Ne sois pas trop dur avec Monique.

– Pourquoi avoir tué Tidjani ? demandai-je, soudain impatient de connaître la vérité, là où auparavant j'avais préféré l'ignorer.

– La police est certaine qu'il a eu un accident à cause d'une imprudence au volant.

– Il serait rafraîchissant, dis-je en soutenant le regard de Zarbi, que pour une fois, juste une, vous me disiez la vérité.»

Il me fixa un long moment en silence. Puis il se tourna vers Laloul.

« Tu veux lui expliquer, Nadir ? »

Laloul mâchouillait son cure-dents tout en réfléchissant à une réponse.

« La plus grande source de richesse de ce pays, finit-il par dire, c'est le pétrole et le gaz naturel. Les détails de la gestion – les détails financiers – sont complexes. Il est nécessaire, afin de protéger l'avenir du pays, de préserver… certaines sources secrètes de capitaux… qui pourraient apparaître à certains… comme résultant d'un usage malhonnête des recettes de l'État. Ces arrangements sont en place depuis le départ des Français, pour ne pas dire, dans certains cas… depuis avant leur départ.

Et ils resteront en place longtemps après la fin de l'actuelle insurrection. Indirectement, toi et Monique en avez largement profité, Nigel. Cet état de choses continuera lui aussi, à condition que tu te montres suffisamment avisé pour comprendre où est ta place en ce monde.

– Est-ce que vous êtes en train de me dire que Tidjani a découvert la vérité sur ces… sources de capitaux ?

– Ce que je suis en train de te dire, c'est que seul un imbécile essaierait de déballer cette affaire sur la place publique. On pourrait penser que le moment est mal choisi pour attirer les investissements étrangers dans ce pays. Pourtant, on aurait tort. Le prix du pétrole est en train de remonter, nous disposons de nouveaux forages au fond du Sahara qui ne demandent qu'à être développés. Et nous avons aussi des compagnies étrangères prêtes à signer des contrats d'exploitation de plusieurs milliards de dollars. C'est beaucoup plus important que tout ce qui peut se passer par ailleurs en Algérie aujourd'hui. Rien — ni personne — ne sera autorisé à se mettre en travers de ce processus. Certainement pas les états d'âme d'un professeur d'université. Ni même ceux d'un président. »

L'allusion visait Boudiaf. Forcément. Laloul revendiquait ainsi sa part de mérite dans l'assassinat du président – et par suite dans la propagation de la rumeur selon laquelle les islamistes étaient seuls responsables.

« Nous avoir prévenus des activités de Tidjani était une bonne chose, Nigel, dit précipitamment Zarbi, comme embarrassé par la franchise de Laloul. Et il y aura encore du travail pour toi une fois la situation revenue à la normale. »

Laloul murmura quelque chose en tamazight que je ne compris pas. Je leur jetai un regard interrogateur, d'abord à lui, puis à Zarbi, lequel me sourit.

« C'est un vieux proverbe kabyle, précisa-t-il. Si tu partages un secret avec un homme, tu partages son âme. »

Ce qu'il y avait d'intime dans cette pensée me rebuta. Mais ce qui me rebuta surtout, c'est la profonde vérité qui la sous-tendait. J'étais partie intégrante de quelque chose de plus grand et de plus terrifiant que tout ce que j'avais pu imaginer.

« Les hommes que nous avons croisés en franchissant les barrages pour arriver jusqu'ici, qui représentent-ils ? Le GIA ? Le DRS ? Les deux ? Ni l'un ni l'autre ?

– Certains arrangements sont faits pour servir les objectifs du pouvoir, répondit Laloul avec impatience. Dans le désert, l'eau, c'est de l'or. Et celui qui mesure l'eau pèse l'or. C'est une règle de vie dans ce pays. Et c'est tout ce que tu as besoin de savoir. Ce qu'il nous faut savoir, nous, c'est si nous avons un accord. »

Il avait accompagné sa demande d'un regard qui en disait long.

« Il nous en faut un pour garantir ton retour à Alger en toute sécurité. »

Les choses en étaient donc là : une menace à ma vie, pure et simple, dans un contexte ambiant où rien ne l'était. Je n'avais aucun recours. J'étais désarmé. Complice de la corruption dont des gens comme eux – et des gens qui se servaient de gens comme eux – avaient tissé la toile. Impossible de me plaindre de ce que ma complicité me coûtait. Je ne pouvais m'en prendre qu'à moi-même.

« Nous avons un accord, dis-je en acquiesçant de la tête.

– Tu ne tenteras pas de quitter le pays ? me pressa Zarbi.

– Non, dis-je en secouant la tête.

– Tu n'essayeras pas de nous causer des ennuis, à l'un ou à l'autre ?

– Non.

– N'oublie pas que nous avons des contacts à Marseille. Nous savons où habitent Monique et Suzette.

– Je n'oublierai pas.

– Ne t'inquiète pas, Nigel, conclut-il en me tapotant l'épaule. Après la tempête, le calme. C'est dans l'ordre des choses. »

Et c'est ainsi que je revins, sous bonne escorte, à cet appartement où je peux me cacher des islamistes, mais pas des dures vérités étalées devant moi par Zarbi et Laloul ce matin-là, sous le soleil fragile de l'automne qui faisait miroiter le bleu infini de la Méditerranée. Je me demande combien d'autres habitants de cette ville en sont venus à une prise de conscience aussi effrayante : à savoir que le pouvoir* n'est pas une chose en dehors d'eux, mais qu'ils en font partie, sans espoir d'y échapper un jour puisqu'il les habite.

Environ une semaine plus tard, sans doute frustrés par leur incapacité à m'abattre dans la rue, les jeunes islamistes du coin mirent le feu au Chélifère. Tous les livres, les rayons, les souvenirs, les espoirs et les projets renfermés dans ces murs furent dévorés par les flammes. Personne ne tenta de les éteindre. Les gens se contentèrent de regarder – ou pas, selon leur choix –, tandis que la vie que j'avais soigneusement bâtie à Alger était réduite en cendres.

Ce qui me laisse avec ce succédané de vie que Zarbi et Laloul sont prêts à m'autoriser – quand viendra le retour à la normale. Lequel arrivera, comme l'a dit Zarbi… un jour ou l'autre.

1994 a succédé à 1993. Et rien n'a changé. Les massacres continuent. La folie meurtrière nous tient dans ses griffes. À moins que – ce que je me refuse à croire, mais qui est pourtant la conclusion à laquelle j'arrive de plus en plus souvent – il ne s'agisse pas du tout de folie.

À mes yeux, « un jour ou l'autre » est devenu bien pire que « jamais ».

Je ne suis pas sûr de pouvoir attendre ce fameux retour à la normale.

Non. Au contraire, je suis sûr. Sûr de ne pas pouvoir.

Ne serait-ce que parce que la normale n'est qu'un autre mensonge ? Et qu'il faut que j'arrête de mentir. Surtout de me mentir à moi-même.

J'ai besoin d'aller marcher au soleil, de respirer l'air frais. Une dernière fois.

Oui, c'est une bonne idée.

La meilleure que j'aie jamais eue.

14

Taleb et Hidouchi se mettent d'accord pour se rendre ensemble à l'appartement d'Abderrahmane, de manière à pouvoir parler stratégie en chemin. Hidouchi a convenu que c'était là la meilleure façon d'économiser leur temps, mais la conduite de Taleb semble lui causer une souffrance presque physique, et elle multiplie les soupirs et les grimaces devant ses diverses manœuvres.

« Il y a un problème avec la direction ? demande-t-elle à un moment, ou est-ce que tu as l'habitude de prendre tes tournants comme si tu étais au volant d'un semi-remorque ?

– J'aime bien avoir autant de visibilité que possible.

– La visibilité est une chose. Arriver à bon port en est une autre.

– On y arrive, on y arrive. »

Hidouchi marmonne quelque chose entre ses dents.

« Pourquoi crois-tu que Stephen Gray aide Zarbi... si c'est bien là ce qu'il fait ? dit-elle.

– Parce qu'ils ont tous les deux un compte à régler avec Laloul. Zarbi parce que Laloul l'a mis dans le pétrin en prenant la fuite. Gray pour une raison que j'ignore, mais qui est liée à l'assassinat de Tournier à Paris en 1965.

– Mais il a accusé Zarbi autant que Laloul d'être impliqué dans cette affaire. Alors pourquoi faire brusquement équipe avec lui ?

– Il pense peut-être que Zarbi a été suffisamment puni comme ça. Ou peut-être que c'est pour lui le seul moyen d'atteindre Laloul.

– Ce qui laisserait à penser que Zarbi sait où se trouve Laloul.

– En effet.

– Mais il est en revanche bien moins probable qu'Abderrahmane et Bahlouli le sachent.

– Je suis d'accord avec toi. Mais eux sont ici, à Alger. Zarbi, non. Et Gray non plus.

– À un moment ou à un autre, on va devoir partir à la recherche de Zarbi et de Gray, Taleb. Tu en es conscient, non ?

– Partir à leur recherche où ?

– Et ce libraire anglais, Dalby ? Il saurait quelque chose ?

– Le Chélifère n'est plus depuis longtemps. Et Dalby avec, je suppose. Mais... attends, dit Taleb, soudain pensif.

– Quoi donc ?

– Ma mémoire n'est plus ce qu'elle était, j'en ai peur, dit Taleb en lâchant le volant d'une main et en se tapant le front d'un air fautif. Dalby a été abattu, dans un attentat supposément islamiste, quelques mois après que je lui ai parlé. Rien de bien étrange là-dedans. C'était une cible évidente. Mais... il s'est passé quelque chose d'inhabituel, si je me souviens bien. Il faudra que je jette un coup d'œil aux rapports.

– Tu peux faire ça sans moi. J'ai eu ma dose de poussière avec les archives de la police.

– Poussière ou pas, elles nous ont été bien utiles jusqu'ici.

– Je te l'accorde, dit Hidouchi qui, étonnamment, semble lui concéder ce point. Quand il s'agit du passé, tu es un expert. Presque comme si tu vivais dedans », ajoute-t-elle – au cas où il prendrait sa remarque pour un compliment.

Ils arrivent devant l'immeuble. La plupart des fenêtres vers lesquelles ils lèvent les yeux sont éclairées, les occupants vraisemblablement vautrés devant ce que leur diffusent leurs postes de télévision grâce aux paraboles qui fleurissent sur presque tous les balcons. Le confinement dû au coronavirus a calmé l'agitation qui règne habituellement dans la ville. Les bruits de la circulation devraient normalement étouffer le bourdonnement des climatiseurs, redevenu parfaitement audible. On ne voit nulle part des jeunes désœuvrés, même si l'on entend distinctement des cris lointains qui montent d'une cour et les aboiements d'un chien. Et partout, autour d'eux, les cigales stridulent avec virulence dans la chaleur moite de la nuit.

Ils commencent à gravir l'escalier, Taleb à la traîne, comme la fois précédente, à partir du deuxième étage. Tout en montant, il passe en revue ce qu'ils ont découvert jusque-là, pour arriver à la conclusion qu'ils n'ont rien appris que de superficiel. Ce qui ne les rapproche pas de Zarbi et de Laloul, sans parler du sombre secret que les deux hommes semblent partager. Laloul est parti avec beaucoup d'argent quand il a disparu en 1999. Et il en avait déjà pris beaucoup avant, siphonnant la Sonatrach grâce aux transactions sur lesquelles il avait gardé la haute main pendant des années. Pourtant, sans trop savoir pourquoi, Taleb ne pense pas que l'argent soit au cœur du problème. Les choses vont bien au-delà. Loin dans le passé et l'histoire du pays qu'il sert. Les exposer au grand jour, si toutefois il y parvient, pourrait bien être la plus grosse bêtise qu'il ait jamais faite.

Il atteint le dernier étage, où l'attend Hidouchi, qui continue de patienter le temps qu'il recouvre son souffle. Il semblerait qu'elle aussi ait réfléchi au fait que Laloul ait échappé à la justice vingt et un ans plus tôt.

« Comment est-ce que Laloul a quitté le pays, Taleb ? demande-t-elle.

– Ah…, répond-il en s'appuyant contre la balustrade, la poitrine en feu, le souffle court. Il se trouvait… euh… sur un site de production de gaz… près de la frontière libyenne. Il devait… euh… rencontrer… le ministre de l'Énergie à son retour à Alger, mais…

– Il n'est jamais revenu ?

– Exactement. Il se peut qu'il soit passé… en Libye… ou qu'il soit parti vers le nord pour entrer en Tunisie. On n'a aucune certitude à ce sujet. Mais… il n'a jamais eu l'intention d'aller à ce rendez-vous.

– Ils le surveillaient déjà ?

– Bouteflika n'était en place que depuis quelques semaines. Suffisamment longtemps, cependant, pour que Laloul comprenne que c'était fini pour lui.

– Et Zarbi ? Quand est-ce qu'il a été arrêté ?

– Très vite. Par tes services, agente Hidouchi. C'était un proche associé de Laloul, le fait était connu. Et il avait la signature pour le compte dont se servait Laloul pour déplacer l'argent. » Taleb tousse jusqu'à ce qu'il respire de nouveau à peu près normalement, puis se redresse. « Zarbi a nié connaître l'existence d'un tel compte, mais personne ne l'a cru. Et Laloul une fois parti… il fallait bien que quelqu'un rende des comptes. Zarbi s'est soudain retrouvé complètement isolé. C'est étonnant la vitesse à laquelle on peut tout perdre… dans notre glorieuse République.

– Tu devrais te méfier des gens à qui tu dis des choses pareilles, dit-elle en le regardant d'un air grave.

– C'est ce que je fais.

– Prêt, maintenant ? demande-t-elle en le fixant un instant droit dans les yeux, avec un geste en direction de la porte d'Abderrahmane.

– Prêt », répète-t-il en toussant encore une fois et en hochant la tête

Hidouchi sonne plusieurs fois, avant d'appuyer longuement sur le bouton. Comme on pouvait s'y attendre, son obstination reste sans réponse. Quelques minutes encore de coups répétés, puis Hidouchi se tient tout contre la porte et se met à hurler.

« Agente Hidouchi, du DSS. Ouvrez la porte ou je l'enfonce. »

La menace surprend Taleb. Est-elle vraiment prête à la mettre à exécution ? La porte lui fait l'effet d'être très solide. Mais devant l'absence de toute réaction, Hidouchi hurle encore une fois.

« Dernier avertissement ! »

Taleb est légèrement déçu quand la porte, retenue par une chaîne, s'entrouvre enfin d'une vingtaine de centimètres. Razane Abderrahmane les fusille du regard.

« Vous n'en avez toujours pas fini avec moi ? aboie-t-elle.

– On peut entrer, Razane ? s'enquiert Taleb avec un sourire qui se veut conciliant.

– J'ai vraiment le choix de refuser ?

– Tu peux bien dire ce que tu veux, intervient Hidouchi. On entre.

– Oui. Bien sûr que vous entrez, dit Abderrahmane, les lèvres pincées. Parce que je suis vieille, sans défense et trop pauvre pour me débarrasser de vous en vous achetant. »

Elle enlève la chaîne et s'écarte pour les laisser passer.

Ils entrent, et elle les précède en se dandinant. Ils la suivent jusqu'à un salon qui serait spacieux, n'étaient la taille des meubles et l'abondance des bibelots. Plateaux en cuivre martelé et photographies en noir et blanc encadrées couvrent l'essentiel des murs. Le regard de Taleb accroche au passage quelques scènes des soirées à La Girafe dans les années 1980. Il reconnaît plusieurs visages. Il est agréablement surpris par l'absence du perroquet et suppose qu'il ne partage pas l'enthousiasme de sa maîtresse pour les jeux télévisés, dont l'un se déroule en ce moment même, son coupé, sur l'écran géant.

« Qu'est-ce que vous voulez ? demande Abderrahmane tout en se tournant vers eux et en laissant échapper le soupir à fendre l'âme d'une créature sur le point de renoncer à la vie.

– On veut parler à Sami Bahlouli, annonce Hidouchi qui se tient sur le seuil du salon dont elle bloque le passage de manière à contrôler la sortie de l'appartement.

– Vous devriez essayer la prison d'El-Harrach, persifle Abderrahmane.

– Il est sorti il y a trois semaines.

– Vous m'en direz tant.

– Je crois que tu le sais parfaitement, Razane, réplique Taleb. Où est-il ? J'entends par là… dans quelle pièce se cache-t-il ?

– Quelle pièce ?

– Oui. Quelle pièce… dans cet appartement ?

– Je ne… »

Sa dénégation est interrompue par une ombre qui se profile dans l'encadrement de la porte menant à la pièce voisine. Le rideau de perles s'écarte, et Sami Bahlouli le franchit.

Il n'est que la version rabougrie – joues creusées, crâne dégarni par endroits, yeux chassieux – du crooner de night-club à l'élégance impeccable qu'il était autrefois, vêtu qui plus est d'un survêtement informe et de baskets fatiguées. Il tremble légèrement et il lui manque plusieurs dents, même si la raison de cette absence n'est pas claire : hygiène dentaire défaillante ou bagarre avec un codétenu. Ce qui est clair, en revanche, c'est que le régime pénitentiaire ne lui a pas réussi.

« C'est bon, Razane, dit-il d'une voix rauque. Arrête ton cinéma.

– Tu étais déjà ici quand nous sommes venus la première fois ? demande Hidouchi.

– Oui. Je sors à peine. Je trouve les escaliers… pénibles.

– Ne pas t'être présenté au commissariat pourrait être considéré comme une violation de ton statut de libéré sur parole.

– Tout et n'importe quoi pourrait l'être, je suppose. Il suffit qu'un agent du DSS le décide.

– On a quelques questions pour toi, intervient Taleb.

– Bien sûr. Des questions, la police en a toujours.

– On en a aussi pour toi, ajoute Hidouchi en s'adressant à Abderrahmane.

– Et je gagne un prix si je réponds juste ? grommelle cette dernière, qui s'est laissée tomber sur la banquette au ras du sol et fixe le poste de télévision d'un regard vide.

– Non. En revanche, ne pas y répondre est passible d'une sanction.

– Tout est sanctionné dans ce pays.

– Aider Wassim Zarbi à fuir le pays constitue un délit.

– J'ignorais qu'il projetait de s'en aller. Et Sami était encore en taule à l'époque, il ne peut donc pas être incriminé. Je lui ai dit qu'il pouvait venir ici quand il sortirait parce qu'il n'avait nulle part ailleurs où aller.

– Ils ne vont pas se contenter de ça, soupire Bahlouli avec un regard en direction de Taleb, pas vrai, commissaire ?

– Non. Ça ne suffira pas, approuve Taleb en secouant la tête.

– On pourrait parler, juste toi et moi ? Dehors sur le balcon, peut-être ?

– Qu'est-ce que tu as l'intention de lui dire, Sami ? demande Abderrahmane, les sourcils froncés.

– Tout ce qui me permettra de ne pas retourner en prison. Je ne dois rien à Zarbi, et toi non plus.

– Tu lui dois bel et bien quelque chose.

– Désolé, rétorque Bahlouli en haussant les épaules avant de regarder Taleb. Alors, qu'est-ce que t'en dis ? »

Taleb regarde à son tour Hidouchi, qui acquiesce d'un hochement de tête. Elle n'apprécie pas l'allusion de Bahlouli à un entretien entre hommes qui serait seul capable de résoudre l'affaire. Mais elle accepte, non sans réticence.

Taleb traverse une autre pièce à la suite de Bahlouli, se retrouve ensuite dans la cuisine, puis sur le balcon. Les lumières scintillent à leurs pieds. L'air est chargé d'un parfum entêtant. La ville qu'ils surplombent n'est pas tellement différente de l'Alger de leur jeunesse. Malgré les épreuves traversées, elle a mieux vieilli qu'eux.

« T'as une cigarette, commissaire ? »

Ici, au milieu des ombres du balcon, Bahlouli a l'air un peu moins mal en point, ressemble davantage à ce qu'il était.

« Bien sûr, répond Taleb en lui offrant une de ses Nassim, avant d'allumer leurs deux cigarettes.

– Razane refuse de me laisser fumer à l'intérieur, dit Bahlouli qui tousse en inhalant la fumée – une toux de fumeur qui ne présage rien de bon. Même si je n'arrête pas de suffoquer à cause de ses bâtonnets d'encens.

– Tu chantes toujours, Sami ? demande Taleb.

– À ton avis ?

– Tu t'es retrouvé en taule pour fraude fiscale. Ça m'a surpris.

– Moi aussi. Si quelqu'un fraudait le fisc, c'était mon comptable, pas moi.

– T'avais une belle voix. T'as même sorti quelques disques, autant que je me souvienne. T'as connu quelques belles années. Plus que la plupart d'entre nous.

– Plus que toi ?

– T'étais au top en 1988, non ?

– Probable, oui.

– J'étais à La Girafe le soir où Zarbi t'a envoyé son poing dans la figure pour avoir chanté "*Une chanson pour Guy**".

– C'était qu'un malentendu stupide.

– Par contre, tu sais ce que recouvrait ce malentendu, non ? Tu le savais déjà à l'époque ?

– Bien sûr que non. C'est Razane qui a suggéré que je joue cette chanson en me disant que c'était une des préférées de Zarbi. Sa façon à elle de plaisanter. Moi, je n'avais pas idée qu'elle me piégeait. Tu crois vraiment que je me serais délibérément mis à dos quelqu'un d'aussi puissant que Zarbi ?

– T'avais peur de lui ?

– Tout le monde aurait eu peur, non ? Il aurait pu me faire abattre si l'envie lui en avait pris.

– Mais il ne l'a pas fait. Et après toutes ces années, tu finis par l'aider à sortir du pays.

– Il avait pas besoin de mon aide.

– Arrête ça, tu veux. Razane allait vous voir tous les deux à la prison d'El-Harrach. Tu voudrais me faire croire que tu ne lui as jamais adressé la parole quand tu étais là-bas ?

– On a parlé.

– Bien. Et de quoi ?

– Je peux pas retourner là-bas, commissaire. Je suis trop vieux et trop malade. Et je veux pas mourir en prison.

– Dis-moi tout ce que tu sais et tu n'auras peut-être pas à le faire.

– Peut-être pas ?

– Tu sais bien que je ne peux rien te garantir, Sami.

– Non. Bien sûr que tu peux pas. T'es jamais qu'un policier, après tout. C'est pas toi qui décides, au final.

– T'as l'intention de me parler de Zarbi, ou bien est-ce qu'il va falloir qu'on poursuive cette conversation à l'hôtel de police ? »

Bahlouli a déjà fini sa cigarette. Il a fumé beaucoup plus vite que Taleb. Il s'approche de la balustrade en ciment pour écraser son mégot, pris d'une quinte de toux grasse.

« Tu m'en donnerais une autre ? » souffle-t-il.

Taleb s'exécute. Dans l'éclair de la flamme du briquet, le visage de Bahlouli noyé dans l'ombre prend une apparence fantasmagorique. Il tire une longue bouffée et manque de s'étouffer.

« Tu te souviens comment était Zarbi quand il faisait partie du *pouvoir**, commissaire ? Gonflé de son importance, sûr de lui, arrogant ? Je peux te dire que vingt ans de prison lui ont ôté toutes ses prétentions. Il comprend aujourd'hui toute l'horreur du système auquel il a collaboré. Et il est vieux, bien sûr. Et malade, en plus. Je l'ai rencontré à l'hôpital de la prison. C'est son cœur qui le lâche, comme le font mes poumons, simplement un peu moins vite. Il occupait le lit à côté du mien. On a joué au backgammon en parlant du bon vieux temps, le sien et le mien. C'est pas pour se venger qu'il est parti à la recherche de Laloul. C'est une question de rédemption, explique Bahlouli, qui sent l'incrédulité de Taleb dans le bref moment de silence qui s'ensuit. T'es pas obligé de me croire. Tu peux découvrir ça tout seul. Il veut forcer Laloul à tout déballer au grand jour.

– Déballer quoi ?

– *Le pouvoir**. Le monde de ceux qui décident de notre sort.

– Et comment Laloul ferait une chose pareille ?

– J'en sais rien. Mais Zarbi semble croire qu'il en est capable. Il l'appelle *kiyal al-ma* : le mesureur d'eau. Ça te dit quelque chose ? »

Le mesureur d'eau. L'expression lui évoque un souvenir flou, comme pris dans les fils d'une toile d'araignée. C'est une rumeur, plutôt une légende, en fait. Il en a entendu parler pour la première fois peu de temps après le meurtre de sa femme et de sa fille, à une époque où ses pensées étaient si torturées qu'il était incapable de faire la différence entre des probabilités logiques et les théories conspirationnistes les plus sinistres. Si pratiquement toutes les atrocités commises pendant *la décennie noire** étaient le résultat d'une opération sous fausse bannière ou l'œuvre d'*agents provocateurs**, il fallait forcément qu'il y ait des free-lances opérant en grand nombre et payés pour accomplir leur œuvre macabre et la garder secrète. Mais d'où venait l'argent ? Qui l'allouait ? Qui était le commanditaire ? *Kiyal al-ma*, murmurait-on – le mesureur d'eau, ainsi nommé d'après l'autorité locale qui, à l'époque ottomane, supervisait la répartition de l'eau provenant des oasis du Sahara. Dans l'Algérie des années 1990, l'argent en était venu à irriguer l'existence, à décider de la vie ou de la mort des uns et des autres, c'est pourquoi certains se plaisaient à croire à l'existence d'un mesureur d'eau moderne, dispensateur de cette ressource vitale. Le supérieur de Taleb, le directeur de la police Meslem, avait balayé cette idée d'un revers de la main. « *Le pouvoir** est une organisation collective, avait-il asséné. Ce ne sont pas des individus qui sont aux commandes. » Taleb avait donc fini par se convaincre : le mesureur d'eau n'existait pas. En fin de compte, s'il existait bel et bien…

« Tu n'as rien à dire, commissaire ? demande enfin Bahlouli.

– Qu'est-ce que Zarbi t'a dit d'autre… à propos de Laloul ?

– Il a pas eu besoin de m'en dire plus. J'ai accepté de l'aider parce que je le croyais capable de faire pression sur Laloul pour qu'il fasse sortir au grand jour la vérité sur toutes ces années sanglantes. Tu as dit que j'étais "au top" en 1988, et tu avais raison. Tout ce qui m'inquiétait, c'était de savoir si ces putains de chanteurs de raï et leurs groupes électro finiraient par me voler mon public. Mais les islamistes leur ont volé leur public à eux aussi, et je n'ai pas tardé à troquer la chanson contre... la survie, tout simplement. Est-ce vraiment les islamistes qui m'ont fait ça – à moi, et à tant d'autres également, commissaire ? Ou bien était-ce l'œuvre du *pouvoir** tout au long ?

– Comment est-ce que tu as aidé Zarbi ?

– Il savait que Razane venait me voir régulièrement. Il m'a demandé de la convaincre de lui rendre visite à lui aussi. C'était l'été dernier. Bouteflika avait fini par démissionner et on avait dit à Zarbi qu'il avait de bonnes chances d'obtenir une libération conditionnelle. Il voulait quelqu'un de confiance pour contacter un Anglais qui avait...

– Stephen Gray ?

– J'ai jamais su son nom. Et je l'ai jamais rencontré. Il était venu voir Zarbi quelque temps auparavant – je saurais pas te dire quand – pour lui proposer un plan qui lui permettrait de se venger de Laloul. Mais le projet n'intéressait pas Zarbi tant qu'il était en prison. Ce n'est que quand sa libération s'est profilée à l'horizon qu'il a accepté la proposition. Et il avait besoin de Razane pour contacter ce... Stephen Gray. Ce qu'il lui a demandé de faire au juste, ça j'en sais rien. Elle ne me l'a jamais dit. Mais sa fuite hors du pays faisait manifestement partie du plan. Il est à la recherche de Laloul. Et pour ma part, je lui souhaite bonne chance.

– Tu n'as donc rien fait d'autre que demander à Razane d'aller voir Zarbi ?

– Oui. Rien de plus. Une bricole, en fait. Tu vas quand même pas m'arrêter pour ça. »

Taleb allume une deuxième cigarette et en offre une troisième à Bahlouli, qui l'accepte avec un plaisir non déguisé.

« T'as quoi aux poumons, Sami ?

– Oh, un cancer, dit l'autre d'un ton désinvolte. En phase terminale, naturellement.

– Désolé.

– Vraiment ? Je suis pas sûr de l'être moi-même. Je n'imagine pas la vieillesse se montrer clémente envers moi. Ni envers toi, en toute franchise, commissaire. T'as de la famille ?

– Non.

– Eh ben, tu vois. Je parierais qu'une retraite de flic n'est pas faite pour assurer une vie dorée. Ton avenir a pas l'air plus brillant que le mien, juste un peu plus long.

– Pour ne rien te cacher, c'est ton avenir immédiat qui m'intéresse, Sami. Toi et Razane, vous allez devoir m'accompagner à l'hôtel de police. Je te fais une faveur, en fait. Si ce n'est pas moi qui t'embarque, l'agente Hidouchi s'en chargera. Et à mon avis, il y a peu de chances pour que tu apprécies le traitement que te réservera le DSS.

– Je peux pas retourner à El-Harrach. Je te l'ai dit.

– Tu risques fort d'avoir à le faire, j'en ai bien peur. Je t'aiderai de mon mieux, si tu es prêt à coopérer, mais même comme ça…

– J'espère que Zarbi va réussir. Et tu devrais l'espérer aussi. Je veux dire, réussir à faire tomber le mesureur d'eau. À les faire tomber tous. Je suis avec les manifestants. *Yetnahaw gaâ !* »

C'était le cri de ralliement qui résonnait partout dans les rues avant que le coronavirus étouffe la contestation. *Yetnahaw gaâ !* « Tous dehors ! » Taleb était convaincu – et l'est toujours – que de telles aspirations n'étaient qu'illusoires. On ne peut jamais se débarrasser de « tous ». *Le pouvoir** est un organisme qui se reproduit par mitose dans le corps politique de l'Algérie.

« Ton idéalisme m'étonne, Sami.

– L'effet de la prison, sans doute, et de la maladie en phase terminale. Je les recommande vivement pour éclaircir les idées.

– Rentrons à présent, d'accord ?

– J'aimerais autant pas.

– Je crains bien d'être obligé d'insister.

– Dans le temps, j'étais terriblement nerveux à l'idée de chanter devant un public. Ça me rendait même parfois physiquement malade. Tu sais où était le problème ? L'attente. Quand tu décides de faire quelque chose, il ne faut jamais tergiverser. C'est ça, la leçon. Mettre ton intention à exécution sur-le-champ, point.

– Très intéressant. Mais... »

Tout à coup, Baloulhi entre en action. Il bondit sur la balustrade du balcon, plongeant dans l'obscurité qui les sépare des lumières de la ville. Dans une tentative désespérée pour le retenir, Taleb réussit à l'attraper par une cheville et manque dans son élan d'être entraîné dans le vide avec lui.

« Lâche-moi, hurle Bahlouli en se contorsionnant pour échapper à la poigne de Taleb. Lâche-moi. »

Taleb comprend vite qu'il ne pourra pas résister longtemps tant l'effort est grand. Les dents serrées, une douleur de plus en plus violente à l'épaule, il sait que ses mains n'auront pas la force suffisante pour retenir Bahlouli. Très loin en dessous de lui, il voit, éclairés par les lumières des autres appartements, les toits des voitures garées là et le béton implacable d'une ruelle parsemé de mauvaises herbes. Et il sait que Bahlouli voit tout cela, lui aussi. À quoi pense-t-il ? Est-il terrifié à cet instant ? Taleb l'a-t-il obligé à renoncer à cette hésitation dont il prétendait qu'elle était si désastreuse ? A-t-il brutalement des regrets d'avoir agi comme il l'a fait ?

« Hidouchi ! crie Taleb. Hidouchi ! »

C'est inutile. Ses mots s'envolent dans l'air nocturne. Bahlouli a cessé de se débattre. Il ne bouge même plus du tout, simplement suspendu en dessous de lui. Il y a un grand trou dans le talon de sa basket. Taleb le remarque au moment où il sent sa prise se relâcher.

« Je peux pas te retenir plus longtemps », hurle Taleb.

Bahlouli ne répond pas. A-t-il perdu connaissance ? Ou est-il en train de prier ? À moins qu'il n'attende simplement le moment dont ils savent tous les deux qu'il ne tardera pas.

Et il arrive, ce moment. Taleb sent ses doigts glisser. Bahlouli plonge la tête la première loin de lui, traversant les bandes d'obscurité qui alternent avec celles des fenêtres éclairées.

Taleb recule. Juste avant que Bahlouli heurte le béton, mais il entend quand même l'impact. Il regarde ses mains. Constate qu'il a retenu la basket trouée. La pose soigneusement à ses pieds avant de s'approcher de la balustrade.

Il sait qu'il doit regarder en bas. Il le faut. Il est policier. Il ne peut rien prendre pour acquis. Il faut qu'il constate par lui-même.

15

Dans un premier temps, Suzette est sidérée, incapable de décrire ce qu'elle ressent à la lecture des derniers mots de son père. Il lui faut fournir un effort surhumain pour retenir ses larmes. Elle sait qu'il avait bien des raisons d'avoir honte. Sans doute n'aurait-il pas pu sauver Harriet, mais il aurait pu aller trouver la police parisienne et l'aider à faire rendre des comptes à ses meurtriers – ainsi qu'à ceux de Guy Tournier. Certes, il aurait eu à souffrir, et c'est pour cette raison qu'il avait préféré prendre la fuite pour rejoindre l'Algérie. Une fois sur place, il n'avait plus cessé d'être aspiré dans le monde corrompu de Zarbi.

Suzette s'étonne d'être capable de pardonner aussi facilement à son père tous les torts qu'il a eus. Il l'aimait, et elle-même l'aime encore. Il avait été trop faible pour se libérer quand cela en valait encore la peine. Ce qui ne fait pas de lui un homme mauvais, ni un mauvais père. Pour une raison qu'elle ignore, elle est davantage atterrée par ce qu'elle a découvert au sujet de sa mère, laquelle avait, sans broncher, sans remords apparent, transmis à Laloul des informations qui avaient envoyé un homme à la mort. Elle laissait volontiers entendre que son père manquait de cran et de détermination, mais il semble aujourd'hui à Suzette que ce qu'il lui manquait en réalité, c'était une certaine dureté. Tandis que sa mère…

« Je suis désolé de ne pas m'être montré tout à fait honnête hier à propos de tout ça, dit Gray d'une voix douce en se penchant sur la tablette tandis que le train file dans l'obscurité grandissante de la campagne du Hampshire. Et je suis désolé que vous ayez eu à découvrir tant de choses au sujet de vos parents que vous auriez sans doute préféré ne jamais savoir.

– Vous n'êtes responsable de rien, Stephen », répond Suzette.

Il n'y a pas d'autres passagers à portée de voix, et pourtant ils n'en baissent pas moins le ton, à l'instar des gens qui partagent des secrets dérangeants.

« Je ne me croyais pas habilité à vous parler de ma dernière visite à Alger sans vous dire à quoi elle avait mené. Et, pour ce faire, j'avais besoin de l'accord de Riad.

– Je comprends tout à fait. Ce que je ne comprends pas, c'est la raison pour laquelle vous avez entrepris ce voyage à une époque aussi dangereuse.

– Mieux vaut que je sois totalement franc avec vous. Je n'ai jamais cessé de chercher des indices sur la disparition de Harriet. Pour finir, j'ai retrouvé la trace d'un ancien machiniste de Tativille qui m'a dit avoir vu Zarbi et un autre homme, qui lui avait aussi paru être algérien – Laloul, selon toute vraisemblance –, quitter une zone éloignée du site, tard un soir de juin 1965, munis de pelles et de barres à mine. Il n'en était pas sûr, mais il pensait que c'était probablement la nuit du 8. Or le 8, c'est le dernier jour où Harriet a été aperçue vivante.

– Vous pensez… qu'ils l'ont enterrée là-bas ?

– Oui, dit Gray en hochant la tête. Cette zone est aujourd'hui enfouie sous l'autoroute de l'Est. Aucun corps n'a été retrouvé au début des travaux, qui ont commencé juste après la fin du tournage, mais pareille découverte ne pouvait être due qu'au hasard. Certaines parties du site sont restées intactes. Je suis sûr que c'est là que se trouve Harriet. Et je suis tout aussi sûr de ne jamais pouvoir le prouver. C'est simplement trop tard maintenant. Mais à l'époque, je pensais qu'il était encore temps. Je tenais à tout prix à me retrouver face à face avec Nigel pour l'obliger à admettre ce qu'il avait fait. L'Algérie était fondamentalement zone interdite, mais j'ai contacté un des guides qui nous avait accompagnés lors de notre visite des ruines romaines, et il m'a lui-même mis en relation avec un homme prêt à me faire franchir clandestinement la frontière. Il n'en reste pas moins que j'avais sous-estimé les changements survenus depuis ma précédente visite. Les aliénés avaient pris le contrôle de l'asile. J'étais à peine arrivé à Annaba que je compris la gravité de la situation : je risquais d'être la cible des extrémistes islamistes au moindre de mes déplacements. J'avais pas mal bu quand je me suis fait arrêter dans le train pour Alger. C'est vrai, je l'avoue, mais c'était essentiellement pour me calmer les nerfs. Grave erreur. Nigel n'avait pas tort à propos du policier qui m'a interrogé. L'homme s'est montré très raisonnable. Mais j'ai très vite été récupéré par le DRS. Et c'est comme ça que j'en suis venu à rencontrer Zarbi.

– Vous avez dû être terrifié à l'idée qu'il allait vous faire tuer.

– En effet. Ces deux jours passés aux mains du DRS ont été les pires de ma vie. Je savais déjà, bien sûr, que Zarbi occupait une position importante dans le Département. Il portait un costume d'une élégance outrée et avait cet air de suffisance ostentatoire qui était en fait plus effrayant que ne l'aurait été un quelconque recours à la manière forte. "Il n'était guère judicieux de venir ici, monsieur Gray, ne cessait-il de me répéter. Vraiment." Ils ne m'ont pas torturé, comme je le craignais. Pour tout dire, ils n'ont pas même levé la main sur moi. Ils n'en ont pas eu besoin. Je n'ai jamais mentionné ce que je croyais que Zarbi avait fait à ma sœur, et lui, de son côté, n'a jamais laissé entendre qu'il l'avait connue à Paris. Mais savoir l'un et l'autre qu'il l'avait tuée pesait lourd entre nous dans cette salle d'interrogatoire. Il l'avait assassinée, et il n'aurait jamais à en répondre. C'était aussi simple que ça.

« Je me suis souvent posé la question depuis : pourquoi m'a-t-il laissé partir ? Eh bien, la confession de votre père contribue à clarifier quelque peu ce point. Zarbi a raconté à Nigel que je lui avais révélé ce que je savais du rôle qu'il avait joué dans la mort de Harriet – et dans celle de Guy Tournier –, mais c'est faux. La vérité, c'est que Zarbi m'a assuré que si je remettais un jour les pieds en Algérie, il veillerait à ce que je n'en reparte jamais. Et je l'ai cru. Quand je suis monté dans cet avion pour Paris, je me suis juré de ne jamais revenir. J'ai décidé qu'il me fallait définitivement renoncer à mes recherches concernant le sort de Harriet. Elle était morte depuis près de trente ans, il était temps que je tourne la page. Aujourd'hui, ça fait plus de cinquante ans qu'elle a disparu. Pourtant, bizarrement, nous voilà encore en train de parler d'elle, de nous demander jusqu'où les conséquences de son meurtre finiront par nous conduire.

– Vous pensez que mon père a été tué sur ordre de Zarbi ?

– Plus vraisemblablement, il a été abattu par les islamistes. Mais en l'obligeant à rester à Alger, Zarbi et Laloul se sont malgré tout assurés qu'il ne survivrait pas.

– Et ce Saidi ? Vous croyez que c'est Laloul ?

– Oui. Lui ou un proche. Il n'y a que son nom qui a été changé dans la version qu'on vous a fait parvenir. À mon avis, il est forcément derrière l'offre qu'on vous a soumise.

– Il serait temps que je lui donne ma réponse en ce cas, je suppose.

– Qui va être ?

– J'y travaille. »

Suzette ramasse son téléphone et commence à rédiger un e-mail à l'intention de Coqblin & Baudouin. Elle est en colère à présent, mais triste aussi. En colère surtout contre ces avocats suisses cauteleux et leur client aux poches trop remplies qui ont tenté de l'acheter afin qu'elle nie l'authenticité de la confession de son père. Or son humeur actuelle ne la prédispose certainement pas à le faire.

Les lumières de Basingstoke apparaissent à mesure que les mots se forment sur l'écran devant elle. Elle hoche la tête lorsque Gray lui fait signe qu'ils vont devoir se tenir prêts à descendre.

« J'ai presque fini », dit-elle.

Quelques minutes plus tard, ils empruntent le souterrain qui mène à la sortie de la gare.

« J'ai pris ma décision, annonce-t-elle, autant pour elle-même qu'à l'adresse de Gray.

– C'était votre réponse à Saidi que vous tapiez ? s'enquiert-il.

– Oui. Je lui dis que je suis arrivée à une conclusion, mais que j'ai besoin de le rencontrer pour lui en faire part de vive voix.

– Audacieux, siffle Gray.

– Pas vraiment. Si Saidi est vraiment Laloul, il refusera de me voir, non ?

– J'imagine, oui.

– Alors, on saura au moins à qui on a affaire. »

Il faut à Taleb deux bonnes heures pour s'occuper des conséquences immédiates du suicide de Bahlouli. Il convoque des agents en uniforme pour sécuriser la scène de crime. Un légiste, connu de lui et dont il sait qu'il ne fera pas d'histoires, débarque à peu près au même moment que le fourgon de la morgue. Il leur faut attendre l'arrivée du photographe pour déplacer le corps. Mais pour le reste, tout se passe bien, du moins en dehors des limites de l'appartement.

Abderrahmane accueille la nouvelle avec fatalisme, l'œil sec. Il semblerait qu'elle ait plus ou moins prévu un geste de ce genre de la part de son locataire.

« Il était mourant, Mouloud. Tu crois peut-être qu'il allait te laisser le renvoyer en prison ? »

Taleb nie avoir jamais eu de telles intentions, mais elle balaie du geste ses dénégations.

« C'est là qu'il aurait fini. Tu le sais. Je le sais. Il le savait. »

Elle perd un peu de sa superbe quand il lui explique qu'il va devoir l'emmener pour l'interroger.

« Je t'ai dit tout ce que je savais la dernière fois que tu es venu ici. Si tu avais accepté de laisser les choses en l'état, Sami serait toujours en vie. »

Taleb ignore l'accusation. Il sait d'après le peu que lui a confié Bahlouli qu'Abderrahmane ne lui a pas dit tout ce qu'elle savait. Elle le fera, pourtant. Avec un peu d'aide.

Il faut ensuite beaucoup de temps et encore plus d'efforts pour parvenir à convaincre la voisine d'Abderrahmane de prendre en charge le perroquet, lequel pousse des cris d'orfraie tandis que Taleb porte sa cage chez elle. Il espérait presque que Hidouchi accepterait de le faire à sa place, mais elle semble lui en vouloir et n'ouvre pratiquement pas la bouche jusqu'à ce que le fourgon de la police s'éloigne, Abderrahmane à son bord, et qu'ils restent près de la voiture de Taleb sous la lumière blafarde du néon au-dessus de l'entrée de l'immeuble.

« Quelque chose te tracasse, agente Hidouchi ? demande-t-il tout en grillant une nouvelle Nassim.

– Si on avait interrogé Bahlouli ensemble, répond-elle en lui lançant un œil scrutateur, ça ne serait jamais arrivé.

– Peut-être pas.

– Tu aurais dû te placer entre lui et la balustrade.

– Tu as sans doute raison. Je n'ai pas pensé une seconde qu'il pourrait sauter.

– Ton expérience, pourtant longue, ne t'a jamais préparé à une telle éventualité ?

– Pour être honnête, non.

– Incroyable, s'exclame-t-elle en levant les yeux au ciel.

– Il m'a dit tout ce qu'il savait, insiste Taleb en sachant évidemment qu'il ne peut pas en être vraiment certain. Il n'a rien fait d'autre que mettre Zarbi en relation avec Abderrahmane.

– En ce cas, je suggère que nous fassions ce que nous aurions dû faire plus tôt, presser cette vieille bique jusqu'à ce que nous soyons certains qu'elle ne nous cache plus rien.

– Je suis d'accord. Nous devrions attendre demain matin. Lui laisser le temps de réfléchir à ses options. Elle se montrera plus coopérative après une nuit passée dans une de nos cellules. Et puis…

– Tu es fatigué, Taleb ? C'est ça le problème ?

– Oui. Puisque tu poses la question : je suis fatigué.

– Je pourrais l'interroger seule.

– Mais tu n'en as pas l'autorité, agente Hidouchi. Elle est sous ma garde.

– Ça pourrait changer.

– On n'est pas censés travailler ensemble sur cette affaire ?

– Si. Tu as raison. »

Taleb se demande un moment si Hidouchi n'a pas senti qu'il ne lui livrait pas tout de ce que Bahlouli lui a dit. En réfléchissant bien, il ne le pense pas, même s'il l'a bel et bien fait. Il n'a pas parlé du mesureur d'eau. En partie, il est vrai, pour protéger Hidouchi. Il refuse de la charger d'un pareil fardeau : à savoir l'éventualité d'être sur la piste d'un des membres les plus importants du *pouvoir** – celui-là même qui serait en mesure de leur dire qui était payé, combien et à quelle fin pendant toutes les années du pire traumatisme qu'ait connu le pays. Elle est trop jeune. Elle a toute la vie devant elle. Ce ne serait pas juste. Mais il est convaincu qu'elle ne verrait pas les choses du même œil.

« Si la manière douce ne donne pas de résultats avec Abderrahmane demain matin, Taleb, c'est moi qui la prends en charge. »

L'assertion de Hidouchi est un peu cavalière, mais Taleb se rend compte qu'elle constitue en fait une concession à son égard. Il se pourrait même qu'elle ait un peu pitié de lui, ce qu'il n'est pas sûr de prendre en bonne part. Il tire une dernière bouffée de sa cigarette, la jette dans le caniveau avant de hocher la tête.

« Entendu.

– À présent, tu peux me reconduire à la direction du DSS. Ensuite, chacun pourra rentrer chez soi. »

Hidouchi semble plus satisfaite de la conduite de Taleb sur le chemin du retour jusqu'au centre-ville. À moins, songe-t-il, qu'elle se soit simplement fait une raison. Elle lui demande à nouveau ce que Bahlouli lui a dit et écoute sa version tronquée de leur échange sans faire de commentaires.

« Ça concorde avec les renseignements que j'ai trouvés sur la base de données du DSS concernant Stephen Gray, dit-elle. Il est venu deux fois en Algérie depuis que les services de l'immigration ont numérisé leurs archives : en février de l'année dernière et à nouveau en mars de cette année.

– Si je comprends bien, l'expulsion de 1993 n'a pas empêché qu'on lui renouvelle son visa ?

– Non. Il n'y a d'ailleurs aucune trace de cette expulsion. Soit parce qu'elle est passée au travers du processus de numérisation, soit parce que Zarbi ne l'a jamais consignée officiellement.

– Quelque chose d'autre sur lui ?

– Simplement sa date et son lieu de naissance, que nous connaissons déjà, et son adresse actuelle au Royaume-Uni.

– Tu penses faire le voyage pour aller le voir ?

– Si nécessaire, oui. Et il est évident que tu m'accompagneras.

– Je ne suis jamais allé en Angleterre.

– Et tu n'iras peut-être jamais. Tout dépend de ce que nous racontera Abderrahmane.

– Tu en as tiré quelque chose pendant que j'étais avec Bahlouli ?

– Je n'ai pas réussi à lui fermer son clapet suffisamment longtemps pour l'interroger. Elle voulait absolument savoir pourquoi je n'avais ni mari ni enfants.

– Qu'est-ce que tu lui as répondu ?

– Qu'elle avait tout d'un dinosaure sexiste.

– Elle-même n'a jamais été mariée. Même si, à mon avis, il se peut qu'il y ait un enfant quelque part.

– Hypocrite, donc, en plus d'être sexiste.

– Qu'est-ce qu'elle voulait savoir de plus à ton sujet ?

– Mes goûts musicaux. Quand je lui ai dit que je n'avais jamais entendu parler de Cheikha Rimitti, elle s'est mise à chercher un de ses disques pour me le faire écouter.

– Ah, Rimitti, s'exclame Taleb, nostalgique. Quelle femme ! Ben Bella l'a bannie des ondes après l'indépendance parce qu'elle chantait ce qu'il appelait un "folklore perverti par le colonialisme". Elle l'a trouvé, son disque ?

– Oui. Ça hurlait quand tu es revenu du balcon. Sinon, je t'aurais peut-être entendu appeler à l'aide. Tu ne te rappelles plus ? »

Honnêtement, Taleb n'en garde aucun souvenir. Il ne peut qu'en conclure qu'il était trop choqué par le suicide de Bahlouli pour le remarquer, chose qu'il a du mal à admettre.

« C'est vrai, tu n'as jamais entendu parler de Cheikha Rimitti, agente Hidouchi ? » s'étonne-t-il.

Pareille possibilité lui semble tout bonnement inconcevable.

Et il a raison.

« Bien sûr que j'ai entendu parler d'elle, rétorque sèchement Hidouchi. Je n'avais simplement pas envie d'en discuter avec Abderrahmane, et je n'ai aucunement l'intention de le faire demain matin.

– Inutile de s'inquiéter à ce propos, dit Taleb, presque avec regret. La musique n'est pas autorisée à l'hôtel de police. »

Suzette a besoin de beaucoup de concentration pendant le trajet de retour jusqu'à Litster's Cot. Une fois qu'ils sont sortis de Basingstoke, les routes, flanquées de haies très hautes, sont noyées dans un noir d'encre. Gray remarque avant elle la lueur au loin devant eux.

« Bon Dieu, c'est quoi ça ? » murmure-t-il.

Suzette regarde à son tour et voit une lumière jaune au-delà de la colline qu'ils sont en train de gravir. Gray baisse sa vitre et passe la tête au-dehors.

« Seigneur ! l'entend-elle chuchoter.

– Il y a un problème ? » demande-t-elle.

Au moment même où elle pose la question, elle sent une odeur de fumée pénétrer dans l'habitacle et entend – ou croit entendre – des craquements lointains.

« Il y a quelque chose qui brûle », réplique Gray.

Suzette accélère. Ils atteignent la crête. Une fois pris le tournant suivant, ils voient, comme suspendu dans l'obscurité, un bâtiment en feu dont le toit a déjà cédé, les fenêtres remplies de flammes, une fumée qui s'échappe dans le ciel en nuages épais et rougeoyants. L'odeur est plus forte à présent, le crépitement des poutres en train de se consumer plus audible. Elle freine avant de s'arrêter. Elle n'en est pas tout à fait sûre, mais elle pense…

« C'est Litster's Cot », dit Gray.

16

Le soleil est chaud sur le dos de Taleb en dépit du fait qu'il est encore très tôt. En dehors de quelques pêcheurs qui taquinent le poisson sur la jetée, il a pour lui tout seul cette excroissance effilée de la ville qui avance dans la mer. Il ne va pas tarder cependant à être rejoint par la silhouette qui se dirige vers lui d'un pas décidé, celle d'un homme corpulent, l'air affairé – son patron, Farid Bouras.

Taleb a le temps de finir sa cigarette et d'en allumer une autre avant que ce dernier arrive à sa hauteur. Le directeur transpire abondamment malgré l'heure matinale. Ses lunettes de soleil masquent son regard et interdisent de juger de son humeur, mais, à son attitude, il ne semble guère satisfait, ce qui n'est pas pour surprendre Taleb. Il ne l'était déjà pas la veille au soir quand celui-ci lui a parlé sur le portable réservé aux appels d'urgence, il est donc peu probable qu'il soit davantage porté à l'optimisme ce matin.

« Alors, Taleb, commence-t-il sans préambule. C'est quoi ce que j'ai besoin de savoir et que je préférerais pourtant sans doute ignorer ?

– L'affaire a pris un tour inquiétant, patron.

– Tu travailles dessus depuis moins de quarante-huit heures. Et tu avais pour instruction expresse, souviens-toi, de ne rien entreprendre sans mon aval.

– C'est vrai, oui. Mais je te certifie que ce tour inquiétant n'est pas de mon fait.

– Est-ce que cela a quelque chose à voir avec le suicide d'un suspect que tu interrogeais hier soir – et l'arrestation de l'ancienne propriétaire de night-club, Razane Abderrahmane ?

– Oui, en effet.

– Le suspect, c'était bien Sami Bahlouli ?

– Encore oui.

– Ma mère sera attristée d'apprendre sa mort. Elle l'appelait le "Sinatra algérien". Qu'est-ce que je dois lui dire, à ton avis ? Qu'un de mes officiers l'a harcelé jusqu'à ce qu'il saute du dernier étage de son immeuble ?

– Je rédigerai un rapport complet sur la mort de Bahlouli après l'interrogatoire d'Abderrahmane, patron. Non, je ne l'ai pas "harcelé". Mais il m'a dit quelque chose – qui ne figurera pas dans mon rapport – qui m'a poussé à te contacter... conformément à tes instructions en pareil cas.

– Il s'agit donc d'une extrême urgence ?

– Potentiellement, oui.

– Ce qui est la raison pour laquelle je me retrouve ici, si tôt dans la matinée ?

– J'ai pensé que tu préférerais discuter de cela en dehors du bureau... et face à face.

– Et *cela*, c'est quoi exactement, Taleb ? »

Il n'y a personne à portée de voix, ce qui n'empêche pas Taleb de parler tout bas quand il répond.

« Le mesureur d'eau. »

Il s'ensuit un moment de silence. Bouras détourne son regard pour le porter sur la mer, où le soleil scintille sur la légère houle. Puis il dit calmement :

« Vas-y, explique-toi.

– Bahlouli m'a dit que, d'après Zarbi, le mesureur d'eau, c'était Laloul.

– C'est des Nassim que tu fumes ? demande Bourras en relâchant lentement une très longue inspiration.

– Oui, chef.

– Donne-m'en une quand même. »

Taleb tend le paquet. Bouras sort une cigarette, que lui allume son subordonné. Ils commencent à marcher le long de la jetée en direction du phare tout au bout.

« Est-ce que tu dirais que tu es un homme chanceux, Taleb ? reprend Bouras, l'air pensif.

– Non, patron, pas du tout.

– Et pourtant, c'est vrai, non, que, si tu as survécu à l'attentat à la voiture piégée contre l'hôtel de police en 1995, c'est parce que tu as fait demi-tour au moment où tu sortais du bâtiment après t'être souvenu que tu avais laissé tes chères Nassim dans ton bureau ?

– C'est vrai, oui.

– Et il y a eu combien de morts dans cette explosion ?

– Quarante-deux.

– Ce qui aurait fait quarante-trois avec toi, sans ton addiction à la cigarette. Une addiction qui ne t'a pas encore tué. Ce qui m'amène à dire que tu as de la chance.

– C'est une question de point de vue, patron. Si j'avais perdu la vie ce jour-là, ma femme et ma fille n'auraient pas eu à fuir Alger parce qu'elles étaient proches parentes d'un officier de police en poste. Par suite, elles n'auraient pas trouvé la mort dans le massacre perpétré dans le village de la famille de ma femme. Celle-ci vivrait aujourd'hui de sa pension de veuve et aurait, j'imagine, des petits-enfants qui feraient son bonheur. Dans ce cas, on aurait pu parler de chance.

– Hem, hem ! Oui, tu as raison, en un sens. C'est une question de point de vue. Et mon point de vue sur le mythe du mesureur d'eau est que, depuis 2006, on nous a expressément interdit d'enquêter sur les affaires de ce genre. »

Bouras fait référence aux amnisties accordées par le gouvernement de Bouteflika à la plupart des auteurs des atrocités commises durant les années de terreur. Il sait – et Taleb n'ignore pas qu'il le sait – que cet argument juridique ne tiendra pas si la traque de Laloul se retourne contre eux.

« Je ne pouvais pas te cacher le dernier développement de cette affaire, argumente Taleb. Je ne l'accueille pas de gaieté de cœur, et je sais que toi non plus. Tu dis que le mesureur d'eau est un mythe ? Qui pourrait en être sûr ? J'ai appris il y a longtemps que l'incroyable était souvent vrai dans ce pays. Si Laloul est coupable de bien davantage que d'avoir détourné des fonds – s'il a été complice de quelques-uns des meurtres non élucidés les plus sanglants de notre histoire –, il se trouvera alors nombre de gens puissants résolus à l'empêcher de parler, amnistie en vigueur ou non. Et Bouteflika n'est plus en place. Ces gens-là pourront-ils s'appuyer sur le nouveau gouvernement comme ils le faisaient du temps de l'ancien ?

– Nous sommes des officiers de police, Taleb, pas des politiciens.

– Si tu le dis.

– Je ne peux pas mettre un terme à la traque de Zarbi ou de Laloul, déclare Bouras après lui avoir décoché un regard agacé. Je compte sur toi pour éviter les… ramifications fâcheuses.

– Je ferai de mon mieux.

– Le DSS ne doit pas avoir vent de… cette éventuelle complication.

– Il n'en entendra pas parler, pas par moi en tout cas.

– L'agente Hidouchi ne sait rien de ce que t'a dit Bahlouli ?

– Rien qui ait un rapport avec le mesureur d'eau.

– Mais il est prévu que tu interroges Abderrahmane en sa présence ce matin.

– En effet.

– Imagine qu'Abderrahmane, elle, mentionne le mesureur d'eau…

– Je ne crois pas qu'elle le fera d'elle-même. Et ce n'est pas moi qui l'y encouragerai. Quant à l'agente Hidouchi, elle est trop jeune pour savoir quoi que ce soit de ce genre de choses. »

Ils arrivent près du phare, le contournent pour atteindre le bout de la jetée, où ils restent un instant à contempler l'horizon flouté par la brume. Bouras finit sa cigarette et expédie d'une pichenette son mégot dans l'eau.

« Tu es sur une voie très étroite, Taleb », dit-il d'un ton neutre.

Ni une louange ni un reproche en soi, Taleb s'en rend compte. Mais le simple énoncé d'un fait.

« Pourquoi Zarbi a-t-il été relâché, patron ?

– Il était vieux. Et malade. On s'est sans doute dit qu'il ne représentait plus de menace d'aucune sorte.

– Je pense que c'était une erreur.

– Ma foi, je suis heureux de constater qu'on peut être d'accord sur certains points.

– Je regrette tout… désagrément que cela risque de te causer.

– Mince consolation que tes regrets. Mais je suppose… qu'il n'y a personne d'autre que toi que je voudrais voir s'occuper de cette affaire.

– Merci, patron.

– Tu n'as aucune raison de me remercier. Si les choses tournent mal, je ferai tout ce qui est en mon pouvoir pour éviter de plonger avec toi.

– Ce que je comprends tout à fait, répond Taleb sans amertume et d'un ton presque détaché.

– Il est possible que tu aies raison en fin de compte. » Bouras aspire une grande goulée d'air marin. « Il aurait peut-être mieux valu que tu ne retournes pas chercher tes cigarettes ce jour-là. »

Wendy est tirée de son sommeil par un bruit provenant de la cuisine. Elle avait espéré dormir tard, après l'agitation de la veille au soir, mais le réveil de sa table de chevet lui indique qu'il est à peine 7 heures. Par bonheur, Oliver est toujours profondément endormi, donc ce ne peut être que Stephen qui est déjà debout. Elle se glisse à contrecœur hors du lit.

La veille, dans le tumulte ambiant, beaucoup de choses ont été passées sous silence. Pour sa part, elle est toujours en train d'essayer d'analyser les implications de l'événement. Litster's Cot réduit en cendres ; les dernières possessions de son père détruites dans l'incendie. Le coup de téléphone de Stephen tard dans la soirée a été un choc terrible. Les pompiers étaient à l'œuvre à ce moment-là, mais il était déjà évident que rien ne pourrait être sauvé.

La voiture de Stephen, garée près de la maison, avait aussi été détruite. Il n'était pas présent quand le feu s'était déclaré, et il a prétendu n'avoir aucune idée précise de la cause de l'incendie. « Peut-être l'installation électrique. » C'est la seule suggestion qu'il ait avancée. « Elle a toujours été peu fiable. » Ce qui est nouveau pour Wendy.

Il s'est révélé que Stephen était allé à Londres plus tôt dans la journée en compagnie de Suzette Fontaine. Dans quel but, mystère ! On ne lui a fourni aucune explication. Suzette l'a ramené en voiture après son coup de téléphone, avant de regagner son hôtel. L'incendie a paru la marquer davantage que lui, ce qui est pour le moins étrange. « Quel terrible accident ! » ne cessait-elle de répéter, prononçant « terrible » à la française en roulant les *r*, comme si l'émotion avait altéré sa maîtrise de l'anglais, mais pourquoi un incendie qui n'avait pas fait de victimes et avait détruit une maison qui lui était étrangère aurait-il dû lui paraître si terrible ? Mystère, mystère. Toujours est-il que l'événement l'avait incontestablement beaucoup affectée.

« Mon Dieu… mon Dieu… jamais je n'aurais imaginé une telle catastrophe. »

Stephen a paru impatient de la voir repartir tout de suite après l'avoir déposé.

« Allez prendre un peu de repos. Merci pour tout. Nous parlerons de ça demain matin », n'a-t-il pas cessé de lui répéter jusqu'à ce qu'elle redémarre.

Pendant l'heure où ils sont restés debout après le départ de Suzette, Stephen a déploré la perte de ses vêtements, de son ordinateur et de sa voiture, regrettant par ailleurs la futilité de tous les travaux qu'il avait entrepris dans la maison, tout en soulignant, avec trop d'insistance pour ne pas éveiller les soupçons de Wendy, qu'il ne s'agissait là que d'un malheureux accident.

Wendy n'a jamais aimé Litster's Cot, ni son éloignement de tout, si bien que le sentiment de perte se limite pour elle aux souvenirs de famille qui ne sont plus : photos, tableaux, bibelots... Elle n'aurait jamais imaginé combien il lui est difficile de se faire à l'idée qu'elle ne reverra plus ces nombreuses babioles sans réelle valeur qu'elle associe à la mémoire de son père. Il gardait des photos de ses trois enfants, qui sont maintenant perdues. C'est un autre anéantissement de la mémoire de Harriet aussi bien que de celle de ses parents.

Elle et Stephen ont convenu hier soir de se rendre sur les lieux ce matin pour voir ce qu'il reste du cottage, même si Stephen l'a avertie qu'il n'y aurait plus que quelques pans de mur. Elle se sent aussi préparée qu'elle peut l'être au spectacle de désolation qui les attend. Mais elle n'est pas encore prête à partir, et elle descend dans la cuisine, bien décidée à le lui faire savoir.

Elle entre et trouve Stephen assis à la table, tout habillé, en train de finir un bol de cornflakes. Il lève les yeux vers elle et lui adresse un sourire froissé.

« Salut. Désolé de t'avoir réveillée.

– Tu n'as pas dormi ?

– J'ai mis longtemps à m'endormir. Je devais être plus secoué que ce que je croyais.

– C'est pas étonnant. Tu veux du café ?

– S'il te plaît, oui. » Il finit ses cornflakes pendant qu'elle prépare le café, puis il porte son bol vide à l'évier. « Désolé de t'imposer tout ça, Wendy, dit-il d'un air las.

– Ce n'est pas ta faute.

– Non, c'est vrai, mais... un hôte inattendu est bien la dernière chose dont vous avez besoin en ce moment.

– Je n'arrive toujours pas à croire que le cottage n'est plus là.

– Tu n'auras pas de mal à te convaincre quand tu verras ce qu'il en reste. On aurait vraiment dû faire revoir toute l'installation électrique. On peut se féliciter que ce ne soit pas arrivé quand papa y vivait encore.

– Alors, tu penses que c'est un court-circuit qui a provoqué l'incendie ?

– Qu'est-ce que ça pourrait être d'autre ? répond-il, un peu sur la défensive, semble-t-il.

– Je sais pas, moi. Des jeunes qui voulaient s'amuser.

– Quels jeunes ? Je n'en ai pas vu un seul dans les parages.

– Qu'ont dit les pompiers, exactement ?

– Qu'il était trop tôt pour avancer quelque conclusion que ce soit. Ils doivent revenir plus tard sur les lieux. Il va falloir qu'on contacte la compagnie d'assurances, bien sûr.

– Pourquoi es-tu allé à Londres hier avec Suzette ? demande-t-elle après avoir bu une gorgée du café qu'elle vient de servir.

– J'ai pensé qu'elle devait rencontrer Riad Nedjar. Et lui demander son avis sur la confession de son père.

– Nedjar ? L'homme qui travaillait pour Nigel Dalby et qui a aujourd'hui un magasin dans Soho ?

– C'est ça, oui.

– Alors, il a déjà lu la confession, lui ? Et avant moi ?

– Ah…, fait Stephen, l'air penaud. Il se trouve qu'il en avait un exemplaire en sa possession depuis des années.

– Comment ?!

– Écoute, c'est… un peu compliqué.

– Quand est-ce que je vais pouvoir voir ce texte, Stephen ? dit-elle en lui adressant un regard sévère.

– Ah, je vais devoir… en demander un autre exemplaire à Suzette. Elle m'en avait laissé un hier, mais, évidemment, il est parti en fumée avec tout le reste. »

La manière évasive dont Stephen répond aux questions relatives à la confession de Nigel Dalby devient nettement perceptible. Il cache quelque chose, peut-être même un tas de choses.

Wendy ne croit pas que ce soit un court-circuit qui soit à l'origine de l'incendie. Et ne croit pas non plus à l'éventuelle responsabilité de vandales du coin. Il reste que d'autres questions continuent à la troubler. Une en particulier, qu'elle n'ose pas poser à son frère : qu'est-il venu cacher dans leur garage hier ?

Stephen a déjà fini son café. Il repose son mug.

« Je pense aller au cottage maintenant, annonce-t-il.

– Je ne suis pas prête, objecte Wendy. Il faut que je prenne une douche. Et puis, je dois préparer le petit déjeuner d'Oliver.

– En fait, je crois que je vais y aller à pied. C'est une belle matinée.

– À pied ? Tu veux faire tout ce trajet à pied ?

– J'ai besoin de prendre l'air, Wendy. Tu me rejoindras quand tu en auras terminé ici. » Il sourit, dans l'espoir sans doute de la rassurer. Ce en quoi il échoue piteusement. « Prends ton temps. »

Suzette arpente sa chambre d'hôtel, retournant dans sa tête les choix qui se présentent à elle. Elle a mal dormi, incapable d'arrêter de penser aux implications possibles de l'incendie qui a ravagé Litster's Cot. Une installation électrique défectueuse, comme l'a suggéré Gray avec insistance ? Elle n'y croit pas un instant. Et elle doute qu'il y croie lui-même. Que le désastre ait suivi d'aussi près son refus de donner à M. Saidi ce qu'il semble vouloir à tout prix ne peut relever d'une simple coïncidence.

En dehors de l'avertissement que constituerait la destruction du cottage, ce qui l'inquiète plus encore, c'est l'idée qu'elle a été suivie en Angleterre. Il serait difficile, sinon, de comprendre comment on a pu faire le lien avec Litster's Cot. Si c'est le cas, ils savent également qu'elle séjourne au Tylney Hall. Et probablement aussi qu'elle est allée hier avec Gray rencontrer Nedjar. Ils en savent beaucoup trop pour qu'elle puisse se sentir en sécurité.

Ce qui l'amène à se demander si, tout compte fait, elle n'aurait pas dû s'abstenir d'envoyer cet e-mail à Coqblin & Baudouin.

Ses discussions avec Gray et Nedjar avaient quelque chose de confortablement abstrait. Que le passé de Laloul le révèle comme un homme dangereux est indéniable, mais il ne lui est jamais venu à l'esprit qu'il pouvait encore représenter un danger aujourd'hui – un danger pour elle, ici et maintenant. Le spectacle de la fumée et des flammes dévorant Litster's Cot hier soir a cependant tout changé. Elle s'est soudain rendu compte que ses hésitations à reconnaître que son père était effectivement l'auteur de *J'avoue** ne pesaient pas bien lourd, comparées à la nécessité d'assurer sa sécurité – et celle de ses enfants.

Penser à Timothée et Élodie n'a fait que l'alarmer davantage. Si Laloul a pu la faire suivre jusqu'en Angleterre, il est tout à fait capable de découvrir où ils se trouvent. Elle leur a envoyé un texto à chacun de bonne heure ce matin et n'a pour l'instant reçu une réponse que d'Élodie, laquelle continue à profiter de ses vacances à Mykonos dans la plus parfaite insouciance. Que Timothée n'ait pas encore répondu ne la surprend pas outre mesure, vu les mauvais termes dans lesquels ils sont depuis quelque temps. Mais Suzette a du mal à se convaincre que son silence ne puisse pas s'interpréter autrement.

Elle passe dans la salle de bains et s'asperge le visage d'eau froide. Elle agrippe le rebord du lavabo et se regarde dans la glace. La tension qui l'habite lui a creusé les yeux. C'est clair, ça ne peut plus durer. Elle doit arrêter de croire que les choses sont pires qu'elles ne le sont en réalité. Non, Timothée et Élodie ne courent aucun danger. Et elle non plus, si elle choisit la solution de facilité. C'est ce qu'elle a de mieux à faire.

Sa décision est prise. Elle ira voir Stephen Gray. Ils auront une explication à propos de sa théorie absurde selon laquelle une défaillance du circuit électrique serait à l'origine de l'incendie, avant de s'entendre, bon gré mal gré, sur la marche à suivre pour continuer à vivre en toute sécurité, et sans crainte du danger. C'est la seule voie qui leur reste ouverte. Et plus tôt ils l'emprunteront, mieux ce sera.

Taleb arrive à l'hôtel de police une quarantaine de minutes avant l'heure prévue pour l'interrogatoire d'Abderrahmane. Il s'enquiert à l'accueil auprès de Slimani pour savoir si tout va bien du côté de la prisonnière ; c'est le cas, ce qui est un soulagement, mais pas une surprise. Abderrahmane est d'une autre trempe que Bahlouli. Puis il descend aux archives, où le sinistre Azzi l'accueille en lui reprochant, à tort, d'avoir laissé les lieux dans un désordre sans nom après sa visite de la veille.

Taleb ne réagit pas. Il n'a littéralement pas une minute à perdre en discussions oiseuses avec Azzi. Il n'a qu'une idée en tête : voir ce que renferment les dossiers sur le meurtre de Nigel Dalby, propriétaire de la librairie Le Chélifère, et Azzi, en dépit de l'envie qu'il en a, ne pourra pas l'en empêcher.

Sa recherche lui apprend que Dalby a été abattu d'une balle dans la tête sur le balcon de son appartement au cours du lundi 21 février 1994. Son corps a été découvert en fin d'après-midi par son ancien employé, Riad Nedjar, qui le ravitaillait régulièrement. L'expertise balistique indiquait que le coup de feu avait été tiré d'un immeuble d'habitation voisin. L'inspecteur chargé de l'enquête était un fainéant notoire du nom de Djillali, qui avait conclu à un acte perpétré par les islamistes, en dépit du fait qu'un meurtre de ce genre exigeait planification, patience et rigueur – autant de choses qui ne caractérisaient pas d'ordinaire les actions menées à l'époque par ces groupes armés. La question que Taleb, lui, se serait posée aurait été de savoir pourquoi quelqu'un aurait pris tant de peine pour supprimer Dalby. Et c'est celle qu'il se pose encore maintenant, vingt-six ans après les faits.

« Tu m'remets correctement ce dossier à sa place, crie Azzi de son bureau. J'en ai marre d'avoir à faire le ménage derrière toi et ta *houri* du DSS. »

Taleb n'accorde pas à Azzi le plaisir d'une réplique. Il note l'adresse de Riad Nedjar, sans grand espoir de l'y trouver encore aujourd'hui, et referme le dossier. Il doute déjà que Dalby ait été assassiné par les islamistes. Même le rapport bâclé de Djillali donne l'impression qu'il s'agit d'un travail de professionnel.

Commandité par Zarbi, peut-être ? Il est possible que Nedjar ait la réponse.

Taleb remet le dossier sur son rayon et se dirige vers la porte, décidé à éviter le regard d'Azzi. Il n'ouvre toujours pas la bouche. Pour tout dire, il est fier d'avoir gardé son calme jusqu'au bout.

« J'ai entendu dire que t'avais perdu un suspect hier soir, Taleb ? Il est tombé ? Ou c'est toi qui l'as poussé pour sauver... »

La porte se referme. Et Taleb commence à gravir l'escalier, soulagé de ne pas avoir à en entendre davantage.

« Si agréable soit-il de se faire servir son petit déjeuner au lit, dit Oliver en se redressant, je commence à me sentir capable de descendre le prendre à la cuisine.

– Voilà une bonne nouvelle ! » s'exclame Wendy.

Un large sourire aux lèvres, elle pose le plateau sur la table de chevet avant d'embrasser son mari sur le front.

« Tu ne t'es pas monté une tasse de café ? demande Oliver tout en avalant son jus d'orange.

– Non. Je ne vais pas tarder.

– Ah, oui, Litster's Cot, bien sûr, soupire Oliver. Ça ne doit pas être beau à voir. Stephen est impatient d'y retourner, j'imagine.

– En fait, il est déjà parti.

– Ah bon ?

– Oui, et à pied. Je le ramènerai, je suppose.

– Veux-tu que je t'accompagne ?

– Non, non. Ce n'est pas nécessaire.

– Ça risque de te causer un sacré choc tout de même, remarque-t-il en fronçant les sourcils d'un air soucieux.

– Oh, je vais trouver une ruine noircie, encore fumante peut-être, répond-elle vivement. Mais bon, j'y suis préparée.

– Tu es sûre ?

– Ne te fais pas de souci, mon chéri. Je ferai face.

– Comme toujours. Au fait, c'était un problème avec l'installation électrique ? » Oliver paraît avoir accordé plus de crédit à la théorie de Stephen qu'elle-même. « Ton père n'en avait jamais parlé, si ?

– Non, pas que je me souvienne. Mais ce sera à la compagnie d'assurances de trancher. Bon, il faut vraiment que j'y aille.

– À plus tard, alors. »

Wendy est sur le point de sortir de la chambre quand elle s'arrête et se retourne vers son mari.

« Je suis désolée que mon frère nous complique la vie à ce point, mon chéri, vraiment désolée.

– Tu n'y es pour rien, Wen, la rassure Oliver avec un sourire. Et Stephen non plus, d'ailleurs. »

Stephen n'y serait pour rien, vraiment ? Wendy n'en est pas aussi sûre. Oliver ignore tout de ce carton que son frère est venu entreposer hier dans leur garage. Elle a décidé de ne pas l'inquiéter avec cette histoire. Mais elle, elle sait. Et elle ne peut s'empêcher de soupçonner que le contenu du carton a un rapport avec l'incendie. Quel genre de rapport, en revanche, elle n'en a pas la moindre idée.

Quelques minutes plus tard, Wendy lance un au revoir en direction d'Oliver à l'étage et sort pour se rendre au garage. Elle ouvre la porte, monte dans la Subaru et met le contact.

C'est à ce moment que son œil est attiré une fois de plus par le carton que Stephen a coincé sur une des piles de ses affaires. Elle aimerait bien l'ouvrir et voir ce qu'il contient, mais elle sait qu'elle ne peut se le permettre sans que Stephen soit aussitôt au courant, étant donné qu'il a pris la peine d'écrire son nom en travers de la bande adhésive qui le ferme.

Tout à coup, elle est frappée par une idée qui la séduit immédiatement, à tel point qu'elle la met aussitôt à exécution sans plus réfléchir. Stephen serait dans son droit s'il lui reprochait d'avoir ouvert le carton sans sa permission, mais si le carton s'ouvrait accidentellement – s'il s'ouvrait de lui-même, pour ainsi dire –, cela changerait tout.

Elle enclenche la marche avant au lieu de reculer et appuie sur l'accélérateur.

La voiture heurte les piles de cartons et en déloge quelques-uns, dont celui qui l'intéresse et qui atterrit sur le sol avec un bruit sourd.

Wendy coupe le moteur et descend de voiture. Le carton est couché sur le côté, mais malheureusement encore intact, même si son contenu, dans sa chute, a causé une bosse sur le dessus. La bande adhésive le maintient toujours fermé. Mais il lui sera facile de dire qu'elle n'a pas résisté quand elle expliquera ce qui est arrivé. Elle s'agenouille près du carton, arrache la bande et dégage un des rabats qu'elle coince sur le sol.

Plusieurs feuilles de papier s'échappent, certaines dactylographiées, d'autres vierges. Il y a autre chose coincé à l'intérieur, un objet métallique que Wendy tire à elle d'un coup sec, sans s'encombrer de trop de scrupules.

Une vieille machine à écrire manuelle Olivetti. De quand date-t-elle ? Wendy l'ignore, mais dirait volontiers qu'elle remonte au milieu du siècle dernier. Et elle a beaucoup servi, à en juger par les éraflures et l'état de certaines des touches. C'est la première fois qu'elle la voit. Elle n'a certainement pas appartenu à son père.

Une ombre obscurcit son champ de vision alors qu'elle est toujours agenouillée, la machine à écrire dans les mains. Elle tourne la tête et voit Suzette Fontaine debout à moins d'un mètre d'elle.

« J'ai appelé, mais vous n'avez pas dû entendre, explique cette dernière. Je suis..., commence-t-elle avant de s'interrompre, les yeux fixés sur la machine, visiblement stupéfaite.

– Quelque chose ne va pas ? demande Wendy, qui se remet lentement sur pied.

– *Mon Dieu**, souffle Suzette. *La machine à écrire**.

– Vous avez l'air de quelqu'un qui a vu un fantôme. »

Pour une fois, l'expression est à prendre au pied de la lettre. C'est exactement l'air qu'a Suzette.

« La machine à écrire, bredouille-t-elle en désignant celle-ci d'un doigt tremblant.

– Oui ? Eh bien, qu'est-ce qu'elle a, cette machine ?

– C'est celle de mon père. »

17

Les murs de Litster's Cot sont toujours debout, noircis et en piteux état. Mais le reste du cottage et son contenu forment un amas de cendres détrempées. Dans les décombres, il est difficile de distinguer les fermes de charpente des planchers, ou même les tapis des meubles. Les équipements les plus gros, tels que four, réfrigérateur ou lave-linge, ne sont plus que carcasses calcinées. L'odeur de la fumée s'attarde dans l'air. Le jardin est un désert brûlé, avec ses arbustes et ses buissons réduits à des chicots, et son chêne à un squelette. La table et les chaises en fer forgé sont si racornies que le moindre contact les ferait certainement s'effondrer.

D'un pas solennel, Gray fait le tour du périmètre de la propriété, désormais sécurisé par un ruban, passant dans un angle devant les tuiles, à présent couvertes de suie, qu'il avait encore à poser sur le toit. Il ignore ce que sera la conclusion des pompiers sur la cause de l'incendie, mais il n'y a pas place pour le doute dans son esprit : ce n'était pas un accident, ni l'œuvre de quelques jeunes malfrats du coin. Il se demande si, en fouillant dans les décombres, il trouvera son ordinateur portable quelque part, à moins que l'appareil n'ait été emporté par ceux qui ont fait le coup.

Il revient jusqu'au chemin, passe devant l'épave de sa voiture pour aller s'appuyer contre le talus d'en face. L'arbre qui est au-dessus de lui a quelques branches roussies au bout, mais l'essentiel des dégâts n'affecte que le cottage et le jardin. Et là, la destruction est quasi totale.

Laloul a dû faire suivre Suzette quand elle est venue de France, suppute-t-il. C'est ce qu'il avait craint dès l'instant où elle a débarqué, sans qu'il puisse songer à une manœuvre susceptible de détourner la menace. Ils avaient dû attendre qu'il n'y ait plus personne au cottage pour s'y introduire sous couvert de l'obscurité. Que pouvaient-ils bien chercher ? La machine à écrire ? L'original de la confession ? En tout état de cause, ils n'avaient trouvé ni l'un ni l'autre. Et quand il avait fait le trajet hier jusque chez Wendy et Oliver, il avait pris ses précautions pour s'assurer qu'il n'était pas suivi.

Il s'était d'abord inquiété d'une possible attaque sur sa personne. Il se dit qu'il devrait peut-être leur être reconnaissant d'avoir agi en son absence. Il va falloir qu'il mette Nedjar au courant de ce qui s'est passé, bien sûr. Il le sait, mais ne s'est toujours pas résolu à le faire, en grande partie parce que Nedjar l'avait averti du danger qu'il y avait à tenter quoi que ce soit contre Laloul. Mais il ne peut se permettre de différer plus longtemps son appel. Quand son téléphone sonne, il se demande si justement ce n'est pas lui. Puis il s'aperçoit que la sonnerie vient de son téléphone A, comme il l'appelle, et non du B – celui que Nedjar l'a poussé à se procurer et à n'utiliser que pour communiquer avec lui.

Il sort le téléphone de sa poche et voit qu'un message est arrivé. Un appel de Wendy, peut-être, pour lui dire qu'elle vient de partir. Non, le numéro lui est inconnu. Ce qui l'inquiète aussitôt. Il ouvre le message.

Et voit seulement un ensemble de caractères arabes :

وعش الآن توقف

Ce qui ne fait que l'alarmer davantage. Il faut qu'il parle à Nedjar, aucun doute là-dessus.

Il change de téléphone et compose le numéro.

Pas de réponse. Gray jure en silence et laisse un message. Il n'a plus rien à faire maintenant. Si ce n'est attendre.

Oliver pénètre dans la cuisine pour trouver Wendy assise à la table en train de regarder d'un air perplexe Suzette Fontaine, qui a pris place en face d'elle. Sur la table, une vieille machine à écrire passablement délabrée et des feuilles éparpillées, certaines dactylographiées, d'autres vierges.

Aucune des deux femmes ne réagit à son entrée. Puis Wendy lève les yeux vers lui.

« Ah, te voilà, mon chéri... Tu te souviens de Suzette ?

– Bien sûr, voyons.

– Re-bonjour, dit Suzette avec un salut de la tête, l'air un peu égaré.

– Qu'est-ce qui se passe ? demande-t-il en indiquant la table du doigt.

– Tu devrais t'asseoir, lui conseille Wendy. Tu parles d'un choc ! »

Oliver est inquiet, maintenant. Il s'aperçoit que, depuis sa maladie, il aspire à la tranquillité. Il n'a jamais aussi mal vécu les émotions violentes.

« Pourquoi ne pas lui expliquer, Suzette ? J'aimerais moi-même réentendre toute l'histoire.

– Je suis désolée », dit doucement Suzette, les yeux baissés.

Elle tire nerveusement sur un fil de sa manche.

« Le temps n'est plus aux excuses, lui assure Wendy en lui tapotant le poignet. Dites plutôt à Oliver tout ce que vous savez.

– Bon, d'accord, soupire Suzette avant de s'éclaircir la voix. Au cours des derniers mois qu'il a passés seul à Alger, mon père a rédigé ce qu'on pourrait appeler ses mémoires, un texte qu'il a intitulé *J'avoue**. Il y confesse son implication dans le meurtre à Paris au printemps 1965 d'un conseiller du président, Guy Tournier, à un moment où lui et Harriet travaillaient à Tativille. Le meurtre était l'œuvre de deux Algériens, Wassim Zarbi et Nadir Laloul, qui agissaient en représailles au rôle joué par Tournier dans le massacre de manifestants algériens à Paris en 1961. Papa avait été témoin du massacre, et c'est ce qui l'a poussé à les aider. Zarbi avait lui aussi un emploi à Tativille. C'est comme ça qu'ils s'étaient rencontrés. Harriet a découvert ce qu'ils avaient fait et a menacé Zarbi d'aller trouver la police s'il ne quittait pas Paris sur-le-champ. C'était un combattant du FLN endurci – le dernier homme à menacer de cette façon. Il l'a tuée. À moins que ce ne soit Laloul. Ou les deux. Je suis désolée d'avoir à vous le dire, mais c'est ainsi qu'elle a fini. Les deux hommes se sont débarrassés de son corps et ont forcé mon père à rentrer avec eux à Alger. Et alors… » Elle s'interrompt le temps d'un nouveau soupir. « … il n'en est jamais revenu. Il s'est installé comme libraire. A épousé ma mère. Et puis je suis née. Zarbi est devenu quelqu'un d'influent à la Sécurité militaire. Il a utilisé papa comme informateur pour le renseigner sur certains membres de l'*intelligentsia* qui venaient acheter des livres chez lui. L'histoire n'est pas réjouissante. À l'image de cette période du passé récent de l'Algérie. Stephen est allé le voir plusieurs fois, en quête d'informations sur ce qui était arrivé à Harriet. Papa a fait de son mieux pour contrecarrer ses recherches. Pour finir, après la visite de Stephen en 1993, Zarbi a décidé – c'est du moins ce que je soupçonne – de faire assassiner mon père. Au début de l'année 1994. »

Elle s'interrompt.

« Parlez à Oliver du texte de confession, Suzette, la presse Wendy. Expliquez-lui comment il vous est parvenu.

– Un homme qui se fait appeler Saidi m'a contactée récemment par l'entremise d'un cabinet d'avocats suisses, prétendant que le texte de la confession avait été découvert, qu'il était caché dans notre ancien appartement d'Alger. Il voulait que je me prononce, au vu d'un extrait qu'il m'a envoyé, sur l'authenticité de cet écrit, avant de chercher à faire publier l'ensemble comme une sorte de… document sur la période. C'est pour cette raison que je suis venue voir Stephen. Pour lui demander son avis avant de donner ma réponse. Sans bien comprendre de quoi il retournait au juste. Je ne me doutais pas que toute cette histoire était… au cœur d'une bataille.

– Une bataille ? répète Oliver, les sourcils froncés.

– Je crois que Saidi est en réalité Nadir Laloul. Il a quitté l'Algérie en 1999, lesté d'une fortune escroquée à la compagnie nationale de pétrole et de gaz. Peu de temps après, Zarbi a été arrêté et emprisonné pour corruption. Condamné à trente ans. Je ne sais pas s'il a été libéré depuis. Mais je crois que Stephen a découvert où habitait Laloul et lui a envoyé un exemplaire de la confession dans le but de… je n'en suis pas vraiment sûre… de le faire chanter, je dirais, pour qu'il admette la vérité sur le meurtre de Harriet.

– Donc, Stephen avait connaissance de tout cela avant que vous le contactiez ?

– Oui. Ainsi que Riad Nedjar, qui travaillait pour mon père à l'époque et qui tient aujourd'hui un petit restaurant à Londres. Stephen m'a emmené le voir hier. Il m'a donné un exemplaire complet de la confession, une copie carbone que lui avait confiée papa. Son examen montre que le nom Laloul a été changé en Haddad dans l'extrait que Saidi m'a fait parvenir. Saidi, c'est aussi Laloul, bien sûr. Ça paraît évident. Il a changé son nom dans l'extrait pour masquer son rôle dans la mort de Harriet. Ses avocats m'ont proposé de l'argent – beaucoup d'argent – si j'acceptais de dire que la confession était un faux. Ce faisant, il se mettait à l'abri de toute tentative de chantage. J'imagine que, si Riad et Stephen m'ont montré la copie carbone, c'est pour que je sois convaincue de l'authenticité du document et que je me sente moins encline à… accepter l'offre qui m'est faite. Leur tactique a fonctionné. Mais maintenant…

– Maintenant quoi ? demande Oliver.

– Ce que vous voyez là, c'est la machine à écrire de mon père, Oliver. Et ces pages… sont l'original de la confession. Le tout caché hier dans votre garage par Stephen, comme vient de me l'apprendre Wendy.

– Je ne voulais pas t'inquiéter, tu comprends, dit celle-ci avec un sourire d'excuse à l'adresse de son mari. Il n'est pas venu ici pour chercher quelque chose, mais pour y cacher quelque chose. Je pense que la visite de Suzette l'a amené à se dire qu'il n'était peut-être pas prudent pour lui de garder au cottage la machine à écrire et la confession.

– Bon Dieu, mais alors…, commence Oliver, traversé par une idée effroyable. Est-ce que ça n'aurait pas quelque chose à voir avec l'incendie ?

– C'est possible, en effet.

– Et donc, sa foutue tendance à chercher les ennuis risque de nous mettre, nous aussi, en danger.

– J'espère que non, intervient Suzette. Mais il y a autre chose qu'il faut que vous sachiez.

– Oh, non ! lâche Oliver.

– À la lecture de ces pages… je me demande si elles ont toutes été écrites par mon père.

– Que voulez-vous dire ?

– Tenez, voilà les trois dernières pages », dit Suzette en faisant glisser trois feuillets vers lui.

Oliver regarde, sans rien voir de suspect.

« Et voilà les trois qui les précèdent. »

La différence saute aux yeux. Les caractères ici sont beaucoup moins nets. Même si, à son avis, il y a une explication évidente – qui plus est innocente – à cela.

« Eh bien, quoi ? Votre père a simplement changé le ruban à ce moment-là.

– Pourquoi l'aurait-il fait ? Le ruban imprimait très bien jusque-là.

– Je ne sais pas. Mais…

– Je pense, moi, que c'est Stephen qui a tapé les trois dernières pages. En utilisant un ruban neuf. Celui qui était encore sur la machine s'était sans doute complètement desséché après tant d'années, au point d'être devenu inutilisable. Alors il lui a fallu en racheter un. Parce qu'il voulait réécrire ces pages. Y apporter des modifications.

– Mais pourquoi ?

– Pour que la culpabilité de Laloul n'en soit que plus évidente, peut-être. Si la confession s'avère authentique, ce qu'elle est – je n'ai aucun doute là-dessus –, personne ne songera à remettre en cause le petit discours on ne peut plus compromettant que, vers la fin, papa met dans la bouche de Laloul. Vous comprendrez ce que je veux dire quand vous l'aurez lu. Il en révèle beaucoup plus que nécessaire sur le mécanisme de la corruption dans laquelle il était impliqué. Je crois qu'ils ont ajouté ça pour renforcer la pression exercée sur lui. Si je ne me trompe pas, ils ont également créé de nouvelles copies carbone.

– Vous avez dit "ils" ?

– Riad Nedjar a dû travailler de concert avec Stephen là-dessus. Il a nié savoir ce qu'était devenue la machine à écrire. Mais je crois qu'il l'a gardée, ainsi d'ailleurs que l'exemplaire original et la copie carbone de la confession. C'est pour ça que Stephen a réussi à mettre la main dessus. Riad possède encore probablement l'original des dernières pages. Je pense qu'il le reconnaîtra quand je lui demanderai des comptes.

– Des comptes, nous devrions en demander d'abord à Stephen, dit Wendy. S'il est vraiment impliqué dans une tentative de chantage sur Laloul…

– Oui ? demande Oliver en la regardant, lui rappelant silencieusement les innombrables fois où elle a sauvé la mise à son frère au fil des ans. Que ferons-nous si c'est le cas ?

– Je n'en sais rien, soupire Wendy. C'est épouvantable. Bien pire que tout ce que j'aurais jamais pu imaginer. Quoi qu'il en soit, il m'attend à Litster's Cot. Sans se douter que nous avons découvert le pot aux roses. Alors…

– Nous devrions y aller tout de suite, suggère Suzette. Je ne veux pas lui donner le temps de fabriquer une nouvelle version de son histoire. Cette fois-ci, je veux la vérité.

– Vous n'êtes pas la seule », renchérit Wendy en hochant la tête et en se levant.

Pour Olivier, c'est clair : la décisison a été prise.

Gray est plongé dans de sombres pensées quand son téléphone sonne, le faisant sursauter. Il manque de le lâcher en voulant répondre.

« Stephen ? »

C'est la voix de Nedjar.

« Riad. Merci de rappeler.

– Dans ton message, tu disais que c'était urgent.

– Eh bien, je suis en train de contempler les restes calcinés de ma maison. C'est ce qui motive l'urgence.

– Un incendie ?

– Le cottage a été ravagé. Tout est parti en fumée.

– Tout ?

– Si c'est à la confession que tu penses, non, je l'avais mise en lieu sûr. Juste à temps, par chance.

– C'est arrivé quand ? demande Nedjar dans un soupir.

– Pendant que nous étions avec toi hier soir.

– Si je comprends bien, ils ont attendu que le cottage soit vide.

– Apparemment. Tu crois que je devrais leur en être reconnaissant ?

– Il n'y a aucune raison, d'après toi, pour que l'incendie soit dû à un accident ?

– Rien d'accidentel là-dedans. Tu le sais. Je le sais. C'était un avertissement.

– Comme quand ils ont mis le feu au Chélifère. Ça aussi, c'était un avertissement. Je t'avais prévenu, Stephen, je t'avais dit que c'était dangereux de te lancer à la poursuite de Laloul. C'est un type très malin.

– Tu crois que je suis surveillé de près ? demande Gray en se massant le front.

– Peut-être moins que ce que tu sembles craindre. Impossible qu'il ait pu envoyer des hommes à lui dans ce pays pour se charger d'une telle mission. Il aura lancé un contrat à Londres auprès de types qui ne connaissaient aucun détail de l'affaire. Je suppose que brûler le cottage leur a paru la manière la plus efficace de détruire les preuves et de t'obliger à cesser tes recherches sans...

– Sans quoi ?

– Sans avoir à tuer quelqu'un. »

Le mot « tuer » marque l'esprit de Gray de son empreinte. Nedjar attend qu'il fasse son chemin.

« Il se peut que Laloul m'ait dit exactement ce qu'il attend de moi, finit par lâcher Gray.

– Comment ça ?

– J'ai reçu un texto, d'un numéro inconnu. Le texte est en arabe. Je peux te l'envoyer ? Je ne connais personne d'autre qui lise cette langue.

– Sans compter que, même dans le cas contraire, il ne serait pas très judicieux de ta part de demander une traduction à n'importe qui. D'accord. Envoie-le-moi. »

Wendy se met en route pour ce qu'il reste de Litster's Cot, suivie de Suzette au volant de sa propre voiture. Elles ont toutes deux de bonnes raisons d'en vouloir à Stephen. Sa tentative stupide pour extorquer la vérité à l'un des meurtriers de Harriet les a mises en danger. Cinquante-cinq ans que Wendy vit sans savoir ni pourquoi ni comment sa sœur est morte – et elle aurait volontiers continué ainsi. La vérité que poursuit son frère depuis si longtemps n'est guère plus, à l'heure qu'il est, qu'une curiosité historique. Au regard de sa sécurité, de celle d'Oliver, de Suzette et de sa famille, elle est tout bonnement sans importance. Elle est absolument convaincue que Harriet serait de son avis sur ce point. Stephen a, comme d'habitude, fait passer ses obsessions avant toute chose – et avant tout le monde. C'est l'histoire de sa vie. Mais elle est bien décidée à ce qu'elle ne devienne pas l'histoire de la sienne.

Il va falloir que Stephen lâche l'affaire. Suzette et elle vont s'en assurer. La confession de Nigel Dalby est là où Stephen l'a cachée, dans leur garage, au même endroit que la machine à écrire.

Si elles proposent d'envoyer le texte original de la confession, même modifié – en même temps que la copie carbone désormais en possession de Suzette –, aux avocats suisses de Laloul, cela devrait suffire à mettre un terme à cette terrible affaire. Il n'y aura plus rien à contester. Et Laloul, ou Saidi, peu importe le nom qu'il prétend porter, n'aura plus rien à craindre. Alors la vérité – et du même coup Harriet – pourra reposer en paix.

Wendy a bien l'intention d'arracher son accord à Stephen pour entreprendre une telle démarche. Au pire, elle s'en passera. De fait, autant qu'elles puissent en juger toutes les deux, c'est la seule chose intelligente à faire. Et dans la mesure où elles détiennent l'original et la copie carbone, il ne pourra rien faire pour les en empêcher. Pour une fois, c'est Wendy qui va imposer sa loi à son frère.

C'est ce qu'elle aurait dû faire depuis longtemps.

Le téléphone de Gray sonne.

« "Arrête tout maintenant et tu vivras", dit Nedjar sans préambule. C'est là le contenu du message, Stephen.

– C'est bien ce que tu pensais, répond Gray en étouffant un juron.

– Avoir raison ne me réjouit pas plus que ça, mon ami. Laloul n'aurait jamais accompli tout ce qu'il a fait en ce monde s'il n'avait pas été aussi malin qu'impitoyable.

– Pourquoi envoyer le message en arabe ? Il sait forcément que je ne lis pas cette langue.

– C'est justement ce qu'il voulait. Il fallait que tu me demandes de le traduire. Il avait tout calculé pour que je reçoive le message moi aussi. D'une pierre deux coups.

– Comment s'est-il procuré mon numéro ?

– Ce genre de chose n'est pas aussi difficile que tu aimerais le croire. Il a peut-être piraté le téléphone de Suzette.

– Et tu penses, je suppose, que je devrais me plier à ses exigences et tout arrêter.

– Est-ce que tu as vraiment le choix ?

– Zarbi, lui, ne renoncera jamais.

– Et comment fera-t-il sans l'original de la confession ?

– Qui a dit qu'il ne l'aurait pas ? Après tout, je pourrais remettre toute l'affaire entre ses mains et abandonner la partie.

– C'est peut-être ce que tu aurais dû faire dès le début.

– Mais dans ce cas, je n'aurais pas eu mon mot à dire dans ce qui est en train d'arriver à Laloul.

– Tu ne viens pas juste de le perdre, ce mot ? Écoute-moi, Stephen. Si tu laisses Laloul tranquille, il te laissera tranquille en retour. C'est vraiment là le sens de son message. Alors, pourquoi ne pas t'y conformer ? Arrête tout. Et vis ta vie sans avoir à courir après le fantôme de ta sœur. Trouve une forme de paix. C'est plus précieux, tout compte fait, qu'une quelconque forme de vengeance. À présent, tu n'as plus rien à espérer de ce côté-là. »

18

Quand Hidouchi arrive, Taleb est dans le hall d'entrée de l'hôtel de police, à attendre. Elle est sur le point de conclure une conversation téléphonique et, après avoir fait signe à Taleb de patienter, tourne lentement en rond, écoutant plus qu'elle ne parle. Taleb se demande si c'est son patron qu'elle a en ligne. Pendant ce temps, le brigadier Slimani, avachi derrière le bureau de la réception, déshabille Hidouchi du regard chaque fois qu'elle lui tourne le dos et adresse un clin d'œil à Taleb quand il le peut. Celui-ci fait comme s'il ne remarquait rien.

La conversation téléphonique prend fin. L'impression que Hidouchi est contrariée par ce qu'elle vient d'entendre, même si elle reprend si vite contenance qu'il se demande s'il n'a pas rêvé, ne cesse d'aller et venir dans l'esprit de Taleb.

« J'espère que ta prisonnière est toujours en vie, Taleb », plaisante-t-elle en guise de préambule.

Slimani glousse dans son coin. Taleb fait de son mieux pour l'ignorer.

« La dernière fois que j'ai vérifié, agente Hidouchi, Razane Abderrahmane respirait encore, même si elle venait d'avaler un de nos petits déjeuners.

– Si on allait lui parler, en ce cas ?

– Mais certainement. Par ici, je te prie. »

Ils se mettent en route.

« J'ai vérifié le dossier concernant le meurtre de Nigel Dalby, l'informe Taleb. Ça a bien plus l'air d'être l'œuvre d'un professionnel que celle d'un islamiste lambda. J'ai l'adresse de son employé, Riad Nedjar, qui lui rendait fréquemment visite à son appartement. Il se peut qu'il sache quelque chose.

– C'est l'adresse actuelle ?

– Non. Mais c'est tout ce que j'ai...

– Abderrahmane nous en dira peut-être plus.

– Peut-être.

– Tu ne la laisseras pas éluder les questions, comme tu l'as fait hier ?

– Parce que c'est ce que tu crois ?

– Peu importe ce que je crois, il faut qu'on avance sur cette affaire, Taleb. »

Elle n'est manifestement pas très contente. Taleb se dit que c'était probablement son patron qu'elle avait à l'instant au bout du fil. Et que celui-ci n'est sans doute pas très content non plus. Ça leur fait au moins quelque chose en commun.

Ils atteignent la salle d'interrogatoire numéro trois. Petite, d'un gris terne, réglementaire. Mais au moins, il n'y a pas de crochets au plafond.

Razane Abderrahmane, vêtue de l'ample robe vert olive et du turban assorti qu'elle a tenu à mettre avant de quitter son appartement la veille au soir, est assise devant la table au milieu de la pièce. Elle les accueille avec un regard mauvais. L'agente préposée à sa surveillance paraît soulagée de les voir arriver.

« Ah, croasse Abderrahmane. La tortue et la gazelle. »

Des chaises – modèle standard, plastique et acier tubulaire – ont été placées devant la table à leur intention. Taleb s'assied sur l'une d'elles. Hidouchi choisit de rester debout. Elle s'empare du dossier de la sienne, sur lequel elle s'appuie de tout son poids, faisant décoller du sol les pieds de devant d'une bonne cinquantaine de centimètres.

Il y a un appareil à enregistrer sur la table. Taleb le met en marche et décline son identité avant de présenter Hidouchi pour les besoins de l'enregistrement.

« Interrogatoire de Razane Abderrahmane. Commence à… (coup d'œil à la pendule murale) 9 heures et 8 minutes, mercredi 22 juillet 2020.

– Je peux avoir une cigarette ? demande la prisonnière d'un ton traînant.

– Et nous, quelques renseignements ? rétorque Hidouchi.

– Je vous ai dit hier tout ce que je sais.

– La conversation que j'ai eue avec Sami Bahlouli semblerait suggérer le contraire, intervient Taleb.

– Tu as dû mal comprendre. Dommage que tu ne puisses pas lui demander de clarifier les choses.

– Il était d'accord pour aider Zarbi à se venger de Laloul quand il est sorti de prison. Plus précisément, il était d'accord pour te convaincre de rendre visite à Zarbi afin que celui-ci puisse te demander de contacter un Anglais du nom de Stephen Gray.

– C'est ce qu'a dit Sami ?

– Pourquoi, tu nies ?

– C'est ma parole contre celle d'un mort, rétorque Abderrahmane en haussant ses lourdes épaules.

– Un mort que tu aimais bien pourtant et que tu as abrité chez toi quand il a été libéré. Tu n'as quand même pas l'intention de me dire qu'il m'a menti.

– Il y a des mensonges pieux, d'autres qui ne le sont pas, et pas mal de nuances entre les deux. Tu connais les règles de la vie en Algérie aussi bien que moi, Mouloud. La vérité absolue est un suicide.

– En l'occurrence, Sami s'est bel et bien suicidé, non ?

– Vraiment ? Je n'étais pas là quand c'est arrivé.

– On connaît le nom de l'Anglais, Razane. Stephen Frederick Gray. Et on sait qu'il a accusé Zarbi et Laloul d'avoir assassiné un conseiller du président à Paris en 1965. Ce qu'on ne sait pas, c'est comment expliquer ton apparente coopération avec Zarbi dans le plan de vengeance élaboré contre Laloul, celui dont m'a parlé Bahlouli. Ton rôle d'intermédiaire devrait te permettre de nous éclairer.

– Tu interroges la mauvaise personne. Si Wassim a eu quoi que ce soit à faire avec cet Anglais, ce Gray comme tu l'appelles, il sera passé par son avocat, Ibrahim Boukhatem. Tu l'as interrogé, Mouloud ? Ou bien est-il trop haut placé pour que tu risques de te le mettre à dos ?

– Pour l'instant, il a quitté le territoire.

– Le veinard.

– Tu as parlé hier avec nostalgie d'aller vivre en Sardaigne, intervient Hidouchi. Manifestement, tu n'as pas beaucoup de considération pour ton pays.

– Pas plus qu'il n'en a pour moi, dit Abderrahmane en lui jetant un regard dédaigneux.

– Pourquoi as-tu aidé Zarbi ? Tu as déjà reconnu avoir fait entrer Gray clandestinement dans sa villa, ce qui en soi, tu t'en rends bien compte, constituait une violation de son statut de libéré sur parole. Et les affirmations de Bahlouli auprès du commissaire Taleb indiquent que ton aide est allée bien au-delà. Alors, pourquoi prendre de tels risques ?

– Que vaut la vie sans quelques risques ?

– D'être plus sûre. Pour toi et pour ton fils. »

Abderrahmane perd contenance. Toute couleur disparaît de ses joues. Taleb éprouve quelque difficulté à masquer sa surprise. Son fils ? Mais que sait donc Hidouchi que lui-même ne sache pas ?

« Né le 5 août 1979. Enregistré à la naissance sous le nom d'Abderrahmane, modifié par la suite en Aberkane. Prénom Zakaria. Père inconnu. Mais la mère, c'est toi. Et le choix de Zakaria comme prénom semblerait désigner Zarbi comme étant le père. »

Une évidence, bien sûr, maintenant que l'a dit Hidouchi. L'enfant qui alimentait la rumeur était celui d'Abderrahmane… et de Zarbi. C'est pour cette raison qu'elle l'a aidé. La motivation de

Bahlouli, c'était de porter un coup au *pouvoir**. Celle d'Abderrahmane consistait à apporter aide et assistance au père de son fils.

« Tu reconnais que Zarbi est le père de Zakaria ? » la presse Hidouchi.

La peur et la colère déforment les traits d'Abderrahmane comme si d'étranges créatures grouillaient sous sa peau.

« Non, répond-elle.

– Peu importe. Nous savons que c'est le cas. »

Nous ? Taleb suppose que Hidouchi fait allusion au DSS plutôt qu'à elle-même et à son infortuné coéquipier de la police. Il n'en est pas moins soulagé. Il est désormais fort peu probable qu'il ait à s'interposer pour empêcher Abderrahmane de parler du mesureur d'eau. La révélation de Hidouchi doit l'avoir suffisamment effrayée.

Et on le dirait bien.

« Donne-moi une cigarette, Mouloud, dit-elle en lui jetant un regard douloureux. Je t'en prie. Au nom du bon vieux temps. »

Taleb se laisse convaincre. Il y a un cendrier posé derrière le magnétophone. Il le fait glisser entre eux et allume leurs cigarettes.

« Un enfant est la plus grande force d'une femme, se lamente-t-elle tout en aspirant sa première bouffée. En même temps que sa plus grande faiblesse.

– Où est-il ? lui demande Taleb avec douceur.

– Elle le sait, dit Abderrahmane avec un mouvement du menton en direction de Hidouchi, laquelle fait lentement le tour de sa chaise pour venir s'asseoir à côté de Taleb.

– En Égypte, déclare Hidouchi d'une voix égale. Il est directeur d'un hôtel à Charm el-Cheikh.

– Tu vois ? s'écrie Abderrahmane avec un sourire sans joie. Le DSS sait tout, Mouloud. Et toi, tu sais… ce qu'ils te permettent de savoir. »

La situation – Taleb en est conscient – est plus compliquée que ça. Mais il n'est pas en position de discuter.

« C'est toi qui as élevé l'enfant ? demande-t-il tout en soupçonnant le contraire.

– Non, c'est ma mère. J'étais trop occupée à me faire une place dans le monde de la nuit.

– C'est Zarbi qui t'a acheté La Girafe ?

– Il m'a aidée. Pas autant qu'il aurait dû, pourtant. Et ça n'a jamais été qu'un prêt, pas un cadeau.

– Tu espérais qu'il t'épouserait ?

– Je n'ai jamais été aussi naïve. »

Non. Sans doute pas, songe Taleb.

« Tu ne lui as jamais rendu visite en prison avant que Bahlouli te fasse passer son message ?

– Nous avons perdu contact après qu'on m'a obligée à fermer La Girafe. Il a continué à payer pour l'éducation de son fils, malgré tout. Après son arrestation, j'ai pensé qu'il valait mieux pour Zakaria que je reste loin de lui.

– Mais tu as répondu au message.

– Bahlouli m'a dit à quel point il était malade. J'ai bon cœur, dit-elle en esquissant un vague sourire.

– Et tu as accepté de l'aider… pourquoi ? Simplement parce qu'il est le père de ton fils ?

– À t'entendre, on dirait que c'est une mauvaise raison.

– Contente-toi de nous dire ce que tu as a fait pour lui, lance Hidouchi.

– Sinon ?

– Les relations avec l'Égypte sont bonnes. Une demande d'extradition d'un citoyen algérien serait presque certainement accordée.

– Zakaria est un bon garçon. »

Le garçon en question, pense Taleb, est en fait un quadragénaire.

« Il mérite qu'on le laisse tranquille.

– Alors, fais en sorte que ce soit le cas. »

Abderrahmane tire plusieurs longues bouffées de sa cigarette, tandis qu'ils attendent qu'elle veuille bien reconnaître la précarité de sa situation. Pour finir, elle se met à parler lentement et d'un ton presque monocorde.

« Stephen Gray a en sa possession les mémoires d'un homme qui s'appelait Nigel Dalby. Il tenait une librairie ici à Alger dans le temps – Le Chélifère. Les mémoires en question détaillent la manière dont Zarbi et Laloul ont assassiné un conseiller de De Gaule, Guy Tournier, à Paris, en 1965. Dalby les avait aidés. Le meurtre avait été commandité par Boumédiène pour saper le gouvernement Ben Bella. Les Français n'ont jamais renoncé à capturer ceux qui ont tué Tournier. Notre nouveau leader tient à améliorer nos relations avec la France. En d'autres termes, identifier les assassins lui serait bien utile. Wassim sait où se cache Laloul, et il menace de sortir les mémoires au grand jour. Ce qui entraînerait leur perte à tous les deux, mais il est prêt à courir le risque. Il n'a plus grand-chose à perdre. Tandis que Laloul, lui, joue gros : la fin d'une vie de luxe, menée grand train grâce à l'argent volé à la Sonatrach. Personne ne le recherche vraiment. Je ne suis pas sûre qu'on l'ait jamais fait sous Bouteflika. Mais avec les Français lancés à ses trousses, ce serait une autre histoire. Wassim est prêt à parier qu'il dépensera une fortune pour acheter leur silence, à lui et à Gray.

– Dis-moi, c'est du chantage, ou je ne m'y connais pas, souligne Taleb.

– Appelle-le comme tu veux, rétorque Abderrahmane.

– Comment ces mémoires ont fait pour finir entre les mains de Gray ?

– Je ne sais pas. Mais il était en contact avec Dalby. Et il est anglais, comme lui. Il doit y avoir un lien.

– Qu'est-ce que Zarbi voulait te voir faire exactement ?

– Il voulait que je contacte Gray. Que je lui dise de se préparer à se servir de cette confession contre Laloul dès sa libération.

– Ils avaient donc déjà discuté de l'idée ?

– Gray avait rendu visite à Wassim quelques mois plus tôt.

– La prison ne mentionne aucune visite de ce genre, intervient Hidouchi.

– Sami m'a dit que Gray était venu avec l'avocat de Wassim, se faisant passer pour son assistant.

– Incroyable, soupire Hidouchi.

– Pourquoi Zarbi n'a-t-il pas eu recours à Boukhatem pour établir des contacts ultérieurs avec Gray ? demande Taleb.

– L'avocat a commencé à soupçonner le DSS d'avoir mis son téléphone sur écoute. Peut-être que certains des anciens collègues de Wassim sont devenus nerveux à l'idée qu'il allait être relâché.

– Pour quelle raison devraient-ils se sentir nerveux ?

– À ton avis ? s'exclame Abderrahmane, qui lui lance un regard méprisant. Quoi qu'il en soit, Wassim avait besoin d'un intermédiaire qui ne soit pas connu des autorités. Quand il a découvert que je venais rendre visite à Sami, je me suis retrouvée tout en haut de la très courte liste des candidats potentiels.

– Comment était-il censé contacter Gray ? demande Taleb.

– Par le biais de l'ancien employé de Dalby, Riad Nedjar. Il a un resto à Londres.

– On dirait qu'il s'est bien débrouillé celui-là, dit Taleb en haussant les sourcils.

– Certains y arrivent, Mouloud. D'autres se contentent de végéter. Je peux avoir une autre cigarette ? »

Taleb lui en tend une et la lui allume.

« Si je comprends bien, résume Hidouchi, tu as appelé Nedjar, qui a appelé Gray, puis Gray t'a appelée pour que tu portes le message à Zarbi, avant de faire passer la réponse par le même circuit. Exact ? »

Abderrahmane savoure sa cigarette un moment avant de confirmer d'un mouvement de tête.

« Combien de messages ont été échangés ?

– Deux ou trois. Qui ne parlaient jamais des détails de leurs projets. Ils n'en ont discuté que de vive voix quand Gray est venu à Alger.

– Et c'est toi qui l'as introduit clandestinement dans la villa de Zarbi, mais sans jamais entendre un mot de ce qui s'est dit ?

– Je n'avais aucune envie d'entendre, affirme Abderrahmane en souriant. Wassim m'avait précisé que moins j'en saurais, mieux je me porterais.

– Et regarde un peu ce qui est arrivé, dit Hidouchi en lui renvoyant son sourire.

– Il n'essayait pas de me protéger de gens comme vous.

– De qui, alors ?

– Réfléchis un peu. Tu en es capable, non ? À moins qu'au DSS on vous en fasse passer l'envie. Mouloud, lui, il sait encore se servir de ses méninges. Et il a compris de qui je veux parler. »

Taleb a effectivement compris. Mais il n'a aucune intention de poursuivre sur ce terrain.

« Où est Zarbi en ce moment, Razane ?

– Je ne sais pas. J'opterais pour… Marseille. Il connaît des gens là-bas.

– Marseille est une grande ville.

– C'est ce que j'ai cru comprendre.

– Et Gray, alors ? Tu as un numéro où le joindre ?

– Je ne l'ai jamais appelé. C'était lui qui le faisait. Si j'avais besoin de lui parler, j'appelais Nedjar.

– Tu as donc un numéro pour Nedjar ?

– Oui. Mais son resto est sur Internet. Il est pas difficile à trouver. Même pour des gens comme vous.

– Tu crois que c'est une bonne idée de te moquer de nous ? » demande Hidouchi.

Abderrahmane renverse la tête en arrière et souffle une colonne de fumée en direction du plafond.

« Il faut bien s'amuser un peu.

– On va avoir besoin de tous les numéros en ta possession. Y compris celui de ton fils.

– Ils sont dans mon portable. Que vous m'avez confisqué. Mais vous ne trouverez pas de numéro pour Wassim. Pas plus que pour Zakaria. Wassim, on peut pas l'appeler. On peut que le traquer. Et n'oubliez pas que c'est un ancien du DRS. C'est ceux qu'il a formés qui vous ont formés à leur tour. Demandez-vous un peu quelles chances vous avez de le coincer.

– Laisse-nous nous occuper de ça.

– C'est bien mon intention.

– Tu n'aurais pas dû accepter de contacter Gray pour lui, Razane, fait observer Taleb d'une voix douce.

– Tu as probablement raison. Le problème, c'est que... je l'ai aimé autrefois. C'est plus le cas aujourd'hui. Mais il est difficile de se défaire... du souvenir de l'amour. On va m'envoyer en prison pour ça ?

– J'en ai bien peur.

– Si seulement ma mère était encore en vie, déclare Abderrahmane en hochant la tête d'un air sinistre. Elle disait toujours qu'à force de fricoter avec lui je finirais mal. Et elle était tout heureuse quand l'avenir lui donnait raison. »

La policière en uniforme passe les menottes à la prisonnière et la fait sortir de la salle, avant de la reconduire dans sa cellule. Taleb met fin à l'enregistrement et sort le disque de l'appareil.

« Il va me falloir une copie, dit Hidouchi.

– Bien sûr.

– Je suis désolée de ne pas t'avoir prévenu que j'avais des infos sur son fils. »

Taleb la regarde avec curiosité. Pourquoi ne pas le lui avoir dit ? Il n'a pas l'intention de lui poser la question. Après tout, il ne lui a pas dit, lui non plus, tout ce qu'il savait.

« Et ces infos, tu les as eues où ?

– Un dossier DRS sur Zarbi auquel je n'aurais pas eu accès en temps normal. Quand Toufik était à la tête du Département, on se livrait à une enquête approfondie sur tout le monde, même les plus haut placés, afin de repérer une éventuelle vulnérabilité au chantage. Zakaria Aberkane est ce qu'ils ont trouvé sur Zarbi.

J'ai accédé au système et cliqué sur le nom d'Abderrahmane pour découvrir l'état civil du gamin. Le nom du père n'était pas enregistré. Mais l'information était suffisamment claire comme ça. C'est bien le fils de Zarbi. En fait, je devrais te remercier. Je n'aurais jamais songé à chercher si tu ne m'avais pas dit que le bruit circulait qu'elle avait un enfant.

– Eh bien, je suis heureux de t'avoir été de quelque secours.

– Je n'avais tout bonnement pas le temps de t'expliquer tout ça avant de commencer l'interrogatoire.

– Je comprends.

– On s'est bien débrouillés en attendant, non ? On a une piste à présent. Je pense qu'on ne va pas tarder à aller à Londres ensemble, Taleb.

– Je vais devoir rapporter ces derniers développements à mon chef, agente Hidouchi. Je ne peux pas préjuger de sa décision.

– Il entrera en liaison avec mon patron, Taleb, que j'aurai déjà débriefé. Mais Nedjar devrait être notre première cible, tu ne crois pas ? Il peut nous mener à Gray. Ensuite…

– Tu as l'air sûre de toi. Ce qui est une bonne chose.

– Mais toi, non ?

– Je suis prudent. Comme l'a dit Abderrahmane, Zarbi ne sera facile à retrouver. Pas plus que Laloul.

– Mon assurance et ta prudence devraient avoir raison de ce boulot, Taleb, lance Hidouchi en le gratifiant d'un de ses rares sourires. J'ai un bon pressentiment. »

Son sourire est magnifique. Il se délecte un moment de son rayonnement. Il lui donnerait presque envie de la croire. Et il est bien décidé à essayer.

19

Stephen Gray entend les voitures arriver avant de les voir. Puis elles apparaissent, avançant lentement le long du chemin étroit. Wendy est devant dans sa Subaru, Suzette la suit dans sa Renault. Il ne s'attendait pas à revoir Suzette aussi vite et suppose qu'elle a débarqué chez Wendy, avant le départ de celle-ci, parce qu'elle le cherchait. La situation n'en est que plus délicate. Que va-t-il bien pouvoir leur dire ?

Elles sont tout juste en train de descendre de voiture, mais il sent monter la tension avant même de remarquer leurs traits tirés et leur visage fermé. Quelque chose ne va pas. Bien sûr, c'était déjà le cas. Mais c'est pire que ça.

« Quel spectacle terrible, dit Wendy, l'air sombre, en se tournant pour contempler les ruines calcinées de Litster's Cot.

– Je ne dirais pas mieux, convient-il.

– Mais c'est ta faute, ajoute-t-elle, le regardant droit dans les yeux tandis qu'il s'approche. N'est-ce pas, Stephen ?

– Je ne suis pas sûr de…

– On sait ce que tu as caché dans le carton du garage.

– Le carton ? interroge-t-il, avec l'impression que le sol se dérobe sous lui.

– Oui, celui que tu as déposé hier matin.

– Saidi – Laloul – ne possède pas l'original de la confession de mon père, renchérit Suzette, qui vient se placer à côté de Wendy. C'est vous qui l'avez toujours eu. En fait, je crois que vous vous en servez pour tenter de le faire chanter. Et je crois que cet incendie constitue sa réponse.

– Comment as-tu pu faire preuve d'une telle bêtise et d'une telle imprudence, Stephen ? demande Wendy. Si ça se trouve, tu nous as tous mis en danger. »

Son regard passe tour à tour de Wendy à Suzette avant de revenir à la première. Il n'a pas de réponse immédiate à leur offrir. Si elles ont inspecté le contenu du carton, elles connaissent la vérité – du moins pour l'essentiel. S'il a transféré le carton dans le garage de Wendy, c'est parce qu'il craignait ce que risquait de déclencher l'arrivée de Suzette. Ce en quoi il avait raison. Mais cette précaution n'a fait que conduire à ce moment de révélation. Il est pris au piège de plus de mensonges qu'il n'en peut compter.

« Vous ne comprenez pas, répond-il d'une voix hésitante, mais sa tentative lui paraît pitoyable, même à lui.

– En ce cas, aide-nous à comprendre, insiste Wendy, paumes en l'air. Explique-nous comment tu as pu nous mettre dans une pareille situation, et surtout : pourquoi.

– Vous vouliez vous venger du meurtre de Harriet, dit Suzette, c'est ça ?

– Je suppose..., commence-t-il, incapable de nier. Oui. À la base, c'était bien de ça qu'il s'agissait.

– Oh, Stephen ! s'exclame Wendy, dont la désillusion est presque plus dure à encaisser que sa colère. Tu ne crois quand même pas que Harriet aurait voulu te voir gâcher ta vie à obtenir réparation pour elle plus de cinquante ans après sa mort.

– Si tu sais ce qu'il y a dans le carton, Wendy, alors tu sais également, selon toute vraisemblance, qui l'a tuée et pourquoi. Ce qui est déjà plus que ce que tu savais hier, affirme-t-il, retrouvant une certaine assurance. Ça n'a donc aucune valeur pour toi ?

– Sûrement pas dans ces conditions, rétorque Wendy en agitant la main en direction des ruines du cottage. Et ça ne justifie pas non plus que nous vivions dans la peur des représailles que Laloul risque de nous faire subir.

– C'est moi qui suis visé, pas vous.

– C'est ce que vous croyez ! lance Suzette, exaspérée. Il peut tout aussi bien penser que je suis de mèche avec vous.

– Et pourquoi le ferait-il ? Vous l'avez si obligeamment conduit jusqu'à moi. Sans votre voyage ici, il n'aurait jamais compris que j'étais le dépositaire de la confession. Alors, mon plan aurait fonctionné.

– Et ce plan, quel était-il ?

– Le faire payer pour ce qu'il a infligé à Harriet.

– En le faisant chanter ?

– Appelez ça comme vous voulez.

– Et combien réclamez-vous ?

– C'est sans importance. L'argent n'est pas vraiment le sujet. Mon objectif, c'est de le saigner à blanc.

– Et Riad vous aide dans cette combine ?

– Ne l'accusez pas. C'était mon idée, pas la sienne.

– Mais c'est lui qui vous a fourni la confession ?

– Non. Il n'avait que la machine à écrire, qu'il gardait en souvenir. C'est moi qui ai trouvé la confession. L'original et la copie carbone. Cachés dans votre ancien appartement d'Alger. Riad m'avait dit avoir vu votre père en train de la taper, mais on n'en avait retrouvé aucune trace après sa mort. Je me suis dit qu'elle devait forcément être là quelque part. Et j'avais raison.

– Où ? Où exactement l'avez-vous trouvée ?

– Dans une cache évidée sous le plancher au pied d'un des placards de la cuisine. »

Il se souvient de sa joie quand il avait découvert la cachette. Il ignorait alors ce qu'il ferait de la confession de Dalby. Mais il savait que la trouver était la plus grande victoire de son long combat pour faire surgir la vérité.

« Comment avez-vous eu accès à l'appartement ? » demande Suzette en poussant un soupir d'exaspération.

Stephen hésite. Il n'est pas sûr de savoir ce qu'il veut raconter de cette histoire. Tout cela remonte à si loin et s'est fondu dans les nombreux pans de sa vie qu'il s'est obligé à garder secrets.

Sans compter qu'une explication détaillée exigerait de lui qu'il reconnaisse sa collaboration avec Zarbi. Et pour en rendre compte, il lui faudrait revenir sur l'interrogatoire que lui a fait subir ce dernier au quartier général du DRS à Alger en 1993.

Il se rappelle l'odeur moite de renfermé de la salle où était venu le trouver le jeune avocat tiré à quatre épingles que Zarbi lui avait trouvé : Ibrahim Boukhatem. « Il n'y aura aucun rapport de votre expulsion, monsieur Gray, et, par suite, aucun rapport aux autorités françaises ou britanniques. Vous faites une bonne affaire. Excellente, même. » L'affaire, il l'avait saisie, sans pour autant oser retourner en Algérie jusqu'à ce que Laloul ait fui le pays et que Zarbi se soit retrouvé en prison, même après que Riad eut piqué sa curiosité en lui parlant de mémoires rédigés par Nigel Dalby avant sa mort. Le nouvel occupant de l'appartement était un reclus grincheux que Stephen ne parvint pas à convaincre de le laisser entrer. Il avait donc engagé Boukhatem pour résoudre le problème. L'affaire avait pris longtemps et coûté une somme ridiculement élevée à verser au reclus, mais pour finir, Stephen avait pu fouiller librement l'appartement et mettre la main sur la confession.

Qu'il ne pourrait utiliser contre Laloul que s'il le retrouvait, bien sûr. Et la seule personne susceptible de l'y aider, c'était Zarbi. Pour être honnête, ce dernier était aussi coupable que Laloul du meurtre de Harriet, mais il avait souffert, et pas Laloul. Impossible pour Stephen d'atteindre Laloul sans passer par Zarbi. C'est pourquoi, avec l'assistance de Boukhatem, il lui avait rendu une visite incognito pour lui exposer son plan. L'autre ne s'était pas montré très intéressé, tant que l'emprisonnement lui interdirait de tirer un quelconque profit de la tentative de chantage. Certes, il voulait se venger, mais il voulait aussi de l'argent – autant qu'il pourrait en obtenir. À cette époque, le pouvoir de Bouteflika était sur le déclin. Zarbi était optimiste en croyant que, sous un nouveau régime, il serait libéré sur parole. Alors, mais alors seulement, ils pourraient se lancer à la poursuite de Laloul. Il enverrait un mot à Nedjar le moment venu.

« Est-ce que vous allez nous dire comment vous avez réussi à fouiller l'appartement ? » le presse Suzette.

Il la regarde. Où commencer ? Où finir ? Il soupçonne que cela ne fera guère de différence.

« Peu importe la manière dont je me suis introduit dans l'appartement, finit-il par dire. Le fait est que j'y suis parvenu. Le fait est que j'ai trouvé la confession de votre père. Je suppose que vous auriez préféré que je n'en fasse rien.

– J'aurais préféré que vous me la remettiez. Je suis sa fille, elle me revient donc de droit.

– En êtes-vous certaine ?

– Mais c'est une évidence, Stephen, intervient Wendy, le regard plein de reproche.

– Sans compter que vous en avez changé une partie, je me trompe ? demande Suzette. Les trois dernières pages sont de votre invention, et de votre main, j'imagine. »

Ce qui ne fait qu'aggraver une situation déjà fort délicate. Les changements que Stephen a apportés – sur l'insistance de Zarbi – au compte rendu que donne Dalby de sa dernière entrevue avec lui et Laloul l'ont toujours dérangé. Il a senti d'emblée qu'on se servait de lui pour faire parvenir un message codé à l'intention de Laloul. « Celui qui mesure l'eau pèse l'or. » Que signifiait cette phrase ? Certainement quelque chose qui allait au-delà du simple sens figuré. Mais Stephen ignore de quoi il peut s'agir. Si bien que tout ce qu'il peut faire, c'est de nier avoir changé quoi que ce soit à la fin du document.

« Je ne vois pas de quoi vous parlez. Le texte que vous avez lu est celui que j'ai trouvé, mot pour mot.

– Je ne vous crois pas.

– Vous me traitez de menteur ? »

La question reste suspendue entre eux comme une provocation. Va-t-elle aller jusqu'au bout et répondre que oui, il ment ? Auquel cas, ils n'auront plus aucun recours d'aucune sorte.

« Ça n'avance à rien de lancer des accusations comme ça », dit Wendy, s'efforçant d'arrondir les angles.

C'est alors que sonne le téléphone de Stephen. Il répond avec empressement, reconnaissant de cette interruption, même si l'appel vient d'un numéro inconnu.

« Allô ?

– Stephen Gray ?

– Lui-même.

– Inspecteur Foulds à l'appareil, de la police du Hampshire. J'ai reçu un rapport des sapeurs-pompiers concernant un incendie suspect sur votre propriété, Litster's Cot. Avec apparemment d'importants dégâts.

– Il ne reste presque plus rien debout.

– Je suis désolé de l'apprendre. Ça s'est produit pendant votre absence ?

– Oui. Je suis arrivé pour trouver l'incendie déjà bien avancé. »

Stephen remarque que Suzette vérifie l'écran de son portable pendant qu'il parle avec Foulds. Il s'interroge sur l'e-mail qu'elle a envoyé aux avocats de Laloul la veille au soir. La veille au soir ? Ça semble tellement loin. Il se dit qu'elle doit se mordre les doigts de l'avoir envoyé. A-t-elle déjà eu une réponse ? Et si oui…

« Il se trouve que je suis à Litster's Cot en ce moment, reprend-il. Du moins, ce qu'il en reste.

– Ah, vous y êtes ? Peut-être que je pourrais venir jeter un coup d'œil. Vous pouvez patienter une demi-heure ?

– Eh bien… pourquoi pas ?

– Il y a eu une série de cambriolages et d'actes de vandalisme dans plusieurs fermes ces derniers mois. S'il s'agit vraiment d'un incendie criminel, on aurait affaire là à une escalade inquiétante. »

Suzette est en train de parler à Wendy. Stephen n'arrive pas à saisir ce qu'elles se disent, surtout avec Foulds qui jacasse dans son oreille.

« Vous avez remarqué une présence suspecte dans le voisinage récemment, monsieur Gray ?

– Non, je ne crois pas. Écoutez, on ne pourrait pas parler de ça de vive voix ? »

À la stupéfaction de Stephen, Suzette se dirige d'un pas rapide vers sa voiture. « Attendez », appelle-t-il, ce qui perturbe Foulds, mais ne provoque aucune réaction de la part de Suzette, laquelle monte dans sa Renault et démarre aussitôt.

« À dans une demi-heure, donc, bafouille Stephen dans le téléphone avant de mettre fin à l'appel. Qu'est-ce qui se passe ? lance-t-il à Wendy.

– Suzette a décidé de partir, répond-elle en haussant les épaules. Elle m'a dit qu'elle pensait qu'on ne faisait que tourner en rond. Et je dois bien reconnaître que je suis d'accord avec elle. »

Suzette sort sur le chemin avant de reculer devant le cottage pour pouvoir effectuer un demi-tour. Stephen se précipite pour l'arrêter. Ils n'ont pas terminé leur discussion. Plus important encore, ils ne se sont pas entendus sur ce qu'il convenait de faire maintenant.

« Attendez, Suzette », hurle-t-il.

Mais elle ne lui prête aucune attention. Tout ce qu'il réussit à faire, c'est taper sur la vitre côté passager au moment où elle tourne dans le chemin.

Il fait encore quelques pas derrière elle en courant. Mais la voiture prend de la vitesse et disparaît au premier tournant.

Ce n'est que quand elle commence à parler qu'il se rend compte de la présence de Wendy derrière lui.

« Je ne crois pas pouvoir jamais te pardonner une chose pareille, Stephen, déclare-t-elle calmement mais fermement.

– J'ai découvert qui avait tué Harriet et pourquoi, dit-il en faisant volte-face pour la regarder. Tu devrais m'être reconnaissante.

– Ce n'est pourtant pas le cas. Et à ton avis, pourquoi ?

– Parce que la vérité concernant Harriet n'a pas autant d'importance à tes yeux qu'aux miens, je suppose.

– Tu as fait de la quête de cette vérité le substitut d'une vie normale et accomplie.

– Faire payer Laloul pour ce qu'il a fait représente pour moi un accomplissement de taille.

– Et Suzette n'a qu'à aller au diable, c'est ça ? Même chose pour Oliver et moi ?

– Je n'ai jamais eu l'intention d'impliquer l'un de vous dans cette histoire.

– Tu n'en as jamais eu l'intention ? Bravo. Tu as toujours eu les meilleures intentions du monde, c'est bien connu. Avec les pires résultats. C'est pas de veine, en somme. Pas de veine pour nous.

– Écoute, je suis désolé...

– Que tu sois désolé ne change rien à l'affaire. Si on en est là, autrement dit dans le pétrin, c'est par ta faute.

– Tu n'avais qu'à pas ouvrir le carton.

– Mais il était chez nous. J'ai quand même le droit de savoir quel risque tu nous fais courir. Pareil pour Suzette. Sans compter qu'elle a raison. La confession de son père lui appartient à elle, et pas à toi. C'est à elle de décider ce qu'elle doit ou veut en faire.

– Elle t'a parlé de ses intentions à ce sujet ?

– Je crois qu'elle veut téléphoner aux avocats suisses et arriver à une forme d'arrangement susceptible de nous sortir tous – toi inclus – de l'impasse dans laquelle tu nous as fourrés. C'est en tout cas ce que j'espère la voir faire. Mais la décision lui appartient à elle, pas à moi. Et certainement pas à toi.

– Tu ne penses quand même pas qu'elle pourrait... leur remettre la confession ?

– C'est possible.

– Mais ça compromettrait tout ce que j'ai accompli jusqu'ici.

– Et tu peux me dire ce que tu as accompli au juste, Stephen, hormis te mettre à dos un vieil homme potentiellement dangereux ?

– Bon sang, Wendy, on est en train de parler d'un des meurtriers de notre sœur.

– Il y a cinquante-cinq ans de ça, Stephen. Cinquante-cinq ans ! Tu avais dix ans. La Harriet dont tu crois te souvenir n'a jamais vraiment existé de toute façon. Et ton obsession à son sujet a bousillé ton mariage et un tas d'autres choses encore. Il faut que tu l'oublies.

– Il n'en est pas question.

– Je ne suis pas sûre que Suzette te donnera vraiment le choix en la matière.

– Il faut qu'on la rattrape. Tout de suite.

– Tu ne viens pas juste d'accepter un rendez-vous ? C'était qui au téléphone ? La police ?

– Oui, mais c'est sans importance. Je peux rappeler l'inspecteur en chemin et déplacer le rendez-vous.

– Je ne vais nulle part. J'ai l'intention d'attendre ici avec toi pour qu'on puisse lui parler ensemble. Je te rappelle que le cottage m'appartenait aussi bien qu'à toi, après tout.

– Alors, appelle Oliver. Dis-lui de ne pas laisser Suzette emporter le carton tant que je ne lui aurai pas parlé.

– Je ne lui dirai rien de ce genre. Le contenu de ce carton lui revient de droit.

– Je vais l'appeler, si tu ne le fais pas, dit Stephen en sortant son téléphone de sa poche.

– Je ne veux pas qu'on ennuie Oliver avec ça. Et de toute façon, il ne fera aucun cas de ce que tu lui diras. Il est de mon avis là-dessus. C'est à Suzette de décider du sort de cette confession.

– Et moi, dans tout ça, je suis où ?

– Dans ton tort, lui rétorque Wendy en le fixant d'un œil dur. Tu es mon frère et tu sais que je t'aime. Mais il faut mettre un terme à tout ça. Et tout de suite. »

Stephen s'éloigne à grandes enjambées le long du chemin. Il tape un numéro sur son téléphone. Puis il s'arrête et annule l'appel. Wendy a raison. Oliver n'interviendra pas. Si Suzette a l'intention d'emporter le carton, il n'y a rien qu'il puisse faire pour l'en empêcher. Elle disposera alors de l'original en même temps que de la copie carbone. Et si elle remet l'un et l'autre à Coqblin & Baudouin, il n'aura plus aucun moyen de pression pour faire chanter Laloul. Tout sera perdu.

Il se tourne pour regarder Wendy. Ne trouve rien à lui dire. Elle étend les bras dans un geste d'exaspération. Il secoue la tête, lève la paume de sa main dans sa direction, comme s'il voulait la repousser physiquement.

Puis il pivote sur ses talons et se met à marcher.

20

Bouras exprime une satisfaction prudente devant le résultat de l'interrogatoire que Taleb et Hidouchi ont fait subir à Abderrahmane. Satisfaction qui va jusqu'à demander à sa secrétaire de préparer un café pour Taleb quand elle vient lui servir le sien, ce qui, à en juger par la réaction de celle-ci, suggère qu'il s'agit d'un honneur rare pour un simple subordonné. Honneur qui n'épargne pas à ce dernier l'inconfort de la banquette au cuir glissant, mais qu'il apprécie néanmoins à sa juste valeur.

« Si je comprends bien, rien n'a été dit concernant… le sujet abordé la dernière fois ? demande Bouras, avec presque un clin d'œil de conspirateur à l'adresse de Taleb.

– Non, patron. Abderrahmane et Zarbi sont d'anciens amants et il est le père de son enfant. Ce qui semble être une raison largement suffisante pour qu'elle ait accepté de l'aider.

– Et cet enfant…

– … est directeur d'un hôtel en Égypte, apparemment.

– Hidouchi se propose de poursuivre l'affaire en partant à la recherche de… comment s'appelle-t-il ?

– Riad Nedjar.

– C'est ça. Nedjar. Il vit à Londres ?

– Exact.

– S'il n'y a pas moyen d'éviter ce voyage, alors il faudra que tu ailles à Londres. Je m'arrangerai avec le DSS pour qu'il couvre tes frais. Tu n'auras aucun statut officiel, dans la mesure où, pour l'obtenir des autorités britanniques, ça prendrait trop de temps et ça soulèverait trop de questions auxquelles nous ne serions pas prêts à répondre. Tu feras donc profil bas, aussi bas que possible. Compris ?

– Oui, chef.

– Tu t'es bien débrouillé jusqu'ici, dit Bouras, qui boit son café à petites gorgées et gratifie Taleb d'un large sourire. Je compte sur toi pour continuer. Je ne m'attends pas nécessairement à ce que tu nous livres Zarbi et Laloul menottés. En fait, une conclusion qui ne serait sujette à aucune… controverse… serait préférable à leur inculpation, si gratifiante que puisse être cette dernière solution. Est-ce clair ?

– Absolument.

– Je ne doute pas d'avoir bientôt des nouvelles de mon homologue au DSS. D'ici là… »

La sonnerie du téléphone de Bourras se fait entendre, signifiant, d'après la tonalité, que c'est sa secrétaire qui est en ligne dans la pièce voisine. Il fronce les sourcils et s'empare du combiné.

« Oui ? »

Le froncement persiste tandis qu'il écoute. Taleb discerne tout juste la voix de la secrétaire, transformée à cette distance en un grésillement pareil à celui d'un lointain moustique.

« Je vois. »

Le moustique poursuit.

« Oui. Merci. »

Bouras raccroche.

« Abderrahmane veut te parler, Taleb, annonce-t-il. Manifestement, elle n'a pas dit tout ce qu'elle avait à dire quand vous l'avez interrogée. Elle se montre très… insistante. Je crois qu'il vaut mieux que tu ailles la voir et que tu l'écoutes, tu ne penses pas ? Mais sois prudent. On n'a pas besoin de complications – moins encore de rétractations – à ce stade.

– Je vais voir ce qu'elle veut.

– Bien. Mais quoi que tu fasses… assure-toi que ça ne nous causera pas d'ennuis.

– Éviter les ennuis, c'est ma devise dans la vie, patron.

– Le sens de l'humour n'est pas nécessairement une qualité chez un officier de police, Taleb, dit Bouras, qui lui jette un regard soupçonneux. Tu es si pince-sans-rire que tes blagues risquent parfois de passer inaperçues. On fera comme si ce n'était pas le cas, pour cette fois. En attendant, va t'occuper d'Abderrahmane. De préférence, d'une manière dont j'aimerais autant ne pas avoir d'écho. »

Stephen Gray arrive chez Wendy et Oliver en nage, exténué et déprimé. La longue marche depuis le cottage lui a laissé tout le temps nécessaire pour retourner dans sa tête les erreurs qu'il a commises. Il ne sait plus quoi faire à présent. Dire à Zarbi que leur projet de chantage n'est plus à l'ordre du jour est une chose qu'il n'est pas disposé à envisager. Mais quelle autre option a-t-il ?

Oliver l'accueille avec la nouvelle qu'il prévoyait et redoutait. Suzette est venue et repartie avec le carton contenant la confession et la machine à écrire de son père. Stephen réagit avec un haussement d'épaules résigné.

« Je me doutais bien qu'elle le ferait. »

C'est tout ce qu'il parvient à dire.

« Wen m'a appelé et m'a résumé l'essentiel de ce qui s'est passé au cottage », poursuit Oliver, choisissant ses mots avec un soin évident.

Il ne veut manifestement pas se laisser entraîner dans une réédition de la dispute que Wendy vient d'avoir avec Stephen. Il pourrait faire état de ses propres griefs à propos du comportement de son beau-frère. Mais il ne le fera pas.

« Un certain inspecteur Foulds a débarqué là-bas pendant que nous étions au téléphone. Wendy m'a dit de te faire savoir qu'elle s'en occupait.

– Très bien, grommelle Stephen, encore moins sûr de savoir quoi faire à présent que de savoir quoi dire.

– Il y a également un message de Suzette pour toi.

– Ah ouais ?

– Elle veut que tu l'appelles. Elle devrait être de retour à son hôtel à l'heure qu'il est.

– Elle veut que je l'appelle ?

– C'est le message qu'elle m'a chargé de te transmettre, Stephen. Maintenant, ce que tu fais ne regarde que toi.

– OK. Merci. Écoute, dit Stephen, réfléchissant à la mise en garde de Nedjar selon laquelle Laloul pourrait avoir piraté le téléphone de Suzette. Mon portable n'a plus de batterie. Est-ce que je peux utiliser votre fixe ?

– Je t'en prie », répond Oliver dans un soupir, s'écartant pour laisser Stephen passer dans la cuisine.

Celui-ci ferme la porte derrière lui et se sert de son portable pour retrouver le numéro de Tylney Hall avant de le composer sur le fixe.

Le réceptionniste lui passe la chambre de Suzette, laquelle répond aussitôt. De toute évidence, elle attendait son appel. Mais pas sous cette forme.

« Stephen ? Pourquoi est-ce que vous m'appelez sur le téléphone de l'hôtel ?

– Je ne suis pas sûr que votre portable soit sécurisé.

– Pourquoi dites-vous ça ? » demande-t-elle, soudain inquiète à cette idée.

Difficile de donner une réponse adéquate à sa question sans évoquer le texto en arabe, ce qu'il n'a nullement l'intention de faire.

« Je suis d'une nature soupçonneuse, rétorque-t-il. Vous devriez tout de même choisir vos mots avec soin quand vous vous servez de votre portable.

– OK. Je…

– Que vouliez-vous me dire ?

– Eh bien… ce que mon père a écrit m'appartient, Stephen, explique-t-elle après une pause, à moi, pas à vous, d'un point de vue moral aussi bien que légal. Vous auriez dû me dire la vérité quand je suis venue vous demander de l'aide. Je rentre en France ce soir. Je ne sais pas ce que je vais faire à propos de Laloul/Saidi. Ses avocats m'ont menti, de toute évidence. Mais ce que je vais leur dire… je n'en suis pas sûre. Je vais y réfléchir. Je prendrai ensuite ma décision. C'est tout ce que vous avez besoin de savoir.

– Et vous me ferez part de ce que vous avez décidé quand ce sera chose faite ?

– Peut-être. Je ne suis pas sûre de ça non plus.

– Ne leur remettez pas la confession, Suzette. Je vous en prie. Vous avez raison, j'aurais dû vous dire la vérité. Mais je craignais que vous fassiez… précisément ce que vous êtes en train de faire. Ne donnez pas à Laloul ce qu'il veut.

– Vous espérez toujours pouvoir le faire chanter, c'est ça ?

– Le chantage n'a jamais été mon objectif, vous le savez.

– Comment l'avez-vous retrouvé, Stephen ? Comment avez-vous retrouvé sa trace ? »

Est-ce le moment de lui parler de son marché avec Zarbi ? Il en a envie. Mais quelque chose le retient. Elle s'est emparée de la confession. Il ne lui reste donc plus que quelques secrets qu'il n'a pas à partager.

« Retrouver Laloul n'a certainement pas été chose facile. Ça m'a pris beaucoup de temps. Je vous en supplie, ne réduisez pas tous mes efforts à néant. Il a détruit la vie de votre père et mis un terme à celle de ma sœur. Il ne mérite pas de s'en sortir indemne.

– Je m'inquiète davantage, voyez-vous, de savoir si moi je vais m'en sortir indemne.

– Eh bien, quoi que vous fassiez, soyez prudente. J'essaie de raisonner avec vous. Laloul, lui, n'en fera rien. Il n'agira que pour servir ses intérêts.

– Je le sais. Et je sais que vous aviez tous les droits de demander justice pour votre sœur. Mais pas comme ça. Pas de cette façon.

– On aurait pu en parler plus avant, Suzette. On aurait pu arriver à un accord… sur l'attitude à adopter.

– Peut-être. Mais le fait que vous m'ayez trompée ne l'a pas permis. Et donc, je crains… j'ai bien l'intention de résoudre le problème toute seule. Et il vous faudra simplement accepter ma décision. Bonsoir, Stephen. »

Elle raccroche. Stephen garde le combiné dans sa main un long moment avant de le reposer sur son socle. Il n'arrive pas à se décider : que faire, quelle direction prendre ? Pour tout dire, il ne voit pas ce que l'avenir immédiat peut bien lui réserver.

Tandis qu'il sort de la cuisine et se dirige vers la porte d'entrée, Oliver vient s'encadrer sur le seuil du séjour.

« Comment ça s'est passé ? demande-t-il.

– Ça s'est passé.

– Et tu vas où maintenant ?

– Marcher.

– Tu n'as pas assez marché comme ça pour la matinée ?

– Faut croire que non. »

La moiteur fétide de la cellule mal ventilée d'Abderrahmane le frappe de plein fouet après les splendeurs climatisées du bureau du directeur. Pour une fois, Taleb apprécie le masque qu'il porte.

Abderrahmane paraît résignée à son sort ; elle lui sourit faiblement de la couchette sur laquelle elle est affalée.

« Alors, tu es venu, dit-elle.

– Qu'est-ce que je peux faire pour toi, Razane ?

– Abandonner les poursuites.

– Tu sais que ça n'est pas en mon pouvoir.

– Mais si ça l'était ?

– Je plaiderais pour qu'on fasse preuve d'indulgence à ton égard en échange d'informations détaillées qui nous conduiraient jusqu'à Zarbi. C'est ta meilleure option, de toute façon. C'est Zarbi que nous voulons. Et Laloul. Toi, tu n'as pas eu de chance… tu n'es que du menu fretin. Peut-être que nous pourrons te rejeter à l'eau si tu nous permets d'attraper les gros poissons.

– Comme je te l'ai dit, répond Abderrahmane après un long soupir, je crois que Zarbi se trouve à Marseille. Mais je n'ai aucune information sur les contacts qu'il peut avoir là-bas. Ta petite amie du DSS en sait probablement plus que moi là-dessus. D'un autre côté, Mouloud, c'est pas vraiment Zarbi qui vous pose problème, si ? En tout cas, pas votre problème majeur. Là, il faudrait parler de Laloul. » Elle regarde Taleb d'un air entendu. « Tu vois ce que je veux dire, non ?

– Nous les recherchons tous les deux, rétorque-t-il, peu sincère, car il se doute de ce à quoi elle fait allusion.

– On ne pouvait pas parler de lui et de... son rôle... en présence de l'agente Hidouchi, pas vrai ? Mais maintenant qu'on est tous les deux entre ces quatre murs, Mouloud, on n'a plus rien à cacher.

– Tu crois vraiment ?

– Sami s'est livré. Il t'a dit, n'est-ce pas, qui était Laloul, avant qu'il prenne la fuite. Tu sais donc quel genre d'homme tu traques. Et tu sais les risques que tu cours. *Le pouvoir** t'a à l'œil, Mouloud.

– Je doute d'être d'un intérêt quelconque pour ces gens. »

Taleb n'en est pourtant pas si sûr. Et, manifestement, Abderrahmane non plus.

« Écoute, je peux t'aider, Mouloud, dit-elle dans un murmure.

– Tu peux m'aider ?

– On peut s'entraider. Je suis trop vieille pour aller en prison. Et toi, tu es en état d'infériorité face à tes ennemis. Alors, on conclut un marché. Tu me protèges, je te protège.

– Comment penses-tu pouvoir me protéger, Razane ?

– En faisant pencher la balance de ton côté... juste un peu. En te donnant... un avantage dans la négociation.

– Et de quoi pourrait-il bien s'agir ?

– Tu me rendrais un service, Mouloud ?

– Ça dépend. Dis toujours.

– Je me fais du souci, vois-tu. Pour Barbarossa. »

Barbarossa, songe Taleb au souvenir du chaos de la veille, le perroquet d'Abderrahmane.

« Ta voisine s'en occupe. À mon avis, il est logé plus confortablement que toi.

– Houda Ghamen ne comprend rien aux perroquets. Il ne sera pas heureux avec elle. Le changement ne lui réussira pas.

– En ce cas, il va devoir faire comme le reste d'entre nous, je suppose : s'adapter pour survivre.

– J'ai oublié de donner à Houda le mélange de graines préféré de Barbarossa. Je le garde pour les moments où il est trop dépressif pour s'en sortir tout seul. »

Le volatile ne lui a pas particulièrement paru enclin à la dépression, mais Taleb ne relève pas.

« Est-ce que tu peux aller chez moi récupérer la boîte, Mouloud ? Porte-la à Houda et dis-lui qu'elle doit lui donner une petite poignée de graines un soir sur deux jusqu'à mon retour. »

Taleb ne relève pas davantage l'improbabilité que Barbarossa revoie sa maîtresse de sitôt.

« Il te faudra lui emprunter ma clé, bien sûr.

– Nous l'avons, ta clé, Razane.

– Sers-toi de celle de Houda, Mouloud, dit Abderrahmane en se penchant pour saisir le poignet de Taleb. Comme ça, il n'y aura rien… d'officiel… dans ta visite.

– Et qu'est-ce que je suis censé faire ?

– Je garde la boîte tout en haut du placard en face de la fenêtre de la cuisine. Comme ça, Barbarossa ne la voit pas de sa cage et, du même coup, ne peut pas m'en réclamer.

– Pourquoi ne pas tout bêtement téléphoner à Houda et lui demander d'aller la chercher elle-même ?

– Vous lui avez interdit d'entrer chez moi quand vous m'avez emmenée.

– C'est exact, dit Taleb, qui doit concéder qu'elle a raison.

– Sans compter qu'elle a le vertige. Il te faudra utiliser l'escabeau, dans le placard à côté de la porte d'entrée. Houda risquerait de se casser le cou si elle le faisait elle-même. Et alors quelqu'un d'autre – comme toi, par exemple – devrait s'occuper de Barbarossa. Tu feras ça pour moi ? »

Bien sûr qu'il le fera, mais pas par souci d'améliorer le confort de cette satanée bestiole qui, hier soir encore, a failli l'amputer d'un doigt. Peu importe la véritable raison pour laquelle Abderrahmane l'envoie chez elle, mais ce n'est certainement pas pour dénicher une boîte de graines.

« *Le Perroquet au Paradis**.

– Pardon ?

– C'est le nom de la marque. Imprimé sur la boîte.

– Je vois.

– Ouvre-la, veux-tu ?

– Il est important que je l'ouvre ? »

Elle hoche la tête avec insistance sans rien dire.

« En ce cas, je le ferai. »

Elle lui lâche le poignet, fait basculer ses jambes sur le lit, où elle s'allonge de tout son long.

« Pourquoi les mouches volent-elles toujours en ligne droite, Mouloud ?

– Parce que c'est ce qu'elles font ?

– C'est ce que fait celle que j'observe en ce moment. Tu la vois là-haut ? »

Taleb lève la tête et aperçoit la mouche en question, qui décrit une série de diagonales à angles aigus, tout près du plafond.

« C'est une bonne question. Je n'en sais rien. Et toi ?

– Parce que leur vie est trop courte. Il faut vivre aussi longtemps que toi et moi pour savoir qu'il n'y a pas de lignes droites en ce monde. Il n'y a que des cercles, et si grands qu'il faut des années – un nombre incalculable d'années – pour comprendre que ce à quoi on croyait échapper… on s'y précipite en fait tête la première. Tout au long, sans en être conscient. Moi, je dois rester ici. Toi, tu peux partir. Mais lequel de nous deux est tout compte fait le plus libre ?

– Tu n'as que des bonnes questions aujourd'hui, Razane. Mais je ne connais pas non plus la réponse à celle-ci. »

En vérité, il la connaît. Pour ce que vaut la liberté, la différence entre eux est minime. Dans tous les sens, hormis la réalité physique de la détention d'Abderrahmane, ils sont l'un comme l'autre prisonniers – du passé, le leur et celui de l'Algérie ; des choix qu'ils ont faits et de ceux que d'autres ont faits pour eux ; des dures réalités historiques qui gouvernent leur vie et celle de ceux qui les entourent. Tous deux le savent. Même s'ils ne peuvent s'empêcher de faire comme si ce n'était pas le cas.

Gray est assis à une table au soleil sur la terrasse du Bell Inn à Odiham, en train de siroter lentement mais sûrement sa seconde pinte de bière tandis que les contours du désastre qui l'a rattrapé s'estompent quelque peu pour devenir plus supportables.

Son téléphone – le B, pas le A – sonne pour la troisième fois depuis son arrivée au pub, et cette fois encore, c'est bien entendu Riad Nedjar. Il se sent maintenant prêt à parler à son ami. Capable d'expliquer ce qui s'est passé et de discuter de la suite des opérations. Il sait qu'il ne peut pas reporter cette discussion indéfiniment. Il se doit de l'affronter et prend donc l'appel.

« Salut, Riad.

– Tu n'as pas l'air dans ton assiette, Stephen.

– C'est le moins qu'on puisse dire.

– Qu'est-ce qui se passe ?

– Suzette et ma sœur m'accusent de leur avoir menti et de les mettre en danger. Suzette s'est emparée de l'original de la confession de son père et s'apprête à repartir pour la France. Avec aussi la copie carbone, bien sûr. Ce qui me laisse sans rien. Et sans toit, par la même occasion. Le calice jusqu'à la lie, tu vois.

– Difficile de faire pire.

– Bien d'accord avec toi.

– La confession appartient de droit à Suzette. Je l'ai toujours dit.

– Oui, c'est vrai. Impossible de te contredire là-dessus. Ni toi ni elle. Je me retrouve pieds et poings liés, maintenant.

– Mais elle, quelles sont ses intentions ?

– Je l'ignore. Je ne crois pas qu'elle le sache elle-même.

– T'as pas eu de chance, Stephen. Je ne pensais pas que Laloul tenterait d'acheter Suzette pour lui faire dire que la confession était un faux. S'il a compris que tu étais l'informateur de Zarbi, c'est parce qu'elle est venue te demander ton aide. Il n'aurait jamais songé à toi autrement. J'en suis sûr.

– Peu importe, à présent. Il espère que les documents ont été détruits dans l'incendie. À défaut, que son message m'effraiera suffisamment pour que j'abandonne la partie.

– Et ce sera le cas ?

– "Serait", tu veux dire. Sans la confession, impossible d'étayer la menace de Zarbi. Dans ces conditions, il n'y a plus rien qui soit de nature à m'effrayer.

– Est-ce que tu vas mettre Zarbi au courant ?

– Pas tout de suite. Il se peut que Suzette nous laisse utiliser la confession une fois qu'elle aura bien réfléchi.

– Peu probable, je le crains.

– Tant qu'elle ne l'a pas véritablement remise aux avocats, il reste un peu d'espoir.

– Il n'y en a guère, à mon sens.

– Un soupçon, quand même.

– Où vas-tu aller maintenant que le cottage est détruit ?

– À l'hôtel, je suppose. Étant donné ce qu'elle pense de moi, je ne vois pas comment je pourrais demander asile à ma sœur. Il va falloir aussi que je m'achète quelques fringues. Pour l'instant, je ne possède rien d'autre que ce que j'ai sur le dos.

– Tu me tiens au courant ?

– À mon avis, Emine préférerait que je n'en fasse rien.

– Elle est compréhensive, tu sais.

– Tu as une femme merveilleuse, Riad.

– Je sais. Tu me donnes des nouvelles bientôt ?

– Compte sur moi. »

Taleb est assis sur un banc au milieu des bandes de verdure étagées du *monument aux morts**, en train de déjeuner tranquillement d'un sandwich baguette merguez et de profiter du soleil moucheté par les palmiers, ainsi que du calme des alentours. Le vide relatif du centre d'Alger est un des rares avantages apportés par le coronavirus. En temps normal, c'est avec beaucoup de difficultés qu'il aurait trouvé à s'asseoir là au beau milieu de la journée.

C'est un de ses endroits préférés, autant en raison de ses résonnances historiques que de sa proximité avec l'hôtel de police. Il se souvient de l'ancien monument aux morts français, qu'il appréciait de manière peu patriotique, et pour des raisons esthétiques. Il avait été recouvert à la fin des années 1970 par un sarcophage en béton qu'il détestait de manière tout aussi peu patriotique, et pour des raisons du même ordre. Il y a environ dix ans, le sarcophage a commencé à se lézarder, laissant réapparaître subrepticement l'ancien monument, avant que celui-ci soit masqué par des échafaudages annonçant la mise en œuvre de travaux. L'ironie du passé de l'Algérie s'immisçant physiquement dans le présent, c'est une idée qui plaît beaucoup à Taleb. Elle lui semble résumer tant de choses à propos de son pays.

Fouiller personnellement dans le tréfonds le plus trouble de ce passé, en revanche, ne l'enchante pas le moins du monde. Et pourtant, il lui semble, tandis qu'il se laisse bercer par la chaleur du soleil et la douceur de l'air, qu'il n'est pas capable de s'interdire de le faire. L'agente Hidouchi et lui sont à la poursuite de deux criminels, auteurs de certains des pires méfaits de l'histoire du pays. Il s'agit d'une traque bien plus hasardeuse qu'une personne de l'âge de Hidouchi est capable de l'imaginer. Mais Taleb, lui, n'est pas jeune. Et son imagination envisage déjà les pires éventualités soulevées par les perspectives dévoilées par Abderrahmane.

Il ne peut pas ne pas agir à partir de ce qu'elle lui a dit. Ce serait trahir son devoir aussi bien que la confiance qu'elle a choisi de placer en lui. Dans son intérêt, cependant, il ferait mieux de rester à l'écart. De se retirer du chemin du cataclysme historique qui se précipite à sa rencontre. Mais il ne peut pas. Il est officier de police, qui plus est en service. Il a un travail à faire. Et s'il ne le fait pas... alors à quoi sert-il ? Que vaudra la vie qu'il a vécue ?

Son téléphone vibre dans la poche de sa veste, qu'il a posée sur le dossier du banc. Il continue à vibrer au moment où il tâte la mauvaise poche. Il finit par le trouver. Comme il s'y attendait, c'est la secrétaire de Bouras.

« Commissaire Taleb ?

– Oui ?

– Vous ne vous trouvez pas dans le bâtiment.

– Ah, le directeur souhaite me voir ? demande Taleb, passant outre au reproche implicite de la remarque.

– Dès que possible.

– Alors, j'arrive.

– Quand ?

– Dès que possible. »

Vingt minutes plus tard, Taleb pénètre, hors d'haleine, dans le bureau du directeur, où l'air frais de la climatisation qui l'accueille déclenche sa reconnaissance immédiate. Bouras ne semble pas lui en vouloir de l'avoir fait attendre tandis qu'il revenait en toute hâte à l'hôtel de police. Mieux, il est tout sourire.

« Qu'est-ce que tu ferais si tu devais prendre en chasse un criminel à la course ? demande-t-il, toujours souriant. Je ne parierais pas sur toi pour battre ma belle-mère au cent mètres.

– Je suppose... que je devrais... l'abattre.

– Mmmh. Qui sait, je devrais peut-être organiser une course entre vous deux dans ce cas. Trêve de plaisanterie. Assieds-toi avant de t'effondrer.

– Des nouvelles du DSS, patron ? s'enquiert Taleb en se laissant aspirer par les profondeurs mouvantes de la banquette.

– Oui. J'ai parlé au directeur adjoint Kadri. Une décision a été prise pour la suite des opérations. Une décision conjointe, de toute évidence. »

Il semble plus probable à Taleb que Kadri s'est contenté de mettre Bouras devant le fait accompli. La hiérarchie des pouvoirs ne laisse pas beaucoup de marge de manœuvre à Bouras une fois que le DSS a fait connaître ses intentions.

« Hidouchi et moi partons pour Londres, si je comprends bien ?

– Non. Paris. Le DSS estime nécessaire de débriefer la DGSE sur cette affaire avant de poursuivre. »

Ainsi donc, les services secrets algériens se plient aux desiderata des services secrets français. Peut-être Taleb aurait-il dû anticiper pareil développement. Là encore, une question de hiérarchie des pouvoirs. Sans compter qu'il existe une autre instance au-dessus de celle-ci.

« Dans l'éventualité où Zarbi et Laloul seraient en France, des problèmes délicats de coopération franco-algérienne vont inévitablement se poser si nous cherchons à les appréhender maintenant. Et le moment est particulièrement sensible, Taleb. Tu es conscient de la récente amélioration des relations entre nos deux pays ? »

Comment Taleb pourrait-il l'ignorer, au vu du battage médiatique déclenché par le fait que, quelques semaines plus tôt, ont été rapatriés les crânes de vingt-quatre rebelles décapités par les Français au cours d'un soulèvement en 1849 ? Un geste de bonne volonté à l'égard de l'Algérie, qui a pu ainsi les enterrer avec les honneurs militaires. Le président Tebboune, le successeur de Bouteflika, a versé quelques larmes pendant la cérémonie. Le président Macron a parlé de *l'espoir d'un apaisement des mémoires**. On a évoqué le début d'une nouvelle ère. Des blessures qu'il fallait refermer. Taleb, bien sûr, a déjà entendu ça auparavant. Bouras aussi. Mais ce n'est pas le moment de le faire remarquer.

« Est-ce que ça complique la situation, patron ?

– Peut-être. Tu devras apprécier par toi-même quand tu connaîtras la position de la DGSE. Hidouchi et toi prendrez demain l'avion pour Paris, où vous rencontrerez le directeur adjoint des renseignements, Ménard, à leur quartier général. Tu me tiendras informé dès que possible du résultat de l'entretien. Sers-toi de ton téléphone sécurisé pour ce faire.

– Oui, chef.

– N'oublie pas que nous ignorons ce que savent au juste les Français.

– C'est là une vérité éternelle.

– Ce que j'entends par là, Taleb, dit Bouras en lui lançant un regard qui a valeur d'avertissement, c'est qu'ils peuvent – je dis bien "peuvent" – être déjà au courant des déplacements de Laloul. Et ils auront certainement un point de vue bien à eux sur l'opportunité d'aller creuser les circonstances du meurtre non élucidé d'un conseiller à la présidence remontant à quelque cinquante-cinq ans. Ne va pas te mettre à dos les membres, peu importe lesquels, de l'establishment français. Me suis-je bien fait comprendre ?

– Tout à fait, patron. Mais ma compréhension de ce que tu attends précisément de moi est… un peu floue. Est-ce que nous nous efforçons toujours de traduire Laloul en justice ?

– Si les circonstances le permettent, oui. Mais Hidouchi aura reçu ses propres instructions de Kadri. Laisse-toi guider par elle.

– Et si tout cela ne débouche sur rien…

– On pourrait penser à des éventualités bien pires. Comme toi et moi le savons. Comme on en a… discuté. »

Bouras glisse à Taleb un regard étrangement complice. Ils sont obligés de se faire mutuellement confiance, ce qu'ils n'apprécient pas plus l'un que l'autre.

« Travailler avec les services de renseignements n'a pour moi rien de confortable, patron.

– Et tu crois peut-être que ça me fait plaisir à moi ? Ramène Zarbi si tu peux. Laloul aussi, dans l'idéal. Si les Français te laissent faire. Et si agir ainsi ne… rouvre pas d'anciennes blessures… et ne risque pas de me placer dans une position périlleuse. Est-ce que tout cela te semble bien clair ?

– Parfaitement, chef.

– Tu dois être à la base aérienne de Blida à 8 heures demain matin. Ne sois pas en retard.

– Compte sur moi.

– Ne me laisse pas tomber, Taleb.

– Je ferai tout ce qui est en mon pouvoir, patron, dit ce dernier en se levant laborieusement. Tu as ma parole. »

21

Suzette est à mi-chemin de la M20 quand elle se rend compte qu'elle aura beaucoup trop d'avance sur l'horaire de sa réservation sur l'Eurotunnel, et décide donc de quitter l'autoroute près d'Ashford avant de se garer sur le parking d'un pub. Elle baisse sa vitre et fume une cigarette. L'air du soir est doux et limpide. Des clients venus prendre un verre ou manger un morceau sont installés dans le jardin du pub. Une scène aussi banale que le permet l'époque.

Elle vérifie son téléphone, espérant un message de Timothée. Toujours rien. En revanche, il y a un texto de sa mère qui, à sa grande surprise, lui donne des nouvelles de son fils. *C'est super d'avoir Timmy ici. Nous le gâtons. Quand penses-tu rentrer ?*

Elle rappelle aussitôt, contrariée mais aussi soulagée. Du moins son fils va-t-il bien, même s'il l'irrite toujours autant en s'ingéniant à la tenir à l'écart.

« Suzette, *ma chérie**. Où es-tu ?

– En route pour Folkestone. Pour prendre le Shuttle.

– Ah. Tu en as donc fini avec l'Angleterre ?

– C'est ça, oui.

– Bien. C'est très bien.

– Pourquoi Timothée est-il avec vous ?

– Il est arrivé hier. Il a dit qu'il s'ennuyait à Paris. Il est vrai que c'est juillet. La ville se vide. Alors, il est descendu nous voir.

– Il ne m'en a rien dit.

– Ce n'est pas important, si ? Il n'a pas cours. Il est libre et jeune. Il veut s'amuser. »

Pourquoi au juste devrait-il s'amuser davantage en allant chez sa grand-mère et le mari de celle-ci à Marseille qu'en restant à Paris avec ses amis, Suzette s'oblige à ne pas poser la question. C'est presque comme si son fils s'appliquait à faire systématiquement ce qui la contrariera le plus.

« Je peux lui parler ?

– Il est sorti avec Gérard. Ils sont allés au casino.

– Au casino ? Mais il est trop jeune.

– T'inquiète. Gérard fera en sorte qu'il ne dépense pas trop d'argent. »

Suzette doit prendre une longue inspiration pour recouvrer son calme. Qu'est-ce qu'elle a bien pu faire pour mériter ça ? Gérard Kermadec est un homme d'une vulgarité inouïe qui ne se cache pas d'avoir voté Le Pen lors des présidentielles de 2017. Timothée devrait détester tout ce qu'il représente. Au lieu de quoi, il est inexplicablement en adoration devant lui. *Le coquin**, l'appelle-t-il. Et il est vrai que Suzette l'a toujours pris pour une crapule – une authentique crapule –, avec ses ascendances corses, son affaire boiteuse de salle de jeux électroniques et ses fonds dont l'origine reste le plus souvent suspecte.

« Est-ce que tu vas enfin dire à M. Saidi que tu reconnais la confession comme un faux ? poursuit sa mère.

– Non.

– Mais enfin...

– M. Saidi m'a menti, maman. Ce n'est même pas son vrai nom.

– On s'en fiche de son nom, tu ne crois pas ? Il te propose une jolie somme.

– Il n'a pas la confession en sa possession. Il ne l'a jamais eue.

– Sottise. Il t'en a envoyé un extrait. Comment aurait-il pu t'envoyer un extrait de quelque chose qu'il n'a pas ?

– Il a une copie. Pas l'original.

– Comment peux-tu le savoir ? Tu étais en Angleterre. Ses avocats sont en Suisse.

– Je n'ai pas l'intention de discuter avec toi, maman. L'histoire que m'ont racontée les avocats de Saidi n'est qu'un ramassis de mensonges. J'ai l'original. » Elle s'interrompt. Elle n'aurait pas dû dire ça. Brutalement, elle se souvient de la mise en garde de Gray, selon laquelle Laloul a peut-être piraté son téléphone. Sans compter que se confier à sa mère revient à se confier à son beau-père, chose qui ne la réjouit guère. « Je veux dire… j'ai vu l'original, et…

– Tu l'as vu où ?

– Je te rappellerai de la maison demain. On pourra reparler de tout ça plus tranquillement.

– Écoute-moi, Suzette. Cet argent, tu n'as qu'à tendre la main pour le prendre. Si ce n'est pas Saidi qui a l'original du document, c'est quelqu'un d'autre. Quelle différence si tout ce que tu as à dire, c'est que ton père n'en est pas l'auteur ?

– Cela fait une énorme différence pour moi.

– Tu es ridicule. Tu n'as pas… tu n'as pas… les idées assez claires pour réfléchir à tout ça. »

Sa mère commence à s'énerver.

Et Suzette également. Quoi qu'il arrive, elles finissent toujours par faire ressortir ce qu'il y a de pire en chacune d'elles.

« Tu te souviens d'un client du Chélifère, un habitué du nom de Tidjani, maman ? Il était prof à l'université.

– Non. Je ne vois pas.

– Il est mort dans un accident de voiture.

– Et alors ? Les Algériens conduisent comme des fous.

– Tu es bien sûre de ne pas t'en souvenir ?

– Absolument. »

Elle ment, c'est évident. Suzette est convaincue qu'elle se souvient de lui. Se souvient, en fait, de l'avoir trahi. La preuve en est qu'elle ne cherche pas à savoir pourquoi Suzette lui parle de cet homme.

« Il faut que j'y aille.

– Mais on en rediscute demain ?

– D'accord.

– D'ici là, j'espère que tu auras réfléchi dans le bon sens, Suzette. Celui qui s'impose. Je demanderai peut-être à Gérard de te donner son avis. Tu sais à quel point il s'entend à ce genre de choses. »

Suzette bout intérieurement. Kermadec s'entend à *son* genre de choses à lui, pas au sien. Elle n'a aucunement besoin de ses conseils, sur quelque sujet que ce soit.

« Tu sais que tu dois penser à Timothée et à Élodie, poursuit sa mère. Tu ne peux pas te permettre un caprice.

– Parce que la vérité est un caprice pour toi, maman ?

– Parfois.

– Et tu penses que c'est le cas en l'occurrence ?

– Tu sais très bien ce que je pense.

– Oui. En effet. »

Houda Ghamen n'a pas l'air particulièrement ravie de voir Taleb. Elle partage avec la plupart des Algériens une crainte légitime des policiers quand il s'en présente un à sa porte.

« T'inquiète, dit Taleb, cherchant désespérément à la mettre à l'aise. Je ne suis ici qu'à cause du perroquet.

– Le perroquet ? Qu'est-ce que tu lui veux ?

– Razane a peur qu'il… se languisse d'elle.

– Si chier sur mon tapis est un symptôme, alors, oui, il se languit d'elle. »

La femme est incontestablement plus irascible que lors de leur dernière rencontre. De toute évidence, Barbarossa s'est distingué.

« Il a dit quelque chose ?

– "Dieu me pardonne." Sans arrêt, sans arrêt. Comme un disque rayé.

– Il est probablement stressé.

– Il est pas le seul.

– Razane pense qu'un mélange spécial de graines pourrait l'aider. Je suis venu le récupérer dans son appartement.

– Si je comprends bien, elle a un cadre de la police pour lui faire ses courses à présent, c'est ça ?

– J'ai juste besoin de la clé. Ça pourrait rendre le perroquet plus… facile à vivre.

– Ce qui serait une bonne chose, dit l'autre en soupirant. Je vais te la chercher. »

Quelques minutes plus tard, Taleb déverrouille la porte d'Abderrahmane et, passant sous la Rubalise « *DÉFENSE D'ENTRER** » de la police, s'introduit dans l'appartement.

Celui-ci n'a pas été aéré de la journée, si bien que l'air y est chaud et confiné, chargé des odeurs de mets épicés, de bâtonnets d'encens et de celles, plus animales, du perroquet. Bannissant de son mieux la peur que le fantôme de Bahlouli s'encadre soudainement, plongé dans la pénombre inquiétante du crépuscule, dans l'ouverture d'une porte, Taleb fouille le placard du hall d'entrée à la recherche de l'escabeau qu'il transporte ensuite dans la cuisine. Il n'a aucunement l'intention d'allumer et y voit suffisamment, de toute façon.

L'escabeau en bois est branlant. Il le stabilise du mieux qu'il peut et grimpe jusqu'en haut du placard face à la fenêtre. Une corniche l'empêche de voir ce qui a pu être déposé là, et il lui faut passer par-dessus celle-ci et tâtonner dans tous les sens pour finir par trouver – outre une épaisse couche de poussière – un objet plus solide.

C'est un gros paquet emballé dans du carton. Taleb le ramène à lui. Ses yeux tombent sur le rendu artistique et décoloré d'un joyeux perroquet sous la marque *Le Perroquet au Paradis**. Instantanément, son instinct lui chuchote que le paquet est bien trop lourd pour ne contenir que des graines pour oiseaux.

Il redescend avec précaution avant de l'ouvrir et découvre à l'intérieur un paquet de graines fermé par une pince à linge et une boîte en carton carrée presque aussi grande que l'emballage. Il la fait glisser sur la table de la cuisine. Le couvercle est retenu par un élastique. Quand il fait glisser le caoutchouc, celui-ci claque, usé, suppose-t-il, à force d'être resté tendu trop longtemps autour de la boîte.

Il se surprend, dans un geste paranoïaque, à vérifier par-dessus son épaule qu'il est toujours seul, avant d'ôter le couvercle. À l'intérieur, il tombe sur une bande magnétique – de celles que l'on faisait passer entre deux bobines sur les magnétophones d'un autre temps, avant qu'elles soient remplacées par les cassettes audio il y a une quarantaine d'années.

Une étiquette sur la bobine, un peu décollée sur les bords, porte une inscription à l'encre noire délavée. Il est obligé de se pencher plus près pour la déchiffrer.

2 juin 1965.*

Le jour où Guy Fournier a été assassiné à Paris. Zarbi était un des meurtriers. Taleb le sait. Or, Zarbi confiait à Abderrahmane nombre de ses secrets. Taleb le sait également.

En voilà justement un. Là, sous ses yeux.

À cet instant, son téléphone sonne, le faisant violemment sursauter. Il le fait tomber en le sortant de sa poche, se baisse pour le ramasser et se cogne la tête sur le rebord de la table en se redressant. Le temps qu'il se remette, le téléphone a cessé de sonner. Il scrute l'écran. Un message… de Hidouchi.

« On se retrouve demain matin à Blida, Taleb. 8 heures pile. Ne sois pas en retard. Mets ton plus beau costume. Les Français se laissent facilement impressionner par ce genre de détail et, par pitié, ne me dis pas que ton plus beau costume est précisément celui que tu portes depuis deux jours. »

Taleb éteint l'appareil, trouve une chaise et s'assied devant la table. Il allume une cigarette qu'il fume lentement jusqu'au bout, tout en contemplant la bande. Il n'imagine même pas ce qu'il peut y avoir dessus. Mais c'est important. Diablement important.

Son problème immédiat, c'est qu'il ne dispose pas d'un appareil pour passer la bande. Il se peut qu'il y en ait un enfoui quelque part à l'hôtel de police, mais le seul fait de tenter de le localiser risque d'attirer l'attention, ce qu'il doit à tout prix éviter. Il pourrait sans doute en acheter un à Alger, mais il n'en aura pas le temps avant de partir. Il va donc devoir emporter la bande avec lui. Il ne peut certainement pas la laisser là, ne serait-ce que parce qu'il n'a aucune idée de la date de son retour.

Il éteint sa cigarette sous le robinet de l'évier et fourre le mégot dans un mouchoir en papier. Puis il remet la bande dans sa boîte, range l'escabeau dans le placard du hall et s'apprête à aller porter le paquet de graines à Ghanem. Il ne faut pas qu'elle ait vent de sa trouvaille. Pas plus que n'importe qui d'autre, y compris pour l'instant Hidouchi.

« Merci infiniment de rendre ma vie encore plus compliquée qu'elle ne l'est déjà, Razane », grommelle-t-il dans sa barbe tout en se dirigeant vers la porte.

Émergeant de l'ascenseur, l'agente Souad Hidouchi pénètre dans la caverne faiblement éclairée du parking souterrain du DSS et rejoint à grandes enjambées l'emplacement où elle a l'habitude de laisser sa moto. Elle n'apprécie pas du tout la diversion qu'on lui impose en la forçant à se rendre à Paris. Débriefer la DGSE lui semble relever d'une obligeance déplacée qui confine à l'obséquiosité. Elle ne voit aucune raison pour que les Français soient tenus informés de ses activités. Taleb et elle devraient aller à Londres interroger Riad Nedjar, et non à Paris pour fournir à un gros bonnet de la DGSE des renseignements que sa propre organisation n'a rien fait pour dénicher. Mais les ordres sont les ordres, si encline soit-elle parfois à pester contre eux.

Au moment où elle s'approche de sa moto, les phares d'un véhicule occupant un emplacement voisin clignotent par deux fois. Elle reconnaît la voiture du directeur adjoint Meschac Kadri – une Mercedes noire rutilante. Kadri est au volant et lui fait signe de le rejoindre. Manifestement, il l'attendait.

Deux explications possibles se présentent à elle presque simultanément. La première, c'est que Kadri, qui s'est toujours cru irrésistible auprès des femmes, cherche à renouveler les avances qu'elle a subtilement repoussées lors d'une précédente occasion. La seconde, plus perturbante à sa manière, c'est qu'il souhaite discuter avec elle d'un sujet qu'il ne pouvait pas aborder dans son bureau, où ils se sont retrouvés un peu plus tôt pour préparer sa visite à Paris. Elle ne va pas tarder à savoir laquelle des deux est la bonne.

Kadri lui ouvre la portière côté passager en la voyant approcher, et elle se glisse sur le siège, aussitôt agressée par une odeur de cuir entêtante, presque neutralisée par celle de l'eau de toilette dont il s'asperge abondamment.

« Je voulais avoir un dernier mot avec toi avant ton départ pour Paris demain, Souad, lui annonce-t-il.

– Nous avons oublié quelque chose, chef ?

– Je t'en prie, inutile d'être aussi formelle. Appelle-moi Meschac. Il s'agit plutôt de quelque chose dont nous n'avons pas suffisamment souligné l'importance. Disons plutôt dont *je* n'ai pas suffisamment souligné l'importance. Est-ce que tu es satisfaite de ta collaboration avec le commissaire Taleb ?

– Son expérience nous a été très utile. Et nous avons fait des progrès rapides.

– Son "expérience", justement, voilà ce qui me pose problème. Elle peut se révéler un obstacle pour toi dans les semaines à venir s'il voit ses relations avec Zarbi et Laloul à travers le prisme du passé.

– Mais ces deux-là appartiennent bel et bien au passé, non ?

– Certes. Un passé cependant que nos supérieurs voudraient laisser loin derrière eux, pour le bien du pays. La jeunesse qui a manifesté dans nos rues dernièrement ne s'intéresse pas du tout aux scandales de *la décennie noire**. Ses membres sont nés pour la plupart au début de ce siècle et non au siècle dernier. Il vaudrait donc mieux à tous égards que Zarbi et Laloul... ne réapparaissent pas.

– La chose était parfaitement claire quand tu m'as confié cette mission… Meschac. Soit les deux hommes continuent à être portés disparus, soit… ils sont éliminés.

– Tu as très bien compris. »

Un bref silence s'ensuit. Hidouchi se demande où Kadri veut en venir. Elle comprend que le gouvernement n'a aucunement l'intention de voir Laloul traduit devant un tribunal. Une tombe anonyme quelque part en Europe, c'est là, selon les instructions explicites qu'elle a reçues, qu'elle devra le laisser, si toutefois elle arrive à retrouver sa trace. Et elle n'a pas d'états d'âme à ce sujet. Nadir Laloul est un traître à sa patrie en même temps qu'un criminel de droit commun. Elle n'a aucune objection à être l'instrument d'un châtiment qu'il a amplement mérité. Après tout, l'exécution de tels actes n'est que l'une des nombreuses facettes de son métier.

Jusqu'ici, elle n'a jamais reçu l'ordre de tuer quelqu'un qu'elle savait innocent. Et c'est une bonne chose, parce qu'elle est parfaitement consciente de ce qu'elle serait, ou ne serait pas, capable de faire en pareilles circonstances. Le DSS a ses priorités, qu'elle est tenue de respecter. Mais elle-même a des principes, que sa nature lui dicte également de respecter.

Kadri pousse un soupir et tapote le genou de Hidouchi, geste qu'elle tolère parce qu'elle sait ne pas pouvoir faire autrement.

« Je pense à ton avenir, Souad. Si tu règles cette affaire avec le doigté que j'en suis venu à attendre de toi, il pourrait être plus brillant que celui d'aucune des femmes qui ont jamais rejoint nos services. Taleb a participé à l'enquête originelle concernant le détournement de fonds de la Sonatrach par Laloul, je me trompe ?

– Non, c'est exact.

– Il est donc possible qu'il en sache davantage sur les activités de Laloul que ce que nous savons.

– C'est possible, en effet.

– Sans compter que nous ignorons ce que cet homme, Bahlouli, a pu lui dire avant de sauter du balcon, non ?

– Eh bien, je n'étais pas là, c'est certain.

– On peut même se demander si ce Bahlouli a bien sauté… ou s'il n'a pas plutôt été poussé dans le vide. »

Hidouchi ne se laisse pas démonter, par tempérament autant que par entraînement. Malgré tout, elle est soulagée qu'il fasse sombre à l'intérieur de la voiture, ce qui empêche Kadri de voir son expression tandis qu'elle digère l'information selon laquelle Taleb aurait pu assassiner Bahlouli.

« Je n'ai personnellement aucun doute à ce sujet. Taleb n'a pas tué Bahlouli.

– Comment peux-tu en être sûre ?

– Il n'avait aucune raison de le faire.

– Il se peut que ses raisons remontent à vingt ans, voire plus. Il se présente à toi comme un officier de police consciencieux. Mais ses relations avec des gens proches de l'affaire – Zarbi, Abderrahmane, Bahlouli, sans parler du libraire anglais, Dalby – font de lui un suspect. On ne peut pas se permettre de le laisser faire obstruction à une résolution propre et sans bavure du problème Laloul. Toi, surtout, tu ne peux pas te le permettre.

– Je n'en ai pas l'intention.

– Fort bien, dit Kadri en se tournant vers elle, mais elle ne voit de son visage noyé dans l'ombre que la courbe pâle de son sourire. C'est parfait.

– Puis-je demander…

– Oui ?

– … ce qu'est exactement le problème Laloul ? Si j'en savais davantage à ce propos, ma tâche s'en trouverait grandement simplifiée.

– Je comprends. Je t'en dirais plus si je pouvais. Pour l'heure, je n'en sais pas davantage que ce que je t'ai dit. Laloul est un feu qui couve et qui doit être éteint. Et il se peut que Taleb… doive également être… éteint.

– Il s'agirait là d'une mesure draconienne.

– Le DSS existe pour prendre des mesures draconiennes quand elles s'imposent, Souad. Et dans ce cas précis, elles sont jugées nécessaires. Quand le moment viendra, et s'il vient, tu sauras le reconnaître et agir en conséquence, j'en suis sûr. Tu es à la hauteur de cette tâche, n'est-ce-pas ? demande-t-il, son sourire désormais effacé.

– Bien sûr.

– Alors, fais ton travail. Jusqu'au bout. »

Taleb rentre chez lui, en proie à l'angoisse. Il a en sa possession une preuve essentielle, mais aucun moyen de savoir en quoi elle consiste. Il a également l'obligation de rapporter cette découverte à la fois à Bouras et, de manière plus détournée, à Hidouchi. Mais son instinct lui dicte de n'en souffler mot ni à l'un ni à l'autre – il doit d'abord écouter la bande. Celle-ci ne changera peut-être rien, ou au contraire absolument tout. Tant qu'il n'en connaîtra pas le contenu, la question restera en suspens – autant qu'il le serait devant un gouffre béant à ses pieds.

Son appartement est meublé et décoré dans un style vieux d'au moins trente ans, pour la simple et bonne raison qu'aucun changement n'y a été apporté depuis tout ce temps. Les tapis aux teintes passées sont effrangés, le velours à l'origine orange qui recouvre le canapé a viré au beige au fil des années. Sur la télévision Sonelec à l'ancienne trône toujours le même chromo, un paysage d'oasis dûment pourvu de son chameau et de ses deux palmiers. Il n'a pas délibérément cherché à préserver l'appartement comme un sanctuaire à la mémoire de Serene et de Lili, mais il trouve du réconfort dans l'idée qu'elles reconnaîtraient pratiquement tout si elles devaient y revenir un jour.

Ce qu'elles ne feront jamais, évidemment. Le caractère irrémédiable de la mort l'a depuis longtemps séparé d'elles. De même qu'il l'a coupé des consolations de la religion. Il a secrètement renoncé à croire en Dieu le lendemain même de leur enterrement, et depuis le Tout-Puissant et lui ne se sont jamais réconciliés. Bizarrement, il n'a pas tenu Dieu pour responsable de ce qui leur est arrivé. Mais son dégoût envers nombre de ces hommes en compagnie desquels il lui était demandé d'adorer Dieu – des hommes capables de cette violence inimaginable qui lui a enlevé ses êtres les plus chers – l'a conduit à renoncer à leurs croyances. Et dans ce renoncement, il a trouvé une forme de paix.

Il se prépare un repas frugal et réfléchit tout en mangeant aux options qui s'offrent à lui. Repas et réflexion ne lui prennent pas longtemps. Il va falloir qu'il emporte la bande à Paris et qu'il trouve l'occasion de se procurer un magnétophone, en l'empruntant ou en le volant, si besoin est. Comment est-il censé se débrouiller, il n'en a aucune idée, mais il faudra bel et bien qu'il en passe par là. Jusqu'à ce qu'il connaisse le contenu de la bande, il reste dans une position périlleuse, même s'il est fort possible que celle-ci le devienne encore davantage une fois qu'il l'aura écoutée. L'ignorance est dangereuse. Mais la connaissance peut l'être encore plus.

Il met quelques vêtements dans une valise pour deux ou trois jours, même si la durée de son absence est une autre des incertitudes qui l'assaillent. Il emballe la boîte contenant la bande dans plusieurs couches de papier et fourre le tout dans un classeur écorné, qu'il range dans sa sacoche. Il est prêt ou presque pour son départ matinal.

Il éteint toutes les lumières, ouvre les stores et s'assied dans son fauteuil préféré, face à la fenêtre et, au-delà, à la nuit. Il allume une cigarette et contemple le noir velouté du ciel posé sur la ville. Il lui vient à l'esprit qu'il s'agit peut-être là de son ultime nuit à Alger, au vu des innombrables inconnues qui l'attendent certainement au cours du voyage qui débutera demain. Il songe aux milliers de nuits semblables qu'il a passées dans sa ville natale et au fait que celle-ci pourrait bien être la toute dernière.

La chose apparaît difficilement possible. Mais comme il le sait d'expérience, la mort ne semble jamais être de l'ordre du possible – tant qu'elle n'est pas réalité.

Hidouchi rentre chez elle, en proie à l'angoisse elle aussi. Une mission qu'elle a d'abord vue comme une occasion d'impressionner ses supérieurs et de valoriser ses perspectives de carrière au sein du DSS s'est progressivement chargée de tant d'aléas qu'elle risque fort de se transformer en une bataille pour sa propre survie. Elle est bien payée, selon les normes algériennes, et profite des avantages matériels d'une existence privilégiée. Elle dispose d'un grand appartement décoré avec goût dans des tons discrets gris et argent, avec un séjour dont la loggia offre une vue panoramique sur le port, et une cuisine suréquipée en plaques de cuisson, fours, congélateurs et rangements divers et variés – le tout jusqu'à l'excès. Et accompagné des dernières extravagances de la technologie – dont une climatisation commandée à distance par smartphone et une musique de son choix pour la suivre dans ses déplacements d'une pièce à l'autre.

Elle ôte ses vêtements avec soulagement et s'abîme dans la contemplation des lumières du port, tout en buvant un jus de fruits de la passion dans un grand verre où cliquettent les glaçons au moindre mouvement. Puis elle prend un long bain en écoutant son album préféré de Souad Massi et en s'efforçant de ne pas penser au choix devant lequel l'a placée Kadri. La mort n'est rien de moins que mérite pleinement un prédateur du genre de Laloul. Taleb, en revanche, est un officier de police honnête et consciencieux. Elle s'est prise d'amitié pour lui. Elle aime son humour teinté d'autodérision. Son extinction – l'image utilisée par Kadri pour signifier son élimination – ne fait pas partie des choses dont elle se croit capable.

À moins que Taleb ne soit pas aussi honnête et consciencieux qu'il le semble. Peut-être Kadri a-t-il raison. Il se peut que Taleb ait un programme d'action secret lié au meurtre de sa femme et de sa fille par des terroristes islamistes et à ses transactions étranges avec Stephen Gray et Nigel Dalby. Est-il possible – voir concevable – qu'il ait jeté Bahlouli du haut du balcon d'Abderrahmane ? Si c'est le cas, elle s'est totalement trompée à son sujet.

Et dans son métier, des erreurs de cet ordre peuvent être lourdes de conséquences.

Mais Taleb n'est pas le seul dans cette affaire susceptible d'avoir un agenda secret. Kadri s'est montré beaucoup plus explicite à propos de ce qu'il attendait d'elle au cours de leur conversation dans sa voiture qu'il ne l'avait été auparavant dans son bureau. Manifestement, il souhaitait ne laisser aucune trace de leur discussion. Quels objectifs sert-il ? Les siens ou ceux de décideurs anonymes au-dessus de lui ? Impossible à dire. Elle n'en sait tout bonnement pas assez sur les nombreux secrets enfouis dans le passé de Zarbi et de Laloul pour comprendre ce qui est en jeu.

À l'instar de tous ceux de sa génération, elle supporte mal la façon dont sa vie est encore gouvernée par des conflits ou des luttes de pouvoir qui sont apparus bien avant sa naissance. La guerre d'indépendance est pour elle une période poussiéreuse de l'histoire. Et pourtant, ces combattants légendaires de la liberté qui ont chassé les Français il y a soixante ans de cela sont devenus les grands-pères d'un présent fracturé. Leur détermination à refuser au peuple algérien la liberté au nom de laquelle ils ont prétendu se battre a empoisonné toutes les décennies depuis. *Le pouvoir** a toujours le pied sur la nuque des citoyens. Quant à elle, même si elle prétend le contraire, elle n'en reste pas moins au service de ce système.

Or, certaines conditions sont liées à ce service. Kadri, quand bien même il l'ignorerait, a violé l'une d'elles. Hidouchi n'est pas prête à se laisser manœuvrer. Et elle refuse d'être esclave d'un programme secret de quelque bord qu'il vienne.

Qui sait ce qu'elle a besoin de savoir et serait prêt à le lui révéler ? À qui peut-elle se fier ? Il semble qu'il ne peut y avoir qu'un homme susceptible de répondre à cette attente, ce qui est toujours mieux qu'aucun, se dit-elle. Et cet homme, Kadri le veut mort.

Du doigt de pied, elle soulève la bonde de la baignoire pour la vider et se redresse. En attrapant une serviette, elle aperçoit son reflet, flouté par la condensation, dans la glace qui couvre le mur du sol au plafond.

Elle sort de la baignoire et traverse la pièce, appréciant la souplesse de ses membres et goûtant la sensation de l'eau sur sa peau. Elle essuie juste ce qu'il faut de vapeur sur la glace pour voir clairement son propre regard.

Les yeux de la femme qui lui fait face expriment tout à la fois force et assurance. Ce n'est qu'en la connaissant mieux qu'on percevrait une infime trace de peur, malgré tout évidente. La force peut être surestimée, l'assurance mal placée. Pour Souad Hidouchi, l'avenir immédiat est semé d'embûches.

22

Pénible vision que le reflet aux yeux creusés qui accueille Stephen Gray de bonne heure le lendemain matin dans la glace de la salle de bains au Premier Inn de Basingstoke. Il s'éclabousse le visage et se badigeonne les dents d'un peu de dentifrice – c'est le mieux qu'il puisse faire, faute d'avoir acheté une brosse hier. Il se rince la bouche sous le robinet, reconnaissant d'avoir au moins chassé le goût tenace de whisky, séquelle de la demi-bouteille vidée la veille. Puis il revient dans la chambre et ouvre les rideaux aussi largement que ses yeux peuvent le supporter.

Il a mal à la tête et a l'impression d'avoir la gorge tapissée de papier de verre. Il ne peut pas continuer comme ça. C'est une évidence. Il faut qu'il se reprenne. Il est sans toit ; Suzette est partie avec la confession ; et il a réussi à se brouiller sérieusement avec sa seule parente encore en vie. Il ne peut pas se contenter d'attendre que Suzette prenne sa décision. Il lui faut agir. Il se souvient d'être parvenu à cette conclusion hier soir, avant que le scotch s'en mêle.

Il finit par localiser son téléphone B dans le fatras de vêtements entassés sur la chaise à côté de la table, s'assied sur le lit et compose le numéro de Riad Nedjar.

Pas de réponse. Il laisse un très bref message.

« C'est moi. Rappelle-moi dès que possible. »

À Alger, Akram est en train d'ouvrir la grille du garage quand Taleb arrive, les yeux chassieux faute de sommeil. Il est inhabituellement tôt – mais pas trop tout de même pour qu'Akram lui fasse un petit brin de conversation.

« Ils vous font travailler trop dur, inspecteur.

– Tu as peut-être raison. Mais et toi, alors ? Où est ton feignant de frère ?

– Encore au lit, je suppose. Tu t'absentes ? demande Akram avec un mouvement de tête en direction de la valise de Taleb.

– Un jour ou deux, oui.

– Les affaires ou le plaisir ?

– À ton avis ?

– Mon avis, c'est que tu devrais faire attention à toi. On vit dans un monde de dingues de nos jours.

– Inutile de me le dire.

– Oh, je sais que je t'apprends rien, inspecteur. Tu le sais déjà, ça, j'en suis sûr. Je me contente de te le rappeler, dit l'autre en souriant. Ça fait partie de nos prestations. »

Gray est toujours assis sur le lit de sa chambre d'hôtel, en train d'essayer de rassembler le courage de s'habiller, quand le téléphone sonne.

« Salut, Riad. Merci de rappeler.

– T'as la voix bien rauque, mon vieux.

– Ça s'entend à ce point ?

– Qu'est-ce que je peux faire pour toi à cette heure matinale ?

– Il est tôt, je sais. Désolé de t'avoir réveillé.

– Tu ne m'as pas réveillé, rassure-toi. La journée d'un boutiquier comme moi commence avant l'aube.

– J'ai besoin d'un service.

– De quoi s'agit-il ?

– Quand Suzette et toi vous êtes séparés mardi soir, elle t'a laissé son adresse en France, non ?

– Oui. Pour qu'on reste en contact.

– Tu peux me la donner ?

– Pourquoi as-tu besoin de son adresse, Stephen ? Tu te proposes de lui écrire ?

– Non.

– De lui rendre visite, alors ?

– Je ne peux pas laisser les choses en l'état. J'ai travaillé trop longtemps et trop dur à pourchasser Laloul pour voir tous mes plans tomber à l'eau d'un coup.

– Est-ce que tu as vraiment le choix ?

– Je peux essayer de convaincre Suzette, à présent que nous avons eu tous les deux le temps de réfléchir à la situation, que nous devrions… continuer.

– Mais elle ne te fait plus confiance, Stephen. Et elle a peur de Laloul. À juste titre. Je crains que ta tentative soit vouée à l'échec.

– Il faut au moins que j'essaie.

– Appelle-là, dans ce cas. Tu sauras à sa manière de réagir si tu as encore une chance.

– C'est toi-même qui m'as prévenu que son téléphone avait peut-être été piraté. Il faut qu'on se voie.

– C'est un argument de poids. Qui pourtant ne me convainc pas.

– OK. Est-ce que tu vas quand même me donner son adresse ?

– Tu fais une grave erreur, mon pote.

– Peut-être. Mais je l'assume. »

Hidouchi et Taleb n'échangent pas grand-chose pendant le vol de Blida à Paris, en partie en raison du bruit assourdissant de l'avion-cargo, dont ils sont les seuls passagers, mais aussi parce que Taleb, exténué après une nuit pratiquement blanche, a plongé sitôt après le décollage dans un profond sommeil que des turbulences au-dessus de la Méditerranée ne perturbent que très brièvement.

Quand ils atterrissent sur la base aérienne de Vélizy-Villacoublay, Hidouchi est là pour accueillir son retour parmi les vivants.

« Quand est-ce que tu es venu à Paris pour la dernière fois ?

– À l'occasion d'un colloque il y a dix ans, répond-il en se frottant les yeux avant de les ouvrir à demi pour contempler la piste. C'est à peine si j'ai quitté l'hôtel.

– Et avant ça ?

– 1983. Avec ma femme. Pour notre lune de miel. À cette époque de l'année, en fait. Il pleuvait beaucoup, mais on s'en moquait complètement, ajoute-t-il en souriant.

– Tu avais quel âge en 1983, Taleb ?

– Euh… vingt-huit ans.

– Difficile à imaginer.

– Plus pour moi que pour toi, j'en ai peur.

– Une voiture de l'ambassade nous attend. On va directement à la Piscine.

– Tu plaisantes ? dit-il, l'air ahuri.

– C'est le surnom du quartier général de la DGSE.

– Pourquoi ce surnom ?

– Facile de se noyer dans ce cloaque si tu ne pratiques pas la bonne nage, enfin je suppose.

– Mais toi, tu dois la connaître, cette nage, agente Hidouchi. La DGSE est pleine de gens de ton acabit.

– Je n'en suis pas si sûre.

– Non ?

– Il va falloir se montrer prudents pendant notre séjour, Taleb.

– Tu crois ?

– Pas toi ?

– Moi ? Je suis la prudence incarnée. Tu n'avais pas remarqué ? »

Le chauffeur de l'ambassade semble avoir acquis une bonne dose de réserve parisienne depuis qu'il est en poste. Il fait preuve d'un mutisme qui est tout sauf algérien tandis qu'il leur fait franchir le système autoroutier jusqu'à leur destination dans l'est de la ville. Taleb entrevoit un panneau indiquant « *PISCINE DES TOURELLES** » au moment où ils arrivent et comprend alors que c'est sa présence qui explique le surnom du quartier général de la DGSE, comme doit aussi en être consciente Hidouchi.

« Je préférais ta version, dit-il à voix basse.

– Les noms ne sont jamais que des noms, Taleb, rétorque-t-elle. Ils génèrent leur propre symbolique. »

Le chauffeur annonce qu'on lui a donné des instructions pour déposer leurs bagages à l'hôtel que leur a réservé l'ambassade et qu'il passera les reprendre plus tard. Taleb garde sa grosse sacoche avec lui. Hidouchi, elle, porte, comme on pouvait s'y attendre, quelque chose de moins encombrant et de plus élégant. Il y a un portique de sécurité juste à l'intérieur du bâtiment, où ils sont passés au détecteur et débarrassés de leurs armes pour la durée de leur visite.

« Ne vous inquiétez pas, dit le gardien à la stature impressionnante. Vous n'aurez pas besoin de tirer pour sortir. »

Taleb se force à sourire. Hidouchi, non.

On les fait entrer dans un bureau à l'étage pour rencontrer le directeur adjoint des services de renseignements, Ménard. L'initiale E qui précède son nom sur la porte signifie Erica. Taleb s'efforce de ne pas avoir l'air surpris quand il le découvre. Il soupçonne Hidouchi d'être déjà au courant, mais d'avoir choisi de lui cacher ce détail.

Erica Ménard n'est pas dans son bureau. Elle a été retenue par une « urgence opérationnelle », à en croire son assistant, un jeune homme sec aux cheveux frisés affublé d'un clignement d'yeux aussi saccadé que permanent, qui se présente comme étant Gilles Réau et les invite à prendre place avec lui à la table de conférences pour l'attendre.

Ladite table forme la barre verticale d'un T complété par le bureau de Ménard, sur lequel un téléphone et un PC n'ont pas à se battre pour occuper leur espace avec des objets aussi personnels que pourraient l'être des photos de famille dans leurs cadres. Réau se met à pianoter sur le clavier de son portable, laissant les visiteurs examiner leur environnement en silence.

Tandis que les minutes s'égrènent et que les tableaux abstraits sur les murs échouent à capter son attention pleine et entière, Taleb se met en devoir d'étudier Réau de plus près. Il relève un certain nombre de poils gris sur les épaules de la veste du jeune homme – des poils de chat, soupçonne-t-il. Ils lui rappellent ceux qu'il retrouvait sur ses vêtements après ses visites à sa grand-tante Lunca, qui possédait une véritable armée de chats persans.

Près d'une demi-heure s'écoule lentement avant qu'Erica Ménard fasse son entrée dans la salle avec ce léger essoufflement caractéristique de la femme suroccupée. Elle est mince, élégante, vêtue d'un tailleur-pantalon noir. L'œil de Taleb est attiré par une broche en forme de scorpion qui brille de tous ses feux sur le revers de sa veste. Elle leur réserve un sourire exempt de toute chaleur, et ses yeux ont l'éclat de ceux d'un prédateur.

« Bienvenue à Paris, salue-t-elle tout en s'asseyant à son bureau, avant d'ouvrir la chemise qu'elle a apportée. Nous sommes reconnaissants au DSS d'avoir proposé cette rencontre. »

Elle adresse cette remarque à Hidouchi. La police ne mérite apparemment aucun remerciement pour avoir envoyé Taleb jusqu'ici.

« Je suis surprise, je dois le dire, d'apprendre que le dossier Tournier a été rouvert. C'était il y a cinquante-cinq ans. L'affaire n'est plus seulement classée, elle est tout bonnement… déclassée.

– Même ainsi, elle reste éminemment sensible, constate Hidouchi, à un moment où les relations entre nos deux pays s'améliorent.

– Exact, concède Ménard. Alors, êtes-vous en mesure de me donner des détails sur ce qui est revenu à la surface… au bout d'une aussi longue période ?

– Commissaire ? dit Hidouchi avec un mouvement de tête à l'adresse de Taleb.

– Merci, agente Hidouchi. » Taleb s'éclaircit la voix. Il donnerait cher pour une cigarette, mais ils sont passés à plusieurs reprises devant des panneaux « *DÉFENSE DE FUMER** » en traversant le bâtiment, et la salle est d'une propreté aseptisée. Autant vouloir cracher par terre. « Wassim Zarbi, ex-agent du DRS, a quitté l'Algérie il y a quatre mois, alors même qu'il était en liberté conditionnelle à la suite de sa sortie de prison après avoir purgé vingt ans d'une peine de trente pour complicité dans des détournements de fonds de la Sonatrach. L'escroc principal, Nadir Laloul, qui travaillait comme cadre supérieur dans cette même compagnie, n'a jamais été appréhendé. Il se pourrait que Zarbi le recherche afin de se venger de lui pour l'avoir laissé comparaître seul devant les tribunaux.

– Et où croyez-vous que soit Laloul ? demande Ménard.

– Nous l'ignorons. En Suisse, peut-être. La France est également une possibilité.

– La France ? Vraiment ? dit Ménard en haussant les sourcils, l'air sceptique.

– Comme je viens de le dire, nous l'ignorons. Mais le français est sa première langue.

– Et quel est le lien avec Guy Tournier ?

– Il est possible que Zarbi et Laloul l'aient assassiné. Il semblerait qu'ils étaient à Paris à l'époque de sa mort et qu'ils étaient des membres très actifs du FLN, même si, en 1965, ils œuvraient à remplacer Ben Bella par Boumédiène. Le coup d'État qui a vu la déposition de Ben Bella a eu lieu à peine quelques semaines après la mort de Tournier.

– Et s'il ne s'agissait que d'une simple coïncidence ?

– Nous sommes au courant des bruits selon lesquels Tournier était membre de la commission secrète qui aurait approuvé le massacre du 17 octobre 1961, s'interpose Hidouchi. La date était badigeonnée en lettres de sang sur le mur de son appartement, si je ne m'abuse ?

– En effet, admet Ménard. Si j'en crois le dossier que j'ai étudié avant de venir. Une sale affaire, dans laquelle la prédilection de Tournier pour la compagnie de jeunes hommes a été habilement exploitée pour permettre d'accéder à son appartement. Il aurait reçu des propositions d'un jeune Anglais dans un restaurant voisin.

– Il se peut que nous connaissions l'identité de cet Anglais, relève Taleb, après avoir échangé un regard avec Hidouchi. Il s'agirait de Nigel Dalby. Qui a tenu une librairie à Alger pendant de nombreuses années. Nous pensons que Zarbi l'a aidé à monter son affaire.

– Dalby est toujours en vie ?

– Non. Il a été abattu par les islamistes en 1994.

– Vous avez donc, si j'ai bien compris, deux fugitifs d'un âge avancé et un mort pour étayer toutes vos conjectures ?

– Tournier était-il membre d'une commission secrète gouvernementale ? » demande Hidouchi, histoire d'émousser le sarcasme de Ménard.

Elle est récompensée par un regard glacial.

« Vous vous doutez bien que, par définition, je ne peux pas confirmer l'existence d'une commission de ce genre, même s'il s'agit d'une administration présidentielle qui remonte aujourd'hui à très loin. Mais je ne nie pas l'existence d'une rumeur à propos d'une telle commission. Pas plus que le fait que Tournier en faisait partie.

– Votre gouvernement aimerait-il voir ses meurtriers traduits en justice ?

– Naturellement. Et je suis sûre que l'aide reçue par vos services pour accomplir une telle mission serait chaudement accueillie par mon gouvernement.

– Nous ignorons où se trouve Laloul, reconnaît Taleb, mais il semble probable que Zarbi soit à Marseille. Ce qui signifie que Laloul y est également…

– Cette ville est un repaire de musulmans en colère, si bien que l'un ou l'autre a parfaitement pu y trouver refuge. »

Ménard ne semble pas dérangée par la dureté de son langage.

« Ce pays est en état de guerre non déclarée contre les extrémistes islamistes qui refusent de respecter nos traditions. Lesquels considéreraient vraisemblablement les assassins de Tournier comme des héros.

– Eh bien, ce n'est pas notre cas. » Avoir à dire cela suffit à mettre Taleb hors de lui, mais il a l'habitude de réprimer ses émotions. « Zarbi et Laloul sont des ennemis de l'Algérie au moins autant qu'ils le sont de la France. »

Ménard lui accorde son attention pour ce qui semble être la première fois depuis le début de leur entretien.

« Je suis heureuse de vous l'entendre dire, commissaire. Comment pouvons-nous vous aider dans la recherche de ces assassins sur le retour ?

– En nous donnant l'autorisation officielle de mener notre enquête partout où ce sera nécessaire.

– L'autorisation officielle ? Nous nous retrouverions englués dans la paperasse. L'autorisation non officielle, c'est différent.

– On peut l'avoir, en ce cas ? demande Hidouchi.

– À condition que nous soyons tenus régulièrement informés des progrès de vos recherches, oui, répond Ménard avec un sourire glaçant.

– Je me demande… si vous avez des renseignements sur l'un ou l'autre de ces hommes. »

Taleb remarque que Hidouchi se raidit imperceptiblement en faisant sa demande. Elle est manifestement convaincue que la réponse de Ménard sera la pierre de touche de ses dispositions à coopérer.

« J'ai fait effectuer une recherche sur toutes nos bases de données dès que le directeur adjoint Kadri m'a fourni leurs noms. Les résultats sont… maigres. Gilles ? »

Ménard se tourne vers Réau, dont les battements de cils s'accélèrent instantanément.

« Nous n'avons aucun renseignement récent, dit celui-ci, parlant à voix si basse que Taleb doit se concentrer sérieusement pour l'entendre. Les deux hommes auraient des liens avec la pègre marseillaise, pense-t-on, mais rien de bien défini.

– Si vous pouviez nous fournir les noms de personnes connues pour être encore en contact avec eux, dit Ménard, nous serions peut-être en mesure d'en découvrir davantage.

– Il y a une ancienne propriétaire de night-club, du nom de Razane Abderrahmane, déclare Hidouchi. Zarbi a eu un fils d'elle. Ainsi qu'un ami de celle-ci qui était en prison avec Zarbi, Sami Bahlouli.

– Abderrahmane est en détention préventive, précise Taleb. Et Bahlouli s'est suicidé quand on a tenté de l'arrêter. »

Ménard n'a pas l'air très impressionnée – non sans raison, doit reconnaître Taleb.

« Où se trouve le fils ? demande-t-elle

– En Égypte, où il dirige un hôtel.

– Aucun lien apparent avec la France, donc.

– Non. Mais il y a aussi… l'avocat cosmopolite de Zarbi, Ibrahim Boukhatem. Peut-être…

– Boukhatem ? s'exclame Ménard, qui soudain s'anime. Pourquoi ne pas l'avoir mentionné plus tôt ?

– Vous le connaissez ?

– Trop bien, à mon goût. Ibrahim Boukhatem est un associé… itinérant, pourrait-on dire, de Coqblin & Baudouin, un cabinet d'avocats qui nous a causé pas mal de soucis en assurant la défense, à l'aide de fonds mystérieux, de musulmans extrémistes menacés d'expulsion. Nous soupçonnons Boukhatem d'être leur principal collecteur de fonds dans les États arabes.

– Très intéressant. Il se trouve qu'il est à Bahreïn en ce moment.

– Non, non, commissaire. Il est ici, à Paris. Gilles ? »

Elle s'est à nouveau tournée vers Réau, lequel se met à pianoter sur les touches de son ordinateur portable.

« Boukhatem est arrivé hier de Bahreïn et a pris une chambre à l'Horizon Hotel de l'aéroport Charles-de-Gaulle, annonce-t-il. À notre connaissance, il y est encore.

– Peut-être en train de prendre part à des entrevues avant de s'envoler à nouveau, suppose Ménard. Il passe son temps dans les avions.

– Boukhatem est à l'aéroport ? insiste Hidouchi. En ce moment même ?

– On ne peut être certain de l'endroit où il se trouve, mais…, dit Réau qui scrute son écran, en tout cas, il n'a pas quitté l'hôtel.

– Vous avez le numéro de sa chambre ?

– Songeriez-vous à lui rendre une petite visite, agente Hidouchi ? demande Ménard.

– Pourquoi pas ?

– Pas de raison particulière. En fait, ce serait une bonne idée. Surtout pour nous.

– Pourquoi pour vous ?

– Parce que Coqblin & Baudouin plaideront le harcèlement si nous allons, nous, frapper à la porte de Boukhatem. Et ils ont suffisamment d'hommes politiques à leur solde pour nous causer des problèmes. Mais nous ne saurions être tenus pour responsables des actions d'agents algériens opérant en France sans autorisation officielle, n'est-ce pas ? » Ménard ponctue sa dernière phrase d'un sourire à leur intention. Elle pointe ensuite un index étrangement long sur Réau. « Je n'ai jamais discuté avec l'agente Hidouchi et le commissaire Taleb de l'endroit où pourrait se trouver Boukhatem, Gilles. C'est bien clair ? »

Réau approuve d'un mouvement de tête si énergique qu'il ralentit instantanément le rythme de ses clignements d'yeux.

« Mais ils se sont engagés à nous signaler tous les contacts qu'ils pourraient avoir avec des citoyens français tant qu'ils seront dans ce pays. »

Réau acquiesce à nouveau de la tête et tape sur son clavier.

« Pourtant, Boukhatem n'est pas citoyen français, fait remarquer Hidouchi.

– C'est vrai, rétorque Ménard en haussant les épaules. Bon… nous ne demanderons donc pas à être tenus au courant des contacts que vous aurez avec lui. »

Elle accompagne son haussement d'épaules d'un sourire.

Suzette est soulagée d'être à nouveau chez elle. Les Fringillidés est le nom d'une ancienne ferme restaurée à l'ouest de Versailles, qu'elle a achetée avec Vincent quand la galerie d'art de celui-ci était florissante, à la grande époque où l'on dépensait sans compter, juste avant la crise de 2008. L'entretien de la propriété a pratiquement épuisé ses ressources, mais elle est heureuse d'avoir pu offrir à Timothée et à Élodie une enfance semi-rurale. Ils sont rarement présents désormais, et Vincent, lui, est parti depuis longtemps, mais les souvenirs qu'elle garde de leur vie de famille en ces lieux lui sont précieux.

Par-dessus tout, les Fringillidés représentent la paix, et c'est exactement ce dont elle a besoin après son voyage en Angleterre. Elle est arrivée chez elle à l'aube, épuisée par le trajet en voiture depuis Calais. Angélique, sa femme de ménage, a tout laissé en ordre, comme d'habitude. Elle n'a eu qu'à poser ses valises, tirer les rideaux et se mettre au lit dans l'espoir de rattraper un peu de sommeil.

Elle a réussi à dormir cinq heures d'affilée avant de découvrir le soleil à son réveil, tard dans la matinée. Elle s'est douchée, a défait ses bagages avant de prendre son petit déjeuner et d'emporter son café sur la terrasse donnant sur les champs qui s'étendent vers le nord en direction de la forêt de Beynes.

Elle s'assied devant la table de jardin et sent la quiétude de son environnement pénétrer tout son être. Elle ne sait toujours pas très bien comment elle va s'extirper des problèmes posés par cette confession, mais elle est plus calme qu'elle ne l'a été et elle a le sentiment que la réponse se présentera d'elle-même si elle lui laisse le temps de venir.

Elle n'a pas rebranché son téléphone depuis son arrivée et a également débranché le fixe. Elle a besoin de réfléchir sans être interrompue et, en tout état de cause, sans les conseils que sa mère est sans doute impatiente de lui prodiguer.

Mais le téléphone n'est pas la seule source possible d'interruption. Tandis qu'elle boit son café et regarde les vaches grasses brouter à loisir dans un des près du fermier Pépy, elle prend conscience du bruit d'un moteur, qui ne fait que grandir à mesure que la voiture remonte l'allée bordée de peupliers. Ce n'est pas le facteur, dont la fourgonnette crachote de manière reconnaissable. C'est le grondement rocailleux d'une puissante berline.

En se retournant, elle distingue un nuage de poussière qui s'élève du chemin. Puis le véhicule lui-même apparaît : gris et surbaissé. Il ralentit en approchant de la cour devant la maison. Suzette ne voit rien du conducteur à cause de l'angle des rayons du soleil. Mais l'apparition en pleine journée d'une voiture qu'elle ne reconnaît pas est en soi perturbante. Elle se lève, se demandant quoi faire.

La berline s'arrête. Le moteur est coupé. Le calme revient. La portière s'ouvre à la volée, et un homme grand, blond, à grosses bajoues, en blazer et chino, en descend. Il lui fait signe à distance, le soleil se reflétant sur les verres de ses lunettes noires.

« Madame Fontaine ? » lance-t-il.

Elle ne confirme pas son identité, mais lance en retour :

« Que puis-je faire pour vous ?

– Désolé d'arriver à l'improviste. J'ai essayé de vous joindre un peu plus tôt, mais..., dit-il en écartant les mains.

– À qui ai-je l'honneur ?

– Lionel Baudouin. » Il se penche à l'intérieur de la voiture pour récupérer une serviette, puis s'avance lentement vers elle, un large sourire aux lèvres. « J'espère que vous ne m'en voudrez pas... de débarquer de la sorte. »

Le soleil accroche le lourd bracelet en or de la montre de Baudouin et la blancheur artificielle de ses dents. Il porte un foulard noué dans le col de sa chemise, ce qui lui donne vaguement un air de libertin à l'ancienne. Ce n'est certainement pas ainsi qu'elle se représentait l'auteur des lettres qu'elle a reçues de Coqblin & Baudouin, sans compter que l'auteur en question est censé être à Genève et non en Île-de-France.

« Comme je suis sûr que vous l'imaginez sans peine, madame Fontaine, notre client, M. Saidi, a hâte de savoir à quelle conclusion vous êtes arrivée à propos du... disons, document.

– Vous avez fait tout le chemin de Genève pour vous informer de ma décision ?

– Non, non. Nous avons des bureaux à Paris. Je partage mon temps entre ici et Genève, de manière à… répondre au plus vite aux besoins de tous nos clients.

– Ils en ont, de la chance.

– N'est-ce pas ? dit-il, son sourire soudain figé.

– Vous voulez vous asseoir ?

– Merci, répond-il en prenant place sur l'une des chaises disposées autour de la table. Je dois dire que votre café sent… délicieusement bon.

– En voulez-vous une tasse ? demande-t-elle, se voyant quasiment dans l'obligation de lui en proposer une.

– Ce serait très gentil de votre part. »

Suzette va chercher une tasse pour son visiteur. Elle lui en veut de l'envahir ainsi. Assurément, son comportement n'est pas celui d'un homme de loi. Mais aller à la cuisine lui donne un prétexte pour rassembler ses idées. Que peut-il bien lui vouloir ? Que cherche-t-il vraiment ?

Il est au téléphone quand elle revient. En la voyant, il dit : « Je vous rappelle plus tard » et met fin à la conversation.

Elle lui verse une tasse avant de remplir à nouveau la sienne. Il boit deux gorgées et soupire d'aise.

« J'avais cru comprendre, monsieur, commence Suzette après s'être assise, que votre client se satisfaisait d'attendre que je prenne ma décision en temps et en heure.

– Oh, c'est le cas. C'est simplement que, justement, le temps file et que, comme je me trouvais dans les parages…

– Vous vous trouviez dans les parages ? »

Suzette ne peut s'empêcher d'avoir l'air sceptique. Et elle est aussi gagnée par une appréhension grandissante. Elle n'est chez elle que depuis quelques heures. Cette visite signifie-t-elle qu'il savait qu'elle venait de rentrer ? Elle se souvient de Stephen Gray l'avertissant que son téléphone avait peut-être été piraté. Elle avait alors mis cela sur le compte de sa paranoïa. Mais soudain, elle se dit qu'elle s'est peut-être trompée.

« Nous avons comme cliente une dame âgée qui habite près de Dreux, répond Baudouin, sans la moindre gêne. Il me faut lui rendre visite de temps à autre.

– Je vois que vous êtes un adepte du service personnalisé.

– C'est notre credo, confirme-t-il avant de prendre une autre gorgée de café. Donc, puis-je vous demander si vous... enfin... si vous êtes arrivée à une décision ? »

C'est le cas, mais elle prévoyait d'attendre encore un peu avant de le contacter. Elle recule maintenant devant l'idée de tergiverser davantage.

« Oui, en effet.

– Et qu'avez-vous décidé ?

– Qu'il est impossible de savoir avec certitude si la confession est authentique... ou non.

– Impossible de savoir avec certitude ? s'étonne Baudouin, qui s'est redressé sur sa chaise et l'examine de près.

– Oui, tout à fait.

– Ma foi, je dois dire, madame, que... vous me surprenez beaucoup.

– J'aurais besoin de voir l'original du document avant de pouvoir... me prononcer avec certitude, dit-elle en soutenant son regard sans ciller.

– Mon client demande seulement que vous vous décidiez au vu de la copie que l'on vous a fournie.

– Eh bien, c'est au vu de cette copie que je vous donne ma réponse.

– Les instructions que j'ai reçues de lui ne prévoient pas la possibilité pour vous d'examiner l'original.

– Puis-je vous demander pourquoi, monsieur ?

– C'est une question de confidentialité. L'original n'est pas disponible à la lecture.

– Serait-ce, par hasard, que votre client… ne l'a pas en sa possession ?

– C'est une bien étrange question, répond Baudouin, les sourcils froncés. Il vous a approchée en toute bonne foi. Il espère – et j'espère moi aussi – que vous répondrez de la même façon.

– Eh bien, ma réponse, vous l'avez. Et en toute bonne foi.

– Bon, si c'est là votre réponse – votre réponse définitive –, il n'est évidemment plus question d'un quelconque versement compensatoire.

– En compensation de quoi ?

– Je pense vous avoir exposé les détails de la transaction dans ma lettre.

– Oui, c'est vrai. »

Ils gardent le silence tous les deux pendant un long moment. Baudouin sirote son café, l'air pensif. De son côté, Suzette s'efforce au calme. Elle sent bien qu'une négociation a commencé. Mais les paramètres en sont brouillés. Elle est incapable d'anticiper ce que va dire son interlocuteur.

Il la regarde fixement par-dessus la table.

« Si l'original a été récemment détruit, déclare-t-il lentement, il est inutile que nous poursuivions cette discussion.

– Et pourtant, nous sommes bel et bien assis ici.

– Au cas où l'original n'aurait pas été récemment détruit, il serait alors possible de lui attribuer une valeur marchande, que nous la nommions compensation ou simplement… »

Il laisse sa phrase en suspens.

« Simplement quoi ? l'incite-t-elle à poursuivre.

– … paiement à la livraison, madame, répond-il avec son sourire étincelant et toujours aussi artificiel. Si c'est ce à quoi vous pensez.

– Peut-être bien.

– En ce cas, nous tenons peut-être là la base d'un accord. »

S'ensuit un nouveau silence tactique, que Suzette se décide à rompre.

« Une telle transaction mettrait fin à tout contact ultérieur entre votre client et moi ?

– Bien entendu, acquiesce Baudouin.

– Je n'entendrais jamais plus parler de lui ?

– Jamais. Pas plus que lui de vous. Tels seraient les termes de cet accord.

– Et quelle somme auriez-vous à proposer ?

– Pour l'original authentifié, un peu plus que ce que nous envisagions en compensation de la perte de bénéfices commerciaux.

– Ce qui s'élèverait à ? »

Baudouin prend une gorgée de café soigneusement synchronisée avant d'annoncer :

« Deux cent cinquante mille euros. »

Suzette a du mal à croire qu'il ait donné ce chiffre de façon aussi directe et désinvolte, même s'il n'y a guère de désinvolture dans sa voix veloutée. Il lui offre deux cent cinquante mille euros à condition qu'elle renonce à garder la confession de son père. Entendons-nous bien : à condition qu'elle renonce à l'original. Rien d'autre n'a de valeur. Hormis la copie carbone, dont elle devine que Baudouin ne soupçonne même pas l'existence.

Elle devine pourtant mal.

« Quelques détails supplémentaires s'imposent avant que vous me donniez votre réponse, poursuit-il. Nous parlons d'un document produit sur une machine à écrire manuelle il y a vingt-sept ans. Vous vous doutez bien qu'une imitation moderne ne saurait en aucun cas échapper à l'œil de notre expert au moment où il l'examinera. Existe également la possibilité que votre père se soit servi de papier carbone pour faire une copie. Il est évident qu'il nous faudrait aussi cette copie. Si nous venions à découvrir qu'elle existe bel et bien, mais qu'elle n'a pas été mentionnée, les conséquences pour vous pourraient être… graves. »

Le sourire qui accompagne ce dernier mot n'enlève rien à la menace voilée qu'il contient.

Suzette respire profondément pour se calmer. Baudouin a pensé à tout. Il n'en reste pas moins que sa proposition demeure alléchante. Elle veut que Laloul sorte de sa vie. Et pour ce faire, il faut qu'elle se sépare de la confession. Peut-être pourrait-elle en conserver une photocopie, encore que… D'une manière ou d'une autre, l'original – autrement dit, la seule chose qui compte – doit être cédé. Ou plutôt vendu. Ce qui aura au moins le mérite de faire passer la pilule.

« Je suggère que nous fixions un rendez-vous pour l'échange à 17 heures demain après-midi dans nos bureaux parisiens, reprend Baudouin, ce qui donnera à notre client le temps d'arriver à Paris. Il exigera de voir le document de ses propres yeux. Et à cette heure, nous sommes sûrs de pouvoir procéder à la transaction sans être dérangés. Vous êtes d'accord ?

– Entendu, dit-elle, parce qu'il faut bien donner une réponse.

– Et la somme proposée vous convient ?

– Oui.

– En ce cas, il ne reste plus qu'un détail à finaliser.

– Lequel ?

– Préférez-vous un chèque de banque… ou du liquide ? »

23

Le chauffeur de l'ambassade ne cache pas sa contrariété devant le changement de programme, jusqu'à ce que Hidouchi le remette à sa place d'une manière qui ne manque pas d'impressionner Taleb. Ils sont bientôt sur l'autoroute, en direction de l'aéroport Charles-de-Gaulle.

Ils ne parlent guère durant le trajet. Taleb n'accorde aucune confiance au chauffeur, pas plus, semble-t-il, que Hidouchi. Ils lui enjoignent de les laisser devant l'Horizon Hotel et d'aller se garer en attendant de nouvelles instructions.

Ils prennent chacun leur sacoche quand ils descendent du véhicule.

« Ça ne te disait rien de la laisser sous sa garde ? demande Taleb quand la voiture s'éloigne.

– À toi non plus, apparemment, répond Hidouchi.

– Ce type ne m'inspire pas confiance, c'est le moins qu'on puisse dire.

– Parce qu'il y a quelque chose à quoi tu as pu te fier depuis qu'on a atterri ?

– Tu crois que Ménard ne nous dit pas tout ce qu'elle sait ?

– À ton avis ? riposte Hidouchi en le regardant d'un air grave.

– Je te dirai ça quand on se sera entretenus avec Boukhatem.

– OK. Allons voir s'il est dans sa chambre. Et s'il accepte de nous parler. »

Le hall de l'hôtel n'est que marbre poli et photos de Paris surdimensionnées. Éclairage tamisé, musique d'ambiance sophistiquée. Ils traversent cet espace comme deux banals clients, sans attirer l'attention du lointain réceptionniste, et prennent l'ascenseur jusqu'à l'étage des suites, où règne une atmosphère feutrée. En passant devant la fenêtre qui court le long du couloir, Taleb aperçoit un avion qui décolle dans ce qui semble être, noyé dans le cocon insonorisé de l'hôtel, un silence complet. Il entend le faible couinement d'un chariot au loin sans pour autant repérer la femme de chambre qui le pousse.

Ils arrivent devant la chambre de Boukhatem. Une lumière rouge signale qu'il ne souhaite pas être dérangé. Hidouchi frappe discrètement à la porte. Pas de réponse. Elle recommence avec, cette fois-ci, davantage de vigueur.

« On aurait peut-être dû vérifier à la réception », dit Taleb, qui n'était pourtant pas partisan de le faire. Leur statut mal défini, le sien en particulier, l'amène à penser que moins ils auront de contacts avec les locaux, mieux ce sera. « Il est peut-être en train de se détendre au spa.

– Dans ce cas, on pourrait en profiter pour fureter un peu en son absence. »

Hidouchi ouvre son sac et sort un petit appareil qu'elle fait passer devant le lecteur de la carte. Des lumières clignotent, prouvant qu'il fonctionne. Puis le rouge vire obligeamment au vert, et la porte s'ouvre.

« Je crois que tu as enfreint plusieurs lois du Code pénal algérien, agente Hidouchi, fait remarquer Taleb.

– Des lois auxquelles ne sont pas assujetis les membres du DSS, Taleb. Bien évidemment, je ne t'aurais jamais laissé te servir de ce gadget. Et puis, nous ne sommes pas en Algérie. »

Elle pénètre dans la chambre. À peine quelques pas, et elle s'arrête brutalement, si brutalement que Taleb la heurte. Il est sur le point de s'excuser quand il aperçoit ce qui l'a fait s'arrêter net. Un homme chauve entre deux âges est allongé sur le dos en travers du seuil de la salle de bains, vêtu d'un peignoir blanc et chaussé de mules en plastique. Il y a plusieurs taches rouge foncé sur le peignoir et une mare de sang sur le marbre du sol. À n'en pas douter, l'homme est mort. À n'en pas douter non plus, du moins aux yeux de Taleb, il s'agit d'Ibrahim Boukhatem.

Hidouchi s'approche du corps avec précaution. Elle scrute le visage, gonflé et rigide sous l'effet du choc, les yeux vides et grands ouverts.

« J'ai vu une photo de Boukhatem quand je me suis rendue à son bureau à Alger. C'est lui, dit-elle calmement en posant deux doigts sur la carotide. C'était lui, devrais-je dire.

– Il n'est pas mort depuis longtemps, à en juger par le sang, fait remarquer Taleb après avoir parcouru le corps de son œil d'expert.

– Je suis d'accord, répond Hidouchi en regardant par-dessus l'épaule de Taleb et en indiquant quelque chose du doigt. Les douilles. Là-bas. »

Les douilles sont éparpillées sur la moquette de la chambre.

« 19 millimètres, dit Taleb après s'être penché pour en examiner une.

– De quelle arme te sers-tu, Taleb ?

– Beretta, 19 millimètres.

– Intéressant.

– Pourquoi ? interroge Taleb, soupçonnant qu'il ne va pas aimer la réponse.

– Parce que j'ai la très nette impression que, quand elle va récupérer les balles pour analyse, la balistique va trouver qu'elles ont été tirées avec ton arme.

– Comment c'est possible ?

– Ça ne te paraît pas évident ? C'était la fameuse "urgence opérationnelle" qui a tant retardé Ménard. Ils avaient besoin de suffisamment de temps pour venir jusqu'ici et abattre Boukhatem avec ton arme avant de la rapporter à la DGSE, afin que tu puisses la récupérer en repartant. Ils devaient déjà le retenir prisonnier. »

Hidouchi glisse la main dans son dos et sort son revolver de son holster de ceinture avant de tirer trois coups dans le corps de l'homme déjà mort. L'écho des détonations que renvoient les murs en marbre de la salle de bains est assourdissant. Et il y a désormais trois trous sanglants supplémentaires dans le peignoir de Boukhatem.

« Pourquoi tu as fait ça ? s'étonne Taleb, les yeux ronds de stupéfaction.

– Ça va compliquer l'étude balistique. Deux armes ; deux tueurs ; pas tout à fait le scénario prévu. Tu comprends ? Il faut qu'on décampe maintenant. Ils ont probablement déjà envoyé une brigade armée. C'est un énorme coup monté, et j'ai bien l'intention de découvrir qui en est l'auteur. Et pourquoi.

– Je crois savoir pourquoi, lâche Taleb en ouvrant sa sacoche.

– C'est quoi, ça ?

– Un enregistrement sur une vieille bande magnétique. Qui daterait, à en croire l'étiquette, du 2 juin 1965. Une conversation entre le couple Zarbi/Laloul et Guy Tournier, juste avant qu'ils l'assassinent, je dirais.

– Tu n'en es pas certain ?

– Je n'ai mis la main dessus qu'hier soir et je n'ai pas d'appareil pour l'écouter.

– Alors, on a intérêt à en trouver un. Et vite. Partons d'ici. On n'a plus désormais aucun allié, dit-elle en replaçant son arme dans son holster. En dehors de toi pour moi, et inversement. »

« Une idée de l'endroit où l'on pourrait aller ? s'inquiète Taleb tandis qu'ils sortent de la chambre et se hâtent le long du couloir.

– Une ou deux. Mais ça attendra qu'on soit dehors. On va emprunter l'escalier de secours au cas où ils seraient déjà en train de surveiller les ascenseurs. »

Taleb entend un *ding* en provenance de l'ascenseur au moment où ils franchissent la porte indiquant « *ESCALIER DE SECOURS** » et entament leur descente.

« Pourquoi la DGSE voudrait-elle voir Boukhatem mort ? demande Taleb, hors d'haleine.

– Parce que les morts ne parlent pas. Et la même chose vaut pour Zarbi et Laloul. On m'a donné l'ordre de les liquider tous les deux.

– Quel rôle suis-je censé jouer là-dedans ?

– Travailler en collaboration avec ton département avait pour but de donner l'impression que nous voulions vraiment les appréhender. Je crois que mon patron ne comptait pas du tout me voir flanquée d'un commissaire compétent comme partenaire.

– "Un commissaire compétent" ? C'est ce que tu penses ? »

Ils arrivent au rez-de-chaussée mais Hidouchi continue à descendre, suivant le panneau « PARKING ».

« Il nous faut une voiture, explique-t-elle. Même si nous arrivions à nous débarrasser de notre chauffeur, le véhicule de l'ambassade serait trop facilement repérable.

– Et ta technique pour voler une voiture, agente Hidouchi, elle est comment ?

– Meilleure que la tienne. » Elle s'arrête au moment où ils passent devant un carton prêt à craquer rempli de cintres et de tringles de penderie, abandonné sur un des paliers. Elle s'empare d'un des cintres et poursuit sa course tout en en redressant le crochet. « Comme tu vas avoir l'occasion de t'en apercevoir. »

Le parking est désert. Hidouchi se faufile rapidement entre les voitures avant de sélectionner une vieille Lancia. Elle ouvre la portière en se servant du cintre avec une telle dextérité que son coéquipier la soupçonne d'avoir eu l'adolescence d'une délinquante. Puis elle sort un minuscule tournevis de son sac, dévisse un panneau sous le volant, le retire, révélant un enchevêtrement de fils électriques. Après avoir utilisé un canif, lui aussi sorti de son sac, pour dénuder deux fils, elle les met en contact et le moteur démarre.

« C'est moi qui conduis », annonce-t-elle.

Il y a au sommet de la rampe de sortie une barrière qui semble devoir poser problème jusqu'à ce que Taleb repère une carte plastifiée au logo de l'hôtel dans le bac logé entre les deux sièges avant.

Hidouchi la glisse dans une fente, et la barrière se lève obligeamment. Ils empruntent la rue qui passe devant l'hôtel. Comme l'avait prévu Hidouchi, quelques voitures aux gyrophares bleutés stationnent devant l'entrée. Elle accélère doucement pour les dépasser et suit la direction de l'autoroute.

« Prends le téléphone gris dans mon sac, lance-t-elle. Pas le noir.

– Tu en as deux ?

– L'un est pour les urgences. Le DSS en ignore l'existence.

– C'est le genre de précaution qu'on a tendance à prendre quand on s'attend à être doublé à un moment ou à un autre.

– Contente-toi de sortir le téléphone gris, Taleb. Le code d'accès, c'est 22-0-3.

– Qui est-ce que j'appelle ?

– Cherche dans "magasins de vente au détail de matériel audio", d'époque et d'occasion. Puis commence à les appeler. Il faut absolument qu'on écoute ce qu'il y a sur cette bande. »

Taleb trouve le téléphone et l'allume. Il entame la recherche en ligne alors que Hidouchi accélère sur la bretelle d'accès à l'A1. Elle ne l'interrompt pas tandis qu'ils se fondent dans la circulation en direction du sud, même s'il apparaît clairement à Taleb qu'elle le trouve bien empoté pour pas grand-chose. Il finit par tomber sur un candidat prometteur : *L'Électronique d'Époque**, avec une adresse dans le Xe arrondissement. Il tape le numéro.

L'homme qui lui répond a l'air bourru, mais compétent.

« En matière de magnétophones à bobines, vous ne trouverez rien dans tout Paris qui puisse rivaliser avec mes trésors, monsieur. Ça commence à cinquante euros. Pas donné, me direz-vous peut-être, mais je les garantis personnellement. Demandez à qui vous voulez, et on vous dira : "Hervo, c'est le roi de la remise à neuf du magnéto à bobines." »

Taleb avale le baratin sans broncher et demande qu'on lui en réserve un. En guise de conclusion, Hervo se contente d'ajouter :

« Si j'en ai encore un le temps que vous arriviez, il sera à vous pour soixante-cinq euros. »

Il semblerait que l'inflation sur le marché de l'électronique d'époque soit pour le moins galopante, mais Taleb ne cherche pas à discuter.

« Nous serons chez vous d'ici une heure », conclut-il en raccrochant.

Puis il ajoute à l'adresse de Hidouchi :

« Prends centre-ville. Gare du Nord, gare de l'Est – c'est la bonne direction.

– Ce type a vraiment ce qu'on cherche ?

– C'est ce qu'il dit. Et il a l'air de s'y connaître. Ça nous coûtera soixante-cinq euros.

– Tu as ça sur toi ?

– En liquide ?

– Il va bien falloir que ça soit en liquide. Je n'ai pas l'intention d'utiliser ma carte de crédit, pas plus que tu n'utiliseras la tienne.

– Je n'ai que des dinars.

– Tu as de la veine d'être avec quelqu'un qui a le don de l'anticipation, Taleb. Bon, étant donné que tu n'auras pas besoin de nous guider jusqu'à ce qu'on quitte l'autoroute, toutes les circonstances sont réunies pour que tu m'expliques comment cette bande est arrivée entre tes mains. Il est temps que tu me racontes tout. Ensuite, j'en ferai autant pour toi. »

Taleb était certain, avant de quitter Alger, de ne jamais avoir à infliger la vérité à Hidouchi, à savoir que l'un des deux hommes qu'ils poursuivent est le gardien de secrets parmi les plus sombres du *pouvoir**. Et pourtant, c'est exactement ce qu'il est en train de faire. Le moment est venu pour elle de tout savoir. Après quoi, ils ne pourront plus faire machine arrière, ni l'un ni l'autre.

Apprendre, comme il le fait ensuite, que Hidouchi a été autorisée, sinon encouragée, à l'éliminer, lui, en même temps que Zarbi et Laloul, est certes choquant, mais somme toute assez peu surprenant. Abderrahmane avait raison. Il a été dans leur collimateur dès qu'il a accepté l'affaire. Et il avait besoin de son aide bien plus encore qu'il ne le pensait.

Il n'y a plus d'échappatoire désormais, uniquement des arrangements plus ou moins habiles avec le ciel. C'est une lutte pour leur survie qui est en jeu : la sienne, celle de Hidouchi – ainsi que celle d'Abderrahmane.

Se garer devant *L'Électronique d'Époque** se révèle impossible ; Hidouchi dépose Taleb et s'en va chercher une place dans une rue moins fréquentée. La façade du magasin a un petit air Art déco désuet, tandis que, à l'intérieur, s'entassent téléviseurs, chaînes hi-fi, lecteurs de vidéos, tourne-disques, enceintes et meubles vides de différentes époques. Le dénommé Hervo ne semble pas avoir eu beaucoup de clients depuis le coup de fil de Taleb. Il est à présent en partie caché par une pile de magnétophones à cassettes et accueille son entrée en levant un œil las du magazine sur lequel il est penché.

« Monsieur Hervo ? s'aventure Taleb.

– Monsieur Bobines ? demande le marchand sans sourire, avec un regard froid par-dessus ses demi-lunes de lecture. Vous avez de la chance. J'ai encore un appareil pour vous. » Il remonte un masque sur sa bouche et son nez, se lève laborieusement et émerge du chaos pour se retrouver devant le comptoir aux côtés de Taleb. « Les cassettes audio n'ont pas la qualité de reproduction des bobines, vous ne trouvez pas ? » fait-il remarquer sans que Taleb réponde par autre chose qu'un sourire et un hochement de tête.

Hervo se dirige pesamment vers un coin de la boutique avant de revenir avec le magnétophone promis : un engin d'une taille et d'un âge certains, apparemment en bon état. Il le dépose avec soin sur le comptoir.

« Et voilà. Philips. Fabriqué avec un amour inconditionnel pour le détail à Eindhoven, à l'époque où vous et moi étions encore en culottes courtes. Restauré et en parfait état de marche grâce à mes doigts de fée. » Il soulève le couvercle et révèle les têtes des bobines. « Vous ne trouverez pas mieux à ce prix.

– Soixante-cinq euros ?

– Soixante en liquide.

– Je peux l'essayer ?

– Si vous voulez. » Hervo récupère le cordon et s'étire par-dessus le comptoir pour brancher l'appareil. « Alors, où est-ce que je vais trouver une bande pour vous la passer ? »

Il regarde autour de lui tout en grattant pensivement son double menton.

Taleb est sur le point de sortir de sa sacoche la bande du 2 juin 1965 quand la porte s'ouvre dans un tintinnabulement de sonnette pour livrer passage à Hidouchi.

Hervo se retourne et la regarde d'un œil admiratif.

« Bienvenue à *L'Électronique d'Époque**, madame. Claude Hervo, pour vous servir.

– C'est l'appareil ? demande-t-elle en désignant du menton le Philips sur le comptoir.

– Ah, vous êtes ensemble, dit le marchand avant de se tourner vers Taleb. Votre fille, monsieur ?

– Nous ne sommes pas parents, aboie Hidouchi en s'avançant vers eux.

– Peu importe, madame. »

Taleb devine le sourire mielleux d'Hervo sous son masque – mais masqué ou non, son effort est parfaitement futile.

« Votre… ami… s'apprêtait à essayer ce magnifique spécimen de la technologie du XXe siècle. Vous allez pouvoir juger ensemble de la qualité de l'écoute.

– Il marche ? s'enquiert Hidouchi.

– Bien évidemment.

– On a besoin d'un endroit où l'utiliser.

– Eh bien, j'étais justement en train de chercher une bande...

– La bande, nous l'avons, monsieur Hervo. Et j'ai vos soixante-cinq euros.

– Soixante en liquide, intervient Taleb.

– Vous avez un coin tranquille où l'on pourrait utiliser l'appareil en privé après vous l'avoir réglé ? »

Hidouchi pose la question à Hervo avec un mouvement de tête qui trahit son impatience.

La question provoque chez l'autre un sursaut d'orgueil professionnel.

« C'est un magasin ici, madame, pas un studio d'enregistrement à louer.

– Cent euros pour l'appareil et la pièce pour écouter la bande », propose Hidouchi en sortant une liasse de billets.

Hervo lorgne la liasse. L'orgueil a son prix. Qui par ailleurs n'est pas si élevé.

« Il y a une pièce à l'étage où je stocke le matériel et où vous pourriez vous installer, je suppose. »

Il tend une main avide. Hidouchi compte ses billets et les lui fait passer. Il les empoche aussitôt, puis indique du menton une porte derrière le comptoir.

« Par là. »

Le débarras est bas de plafond et ne dispose que de fenêtres étroites, d'où un air lourd et confiné. Il est encombré d'un assortiment de matériel semblable à celui que l'on trouve dans le magasin, mais en plus mauvais état. Hervo, suant et soufflant, dégage un espace sur une table où s'empilent de vieux catalogues et s'emploie à retrouver une prise, cachée derrière une pile de cassettes vidéo, où il branche le magnétophone. Puis il se dirige vers un coin de la pièce où s'entassent des panneaux d'affichage annonçant des participations à des foires commerciales dans des temps plus anciens.

« Vous pouvez nous laisser maintenant, ordonne Hidouchi, les mains sur les hanches.

– Je cherche une chaise, explique Hervo. Pour que vous puissiez vous asseoir.

– Ce ne sera pas nécessaire.

– Il me semblait qu'il y avait un tabouret quelque part par là, dit-il après avoir complétement disparu derrière une des affiches.

– Monsieur Hervo !

– Madame ? lance-t-il en réapparaissant.

– Nous aimerions que vous nous laissiez. Nous redescendrons dès que nous aurons terminé.

– Vous n'avez pas besoin… du tabouret ?

– C'est d'intimité que nous avons besoin.

– Ah, je vois. Très bien. »

Avec un mouvement d'irritation, Hervo fait une sortie laborieuse. Quand ils entendent ses pas s'évanouir au pied de l'escalier, Hidouchi referme la porte derrière lui.

« Alors ? demande-t-elle en se tournant vers Taleb. Qu'est-ce que tu attends ? Tu dois savoir te servir de ce genre d'engin mieux que moi. »

C'est incontestable. Des appareils similaires étaient utilisés pour enregistrer les interrogatoires quand Taleb a commencé sa carrière dans la police au début des années 1970. Il allume le Philips et charge la bande.

« Je crois que c'est bon. »

Hidouchi, qui est allée ouvrir deux ou trois fenêtres aussi grand que possible, revient s'asseoir sur le bord de la table. Elle incline la tête pour lui signifier qu'elle est prête.

Malgré les prétentions d'Hervo à une reproduction d'un son de qualité, les parasites se bousculent sur la bande. Les bruits de fond aussi – coups étouffés, bruissements, grommellements inaudibles. Taleb s'attendait à entendre trois voix – celles de Zarbi, de Laloul et de Tournier. Or il n'en entend qu'une, très aiguë et tremblante. L'accent dénote un français policé avec une note d'angoisse qui, sans l'effacer totalement, lui ôte l'essentiel de son arrogance. Guy Tournier était un homme terrifié le soir du 2 juin 1965, mais il n'avait en rien renoncé à sa façon de penser face aux deux Algériens qui le retenaient captif.

Malheureusement pour lui, cette façon de penser, les autres ne la partageaient pas. La guerre d'indépendance n'était terminée que depuis trois ans, et les griefs et les rancœurs de cette longue campagne étaient donc encore frais à l'esprit, le leur et le sien. Ils étaient toujours les ennemis de Tournier et, pour ce qui les concernait, lui-même était toujours le leur. La différence, c'est qu'il était aussi leur prisonnier.

« Une confession extorquée n'a aucune valeur devant la loi, mes amis, tel est le préambule de la déclaration de Tournier. Comment saura-t-on que ce que je dis n'est pas ce que vous me forcez à dire ? Par ailleurs, cette vilaine affaire entre votre pays et le mien dure depuis si longtemps que plus personne ne s'intéresse à la vérité. Nous sommes tous des oppresseurs sans pitié à vos yeux, et vous, tous des meurtriers sanguinaires aux nôtres. Vous ne croyez quand même pas qu'un seul Français ou une seule Française va soudain changer d'opinion sur l'Algérie simplement parce qu'ils vont m'entendre avouer quelques bavures – auxquelles nous n'avons eu recours que parce que vous nous avez forcés à agir avec la même barbarie et… »

Tournier hurle alors, si fort que Taleb plonge sur l'appareil pour baisser le son.

Avant qu'il en ait le temps, le silence tombe tout à coup. Quelques secondes s'écoulent. Puis Tournier se remet à parler, cherchant son souffle entre les mots.

« Je suppose… que c'est comme ça… »

Hidouchi appuie sur la touche *Stop*.

« Qu'est-ce qui s'est passé, là ?

– L'interruption, tu veux dire ? Ils ont arrêté l'enregistrement avant de le remettre en marche. Je dirais que c'était pour qu'il ne subsiste aucune trace de leurs voix sur la bande.

– Qu'est-ce qu'ils lui font ?

– Quelque chose censé le convaincre de se montrer plus... bavard.

– Eh bien, nous n'allons pas tarder à savoir si ça a marché, non ? Vas-y, mets la suite. »

Taleb appuie sur la touche *Play*. La voix de Tournier se fait entendre à nouveau.

« ... que vous avez traité les soldats français qui ont eu le malheur de tomber entre vos mains pendant la lutte. Ce qui ne fait que prouver... votre incapacité à vous gouverner vous-mêmes. Vous avez gagné la guerre. Vous nous avez chassé de votre pays pourri. Mais quel goût a donc la victoire pour vous ? Hein ? Dites-moi donc quel goût elle a ? »

Nouvelle pause, puis une voix pas très audible.

« D'accord, d'accord. Inutile de recourir à ça. Je comprends... vous aurez ce que vous voulez. Je vais tout vous dire, d'accord ? Vous dire la vérité sur tout. Mon nom est Guy Albert Tournier. Né le 5 avril 1928. J'ai travaillé ces sept dernières années comme... conseiller spécial du président de Gaulle. Je parle en ce moment depuis mon appartement de Paris, et nous sommes le 2 juin 1965. D'accord ? Je parle sous serment. »

Pause.

« La commission Algérie a été créée au début de l'année 1959, avec pour mission de conseiller le chef – de Gaulle – sur toute question liée à ce qu'on appelait le "problème algérien". Il n'a jamais assisté en personne à nos réunions. Et toutes nos délibérations étaient secrètes. Il nous fixait des objectifs et nous lui suggérions les moyens de les atteindre. Nous communiquions en son nom... avec toute personne dont nous avions besoin pour mettre en œuvre ses décisions. Nier était notre mot d'ordre. Nous devions nous assurer que le chef ne pourrait jamais être explicitement incriminé dans les décisions prises. »

Pause.

« Je ne suis pas sûr que tous les membres de la commission comprenaient la politique algérienne du chef. Nous n'en avons jamais discuté ouvertement. Il ne s'est jamais exprimé clairement sur le sujet. Moi, je comprenais, parce que j'étais son plus proche conseiller sur la question. Vous vous souvenez de ce qu'il a dit à la foule devant le Gouvernement général d'Alger, ce fameux jour de juin 1958 ? C'était sa première visite en Algérie, la mienne aussi. Je ne crois pas... avoir revu depuis un ciel aussi bleu. Ou pareil espoir... que celui qu'on lisait sur les visages de ceux qui le regardaient sur le balcon. Pas simplement les pieds-noirs. Mais aussi les musulmans. Tout le monde le voulait pour sauveur. Et il leur a dit qu'il le serait. "*Je vous ai compris* !*"

« Ils étaient comme fous. Ils pleuraient. Ils l'acclamaient. Ils savouraient la moindre de ses paroles. Il les tenait dans la paume de sa main. Il essayait de les convaincre de croire dans une illusion. Parce que ce qu'il taisait était bien plus important que ce qu'il disait. Et ce qu'il ne disait pas, c'était "*Vive l'Algérie française* !*" Oui, il les comprenait. Il les comprenait tous. Et c'est précisément pour cela qu'il savait comment les tromper. »

Pause.

Tournier reprend, mais sa respiration est saccadée.

« Le chef savait dès le départ... que nous devions quitter l'Algérie. Rien ne pouvait plus arrêter l'indépendance... Mais il devait faire semblant de promettre aux pieds-noirs qu'il ne les lâcherait pas... Et, dans le même temps, il lui fallait convaincre le FLN qu'il ne capitulerait pas. Il fallait faire comme si le renoncement à l'Algérie lui était dicté par les circonstances. Mais ces circonstances, il avait l'intention de les manipuler de manière à garantir une Algérie indépendante favorable à la France. L'un de ses objectifs de départ... était d'accorder l'indépendance à la seule bande côtière peuplée entre la Méditerranée et les monts Atlas, sous le prétexte que le Sahara algérien n'était pas authentiquement algérien. Le Sahara ne l'intéressait qu'en raison des réserves du sous-sol en pétrole et en gaz, bien entendu, et aussi parce qu'on pouvait l'utiliser pour des essais nucléaires. Quand les pourparlers de paix ont commencé en mai 1961... il était optimiste et pensait que nous pourrions conserver le désert comme monnaie d'échange dans une éventuelle transaction. Mais vous autres refusiez de céder du terrain – littéralement –, et les pourparlers ont tourné court au bout d'un mois. »

Pause.

« Quand ils ont repris, vous vous êtes obstinés à camper sur toutes vos positions, ou presque. Ce qui sonnait le glas du projet saharien. Le chef a compris alors que vous n'aviez nullement l'intention de lui permettre une sortie honorable. Vous ne pensiez qu'à l'humilier et à humilier la France. Mais ce petit jeu peut se jouer à deux... Aah ! »

Pause.

Tournier reprend – il semble groggy.

« Il avait besoin d'une excuse... pour vous faire craquer – un prétexte... pour une démonstration de force qui obligerait vos négociateurs à se montrer raisonnables. Notre commission a recommandé l'organisation d'un événement sur le sol français pour un maximum d'impact. Le problème... c'était la trêve concernant les actes terroristes en France que le FLN avait observée depuis le début des pourparlers. Cette trêve... il fallait la rompre. Comme le FLN refusait d'agir de son propre chef... il fallait le faire à sa place. Nos agents doubles au sein du FLN vous ont poussés à la riposte en inventant de fausses victimes de violences policières. Vous l'ignoriez, mais nous avions corrompu un nombre incalculable de vos prétendus fidèles frères d'armes. Je suis désolé de devoir vous ôter vos illusions, mais nous avions... »

Pause.

« Oh... chantage, corruption, coercition, le scénario habituel. À l'été 1961, nos agents étaient infiltrés partout dans vos rangs comme les veines bleues d'un roquefort. C'était là depuis toujours la dernière ligne de défense du chef : combattre l'ennemi de l'intérieur. »

Pause.

« La provocation engendre la provocation, d'accord ? C'était... c'était le plan. Vous avez commencé à assassiner des policiers, en retour la police s'est mise à exercer des représailles. Nous savions ce qu'elle allait faire et nous ne l'en avons pas empêchée. En fait, c'était ce que nous voulions qu'elle fasse. Fouilles systématiques d'Algériens dans la rue ; arrestations de masse ; expulsions ; recours aux brigades Z ; auxiliaires harkis démolissant des bidonvilles et traînant des gens dans les caves pour les y torturer ; ceux qui mouraient de leurs blessures fourrés dans des sacs avant d'être jetés dans la Seine. C'était le chaos général ; la chasse était ouverte. Sans compter un couvre-feu très strict à l'intention de tous les ressortissants algériens. Être algérien à Paris cet été et cet automne-là n'était pas facile : on s'en est assurés, je vous le garantis. Pas étonnant... que tant d'entre vous se soient joints aux manifestations de ce 17 octobre. »

Pause.

« J'ignore... combien ont été tués... cette nuit-là... et pendant celles qui ont suivi. Cent ? Deux cents ? Personne ne le saura jamais avec certitude... Nombre de corps ont été emportés par la Seine jusqu'à la mer... d'autres recouverts de béton dans d'énormes barils de pétrole... et jetés dans la Méditerranée depuis des avions qui volaient vers l'Algérie... Tous ces massacres... jusqu'au dernier... ici, à Paris, dit Tournier avec un soupir. La plupart des Parisiens approuvaient... certains sont même allés jusqu'à aider la police... J'ai entendu une histoire selon laquelle, sur l'un des ponts... d'où les corps étaient balancés dans le fleuve... un bus s'est arrêté, et le chauffeur et tous ses passagers sont descendus pour se joindre aux flics... Quelques jours plus tard, je suis allé au Palais des Sports où plusieurs milliers d'Algériens... étaient parqués... voir ce qui se passait... au cas où le chef voudrait savoir. C'était... moche. C'était... trop. Je... dois le reconnaître. »

Pause.

« Vous voulez vraiment tout savoir... c'est ça ? Eh bien, au Palais des Sports... un flic m'a emmené visiter les lieux... il y avait là, entassés dans les poubelles d'un local, des corps dont les bras et les jambes pointaient dans tous les sens... et... sur le sol... des flaques de sang et d'urine... et, pour tout vous dire, l'homme était fier de me montrer... ce qu'ils avaient accompli. Quant au chef... il n'a jamais voulu savoir. »

Pause.

La voix de Tournier est rauque à présent, mais ne laisse toujours pas transparaître le moindre remords.

« De notre point de vue, tout a fonctionné... comme prévu. Les négociations ont repris, cette fois-ci pour de bon... On vous avait montré l'horreur qu'on était capable de déchaîner si on le décidait. Le chef avait sa sortie. Nous la lui avions achetée avec votre sang. »

Pause.

« D'accord, d'accord. Je vais vous dire ce qui s'est passé ensuite... Neuf mois plus tard, vous agitiez vos drapeaux et klaxonniez à tout rompre dans les rues d'Alger pour fêter l'indépendance. *Vive l'Algérie algérienne* !* Vous aviez gagné. C'est du moins ce que vous pensiez. Mais Ben Bella avait besoin de l'aide de la France pour reconstruire le pays après huit années de guerre. Nous n'avions pas pu avoir le Sahara. Mais peut-être pouvions-nous encore mettre la main sur les ressources de son sous-sol. Ce sont donc nos compagnies qui ont construit vos pipelines et vos raffineries. Nos tankers qui ont transporté votre pétrole. Et c'est nous qui réalisons les profits. Tout en laissant dans vos rangs quelques privilégiés voler ce qu'il reste des ressources du malheureux peuple d'Algérie si mal gouverné. »

Pause.

« Vous voyez ? Le chef ne perd jamais, même quand vous croyez l'avoir battu, même s'il se dit lui-même battu. Non, le chef finit toujours vainqueur. »

Pause.

« Nous vous avons rendu votre pays, mes amis, mais il y a une condition *sine qua non*, que nous sommes bien décidés à vous imposer. Vous ne pouvez prospérer en tant que nation. Il n'est pas question que l'indépendance, ça marche pour vous. L'Algérie – la vôtre – doit être un échec. Vous pensez que les difficultés qui assaillent Ben Bella ne sont que les problèmes d'une République balbutiante parce que tout juste née ? Détrompez-vous. Ils sont là pour longtemps, ces problèmes. On va vous foutre dans la merde pour les cinquante ans à venir. Non, non, attendez ! Les agents qui travaillent pour nous continuent à ramasser notre argent et à profiter de nos largesses. Ils sont toujours à nos ordres. Et votre gouvernement n'a aucune idée de qui ils sont, et ce, parce qu'il y en a tant en son sein qui font en sorte qu'il ne sache pas. Si l'un de vous était l'un des nôtres – simplement pour prendre un exemple –, l'autre ne soupçonnerait pas, ne verrait pas le traître qui se trouve à ses côtés. Sous l'apparence de l'indépendance, nous vous avons enfermés dans une galerie de glaces. Examinez bien les images que vous renvoient les miroirs. Au moment même de votre victoire… vous avez tout perdu. »

Fournier s'est tu, ce qui rend clairement audible le petit sifflement de la bande. Taleb a l'impression qu'il s'est interrompu pour un maximum d'impact, pour s'assurer que ses auditeurs sont bien conscients de la portée du moindre de ses mots.

Puis, pour la première fois, une autre voix se fait entendre. Pas celle de Zarbi, Taleb en est certain, donc forcément celle de Laloul. Grave, sans timbre.

« Éteins-moi ça. »

Le silence retombe. Immense.

Taleb appuie sur *Stop*, puis sur la touche de retour. La bande se rembobine. Ils ne disent rien ni l'un ni l'autre avant qu'elle ait terminé sa course.

Hidouchi se remet debout.

« Je ne me doutais pas qu'ils nous haïssaient à ce point, déclare-t-elle d'une voix posée.

– Il semble que le *hizb fransa* ait vraiment existé, finalement, dit Taleb, l'air songeur. Exemple d'une légende qui devient histoire. Tout comme celle du mesureur d'eau. Tu te souviens, quand je t'ai parlé de ce personnage, tu ne voulais rien entendre, pas vrai ? Tu ne voulais pas croire le premier mot de cette histoire. Mais maintenant, tu n'as plus le choix. Pas plus que moi. » Il secoue la tête d'étonnement – et de consternation. « Peut-être devrions-nous nous réjouir que tous nos maux depuis l'indépendance n'aient pas été de notre fait.

– Pourquoi Zarbi et Laloul n'ont-ils pas utilisé cette bande contre de Gaulle, Taleb ? demande-t-elle soudain avec l'air de s'en prendre à lui. Pourquoi lui ont-ils permis de s'en tirer comme ça ?

– Compte sur moi pour le leur demander. Si j'en ai jamais l'occasion.

– Et cela explique-t-il aussi le meurtre de Boukhatem ?

– Pas à mes yeux, non. Mais il se peut que la DGSE continue à jouer le jeu de Tournier.

– Eh bien, on sait à qui poser la question, pas vrai ? Ménard.

– Avoir une conversation franche avec elle pourrait s'avérer difficile vu notre situation actuelle, remarque Taleb, l'air pensif. Mais…

– Quoi donc ?

– Il serait peut-être plus simple d'arranger une rencontre, seul à seul, avec son assistant – l'amateur de chats, Réau. Oui, je crois que je tiens là une idée.

– Alors, débrouille-toi pour qu'elle soit bonne.

– Ma foi, répond-il en levant les yeux sur elle, c'est tout le problème avec les idées, agente Hidouchi. On ne sait jamais si elles sont bonnes ou mauvaises… tant qu'on ne les a pas mises en pratique. »

24

Fin d'après-midi : le boulevard Mortier est calme, presque… endormi. La circulation parisienne n'a pas retrouvé son degré de démence habituel, malgré le recul de la pandémie au cours de l'été. Hidouchi et Taleb s'attardent dans la Lancia, dont ils gagent que le vol n'a pas encore été signalé, s'offrant périodiquement avec une lenteur délibérée des tours du quartier afin d'éviter d'attirer l'attention des gardes postés à l'entrée de la DGSE.

Plusieurs heures se sont écoulées depuis qu'ils ont écouté la bande, et ils ne sont pas plus près de comprendre en quoi son contenu explique le meurtre de Boukhatem, en admettant qu'il l'explique. Ils ont écouté à intervalles réguliers les informations à la radio, sans entendre parler d'un corps qu'on aurait retrouvé à l'Horizon Hotel, même s'ils ne doutent pas une seconde qu'il l'a bien été, en même temps que les preuves destinées à les incriminer.

Hidouchi parierait que la DGSE savait ce que l'on attendait d'elle – à savoir qu'elle devait procéder elle-même à l'arrestation de Taleb ou l'abattre sur place. À présent, puisqu'elle n'a pas agi comme prévu, on les oublie le temps que Ménard envisage les choix qui s'offrent à elle. Elle a indubitablement fait circuler leur identité et leurs photos dans les aéroports et les principales gares ferroviaires. Et les logiciels d'identification faciale sont probablement à l'œuvre aux péages des autoroutes. Leurs chances de quitter la France sans se faire repérer sont très minces.

D'un autre côté, il se peut que Ménard n'ait pas songé au genre de contre-attaque qu'ils sont prêts à tenter. Surveiller la

DGSE n'est pas sans risques, et il n'y a aucune garantie que Gilles Réau ne quittera pas le bâtiment par une issue inconnue d'eux ou qu'il ne sortira pas pendant qu'ils font le tour du pâté de maisons. Ils n'ont guère plus de cinquante pour cent de chances de le repérer.

Il se trouve, cependant, que leurs autres options sont tellement limitées qu'ils ont tout intérêt à courir les quelques chances qu'il leur reste. Taleb a rejeté l'idée de téléphoner à Bouras pour lui demander son aide pour la bonne raison que, au vu des circonstances, il ne voit pas très bien en quoi ni comment ce dernier pourrait l'aider. Il est seul. Ou du moins le serait, n'était Hidouchi. Elle a lié son sort au sien et doit vivre en en supportant les conséquences. Taleb se demande, tandis qu'ils surveillent les allées et venues devant l'entrée de la DGSE, si elle regrette son choix, bien qu'il décide de ne pas lui poser la question. Il n'est pas sûr de vouloir connaître la réponse.

Hidouchi serait-elle en train de développer un sixième sens concernant le cours de ses pensées ? En dépit de la petite paire de jumelles vissée sur ses yeux, qui semble réclamer toute l'attention qu'elle porte à l'enceinte de la DGSE, elle dit soudain, l'air pensif :

« On ne peut pas lutter contre sa nature, Taleb. Je n'aurais pas pu me regarder dans une glace si j'avais choisi de te piéger pour le meurtre de Boukhatem. Non pas parce que je me serais sentie coupable de ce qui t'arrivait. Mais parce que j'aurais su que j'avais une occasion unique de mettre au jour une vérité sur le passé et le présent de mon pays – et que je n'avais pas su la saisir.

– Quel soulagement de savoir que je ne te dois rien, agente Hidouchi, répond Taleb un peu sèchement. Même si l'occasion dont tu parles... est considérée par la plupart des gens comme une malédiction.

– Quelle chance alors que je ne sois pas la plupart des gens.

– Oh, je ne pense pas que quiconque songerait à t'accuser d'une telle anomalie.

– Et toi, Taleb, tu es content que tes ennemis se soient enfin décidés à se montrer au grand jour ?

– Quand tu auras mon âge, agente Hidouchi, tu verras qu'une petite vie tranquille est bien plus attirante que l'obligation d'avoir à affronter une foule d'ennemis, les siens ou ceux du pays.

– Et pourtant, on y est. On se prépare bel et bien à leur faire la guerre.

– Il arrive que…

– Attends ! »

La tension soudaine dans la posture de Hidouchi lui donne à entendre qu'elle a repéré quelque chose. Il voit ses doigts fins ajuster la mollette des jumelles.

« Oui. C'est lui. Réau. À pied. »

Taleb cligne les yeux pour mieux voir et reconnaît la silhouette qui émerge du bâtiment. C'est Réau, à n'en pas douter. Sacoche à l'épaule, il marche à petits pas pressés, ce qui ne surprend pas Taleb. Il tourne à gauche, s'éloignant d'eux.

« Le métro, je dirais », lance Hidouchi, qui laisse tomber les jumelles sur les genoux de son coéquipier et démarre.

Elle se sert du tournevis comme d'une clé de contact maintenant. À la surprise de Taleb, l'instrument a rempli son emploi à la perfection depuis qu'elle a bricolé les fils.

« Si j'ai vu juste, je sors de la voiture et je le suis dans la station. Tu vas devoir prendre le volant. On le retrouve là où il ressort et on l'embarque.

– Tu conduis mieux que moi, objecte Taleb tandis qu'ils s'éloignent du trottoir. Tu ne crois pas qu'il vaudrait mieux…

– Si Réau s'aperçoit que je le suis, il se peut qu'il décide de s'enfuir. »

Hidouchi réduit ses chances d'être reconnue en relevant ses cheveux et en mettant une casquette de base-ball, mais sa question suivante est imparable.

« Sur qui parierais-tu pour le prendre en chasse – toi ou moi ?

– OK. C'est toi qui gagnes. »

Ils ont à présent couvert le plus gros de la distance qui les sépare de Réau. Hidouchi ralentit. Ils s'approchent d'une des entrées de la station Porte-des-Lilas. Ils ne vont pas tarder à savoir s'il s'y engouffre.

« Je te tiens au courant dans la mesure de mes moyens, dit-elle. Il va falloir que tu t'éloignes le moins possible.

– Entendu. Mais ça ne va pas être facile. »

Réau pénètre dans la station. Hidouchi freine et s'arrête.

« Je compte sur toi », lance-t-elle avec un dernier regard dans sa direction tout en descendant d'un bond de la voiture.

Il s'apprête à lui dire que lui aussi compte sur elle, mais elle n'est déjà plus là, elle a claqué la portière derrière elle. Le temps qu'il s'extirpe de la voiture et en fasse le tour pour se mettre au volant, elle a disparu au bas des escaliers.

Taleb démarre et tourne lentement à gauche dans la rue suivante avant de s'arrêter à nouveau. Hidouchi ne va pas tarder à lui faire savoir la direction que prend Réau. De sa sacoche, il sort le plan de Paris qu'il a apporté d'Alger : un vieil atlas de poche Michelin qui date de 1983, l'année où Serene et lui sont venus à Paris en lune de miel.

Il cherche le plan du métro, qui lui donnera une idée de la direction à prendre une fois que sa coéquipière l'aura mis au courant. Mais le petit livre tombe ouvert à une page où Serene a relevé les noms et les adresses de restaurants et de salons de thé qui leur avaient plu pendant leur séjour, pour un éventuel retour qui ne s'est jamais présenté : Le Flore en l'Île ; Angelina ; Le Pantruche – le tout de cette écriture dont il se souvient avec tendresse. Taleb se fige un long moment, plongé dans ses souvenirs douloureux.

C'est alors que son téléphone bipe. Un texto de Hidouchi. *Ligne 11, direction Châtelet.* Ça, c'est bien. Châtelet, il connaît. Il fait défiler les pages de son plan pour arriver à l'endroit où il se trouve en ce moment. Les stations de la ligne 11 semblent toutes pointer vers le sud-ouest depuis Porte-des-Lilas, en longeant la rue de Belleville dans laquelle il a tourné il y a quelques minutes. Il n'a plus qu'à suivre le trajet indiqué. Il passe en première et démarre.

Il est au niveau de la station Goncourt quand lui parvient le deuxième texto. *Je descends à République. Tiens-toi prêt.* Il accélère, effrayé par le retard qu'il a pris. Il n'a couvert que la moitié de la distance jusqu'à République quand arrive un nouveau texto. *Ligne 9 direction Pont-de-Sèvres.* Il tient le plan ouvert à plat sur le volant. Par chance, la ligne 9 suit un axe de communication majeur. De la place de la République, il part en direction de l'ouest et suit les panneaux Opéra et gare Saint-Lazare.

Il est arrêté à un feu rouge sur le boulevard Haussmann, avec la façade de la gare Saint-Lazare visible au bout de la rue sur sa droite, quand il reçoit un autre texto. *Je descends à Saint-Augustin, pas de correspondance à cette station donc il sort.* Le plan lui dit que la place Saint-Augustin est tout droit devant lui. Mais il n'y est pas encore. Et le feu reste obstinément au rouge. Il tapote des pouces sur le volant. Si seulement il était à Alger, il pourrait enclencher le gyrophare et griller le feu. Mais il est à Paris, et il lui faut attendre.

Le vert, enfin. Il écrase l'accélérateur et démarre.

Nouveau texto. Il baisse les yeux sur son portable. *Je sors station boulevard Haussmann tu y es ?* Il ne peut s'arrêter pour répondre et se contente de conduire, les yeux braqués droit devant, dans l'espoir d'apercevoir Hidouchi.

La voilà, venant dans sa direction, à quelques mètres derrière Réau. Qui marche tête baissée, l'œil rivé, à en juger par sa posture, sur son téléphone. Taleb risque un appel de phares. Hidouchi lève une main discrète en signe de reconnaissance. Elle se rapproche de Réau, tandis que Taleb les rejoint.

Hidouchi se place juste derrière Réau, réglant son pas sur le sien. Trois jeunes les croisent. L'un d'eux bouscule Réau, qui perd brièvement l'équilibre et leur lance un coup d'œil agacé.

C'est dans cette fraction de seconde, devine Taleb, qu'il aperçoit Hidouchi. Un instant interloqué, trompé peut-être par la casquette de base-ball, il n'hésite cependant pas longtemps et se détourne, comme pour prendre la fuite.

D'un bond, Hidouchi est sur lui, une main sur son épaule. Quelque chose dans son attitude signale à Taleb qu'elle pointe une arme dans le dos de Réau. Le Français se fige.

Taleb s'arrête à leur hauteur et se penche à l'arrière pour ouvrir la portière. Il voit l'arme de sa coéquipière maintenant, appuyée contre la veste de Réau, au milieu de la colonne vertébrale. L'autre a l'air terrifié, le visage blanc comme un linge. Hidouchi le pousse vers la portière.

Il monte dans la voiture après avoir failli tomber, sa sacoche glissant de son épaule, et s'effondre sur la banquette. Hidouchi grimpe à côté de lui et lance à Taleb : « Vas-y, démarre », tout en jetant un coup d'œil à Réau et en refermant la portière.

Taleb déboîte.

« Qu... qu'est-ce que... vous faites ? bégaie Réau.

– On t'emmène faire une petite balade, Gilles, dit Hidouchi. Et un brin de conversation. Il y a pas mal de choses dont on voudrait te parler.

– Ce... c'est une erreur.

– Non, non, il n'y a aucune erreur. En dehors de celle que ta patronne et toi avez commise en nous sous-estimant. »

Taleb traverse la place Saint-Augustin à vive allure et choisit une sortie plus ou moins au hasard, prenant la direction nord-ouest le long du boulevard Malesherbes. Il se dit qu'il doit ralentir. Il est à peu près certain que personne n'était assez proche quand ils ont embarqué Réau pour remarquer ce qui se passait, et qu'il n'y a donc aucune raison qu'on les prenne en chasse.

« Où m'emmenez-vous ? demande Réau d'une voix blanche.

– Nous voulons des réponses, rétorque Taleb, et pas des questions. »

Ce qui est aussi bien, puisqu'il serait parfaitement incapable de répondre à celle qui vient d'être posée.

« Parle-nous un peu d'Ibrahim Boukhatem, Gilles, dit Hidouchi d'une voix ferme. Il émargeait à la DGSE ?

– Je… je ne peux pas… révéler ce genre de détail…

– Il va pourtant bien falloir.

– Non, je…

– Gilles, si tu ne me le dis pas, je vais devoir te tirer une balle dans le genou. Compris ? Et tu n'es pas assez bien payé pour devoir boiter jusqu'à la fin de tes jours. Alors ? Boukhatem était-il l'un des vôtres ?

– Pas… pas officiellement, finit-il par admettre en soupirant, ne voyant pas d'autre issue.

– Mais officieusement ?

– On avait recours à ses services… de temps à autre.

– Pour faire quoi ?

– Manipuler les dissidents… de la communauté algérienne.

– Donc, en le tuant, vous vous êtes privés d'un atout de taille. Qu'est-ce qui vous a amenés à le sacrifier ?

– On s'est aperçus qu'on ne pouvait plus lui faire confiance.

– Comment ça ?

– Écoutez, parmi d'autres choses, il… surveillait Laloul pour notre compte. Et…

– Laloul fait partie du *hizb fransa* ? intervient Taleb.

– Je ne sais pas… de quoi vous parlez, dit Réau dont l'étonnement paraît sincère.

– Qu'est-ce que Laloul a fait pour vous, Gilles ? demande Hidouchi.

– Je l'ignore. Ça s'est passé bien avant que j'intègre le service. Et ce que c'était au juste, je n'en sais rien. Mais ça lui a valu une protection à vie.

– Et Boukhatem faisait partie de l'accord ?

– En quelque sorte, oui. Jusqu'à ce qu'il… cesse de respecter les règles du jeu.

– Autrement dit ?

– Il faisait chanter Laloul. Pour le compte d'un ex-associé à lui.

– Wassim Zarbi ?

– Oui.

– Vous avez donc décidé de l'éliminer. Et de nous coller le meurtre sur le dos ?

– Personnellement, je n'ai décidé de rien. Boukhatem était devenu un problème. Et votre enquête, aussi. La décision a été prise en haut lieu.

– Haut comment, le lieu ?

– Écoutez, le directeur adjoint...

– Ménard ?

– Oui. Erica. Elle a organisé des entrevues, avant d'arriver à une conclusion. La mise en œuvre est une affaire de terrain. Moi, je suis juste... un employé administratif.

– En l'occurrence, en train d'administrer un coup monté, gronde Taleb, qui s'arrête à un feu et jette un coup d'œil à son plan – tout droit, semble-t-il, du moins pour l'instant. Vous aviez peur qu'on déterre quoi ?

– Notre lien avec Laloul, je suppose.

– Depuis quand protégez-vous Laloul ? demande Hidouchi.

– Depuis qu'il a quitté l'Algérie. Mais aussi avant, j'imagine. Ça ne représente pas grand-chose. Juste... de l'argent et deux ou trois gardes du corps. Plus la garantie d'une immunité contre les poursuites et l'extradition.

– Où est-il ?

– Dans une villa tout près de la frontière suisse, du côté de Genève. »

Le feu passe au vert. Ils se remettent en route.

« Je n'ai rien de plus à vous dire.

– Oh, mais si. »

Taleb entend Réau pousser un grognement quand Hidouchi lui enfonce à nouveau son pistolet dans le dos en l'interrogeant.

« Quels services, à ton avis, Laloul a-t-il rendus à la DGSE pour s'attirer une telle gratitude ?

– Je ne sais pas.

– Je ne te demande pas ce que tu sais, mais ce que tu penses.

– Ben, des services certainement... de grande importance... et sur une longue durée... pour justifier le traitement dont il a bénéficié depuis.

– Et tu n'as jamais cherché à en savoir plus ?

– On ne fait pas une longue carrière à la DGSE en posant des questions de ce genre. »

Non, bien sûr, opine Taleb en silence. Pas plus que Hidouchi n'a prospéré au DSS en fouillant dans les antécédents d'agents doubles recrutés par Toufik et ses prédécesseurs. Le passé est une chasse soigneusement gardée chez les gens du renseignement.

« Et qui serait susceptible de savoir ? demande Taleb. Ménard ?

– Je suppose... Erica est au courant, oui. On lui aura donné des détails sur la carrière de Laloul.

– Alors, c'est à elle que nous devrions parler.

– Elle s'attendait à quoi quand nous sommes arrivés à l'hôtel, Gilles ? poursuit Hidouchi.

– Vous étiez censée retenir Taleb jusqu'à l'arrivée de la police. Il aurait alors été arrêté, et vous... renvoyée à Alger.

– Comment a-t-elle réagi quand les choses ne se sont pas déroulées comme prévu ?

– Elle a contacté votre chef au DSS, Kadri. Nous pensons qu'il va s'arranger pour que vous soyez... publiquement désavouée. Dans l'intérêt des... bonnes relations entre nos deux pays. Ensuite, vous et Taleb serez tous les deux... laissés à notre disposition.

– Ça sent mauvais pour nous. »

Taleb reconnaît en son for intérieur l'exactitude de sa remarque.

Un silence lourd s'installe, avant que Réau avertisse :

« Ça ne fait pas que sentir.

– Quelle était censée être ma motivation pour assassiner Boukhatem ? demande Taleb.

– On a introduit un fichier compromettant dans son ordinateur portable, qui laissait entendre que vous lui vendiez des renseignements sur les enquêtes de police portant sur les activités de certains de ses clients.

– Et ensuite ? Lui et moi, on s'est disputés sur les clauses de notre marché, c'est ça ? J'ai eu peur qu'il me trahisse ?

– Peu importe, au mieux de ce qui nous arrangeait.

– Et moi, comment expliquer mes actes ? intervient Hidouchi.

– Je n'en sais rien. Mais on trouvera toujours quelque chose. »

Ils sont arrêtés par un autre feu. Taleb fixe le rouge, attendant qu'il passe au vert. Il est presque aussi atterré qu'apeuré par ce que lui réserve l'avenir. Des décennies d'un travail honnête en tant qu'officier de police risquent de se terminer sur un banal coup monté des services secrets français. Aucun de ses collègues ne voudra croire à l'histoire officielle, c'est évident. Mais leur scepticisme ne fera pas de différence. Un accord, quel qu'il soit, a été passé entre la DGSE et le DSS, point final. *Le pouvoir** n'exige pas la crédibilité, uniquement l'obéissance.

Le feu passe au vert, et ils poursuivent leur route. Taleb tourne à droite, le long d'une ligne de chemin de fer dont il se dit qu'elle ramène à la gare Saint-Lazare. Tourner en rond sans but précis est encore ce qu'il peut faire de mieux jusqu'à ce qu'il soit certain de savoir où cela le conduit – encore que, selon lui, l'issue soit déjà parfaitement claire.

Et la question que pose Hidouchi confirme qu'elle l'est aussi pour elle.

« Où donc habite Erica, Gilles ?

– Je ne peux pas vous le dire.

– Tu n'as pas vraiment le choix.

– Du moins si tu veux revoir ton chat, dit Taleb. Ou l'entendre ronronner quand tu le caresses. Persan, c'est bien ça ?

– Comment êtes-vous au courant… pour mon chat ?

– Je suis flic. Du moins, je l'étais. Mais Erica et toi avez fait de moi quelque chose d'autre. Un homme aux abois, qui n'a plus rien à perdre. Vous vous êtes servis de mon arme pour abattre Boukhatem, de manière que ce soit moi qui paie pour son meurtre – un flic véreux qui descend un avocat véreux et qui prend la fuite. Une paisible retraite n'est plus désormais d'actualité pour moi. Mes options ? Pourrir le reste de mes jours dans une prison française, ou être abattu dans une fusillade avec la police parisienne ? Deux options qui n'ont rien de particulièrement alléchant, pas vrai ? Alors, dis-moi, est-ce que ça pourrait être pire si je te descendais toi aussi ?

– Vous ne feriez pas ça, proteste Réau, apparemment peu convaincu sur ce point.

– Je n'aurai pas à le faire. Parce que tu vas nous dire où habite Erica. Et puis, plus tard dans la soirée, quand on sera sûrs qu'elle est chez elle…

– … tu nous feras entrer », conclut Hidouchi.

25

Le reste de sa journée, Suzette le passe à défaire ses bagages et à répondre aux mails qu'elle a laissés s'accumuler pendant son absence. Elle ne réussit pas à passer l'appel téléphonique qu'elle avait promis à sa mère, mais échange en revanche quelques textos avec Élodie avant et après une visite au supermarché. Tout à l'heure, elle se préparera un pavé de saumon grillé, ouvrira une bouteille de sauvignon blanc et s'efforcera de se ménager une soirée tranquille. Elle ne regrette pas d'avoir conclu un marché avec Lionel Baudouin, tout humiliant que c'est d'être obligée de se déposséder de la confession de son père. Mais bon, céder l'original et la copie carbone mettra un terme à ses démêlés avec Nadir Laloul. Ce qui est hautement souhaitable, d'autant que la transaction est assortie de la coquette somme de deux cent cinquante mille euros. Elle expliquera sa décision à sa mère une fois que l'affaire sera conclue. Quant à son père, elle est certaine que c'est ce qu'il aurait voulu lui voir faire. « C'est pour le mieux » était l'une de ses expressions favorites, le plus souvent accompagnée d'un haussement d'épaules et d'un sourire. Ses années en Algérie lui avaient appris que le pragmatisme était encore la seule philosophie viable dans la vie. Qu'il lui a ensuite transmise. C'était un romantique, au fond, et elle lui ressemble. Mais s'il y a jamais eu un moment où mieux vaut être guidé par la tête que par le cœur, c'est bien celui-ci.

Elle prend un long bain frais avant l'heure du dîner et vient juste de redescendre dans la cuisine quand la sonnette de la porte d'entrée se fait entendre. Elle a rarement des visiteurs. Il est trop tard pour une quelconque livraison. Qui plus est, elle n'a pas entendu de véhicule remonter l'allée. Elle se demande si elle peut se permettre de faire la sourde oreille. Mais la soirée est douce, et nombreuses sont les fenêtres ouvertes, ainsi que les portes qui donnent sur la terrasse. Sa présence peut difficilement passer inaperçue.

La sonnette résonne une seconde fois avant qu'elle se décide à aller répondre. Sur le seuil se tient sans doute la dernière personne qu'elle s'attendait à voir : Stephen Gray.

Il est débraillé et semble épuisé par son voyage. Il porte un sac à dos léger, passé sur une épaule. Il lui sourit, l'air de s'excuser.

« Bonjour, Suzette.

– Qu'est-ce... qu'est-ce que vous faites ici ? réplique-t-elle, mal à l'aise.

– Je peux entrer ?

– Qu'est-ce que vous voulez ?

– Parler. Simplement parler. À propos de... la situation.

– Je n'ai rien de plus à vous dire.

– J'ai fait un long voyage. Vous ne pouvez pas m'accorder juste quelques minutes ?

– Vous êtes venu en voiture ? demande-t-elle en regardant pardessus son épaule.

– J'ai pris l'Eurostar, et ensuite un taxi jusqu'ici.

– Mais je ne vous ai jamais donné mon adresse, Stephen.

– C'est Riad qui me l'a communiquée. »

Le silence s'installe, amplifié par le calme d'une soirée à la campagne. Elle voudrait se débarrasser de lui. Elle est convaincue qu'elle le devrait. Sans pouvoir s'y résoudre.

« Je peux entrer ?

– D'accord. Mais rien de ce que vous direz ne saurait me faire changer d'avis. »

Il ne la contredit pas, pourtant il n'aurait jamais fait ce long voyage s'il la croyait. Suzette l'entraîne jusqu'à la cuisine. En chemin, il murmure quelques vagues compliments sur la décoration intérieure. Il s'efforce d'imprimer une forme de banalité à leurs échanges – c'est du moins l'impression qu'elle en a –, d'en faire un socle de compréhension mutuelle sur lequel asseoir la conversation à venir. Mais ça ne marchera pas. Pour Suzette, c'est terminé. C'est réglé.

Pas vraiment, pourtant. Pas encore tout à fait.

Elle s'était déjà versé un verre de vin. Qui l'attend sur le plan de travail. Ce serait discourtois de ne pas en offrir un à Gray. Il accepte.

Ils se regardent, chacun son verre à la main. Il n'y a guère que trois jours qu'ils se sont rencontrés pour la première fois en tant qu'adultes, même si Suzette a l'impression que cela fait plus longtemps – bien plus longtemps. « Où êtes-vous descendu ? demande-t-elle en essayant de ne pas laisser voir son trouble.

– J'ai réservé une chambre dans un hôtel de Versailles.

– Vous vous êtes donné beaucoup de mal et vous avez beaucoup dépensé pour dire ce qui aurait pu l'être tout aussi facilement par téléphone.

– Je préfère le face-à-face, c'est plus sûr.

– Même ainsi, je crains que vous ayez fait tout ce chemin pour rien, dit-elle en avalant une grande gorgée de vin. Je dois remettre demain aux avocats de Laloul l'original et la copie de la confession. Et je m'en tiendrai à ma décision quoi qu'il arrive.

– Tout ce que je vous demande, c'est de m'écouter.

– Très bien. Je vous écoute.

– Laloul est un meurtrier et un escroc. Ma sœur et votre père sont au nombre de ses victimes. Nous tenons là une chance de le faire payer pour ce qu'il leur a infligé. Notre unique chance, probablement. Je vous supplie de...

– C'était quoi ça ? » s'exclame Suzette en levant la main pour lui intimer le silence. Elle a entendu quelque chose : le grondement d'un moteur dans l'allée. Elle a comme l'impression de reconnaître le bruit – et la voiture. Elle se précipite sur la terrasse.

Elle ne s'est pas trompée. Même si elle a du mal à en croire ses yeux. La voiture, c'est la Citroën noire vintage de Kermadec. Elle jette un coup d'œil à Gray, qui l'a suivie.

« Vous êtes venu avec lui ? demande-t-elle, sur un ton devenu soudain plus méfiant.

– Avec qui ? s'enquiert Gray en fronçant les sourcils.

– Mon beau-père.

– Je ne vois pas de quoi vous parlez.

– Non ? En attendant, il est ici. Voyez par vous-même. »

La Citroën s'arrête. Le moteur, remis en état à grands frais, s'éteint. Kermadec est au volant. Il voit Suzette qui regarde dans sa direction et incline la tête. À côté de lui se trouve un homme qu'elle a rencontré à plusieurs reprises auparavant : un « associé » de Kermadec, un dénommé Franco Storza, d'origine italienne, spécialisé, selon la mère de Suzette, dans le recouvrement de dettes.

Kermadec descend de voiture. Il porte un de ces costumes sur mesure en lin crème qu'il affectionne et qui ne sauraient masquer sa puissante musculature. Il relève d'un geste large ses cheveux noirs striés de gris dont il est démesurément fier et s'avance vers elle à grandes enjambées, son visage grêlé plissé par un sourire aussi engageant que peu chaleureux, aux yeux de Suzette.

Storza émerge du côté passager, à quelques pas derrière Kermadec, habillé de façon plus décontractée – chemise informe et chino. Il est plus grand, plus mince, légèrement plus jeune, le crâne rasé, mais avec une moustache qu'il ne cesse de lisser et qui est à peu près le seul trait distinctif d'un visage par ailleurs dénué d'expression. Il est en général peu causant, et ses grands yeux sont si foncés qu'on les croirait presque noirs et dépourvus d'iris.

Suzette a toujours abhorré Kermadec – Storza aussi, coulés l'un et l'autre dans le même moule. Sa haine dissimule cependant quelque chose de plus inquiétant. Elle a peur de Kermadec. Une peur viscérale qu'elle a toujours enfouie au fond d'elle-même depuis le jour de leur première rencontre, quand il s'est présenté comme le propriétaire de leur appartement à Marseille, si élégamment vêtu à sa manière tapageuse, si mielleux, mais en même temps si menaçant. *Tu m'aimeras*, disait son visage sans qu'il ait besoin de l'exprimer. *Tu m'aimeras, ou tu feras semblant. Tu n'as pas d'autre choix.*

Sa mère, elle, n'avait pas eu besoin de faire semblant. Elle avait tout de suite reconnu en lui le protecteur dont elles avaient besoin et le genre d'homme que son mari n'avait jamais été : viril, dominateur, respirant la force. Elle l'avait encouragé de toutes les façons possibles. Et puis, commodément et très obligeamment, Dalby s'était fait tuer. En un clin d'œil, elle s'était retrouvée veuve, et bientôt – après un intervalle d'une brièveté indécente – Mme Kermadec. Suzette, quant à elle, était devenue la belle-fille du même Kermadec.

Il ne l'a jamais frappée. N'a jamais levé la main sur elle. Pour autant, encore maintenant, à quarante ans, elle sait qu'il en serait capable. Elle se souvient des regards lascifs qu'il lui lançait subrepticement quand elle était ado – et de ceux, débordants de rage, dans les rares occasions où elle osait le défier. Seul point sur lequel elle n'a jamais cédé : elle a toujours refusé de l'appeler papa comme sa mère la pressait de le faire. Papa reposait dans une tombe anonyme d'Alger, et personne ne pouvait prétendre le remplacer. Elle a insisté sur l'appellation formelle de *beau-père**, et les choses n'ont plus jamais changé depuis.

Suzette ébauche un pâle sourire tandis que Kermadec s'approche d'elle.

« Qu'est-ce qui vous amène ici, *beau-père** ?

– Voilà l'accueil que tu me réserves après huit cents kilomètres de route pour venir te voir ? » Il lui pince la joue dans un geste qui se voudrait affectueux, mais qui, aux yeux de Suzette, ne l'est pas. « À moins que nous n'ayons interrompu quelque chose, dit-il en pivotant sur ses talons et en fixant son sourire de commande sur Gray. Je me présente : Gérard Kermadec, *monsieur**. Peut-être Suzette vous a-t-elle parlé de moi.

– Son beau-père, je crois, répond Gray en s'arrachant un sourire.

– Exact. » Kermadec est passé sans effort à l'anglais en entendant l'accent de Gray. Il a beau être creux intellectuellement parlant, ses multiples affaires font qu'il parle anglais et italien couramment en plus du français et de son corse maternel. « Et vous êtes ?

– Stephen Gray. Un ami.

– Ah, l'homme que tu es allée voir en Angleterre, Suzette. »

Impossible de le nier. Et elle s'en garde bien. Elle n'est pas sûre de ce que sa mère a raconté à son mari.

« Enchanté de faire votre connaissance, poursuit Kermadec. Je vous présente mon… associé, Franco Storza. »

Gray et Storza échangent un signe de tête. Storza n'ouvre pas la bouche, même s'il gratifie Suzette du même signe de tête. Les présentations, pour ce qu'elles valent, sont terminées.

« Je ne savais pas que vous veniez, *beau-père**, dit Suzette.

– Ta mère ne t'a pas appelée ? Je lui avais pourtant dit de le faire.

– Il se peut que si. J'ai été très occupée depuis que je… suis rentrée.

– En compagnie de ton nouvel ami, bien sûr. Je comprends. Dis-moi, le verre de vin qu'il tient à la main est très alléchant après une aussi longue route.

– Pourquoi ne pas venir jusqu'à la cuisine tous les deux ? suggère Suzette, qui ne voit aucun moyen de les empêcher d'entrer. Je vous en servirai un.

– Juste pour moi. Franco ne boit pas.

– De l'eau, peut-être ? » propose Suzette avec un regard en direction de Storza.

Ce dernier acquiesce sans un mot. Il semble considérer la communication verbale comme un dernier recours. Elle se demande à quoi a pu ressembler leur voyage depuis Marseille. Plutôt silencieux, à n'en pas douter.

Ils passent tous dans la cuisine. Suzette va chercher un verre à vin et un verre à eau.

« L'Angleterre, c'était comment ? » demande Kermadec.

Elle ne sait que répondre et, pour le moment, tandis qu'elle lui verse un peu de sauvignon, reste silencieuse.

« Contente d'être rentrée, je suppose.

– Oui, dit-elle mal à l'aise, tout en lui tendant son vin.

– Vous avez voyagé ensemble ? poursuit Kermadec en s'adressant à Gray.

– Pas vraiment, non, répond celui-ci, évasif.

– C'est à vous ? insiste Kermadec avec un signe en direction du sac à dos.

– Euh... oui.

– Tout juste arrivé, alors ?

– Oui. Peu de temps avant vous.

– On dirait que tu as la cote aujourd'hui, Suzette, ironise le beau-père en lui adressant un grand sourire avant de tremper les lèvres dans son verre. Hum, il est bon. Très bon. Très... gouleyant. »

Suzette va chercher une bouteille d'Évian dans le réfrigérateur pour Storza. De fait, elle est reconnaissante à ces petits gestes d'hospitalité de lui donner temps et espace pour trouver une réponse à la question que son beau-père évite délibérément. Pourquoi est-il ici ?

« Ta mère se fait du souci pour toi, reprend-il, le dos appuyé contre le plan de travail.

– Je ne vois pas pourquoi, réplique Suzette.

– Ah, tu sais comment sont les mères, non ? Elles s'inquiètent pour leur progéniture, parfois sans raison. Comme tu le fais à propos de Timmy. »

Son recours au diminutif l'agace prodigieusement, mais c'est peut-être le but recherché.

« Cependant, je ne suis pas sûr que l'inquiétude de Monique à ton sujet soit déplacée, Suzette. Vraiment pas.

– C'est pour ça que tu as fait tout ce chemin ?

– En partie, oui. Votre conversation téléphonique d'hier soir l'a mise mal à l'aise.

– Pourquoi donc ?

– Je vais aller faire un tour dans le jardin, propose Gray. Vous serez plus tranquilles pour causer. »

Il se dirige vers la terrasse. Mais à la stupéfaction de Suzette, Storza lui barre le chemin en bloquant la porte.

« Pour tout vous dire, vous feriez mieux de rester… Stephen, ordonne Kermadec. Après tout, cette affaire vous concerne autant que Suzette, non ?

– Croyez-vous ? demande Gray en se retournant vers lui.

– Je sais tout, d'accord ? Inutile de faire comme si vous ignorez pourquoi je suis ici. Quand je dis "tout", entre parenthèses, j'entends bien "tout". »

Gray regarde Suzette, espérant, suppose-t-elle, qu'elle a le pouvoir de les sortir d'une situation soudain chargée de menaces. Mais il n'y a rien qu'elle puisse faire. Kermadec est aux commandes. Et elle comprend brutalement qu'il est venu avec Storza pour s'assurer que le contrôle de la situation ne lui échappera pas.

« Tu es rentrée avec la confession de ton père, pas vrai, Suzette ? L'original, j'entends. Qu'est-ce que tu as l'intention d'en faire ? »

Elle aurait dû choisir ses mots avec plus de soin quand elle a parlé à sa mère, sachant qu'ils seraient intégralement retransmis à Kermadec. Mais elle était lasse, irritée par tous les gens qui l'avaient dupée.

« Ce que je pense faire ne te regarde pas, rétorque-t-elle, l'air buté.

– Je crains que tu te trompes. J'ai de gros intérêts dans cette affaire.

– Que veux-tu dire ? demande-t-elle, effarée et pleine d'appréhension maintenant.

– J'agis pour le compte de Zarbi, Suzette. Et ce, depuis le début.

– C'est… c'est impossible.

– En effet, intervient Gray. C'est tout à fait impossible. Vous n'avez rien qui…

– Vous êtes priés de la boucler l'un et l'autre, dit Kermadec dont le sourire toujours figé ne fait que renforcer la dureté des propos.

Écoutez-moi, vous comprendrez après. Zarbi est un vieil homme malade. Plus que jamais, étant donné les efforts qu'il a dû fournir pour se sortir d'Algérie. C'est moi qui m'occupe de lui à Marseille.

– Il ne m'a jamais parlé de vous, objecte Gray.

– Zarbi vous a dit ce que vous aviez besoin de savoir, dit Kermadec avec un regard noir censé le réduire au silence. La plupart des instructions qui vous ont été transmises par Boukhatem venaient de moi. Wassim et moi, ça remonte à loin. Je me suis toujours occupé de trouver des emplois et des logements pour les Algériens qu'il connaissait et qui émigraient en France. Il était donc tout à fait naturel qu'il me demande de garder un œil sur toi et Monique, Suzette, quand vous êtes arrivées en 1993. En ce temps-là, il était au sommet de sa carrière, et j'étais heureux de gérer ses intérêts français. Y compris Monique. Elle lui avait servi d'informatrice. Et une informatrice hors pair. Je crois que tu l'as découvert pendant que tu étais en Angleterre. L'épouser m'a encore rapproché de Zarbi. Ainsi que de Laloul et de sa corne d'abondance déversant l'argent volé aux entreprises algériennes nationalisées. Ils étaient bons payeurs. Je faisais ce qu'ils attendaient de moi. Et ma famille – dont toi, Suzette, et tes enfants – y a beaucoup gagné. Tu t'es toujours estimée supérieure à moi. La vérité, c'est que sans moi tu serais à la rue. C'est moi qui t'ai faite. »

Suzette ne trouve pas les mots. Elle n'en doute pas : l'impact des propos de Kermadec se lit sur son visage. Elle l'a toujours méprisé, lui et son cercle d'amis vulgaires. Elle s'est convaincue que Monique l'avait choisi parce qu'elle s'assurait ainsi une vie plus confortable en France. Aujourd'hui, elle doit affronter une vérité autrement plus troublante : c'est lui qui l'a choisie à la demande de Zarbi.

« Mauvaise surprise pour toi, je suppose, poursuit-il, mais puisque tu as toujours fait en sorte de garder tes distances avec moi, tu peux difficilement te plaindre quand tu découvres que la façon dont je t'ai nourrie et habillée passe largement au-dessus de ta petite tête méprisante. Je ne te cacherai pas que ça a été un coup dur pour moi quand Laloul a disparu de la circulation et que Zarbi s'est retrouvé en taule. Pas mal d'affaires lucratives se sont taries sur-le-champ. Et j'ai eu mon lot de revers depuis. La vie n'a plus jamais été aussi facile qu'elle l'était alors – ou aussi facile que je voulais bien en donner l'impression. Mais faire chanter Laloul avec la confession de Nigel Dalby ? Ça, ça va me remettre sur pied et m'assurer une jolie retraite. Très jolie même. Ça remettra aussi Monique sur pied, bien sûr, et je pourrai faire preuve de générosité à l'égard de ses petits-enfants. Ce qui n'est pas plus mal, si l'on songe que leur père les a laissés sans le sou et que toi, Suzette, tu n'es pas capable de gagner un centime. » Il fait soudain une grande enjambée dans sa direction et lui pince à nouveau la joue, cette fois-ci plus fort. « Notre transaction concernant la confession était censée se dérouler sans encombre, Suzette. Tu n'étais pas supposée t'impliquer, toi qui te fais une si haute idée de la morale, dans toute cette histoire. Laloul n'est pas idiot. Je suis forcé de le reconnaître. Il a sans doute estimé que, s'il pouvait te convaincre de dire que la confession était un faux, il pourrait nous tenir à distance, ou du moins nous obliger à réviser notre prix bien à la baisse. Je ne pouvais pas dire à Monique de cesser de t'encourager à faire ce qu'il te demandait sans dévoiler mon jeu. J'ai dû me reposer sur Stephen, ici présent, pour te persuader que la confession était authentique et dire à Laloul d'aller se faire voir. Zarbi était d'accord avec ce plan. Il est tellement malade qu'il n'a été que trop heureux de me laisser m'occuper de l'affaire. Mais Stephen, lui, s'est montré suffisamment crétin pour te laisser mettre la main sur l'original de la confession. À partir de là, Laloul n'a plus eu qu'à te retrouver, c'est bien ça ? Il a loué les services de deux ou trois malfrats pour mettre le feu au cottage de Stephen. Nous avons eu une chance inouïe que la confession ne soit pas elle aussi partie en fumée. Mais tu as dû avoir une sacrée peur. Alors quoi, maintenant ? Un accord avec Laloul, je suppose. L'original de la confession en échange de… combien ? demande-t-il en accentuant douloureusement sa pression. Combien t'en donne-t-il ?

– Lâchez-la », intervient Gray en traversant la pièce.

Storza a bondi. Il attrape Gray par l'épaule, le fait pivoter sur lui-même et lui expédie un coup de poing au plexus. Gray en a le souffle coupé. Il gémit et tombe à genoux. Storza lui tapote la tête, condescendant, comme s'il donnait l'ordre à un chien de se tenir tranquille. Et Gray se laisse lentement aller contre le pied de table le plus proche.

« Ne t'inquiète pas, Stephen. Je n'ai pas l'intention de faire du mal à ma petite belle-fille chérie, dit Kermadec en la relâchant. Du moins si elle me livre au mot près l'accord qu'elle a passé avec Laloul. Eh bien, Suzette ? » lance-t-il d'un air interrogateur, la tête penchée sur le côté.

À entendre la respiration de Gray, elle devine qu'il souffre. Et l'absence d'expression de Storza laisse entendre que les choses pourraient largement empirer dans un proche avenir si elle refusait de coopérer.

« D'accord, répond-elle. Pour le moment… laissez Stephen tranquille. » Elle n'est pas sûre de savoir quelle est la meilleure stratégie à adopter. Mais elle sait qu'à court terme, défier Kermadec ne serait pas judicieux. « J'ai accepté de livrer l'original au bureau parisien des avocats de Laloul demain après-midi.

– À quelle heure ?

– 17 heures.

– Laloul sera là ?

– À en croire Lionel Baudouin, oui.

– Et combien est-il prêt à te donner ?

– Une fois que Laloul se sera assuré de l'authenticité du document, je devrais toucher deux cent cinquante mille euros.

– Deux cent cinquante mille ? De la part de celui qui a détourné des dizaines de millions de la Sonatrach ? Mais c'est que dalle, Suzette. Tu le laisses te ridiculiser, et moi avec du même coup, si je n'interviens pas. Elle est où, cette confession ?

– En haut.

– Va la chercher. »

Refuser est hors de question. Suzette le comprend parfaitement. Les conséquences de l'intervention de Kermadec sont d'une portée trop grande pour qu'on puisse les évaluer. Tout ce qu'elle sait, c'est qu'elle n'a pas le choix. Elle se dirige vers le hall.

« Une minute ! lance Kermadec, l'obligeant à s'arrêter. Ton père avait fait une copie carbone de sa confession, non ?

– Oui, admet-elle calmement.

– Et tu l'as également en ta possession, je me trompe ?

– Oui, en effet.

– Assure-toi de ne pas revenir sans elle. »

Suzette hoche la tête et quitte la pièce.

Elle longe le hall, jouant avec l'idée, maintenant qu'elle est hors de la vue de Kermadec, de courir jusqu'à sa voiture et de s'enfuir. Mais le véhicule de son beau-père est resté en travers de l'allée. Et en admettant qu'elle arrive à s'échapper, que ferait-elle de toute façon ? Laloul sait qu'elle a l'original. Kermadec aussi. Elle est prise entre les mâchoires d'une même tenaille.

Elle grimpe l'escalier et passe dans sa chambre. Elle sort de sous son lit le carton contenant l'original, la copie, ainsi que la machine à écrire. Elle l'ouvre et contemple la vieille machine et les liasses de feuillets. Elle pense à son père et aux heures qu'il a passées à rédiger ces pages, malgré ce qu'elles lui ont appris de lui. Ce sont ses mots, son histoire qu'elle s'apprête à donner – et à ne jamais plus revoir.

Mais elle n'a pas le choix. Kermadec s'est montré parfaitement clair. C'est sa seule porte de sortie.

Elle s'empare du carton et redescend.

Dans la cuisine, la scène n'a guère changé. Kermadec est en train de se servir un deuxième verre de vin. Storza se trouve exactement là où il était quand elle les a laissés. Gray s'est hissé sur une des chaises et se tient recroquevillé sur la table, respirant, semble-t-il, plus calmement à présent.

Il croise son regard tandis qu'elle pose le carton sur la table. Il a l'air vaincu, exténué par cette lutte qui l'a amené – *les* a amenés – là où ils sont.

Kermadec s'approche et jette un coup d'œil dans le carton. Il feuillette quelques-unes des pages et hoche la tête, satisfait.

« Très bien. Tout semble être là, dit-il en abaissant les yeux sur Gray. Je suppose que vous projetiez de vous partager les deux cent cinquante mille euros. Me trahir était une grave erreur, Stephen. Suzette, je peux lui pardonner. Mais toi ? Zarbi avait passé un accord avec toi. Ce qui revient à dire que j'en avais aussi un avec toi. On n'échappe pas à des gens comme nous.

– Ce n'est pas ce que vous croyez, proteste Gray à voix basse.

– Tout est ma faute, *beau-père**, explique Suzette en le regardant droit dans les yeux pour s'assurer qu'il la comprend bien. Stephen n'a rien à voir dans la transaction que j'ai conclue avec Coqblin & Baudouin. Je m'apprêtais à garder l'argent pour moi. La totalité de la somme.

– Si je comprends bien, sa présence ici est tout à fait fortuite.

– Il essayait de me faire revenir sur ma décision.

– Et il a réussi ?

– Je veux juste en finir avec toute cette histoire, mon cher *beau-père**.

– Ça, c'est une bonne nouvelle. Parce que c'est précisément ce que nous allons faire. Demain, quand tu te rendras chez Coqblin & Baudouin.

– Tu veux quand même que j'y aille ?

– Bien sûr. Sauf que tu ne te contenteras pas de leur remettre la confession de ton père. Tu leur transmettras également les conditions définitives de Zarbi. Tu vas dire à Laloul que le prix a grimpé. De dix millions d'euros, on passe à douze.

– Douze millions d'euros ? répète Suzette, effarée, les yeux écarquillés.

– Il les a. Et il paiera ce qu'on lui demande pour se débarrasser de Zarbi. Sinon, les médias français recevront une histoire juteuse concernant l'assassinat brutal d'un des conseillers de De Gaulle en 1965. Ce qui contraindra les autorités à mettre Laloul en accusation pour ledit meurtre, même si, à mon avis – et je pense que Laloul ne me contredirait pas sur ce point –, ils feront en sorte qu'il ne vive pas assez longtemps pour passer en jugement. Ils voudront étouffer dans l'œuf le scandale qui s'ensuivrait si le public venait à apprendre qu'ils n'ont jamais cessé de protéger Laloul depuis sa fuite hors d'Algérie en 1999. Tu me suis ? Il ne peut pas faire autrement que payer.

– Pourquoi ne pas y aller toi-même ? Pourquoi me laisser m'en occuper ?

– Parce qu'il est dans mon intérêt – mais aussi dans le tien – que personne ne sache que je suis impliqué. Tu ne mentionnes même pas mon nom. D'accord ? Pas un mot à mon sujet.

– D'accord.

– Si Laloul doit savoir quelque chose, c'est que tout est du fait de Zarbi. Franco t'accompagnera, mais il attendra dehors. Et il gardera la confession par-devers lui. Laloul doit d'abord verser les douze millions d'euros pour l'obtenir. Voilà l'accord. Tu lui donnes le nom d'une banque aux îles Caïmans et un numéro de compte – je te fournirai les détails – où transférer l'argent. Une fois l'opération confirmée, je téléphone à Franco, qui laisse les deux exemplaires à la réception de Coqblin & Baudouin, et vous repartez tous les deux. Simple, non ?

– Je l'espère.

– Moi aussi. Tu peux garder la machine à écrire, ajoute Kermadec en souriant. Ça te fera un souvenir.

– Je veux que Timothée rentre immédiatement à la maison. Dès que cette affaire sera terminée.

– Ça, réplique Kermadec dont le sourire s'élargit, ce sera à lui d'en décider. Tout ce que je peux te promettre, Suzette, c'est qu'il aura une vie bien plus agréable si tu agis comme je te le demande. Et toi aussi, par la même occasion. Sans oublier ta mère, bien sûr. »

Tout ce à quoi Suzette est capable de penser sur le moment, c'est comment soustraire Timothée à l'influence de Kermadec. Ça ne va pas être facile. Mais il va bien falloir qu'elle y parvienne. D'une manière ou d'une autre.

Cela appartient cependant à l'avenir. Il convient d'abord de gérer les prochaines vingt-quatre heures.

« C'est entendu, dit-elle en inclinant légèrement la tête pour faire comprendre à son beau-père qu'elle n'a pas l'intention de désobéir. Je vais le faire.

– Je suis heureux de l'entendre.

– Je crois que tout a été dit, non ? »

Elle espère le voir partir maintenant. Elle n'a qu'une envie, c'est qu'il quitte sa maison, même si elle sait pertinemment que la solitude ne lui apportera pas la paix.

« On va prendre le carton avec nous. Franco l'apportera demain à l'heure du rendez-vous. C'est à ce moment-là que tu auras les détails concernant la banque. On embarque aussi Stephen avec nous, histoire de s'assurer qu'il sera bien dans le premier train en partance pour Londres demain matin. Je ne voudrais pas qu'il arrive à te convaincre de faire une bêtise.

– Je te l'ai déjà dit, *beau-père**, je suivrai tes instructions à la lettre. Rien de plus, rien de moins.

– En ce cas..., conclut Kermadec en vidant son verre et en la gratifiant d'un grand sourire, nous n'avons plus à nous inquiéter de quoi que ce soit. »

26

Depuis qu'il a été promu commissaire, Taleb a été moins actif sur le terrain. Il ne se souvient plus de la dernière fois où il a pénétré chez quelqu'un l'arme au poing. C'est donc une sensation presque nouvelle – pas forcément agréable – que de se retrouver devant un immeuble bourgeois du XVIe arrondissement de Paris, dans la douce atmosphère d'une soirée d'été, sur le point de faire une descente chez la directrice adjointe de la DGSE, Erica Ménard. Une initiative qui n'a même pas l'approbation de la police algérienne, sans parler de celle de la police française. D'un point de vue purement légal, il n'y a aucune différence entre lui et l'auteur d'un cambriolage à main armée.

Il s'efforce de chasser cette pensée alors qu'il se tient tout juste hors de portée de la caméra de surveillance installée au-dessus des boutons en cuivre de l'Interphone, bras gauche tendu pour relâcher la pression des menottes qui le retiennent attaché à Gilles Réau, tandis que, de sa main droite, il pointe son arme sur lui. L'agente Hidouchi est de l'autre côté de la porte cochère, arme également au poing. Le trottoir est vide. Le square où est situé l'appartement qu'occupe Ménard en semaine – le week-end, à en croire Réau, on la trouve en général dans sa maison de campagne près de Fontainebleau, en compagnie de son mari et de ses chiens – est tranquille et pour l'instant désert. Mais il se peut que cela ne dure pas. Il leur faut absolument pénétrer dans l'immeuble aussi vite que possible.

La terreur qu'éprouvait Réau à l'idée d'être tué s'est muée en une peur diffuse et résignée. Hidouchi l'a convaincu qu'elle lui mettrait une balle dans la tête s'il ne coopérait pas. Il s'emploie donc à coopérer au mieux de ses capacités. Sa loyauté envers Ménard n'a pas survécu à son instinct de survie.

Plusieurs secondes se sont écoulées depuis qu'il a appuyé sur le bouton correspondant à l'appartement de Ménard. Taleb commence à se demander si elle va répondre quand…

« Gilles ? » Sa voix fait écho dans le micro. Manifestement, elle peut voir Réau, mais rien, s'ils ont calculé correctement leurs positions respectives, qui puisse l'alarmer. « Qu'est-ce que vous faites ici ?

– Il est arrivé quelque chose de grave, madame », répond Réau. Il a l'air nerveux, mais Taleb le soupçonne de l'être souvent quand il s'adresse à Ménard. « Est-ce que je peux m'entretenir avec vous un moment ? Ce ne sera pas long.

– Vous auriez pu simplement m'appeler.

– C'est une affaire… délicate. Je crois que vous préféreriez que nous nous voyions.

– Vous commencez à m'inquiéter, Gilles.

– Le problème est sérieux. Mais… j'ai une solution. Si je peux juste entrer… pour vous expliquer.

– Entendu. »

Le signal d'ouverture se fait entendre, et le clic de l'Interphone indique que Ménard a raccroché. Réau pousse la porte, Taleb sur ses talons.

Hidouchi se faufile derrière eux et referme. Le décor conventionnel d'un immeuble parisien haut de gamme se déploie sous leurs yeux : hall en marbre blanc, escalier en marbre habillé d'un tapis rouge qui s'élève dans les airs et s'enroule autour de la cage d'ascenseur. L'appartement est au quatrième. Il a été décidé que Taleb et Réau prendraient l'ascenseur tandis que Hidouchi monterait à pied. Aucun signe des autres résidents. L'immeuble est plongé dans le silence.

Taleb et Réau entrent dans l'ascenseur. Le second appuie sur le bouton. Ils commencent à monter, si lentement que Hidouchi parvient à ne pas se laisser distancer.

« Ne vous inquiétez pas, dit Taleb, avec le sentiment que Réau a besoin d'être rassuré. Il n'arrivera rien à personne.

– En admettant que ce soit vrai, ma carrière est fichue. Erica va m'accuser de vous avoir amenés jusqu'à elle.

– J'ai connu beaucoup de revers dans ma carrière. Croyez-moi, il y a bien pire.

– Vous ne comprenez pas. Erica obtient toujours ce qu'elle veut.

– On va bien voir. »

Ils arrivent au quatrième. L'appartement est sur la gauche, la porte entrouverte. Hidouchi est sur le palier juste en dessous. Du regard, elle met Taleb en garde. Il hoche la tête et fait signe à Réau d'avancer, tirant sur les menottes pour s'écarter de lui au maximum.

Réau pousse la porte et entre. Suivi de Taleb. Ils se trouvent dans un vestibule vide, avec un séjour visible dans le fond par une porte ouverte. Un long tapis de couloir aux motifs exotiques et des murs abricot les accueillent. Pour l'instant, Ménard reste invisible.

« Erica ? » appelle Réau d'une voix mal assurée.

Pas de réponse. Ils avancent lentement vers le séjour, où la lumière tombe sur des meubles Art déco noir et blanc. Des notes de guitare leur parviennent, créant une désarmante impression de calme.

Ils sont passés devant plusieurs portes fermées, et Réau a lancé plusieurs fois le nom d'Erica, sans succès. Quand Taleb regarde par-dessus son épaule pour voir où se trouve Hidouchi, il découvre qu'une des portes est désormais ouverte et que Ménard est juste derrière lui, une arme pointée sur lui. Elle ne sourit pas.

« Posez votre arme, commissaire. »

Taleb dépose son arme sur le sol avec précaution et se redresse lentement. Sans rien dire.

« Où est Hidouchi ?

– Je suis venu sans elle. Nous n'étions pas…, répond-il en ébauchant un vague sourire. Nous n'étions pas d'accord sur la stratégie à suivre.

– Dans ce cas… »

Elle s'interrompt. Hidouchi s'est faufilée par la porte ouverte et a appuyé le canon de son arme sur la nuque de Ménard.

« Pourquoi ne pas poser votre arme, vous aussi, Erica ?

– Merde, dit Ménard d'une voix calme, fermant les yeux une seconde avant de jeter un regard furieux à Réau. Imbécile, murmure-t-elle sans que Taleb soit capable de discerner si l'épithète s'adresse à Réau ou à elle-même.

– Votre arme », lui rappelle Hidouchi.

Ménard se penche et pose son arme par terre.

« Emmène-les dans le séjour, Taleb. »

Celui-ci fait signe à Ménard de passer devant et la suit avec Réau. Il entend la porte d'entrée se refermer. Puis Hidouchi vient les rejoindre.

Ils se tiennent à quelques mètres de Ménard au milieu de la pièce. Les lampes sont allumées, mais il n'y a pas de rideaux aux fenêtres. La tour Eiffel illuminée s'élève dans le ciel nocturne derrière la vitre. On entend toujours la musique en sourdine.

Ménard plisse les yeux en regardant Hidouchi, comme interloquée.

« Je suis surprise de vous voir ici, agente Hidouchi.

– Manifestement.

– Je ne vous croyais pas assez stupide pour aider le commissaire Taleb. »

Le ton adopté suggère qu'elle vient de gratifier son interlocutrice d'un mauvais point dans un exercice d'évaluation des performances.

« Vraiment ?

– Vous aviez l'occasion de vous désolidariser de lui et de résoudre tranquillement cette affaire. Pourquoi ne pas l'avoir saisie ?

– Parce que trahir un collègue ne fait pas partie de mon code de déontologie. Tandis que descendre quelqu'un qui a essayé de le piéger est conforme à mes principes. Je vous conseille de ne pas mettre ma parole en doute.

– Vous n'allez pas me descendre.

– Donnez-moi un prétexte valable et, croyez-moi, je n'hésiterai pas. Vous nous avez déjà trahis. »

Taleb la croit sur parole.

« Je ne peux rien faire pour vous, répond Ménard. Taleb est recherché pour le meurtre d'Ibrahim Boukhatem, et vous le serez bientôt vous aussi pour complicité. Sans parler de l'enlèvement d'un membre de la DGSE. Vous ont-ils malmené, Gilles ? »

La question semble dénuée d'empathie. Taleb doute que Réau la croie sincèrement préoccupée de son sort.

« Non, murmure-t-il.

– On ne lui a pas laissé d'autre choix que celui de nous amener ici, explique Taleb.

– Où voulez-vous en venir, commissaire ? demande Ménard en souriant. Est-ce une tentative pour m'inciter à le traiter avec compassion lorsque toute cette farce sera terminée ?

– À vous de voir. Mais vous auriez tort de croire qu'il s'agit d'une farce.

– Et quoi d'autre alors ? Me tuer maintenant, c'est vous assurer de vous retrouver morts vous aussi. Vous n'avez aucune issue.

– Vous pourriez en créer une si vous le vouliez, suggère Hidouchi.

– Il me faudrait pour ça une raison stratégique contraignante, et je n'en vois aucune.

– Moi si, dit Hidouchi en brandissant la clé USB sur laquelle, pour cinquante euros de plus, Claude Hervo a copié l'enregistrement du 2 juin 1965.

– Qu'est-ce que c'est ?

– L'enregistrement d'une déclaration faite par Guy Tournier lors d'un interrogatoire mené par Zarbi et Laloul la nuit où ils l'ont assassiné. Bien entendu, ce n'est pas l'original. Que nous gardons par-devers nous.

– Vous l'avez sur vous ?

– Ça ne vous regarde pas. Ce qui, en revanche, vous regarde, c'est ce que dit Tournier. Vous voulez l'entendre ?

– Je suppose que je n'ai pas le choix. Je vais chercher mon ordinateur portable.

– Non. Contentez-vous de me dire où il est et j'irai le chercher moi-même.

– Deuxième porte sur la gauche, indique Ménard en désignant le couloir. Mon bureau. »

Hidouchi quitte la pièce. Dans le bref intervalle qui s'ensuit, Réau regarde Ménard et prononce tout bas : « Je suis désolé. » Au son de sa voix, il l'est indubitablement.

Ce serait le moment pour Ménard, songe Taleb, de dire quelque chose susceptible de suggérer qu'elle comprend pleinement la situation délicate dans laquelle s'est retrouvé son assistant. Au lieu de quoi, elle dirige son regard sur Taleb.

« Je suppose que l'agente Hidouchi attend simplement son heure, commissaire. Elle finira par vous trahir. Elle doit penser à son avenir. Et vous ne lui serez pas d'une grande utilité en la matière, je me trompe ?

– Vous avez mal jugé de ce qui se passerait à l'Horizon Hotel, et ce, j'imagine, parce que vous partez du principe que les autres vont agir comme vous le feriez si vous étiez à leur place, réplique Taleb. Il y a des gens, vous savez, qui ne placent pas systématiquement leurs intérêts au-dessus de tout. Nous ne sommes pas tous faits sur le même modèle. Le comprendre sera d'un grand secours à l'agente Hidouchi dans les années à venir. »

C'est le moment que choisit cette dernière pour réapparaître, sans laisser voir si elle a entendu les propos de Taleb. Elle pose l'ordinateur sur une table basse en verre et introduit la clé USB dans le port d'entrée. D'un geste de la main, elle invite Ménard à l'ouvrir. Celle-ci va jusqu'à la banquette qui fait face à la table et s'assied. Elle se sert d'une télécommande qui se trouve là, chausse une paire de lunettes à monture d'écaille et tourne l'ordinateur vers elle. Encore quelques secondes, et les paroles de Tournier, émoussées par le temps, envahissent la pièce.

« Une confession extorquée n'a aucune valeur devant la loi, mes amis… »

D'un geste, Taleb enjoint à Réau de s'asseoir avec lui sur l'autre banquette, face à Ménard. Hidouchi reste debout, son arme à la main. Réau tressaille quand il entend les cris de Tournier. Ménard, elle, ne bronche pas. Elle a les yeux fixés quelque part au plafond. En dépit d'un spectre d'émotions réduit, songe Taleb, elle manifeste un réel talent d'actrice. Elle n'a jamais entendu l'enregistrement auparavant, mais elle emmagasine et assimile les révélations qui se succèdent comme si celles-ci étaient tout à fait normales, comme si pour chacun des problèmes posés par les aveux de Tournier, elle avait une solution toute prête.

Ce qui n'est pas le cas, bien sûr. Ce n'est que de la comédie, toute virtuose qu'en est l'interprète. Il ne peut exister de solutions toutes prêtes pour des problèmes de cet ordre.

« Le chef savait dès le départ… que nous devions quitter l'Algérie. Rien ne pouvait plus arrêter l'indépendance… Mais il devait faire semblant de promettre aux pieds-noirs qu'il ne les lâcherait pas… Et, dans le même temps, il lui fallait convaincre le FLN qu'il ne capitulerait pas. »

À partir de là, comme le sait Taleb, la confession ne fait qu'empirer.

« À l'été 1961, nos agents étaient infiltrés partout dans vos rangs comme les veines bleues d'un roquefort. C'était là depuis toujours la dernière ligne de défense du chef : combattre l'ennemi de l'intérieur. »

Et Tournier continue. Tandis que le regard meurtrier de Ménard menace d'arracher la peinture du plâtre des murs.

« J'ignore… combien ont été tués… cette nuit-là… et pendant celles qui ont suivi. Cent ? Deux cents ? Personne ne le saura jamais avec certitude… »

C'est moche, pense Taleb. Vraiment moche. Pour Ménard et pour les Français.

« Neuf mois plus tard, vous agitiez vos drapeaux et klaxonniez à tout rompre dans les rues d'Alger pour fêter l'indépendance. *Vive l'Algérie algérienne* !* Vous aviez gagné. C'est du moins ce que vous pensiez. Mais Ben Bella avait besoin de l'aide de la France pour reconstruire le pays après huit années de guerre. Nous n'avions pas pu avoir le Sahara. Mais peut-être pouvions-nous encore mettre la main sur les ressources de son sous-sol. Ce sont nos compagnies qui ont construit vos pipelines et vos raffineries. Nos tankers qui ont transporté votre pétrole. Et c'est nous qui réalisons les profits. Tout en laissant dans vos rangs quelques privilégiés voler ce qu'il reste des ressources du malheureux peuple d'Algérie si mal gouverné. »

« Vous voyez ? Le chef ne perd jamais, même quand vous croyez l'avoir battu, même s'il se dit lui-même battu. Non, le chef finit toujours vainqueur. »

C'est le moment du final, quand Tournier semble perdre tout espoir, si faible soit-il, de vivre un jour de plus. Et c'est alors comme si son arrogance prenait le pas sur son instinct de survie ; comme s'il devenait d'une importance suprême pour lui de démontrer l'étendue de son mépris pour les deux Algériens qui le retiennent prisonnier.

« Nous vous avons rendu votre pays, mes amis, mais il y a une condition *sine qua non*, que nous sommes bien décidés à vous imposer. Vous ne pouvez prospérer en tant que nation. Il n'est pas question que l'indépendance, ça marche pour vous. L'Algérie – la vôtre – doit être un échec. Vous pensez que les difficultés qui assaillent Ben Bella ne sont que les problèmes d'une République balbutiante parce que tout juste née ? Détrompez-vous. Ils sont là pour longtemps, ces problèmes. On va vous foutre dans la merde pour les cinquante ans à venir. Non, non, attendez ! Les agents qui travaillent pour nous continuent à ramasser notre argent et à profiter de nos largesses. Ils sont toujours à nos ordres. Et votre gouvernement n'a aucune idée de qui ils sont, et ce, parce qu'il y en a tant en son sein qui font en sorte qu'il ne sache pas. Si l'un de vous était l'un des nôtres – simplement pour prendre un exemple –, l'autre ne soupçonnerait pas, ne verrait pas le traître qui se trouve à ses côtés. Sous l'apparence de l'indépendance, nous vous avons enfermés dans une galerie de glaces. Examinez bien les images que vous renvoient les miroirs. Au moment même de votre victoire… vous avez tout perdu. »

Puis, après une pause, arrivent les trois mots prononcés par Laloul qui mettent fin, ou tout comme, à la vie de Tournier : « Éteins-moi ça. » Il aurait pu tout aussi bien dire : « Éteins-moi ce type. » Parce que c'est bel et bien là ce qu'ils ont fait. Et, à ce moment-là, Taleb a du mal à leur donner tort. Même s'il sait que Laloul ne voulait faire taire Tournier que pour se protéger. Parce que l'un d'eux était l'un des leurs, et qu'il s'agissait de Laloul.

Un silence s'ensuit.

« Vous pouvez garder la clé, dit Hidouchi. Au cas où vous voudriez vous repasser certains détails.

– Vous êtes trop bonne, réplique Ménard d'un ton sarcastique.

– Vous avez encore des agents "infiltrés dans nos rangs comme les veines bleues d'un roquefort", Erica ? » Taleb remarque qu'elle s'est mise à utiliser le prénom de Ménard, comme si la nature des propos qu'ils viennent d'entendre avait privé la Française de sa qualité de directrice adjointe.

Ménard lève les yeux sur elle.

« À votre avis, agente Hidouchi ?

– Je pense pour ma part que cet enregistrement apporte la preuve d'une interférence française dans les affaires algériennes sur plusieurs décennies, allant de tentatives de corruption endémiques au sabotage délibéré de notre économie et de notre vie politique. Et c'est ce que penseront tous ceux qui en auront connaissance.

– *Hizb fransa*, lâche Taleb à voix basse. La théorie de la conspiration qui devient pratique de la conspiration. »

Ménard lui lance un regard furieux. La remarque semble avoir touché un point sensible.

« L'enregistrement ne prouve rien.

– D'un point de vue légal, vous voulez dire ? Sans doute pas. Comme le dit Tournier, c'est une confession extorquée. Mais c'est un point de droit qui ne sera probablement jamais invoqué dans une cour de justice, si ? C'est le tribunal de l'opinion publique que vous devriez craindre. »

Ménard donne l'impression qu'elle a du mal à déglutir.

« Bon, qu'est-ce que vous voulez ? » finit-elle par demander.

C'est là, fondamentalement, la seule question qui compte pour les gens rassemblés dans cette pièce, ici et maintenant. Ils ont tous leur prix. Le moment est venu pour Taleb et Hidouchi d'annoncer le leur.

« Nous n'avons jamais mis les pieds à l'Horizon Hotel. Nous n'avons ni l'un ni l'autre abattu Boukhatem. Nous ne sommes en aucune façon impliqués dans ce meurtre.

– D'accord. »

Une décision purement pragmatique de la part de Ménard. Ils viennent de lui fournir la raison stratégique dont elle avait besoin.

« On tire un trait sur le meurtre de Boukhatem. Désormais, il sera simplement… porté disparu.

– Et nous rentrons en Algérie en toute sécurité.

– Accordé. L'Algérie. Ou n'importe quel autre pays. Une fois que nous aurons l'original de l'enregistrement entre les mains.

– Ah mais, l'original vous ne l'aurez pas, Erica. Nous le gardons. »

Ménard ouvre de grands yeux, stupéfaite.

« Il ne peut y avoir de marché si vous ne nous cédez pas la bande originale. Cela devrait vous paraître évident.

– Ce qui nous paraît évident, c'est que si l'on vous remet la bande, vous serez libres de vous lancer à nos trousses. Et si nous la communiquons aux médias, vous viendrez aussi nous chercher. Si bien que la seule façon pour nous d'assurer nos arrières, c'est de garder cet original. Et notre sécurité garantit la vôtre. C'est gagnant-gagnant, Erica. »

Ménard ne répond pas immédiatement. De toute évidence, elle prend le propos de Hidouchi au sérieux et finit par dire :

« J'ai des conditions à poser.

– Mais encore ? » interroge Hidouchi, les sourcils levés tandis qu'elle baisse les yeux sur Ménard.

C'est le point crucial de la négociation. Le moment de vérité.

« Laloul est devenu encombrant. Que vous possédiez l'enregistrement en fait une menace potentielle. S'il devait révéler un jour tout ce qu'il sait…

– Le mesureur d'eau, c'était lui, je me trompe ? intervient Taleb. Il a réglé toutes les actions subversives commanditées par votre gouvernement.

– Il a joué un rôle spécial – je dirai même central –, c'est vrai.

– La folie, le chaos que nous avons endurés. Les assassinats, les massacres. Tout était donc le fait de vos services, Erica ?

– Le programme de déstabilisation avait sa logique propre. Mes supérieurs – et leurs prédécesseurs – estimaient qu'il remplissait son rôle. S'agissant des actions individuelles, le programme était géré indirectement, de deuxième ou de troisième main. Inévitablement, une fois que vous donnez… aux sous-traitants… toute latitude pour atteindre leurs objectifs… c'est la porte ouverte aux excès.

– Des excès ?! s'exclame Taleb, hors de lui. Vous voulez parler des brigades de la mort, des milices, des insurgés, des pseudo-insurgés, des mercenaires agissant sous une fausse bannière, des gangsters, des cinglés ? Vous voulez parler des massacres qu'ils ont perpétrés ? Combien ont péri au nom de votre "programme de déstabilisation" ? Mille ? Davantage ?

– Une fois mis en mouvement, des événements de ce genre se reproduisent d'eux-mêmes. Plus personne ne les contrôle.

– Et pourtant, l'industrie du gaz et du pétrole, comme par magie, n'a pas eu à souffrir de violences. Celle-là, vous avez su la contrôler. Les puits, les raffineries, les pipe-lines ont continué à fonctionner normalement, nonobstant le fait qu'il s'agissait de cibles pourtant faciles. Et l'argent a continué à affluer. Grâce à Laloul.

– Où voulez-vous en venir, commissaire ? demande Ménard en le fixant d'un regard dur.

– Je veux juste que vous compreniez que je suis conscient de l'étendue de ce que nous vous proposons de dissimuler.

– Et comment cela…

– Faites bien attention à ce que vous allez dire, Erica, l'interrompt Hidouchi. Taleb a perdu sa femme et sa fille dans un de ces "événements qui se reproduisent d'eux-mêmes". Je ne saurais trop vous conseiller de faire preuve d'un peu plus… de doigté et d'humilité.

– Il est évident aujourd'hui, reconnaît Ménard après avoir réfléchi un moment à cette révélation et jeté un regard circonspect à Taleb, que les choses sont allées trop loin – beaucoup trop loin – dans les années 1990. Ce qui est… profondément regrettable. Mais je n'étais pas encore à la DGSE à ce moment-là. Depuis mon arrivée, nous avons fait de notre mieux pour amender le programme.

– Néanmoins, ce programme existe toujours ? demande Hidouchi.

– Oui, mais sous une forme non violente, discrète, et à une échelle réduite.

– Ce qui veut dire que, si Laloul devait être démasqué, les investigations des journalistes risqueraient d'être hautement embarrassantes – c'est le moins qu'on puisse dire – pour votre gouvernement.

– Oui. On peut effectivement dire ça.

– Et un problème pour vous, également. Un problème de taille. Comment le résoudriez-vous ?

– Pourquoi ne pas le faire pour moi ? propose Ménard en levant les yeux vers Hidouchi. Laloul ne peut pas mourir de notre main. Pareil geste sèmerait la panique parmi beaucoup de ceux qui comptent sur notre protection. Mais si on le prenait pour la victime d'une opération du DRS en territoire français, menée à notre insu et sans notre accord…

– En clair, vous souhaiteriez nous voir le tuer à votre place ?

– Vos services le veulent mort. Dans cette perspective, dit Ménard avec un geste en direction de l'ordinateur, les miens ne demanderont pas mieux. Débrouillez-vous pour arranger ça… et votre sécurité sera garantie.

– Il va falloir que nous puissions l'atteindre sans rencontrer de résistance sérieuse.

– Il se trouve que…, commence Ménard, et Taleb voit presque les pièces du puzzle se mettre en place, je peux faire en sorte que vous "l'atteigniez" sans quitter Paris. Il est censé se rendre au cabinet parisien de Coqblin & Baudouin demain après-midi. Je m'engage à vous fournir l'endroit et l'heure et à faire savoir à ses gardes du corps de vous laisser mettre le grappin sur lui quand il arrivera. Après ça… disposez de lui comme bon vous semblera.

– Vous souhaitez que son corps soit retrouvé ?

– De préférence, non. L'ambiguïté d'une disparition a de nombreux avantages, mais il reste que son enlèvement, dans un lieu public, est primordial. Il faut qu'il apparaisse évident qu'il a été capturé par des forces hostiles. »

Hidouchi jette un coup d'œil à Taleb comme pour vérifier qu'il est prêt à accepter la proposition de Ménard. À dire vrai, cependant, ils prévoyaient pareille conclusion avant même de pénétrer dans l'appartement.

« Et Zarbi ?

– Il est moins important. Si toutefois vous persistez à vouloir le prendre en chasse, je vous suggère de nous laisser le retrouver et le renvoyer en Algérie. Ce qui ne devrait pas présenter de difficultés.

– D'accord, dit Hidouchi, qui lance un nouveau coup d'œil à Taleb et fait lentement le tour de la table. Nous aurons besoin d'une photo récente de Laloul.

– On en a une dans le dossier, Gilles ? demande Ménard.

– Elle devrait être… dans votre fichier "avoirs inactifs", madame, répond Réau, la voix chargée d'angoisse accumulée. Le numéro de code de Laloul est 0-1-9-1. »

Ménard tape sur son ordinateur, avant de le tourner vers Taleb et Hidouchi pour leur montrer l'écran.

« Une parmi d'autres, prise il y a quelques mois », leur explique-t-elle d'un ton égal.

Le voilà donc. Taleb cligne les yeux pour mieux voir l'image grenée de leur proie : Nadir Laloul, quatre-vingt-cinq ans, en plus amaigri, plus chauve et plus grisonnant que le décisionnaire corpulent au costume impeccable qui a fui son pays natal en 1999, sans jamais changer ni prendre une ride sur les photos dont disposait la police pour travailler. Sa peau est devenue flasque, son regard a perdu de son acuité, il s'est tassé sur lui-même. Mais son arrogance demeure intacte, de même que son sentiment d'avoir droit à un traitement spécial, sa conviction qu'il est intouchable.

« Il vous faut gérer cette affaire proprement et avec efficacité, dit Ménard. J'aurai ainsi l'assurance que notre… accord… restera en vigueur sur le long terme.

– Propres et efficaces ? reprend Hidouchi en regardant Ménard sans sourire. C'est ce que nous serons, n'est-ce pas, Taleb ?

– Oh, oui », approuve-t-il en hochant la tête.

27

Stephen Gray s'estime heureux d'être simplement reconduit à son hôtel de Versailles après avoir quitté les Fringillidés. D'un côté, il devrait éprouver une certaine satisfaction puisque la tentative de chantage contre Laloul qu'il avait mise sur pied avec Zarbi portera malgré tout ses fruits. Mais il ne touchera pas sa part de l'opération. Tandis qu'ils s'éloignaient de chez Suzette, Kermadec lui a dit qu'il avait été si près de faire échouer l'affaire qu'il avait du même coup perdu tous ses droits.

« C'est moi qui ramasse ton pourcentage, l'a informé le Corse, puisque c'est moi qui ai réparé les dégâts que tu as causés. »

Gray n'a eu ni l'énergie ni la volonté de discuter. Ses côtes lui font mal là où Storza l'a frappé. Il se sent soudain vieux, complètement dépassé. Ce n'est pas l'argent de toute façon qui le motivait, même si Zarbi refusait de le croire. La somme qu'ils réclamaient était si élevée qu'elle paraissait déconnectée de la réalité. Il n'avait qu'un but : faire souffrir Laloul pour ce qu'il avait fait à Harriet. Zarbi, lui, avait pas mal souffert – vingt ans en prison avaient eu raison de sa santé, et sans lui, il ne pouvait prétendre approcher Laloul. Sans compter que, à l'en croire, c'était Laloul, en fait, qui avait tué Harriet. Mais il pouvait tout aussi bien s'agir d'un mensonge calculé, bien sûr, que Gray avait préféré ne pas contester. Zarbi voulait l'argent autant que la vengeance. Et Gray lui avait fourni la confession trafiquée de Nigel Dalby comme moyen d'atteindre leur objectif commun : nuire à Laloul.

Et c'est bien ce qui va se passer, même si Gray, dans l'histoire, a si définitivement perdu la confiance et le respect de sa sœur et de Suzette Fontaine qu'il se sent blessé et impuissant devant la tournure prise par les événements. Il a passé des années à attendre ce moment où il serait en mesure de prendre l'avantage sur Laloul. Ce moment qui, à présent, est imminent. Mais il ne sera pas en mesure d'en profiter. Il a déjà dans la bouche le goût amer de la défaite une fois que la bataille sera vraiment terminée et qu'il n'aura pour trophée que la certitude de voir Nadir Laloul ruiné, et Wassim Zarbi riche à millions – ainsi que Kermadec. Piètre consolation.

Son esprit se perd dans le souvenir de la dernière fois où il a vu Harriet, fin décembre 1964, quand leur père les avait reconduits, elle et Nigel Dalby, à la gare après qu'ils soient passés pour les fêtes. Stephen avait couru le long de la route, agitant la main en direction de Harriet, laquelle avait souri et en avait fait autant à travers la vitre arrière. Il s'était arrêté à l'angle de la rue et avait regardé la voiture s'éloigner. Il ne la voyait déjà plus à ce moment-là. Elle avait disparu.

Depuis ce jour, il a passé la majeure partie de sa vie à tenter de la retrouver. Mais il ne pourra jamais la ramener, jamais revenir en arrière et obliger la voiture à s'arrêter. Harriet n'en descendra jamais pour revenir vers lui. Elle était partie alors. Et le reste aujourd'hui.

La nuit est tombée. Gray jette un coup d'œil à l'obscurité grandissante, aperçoit un panneau de signalisation : « CHARTRES 47 KILOMÈTRES ». Il lui faut quelques secondes pour se rendre compte qu'ils ne roulent pas dans la direction de Versailles. Avant qu'il ait le temps d'ouvrir la bouche, la voiture ralentit et quitte la nationale.

« Où est-ce qu'on va ? demande-t-il.

– On fait un petit détour, lance Kermadec du siège avant sans se retourner.

– Pourquoi ?

– Changement de programme.

– Comment ça ? Je veux rentrer à mon hôtel.

– Je t'expliquerai quand on sera arrivés.

– Arrivés où ? »

Kermadec se retourne cette fois-ci vers lui, même si, en l'absence de lampadaires sur la route qu'ils viennent d'emprunter, Gray ne peut pas déchiffrer son visage.

« La ferme, Stephen. Je ne veux pas t'entendre, d'accord ? Pas un mot.

– Vous ne pouvez pas…

– Je suis capable de tout ce dont tu ne me crois pas capable. Tu as pratiquement tout foutu par terre. Je n'ai pas l'intention de te laisser continuer à me mettre des bâtons dans les roues.

– Je vous ai dit que je…

– La ferme ! »

La voiture ralentit au moment de prendre un nouveau tournant. Sur une impulsion, Gray tente d'ouvrir la portière, mais celle-ci est verrouillée par la commande centrale. Puis la voiture reprend de la vitesse. La route est défoncée. Les pneus rebondissent avec un bruit sourd sur le sol raviné et les nids-de-poule. Devant eux, un sentier sinueux s'enfonce dans des bois épais. Au-delà de l'éclat aveuglant des phares, l'obscurité est totale. Soudain, Gray prend peur. Bon sang, mais où l'emmènent-ils ?

« Écoutez, je… »

Kermadec balance son bras, au bout duquel il tient quelque chose de lourd et de métallique, qui atteint Gray à la mâchoire, juste au moment où un cahot de la route le fait basculer sur le côté. Il s'affale de tout son long sur la banquette. La voiture fait une nouvelle embardée, et il glisse sur le sol, étourdi par la force du coup.

Il se dit qu'il a dû rester évanoui un court instant, parce que, quand il est à nouveau en mesure de rassembler ses idées et de remonter sur la banquette, ils sont arrêtés. Il entend une des portières avant claquer. Puis la portière arrière côté conducteur est brutalement ouverte et ses yeux plongent dans un ballet d'ombres inquiétantes, sans aucune lumière en dehors des rayons des phares. Une silhouette se découpe devant lui. Storza, sans doute. Il est saisi par les épaules et extirpé de la voiture.

Il sent l'odeur fraîche et boisée de la forêt. Sa mâchoire lui fait mal, il a la tête qui tourne. Storza le fait pivoter sur lui-même et le plaque contre la voiture. On lui ramène les bras derrière le dos. Il sent une cordelette s'enrouler autour de ses poignets avant d'être nouée d'un coup sec. Il n'a pas le temps de reprendre son souffle pour protester que déjà Storza lui colle un bout de ruban adhésif en travers de la bouche et lui tire la tête en arrière par les cheveux.

« On y va. »

Les mots – les premiers qu'ait en fait entendus Gray de la bouche de Storza – lui écorchent l'oreille. On le fait à nouveau pivoter sur lui-même. Storza se saisit du col de sa chemise et presse contre sa nuque ce qui ne peut être que le canon d'un pistolet. Il lui donne un coup de pied dans les chevilles pour le faire avancer, allumant sa lampe frontale tandis qu'ils empruntent un sentier à peine dessiné qui s'écarte du chemin forestier pour s'enfoncer dans les bois.

La lumière danse entre les troncs des arbres. Gray voudrait parler, mais n'arrive pas à remuer suffisamment les lèvres pour articuler. Storza le tient fermement, et toute tentative de sa part pour ralentir l'allure serait accueillie par une poussée en avant qui le soulèverait de terre sans la poigne solide de Storza pour le maintenir droit.

« Continue d'avancer », ordonne Storza.

Gray a perdu tout espoir. Il ne survivra pas à cette nuit. C'est là la manière de Kermadec de s'assurer qu'il n'interviendra pas dans la remise de la confession : une marche forcée au fond des bois, puis une balle dans la tête. Et un enterrement, comme pour

Harriet, dans un endroit perdu, loin de son pays, son corps jamais retrouvé, jamais localisé.

Pour l'instant, cependant, ils se contentent de marcher. Gray n'a aucune idée du chemin parcouru, quand soudain Storza le fait sortir du sentier d'une bourrade et l'envoie dans le fouillis épineux des broussailles sous les arbres, avant de lui intimer l'ordre de s'arrêter.

Ils se tiennent sous la voûte d'un arbre. Le canon de l'arme s'enfonce encore un peu plus dans la nuque de Gray.

« Tu t'enfuis, je tire », dit Storza. Il défait la corde nouée autour des poignets de Gray. « Assieds-toi et passe les bras derrière toi… autour de l'arbre. »

Gray s'exécute. La cordelette lui emprisonne à nouveau les poignets. Il ne peut plus bouger, le dos plaqué contre le tronc.

Il ne sent plus le canon de l'arme contre sa nuque. Il se prépare au coup dont il est certain qu'il mettra un terme à sa vie dans les prochaines secondes. Il n'y a pas place dans sa tête, semble-t-il, pour les regrets qui devraient l'assaillir. Toute frayeur l'a quitté. Il est au-delà de la peur, résigné à l'inévitable.

C'est alors que Storza éteint la torche.

Et que Gray attend d'être englouti dans les ténèbres qui ont envahi la scène.

Taleb et Hidouchi sont assis face à face sur les lits d'une chambre exiguë d'un hôtel miteux du quartier de la Goutte-d'Or. L'attrait principal du Trèfle est qu'il accepte les paiements en liquide sans réclamer ni passeport ni papiers d'identité. Ils ont passé un accord avec Erica Ménard, sans pour autant lui faire confiance. La bande concernant Tournier n'est pas cachée dans quelque endroit sûr, mais toujours au fond de la sacoche de Taleb, et la possibilité que Ménard leur envoie deux ou trois de ses sbires pour la récupérer n'est pas exclue. Ce que, toutefois, elle ne peut pas faire si elle ignore où ils se trouvent. Et la Goutte-d'Or est un quartier où deux Algériens noyés dans la masse de leurs congénères sont totalement invisibles.

Taleb vient tout juste de terminer un appel sur son téléphone d'urgence à Bouras, son directeur, lequel lui a clairement fait comprendre qu'il s'en serait volontiers dispensé, espérant profiter d'une soirée paisible. Mais l'appel s'est malgré tout bien passé, de l'avis de Taleb. Ses propositions n'ont pas été rejetées d'emblée. Bouras a eu l'air convaincu, quoiqu'un peu contre son gré, qu'ils devaient procéder selon les suggestions de Taleb. Les instructions qu'il lui avait données avant son départ d'Alger dans le but d'éviter toute vague avec les Français étaient désormais caduques au vu du contenu de la bande. Que l'existence du *hizb fransa* représente une menace bien réelle a enflammé son patriotisme, et il a consenti à faire tout ce qui était en son pouvoir pour aider Taleb à conclure l'affaire avec succès.

« Je veux Laloul ici, je veux qu'il réponde à nos interrogatoires. Quoi qu'en pensent ces salopards de la DGSE, est allé jusqu'à dire Bouras, manifestement outré à l'idée de voir les Français couvrir leurs traces à ses dépens. Tu es sûr de pouvoir compter sur l'agente Hidouchi, Taleb ? Ménard compte plus d'amis au DSS que moi, et il se pourrait bien qu'ils incluent la plupart des supérieurs de Hidouchi.

– On ne supporte plus du tout ni l'un ni l'autre ces renvois d'ascenseur, patron. Il serait bon que quelque chose de positif sorte de cette affaire.

– Entendu. Mais ça ne peut marcher que si j'arrive à résoudre la question du transport. Je t'appelle demain pour te dire oui ou non.

– Merci, patron.

– Et si c'est non, Taleb…

– Eh bien… on fera ce qui doit être fait. »

L'appel s'est terminé là, laissant un Taleb grimaçant face à une Hidouchi dont il a jugé bon de taire la présence à Bouras.

« Je crois qu'on peut foncer, annonce-t-il, se prenant à souhaiter avoir l'air un peu plus confiant.

– On va beaucoup dépendre de ton patron.

– On n'a pas le choix, répond Taleb en haussant les épaules.

– Si tu l'as mal jugé et qu'il est déjà au téléphone avec Kadri…
– Il y a des risques, quoi que nous fassions.
– Les risques sont moindres si j'exécute tout simplement Laloul.
– Mais tu n'as pas vraiment envie de le faire, je me trompe ?
– Non… pas vraiment », dit-elle en esquissant un pâle sourire.

L'obscurité est impénétrable. Le ciel s'est ennuagé quand la nuit est tombée, masquant la clarté de la lune. Gray est non seulement bâillonné, mais il a aussi un bandeau sur les yeux. Tandis que l'attente s'étire, interminable, il se demande pourquoi Storza diffère ainsi le coup de grâce. À quoi joue-t-il ? Est-il même encore ici ?

Le temps s'écoule, interminable, sans que Gray puisse le mesurer. Une chouette hulule quelque part, un renard glapit. La chouette hulule à nouveau. Un petit animal – une musaraigne, un mulot ? – détale tout près dans les broussailles. Où est Storza ? Que fait-il ?

Puis une lueur filtre à travers le bandeau : l'éclair d'une torche, et Gray distingue la voix de Kermadec.

« Franco, *dove sei ?* »

Pas de réponse. Kermadec appelle à nouveau.

« Franco ! »

Toujours rien. Gray se contorsionne pour tenter de se retrouver derrière le tronc de l'arbre auquel il est attaché, de façon à échapper au regard de Kermadec. Mais il ne réussit qu'à s'écorcher les bras sur l'écorce rugueuse sans parvenir à changer de position.

L'éclat de la torche se pose brièvement sur ses yeux. Et Kemadec se rapproche.

Il s'arrête à quelques mètres de Gray.

« Où est Franco ? » demande-t-il, soupçonneux, et ayant oublié, apparemment, que Gray est incapable de lui répondre même s'il le voulait.

Il finit par comprendre. Se penche sur Gray, arrache la bande adhésive, lui laissant une sensation de brûlure autour des lèvres.

« Où est Franco ? répète-t-il, aussi interloqué que Gray devant la tournure prise par les événements.

– Comment je le saurais ?

– Mais c'est dingue ça. Où... »

Le claquement d'un coup de feu déchire l'obscurité et Kermadec s'effondre aux pieds de Gray. La lampe torche atterrit un peu plus loin. Sa lumière découpe la silhouette allongée de Kermadec. Qui ne bouge pas. Qui n'émet pas le moindre cri.

Un mouvement, cependant, derrière Gray : des pas précautionneux dans les broussailles. Le faisceau de la torche tombe sur l'épaule de Gray. Storza se glisse devant lui et se penche sur l'homme à terre. Il balaie de sa lampe l'arrière de la tête de Kermadec. Un trou rond bien net d'où suinte le sang.

« *Morto*, murmure Storza, impassible.

– Je... je ne comprends pas..., commence Gray.

– *Sta' zitto* », le coupe l'autre après s'être tourné vers lui. Puis, réalisant que son interlocuteur ne parle probablement pas italien, il ajoute : « Du calme. Pas un geste.

– Mais...

– Maintenant, on s'en va. » Storza récupère la torche de Kermadec, fait le tour de l'arbre et défait le cordon qui ligotait les poignets de Gray. Lequel a les bras douloureux quand il les ramène devant lui et tente de dénouer les muscles de ses épaules. D'une bourrade, Storza le remet sur ses pieds.

« Avance. »

Ils reprennent le même chemin que celui qui les a amenés jusqu'ici, Storza donnant ses ordres moins brutalement maintenant. Gray s'efforce toujours de comprendre ce qui s'est passé. Il est encore en vie, et Kermadec, lui, est mort. Il a du mal à prendre la mesure des événements.

Quand ils arrivent à la voiture, Storza ouvre la portière côté passager. Gray hésite. Est-ce un piège ? Est-il toujours prévu qu'il meure ? Storza semble lire dans ses pensées. D'un mouvement de tête, il lui fait signe de monter.

« Zarbi a dit que tu devais rester en vie. »

Ainsi donc, Zarbi lui laisse la vie sauve. Ce qui n'explique pas grand-chose, mais lui suffit amplement pour l'instant. Gray monte dans la voiture. Storza se penche et sort un téléphone de la boîte à gants. Il appuie sur un bouton, le signal d'appel s'allume et un numéro est composé automatiquement. Il tend alors le téléphone à Gray.

« Parle pendant que je règle… »

Il s'interrompt avec un geste en direction du chemin forestier. Puis se dirige vers l'arrière de la voiture.

Le temps que Gray porte le téléphone à son oreille, quelqu'un répond déjà à l'appel.

« Tu es là, Stephen ? »

La voix de Zarbi est embarrassée, râpeuse, une voix de vieillard. Gray entend qu'on ouvre le coffre. Puis vient le bruit sourd d'un objet lourd et métallique.

« Oui, je suis là », répond Stephen.

La voiture tangue légèrement quand Storza referme le coffre, avant de s'éloigner, une pelle à la main.

« Alors ? Kermadec est mort ?

– Il est mort, oui.

– Et où est Franco ?

– Parti l'enterrer, j'imagine.

– Bien, alors on peut parler.

– Pourquoi… »

Gray est incapable de formuler la question qui lui brûle les lèvres : *pourquoi Kermadec et pas moi ?*

Mais Zarbi semble ne pas avoir besoin de son aide.

« Kermadec a essayé de me doubler, Stephen. Il s'est imaginé que j'étais trop malade pour l'empêcher de s'approprier l'argent. Il fallait que tu disparaisses pour m'amener à croire que c'était toi le responsable. Il avait promis de laisser à Franco ta part du butin. Mais Franco m'est dévoué. Et il n'est pas cupide. Tu ne l'es pas non plus. Stupide, oui, mais pas cupide. Donc, toi tu vis... et Kermadec, il meurt.

– Et... maintenant ? Je rentre à Londres ?

– Non, pas tout de suite. Je prévois que, à un moment ou à un autre, demain, Suzette va se demander si tu t'en es sorti. On a besoin que tu sois là... pour la rassurer. Kermadec n'a jamais pensé à ça. Il croyait pouvoir la persuader d'aller de l'avant sans qu'elle te contacte. Franco lui donnera le numéro de compte à utiliser quand elle rencontrera mon vieil ami Nadir, le bon numéro, bien sûr, pas celui de Kermadec. Et tu toucheras ta part, comme prévu.

– Non, je n'en veux pas.

– Il le faudra pourtant. C'est la seule manière de faire de toi un complice dans l'affaire, Stephen. Accepter cet argent nous garantit que tu n'iras pas raconter des choses compromettantes à des gens qui ne devraient pas les entendre. Tu n'as pas le choix, ta part, tu dois la prendre.

– Non, je ne la prendrai pas.

– Oh, mais si. Parce que, sinon, on va vraiment devoir te tuer. C'est pas ça que tu veux, si ? »

Il y a toujours un piège, d'un genre ou d'un autre. Gray a échappé à Kermadec pour tomber dans celui de Zarbi. Il ne peut faire autrement que répondre :

« Non.

– Tu ne diras rien à Suzette de la mort de son beau-père. Ni rien de ce qui s'est passé depuis que tu es parti de chez elle. C'est compris ?

– Compris.

– Ce sera notre secret. Tu en ressortiras riche. Et Nadir se retrouvera sans rien. C'est tout ce que je peux faire pour toi.

– Où es-tu en ce moment ?

– À Marseille. Mais je serai à Paris demain. Je veux voir Nadir une dernière fois. Tu le verras avec moi. Et tu le verras anéanti. Je te le promets. »

Taleb est couché sur le lit étroit de la chambre d'hôtel, les lumières et les bruits de la ville filtrant à travers la fenêtre ouverte : phares, lampadaires, moteurs de voitures, stridences de mobylettes, éclats de voix tant en français qu'en arabe, à l'occasion en anglais. Il a grande envie d'une cigarette. Qui pourrait l'aider à trouver le sommeil. Mais Hidouchi, couchée sur l'autre lit, lui a expressément interdit de fumer.

S'ils partagent une chambre, c'est parce qu'il est plus sûr d'être à plusieurs, même si « plusieurs » se résume en l'occurrence à deux. Leur plan pour l'immédiat – partir avec Laloul fait prisonnier – rompt le marché passé avec Ménard et présente des dangers considérables. Il dépend aussi de la possibilité pour Bouras d'envoyer un avion les chercher. Il y a là de quoi les empêcher de dormir.

« Bon, j'abandonne », dit soudain Hidouchi, surprenant Taleb qui la croyait endormie.

Il se racle la gorge, ce qu'il s'interdisait jusqu'ici de peur de la réveiller.

« Tu abandonnes quoi, agente Hidouchi ?

– L'espoir de dormir.

– Ah, c'est moi qui te dérange ?

– Ton envie d'une cigarette, flagrante quoique inaudible, ne fait certainement rien pour me détendre. Tu peux aussi bien en allumer une.

– Tu es sûre ?

– Allez, vas-y. »

Il se lève et s'approche de la table près de la fenêtre, où il s'empare d'une soucoupe ébréchée en guise de cendrier. Avec une autre soucoupe, deux tasses, une petite bouilloire et un présentoir de sachets de thé et de café, elle constitue la seule prestation proposée en chambre par l'hôtel du Tréfle. Il fouille dans une des poches de sa veste, pendue au dossier de la chaise près du lit, et en sort son paquet de Nassim et son briquet.

Il s'assied sur le lit, adossé aux deux oreillers qu'il a dressés contre le mur. Puis il allume sa cigarette. Et ne peut réprimer un soupir de contentement à la première bouffée, suivie toutefois d'une toux qu'il s'efforce de contenir.

« Tu te sens mieux ? demande Hidouchi.

– Moins mal, en tout cas.

– Tu es en train de te tuer à petit feu. Tu le sais, non ? Et je dirai que c'est bien ingrat de ta part, étant donné que j'avais pour instruction de t'éliminer au même titre que Zarbi et Laloul. Je ne favorise en rien ma carrière en t'aidant à rester en vie, tu sais.

– J'apprécie, j'apprécie. Mais dans l'immédiat, fumer n'est pas la plus inquiétante des menaces qui pèsent sur moi. Si Ménard nous double…

– … on va peut-être avoir à livrer bataille pour se sortir d'affaire. C'est ce que tu voulais dire ?

– Oui, je suppose. Dans cette hypothèse, mieux vaut que je te prévienne que je n'ai jamais tué personne, en fait. J'ai tiré plusieurs fois sur des gens, mais j'ai toujours manqué ma cible.

– Tu as de la chance d'être avec une agente du DSS, alors.

– Est-ce que, toi, tu as déjà tué quelqu'un dans l'exercice de tes fonctions, agente Hidouchi ?

– Si tu veux que je te confie des informations de ce genre, Taleb, je pense que tu vas devoir commencer par m'appeler Souad. »

Taleb pressent que pareille suggestion n'est pas faite à la légère. Il en est étrangement ému.

« Je risque d'avoir du mal à m'y faire.

– Ce n'est pas une obligation.

– Merci, j'apprécie… Souad.

– Les remerciements ne s'imposent pas. Et la réponse à ta dernière question est oui. J'ai abattu six personnes dans l'exercice de mes fonctions. Pour l'instant.

– Ça t'empêche de dormir parfois ?

– Non, pas du tout. En général, je dors très bien.

– Mais pas ce soir ?

– Je crois qu'on peut dire que les circonstances sortent vraiment de l'ordinaire. Et puis… je n'arrête pas de me demander pourquoi les Français nous haïssent autant.

– Ah, toujours la même question, pour un Algérien. En réalité, les Français ne sont pas les seuls concernés. Être né algérien ne te rend populaire nulle part.

– Tu as peut-être raison. Mais l'impopularité est une chose, la haine en est une autre. Sur la bande, souviens-toi, Tournier loue la police parisienne pour avoir massacré plus d'une centaine d'Algériens en une soirée. Et il se fait une gloire de révéler les plans de son gouvernement visant à ruiner notre pays après l'indépendance. Ce n'est pas de la haine, ça ? »

Taleb tire une bouffée de sa cigarette, l'air pensif. C'est une bonne question. Il n'est pas sûr d'avoir la réponse.

« C'était il y a très longtemps.

– Mais tout n'est pas oublié, si ?

– Pas encore, c'est vrai. À mon avis, poursuit-il après une nouvelle bouffée, le problème, c'est que nous sommes leur conscience. Leur mauvaise conscience. Nous n'arrêtons pas de leur rappeler, même si ce n'est pas délibéré de notre part, les péchés qu'ils ont commis en Algérie. Des péchés, nous en avons aussi à notre actif. Chaque camp a fait surgir ce qu'il y avait de pire dans l'autre. Mais c'étaient eux, les envahisseurs. Ce qui rend leur culpabilité plus grande que la nôtre. C'est ainsi qu'ils nous considèrent – comme un reproche permanent. »

Un silence s'ensuit. Puis Hidouchi dit d'une petite voix :

« C'est sans espoir, alors.

– Pas vraiment, non. La situation s'améliore lentement. La prochaine génération et celle d'après verront les choses différemment. Le temps guérit toutes les blessures.

– Combien de temps encore… pour guérir celles-ci ?

– Plus qu'il ne m'en reste à vivre. Mais toi, Souad, tu es jeune. L'avenir s'éclaircira. Un jour. »

Hidouchi fait entendre un rire bienveillant.

« Mes propos t'amusent ?

– Je vais te dire, Taleb, tu es sans doute l'optimiste le plus déprimant que j'aie jamais rencontré. »

Une fois dans sa chambre d'hôtel à Versailles, Gray prend une longue douche. Le veilleur de nuit qui l'a fait entrer semble n'avoir rien remarqué d'anormal dans son apparence, même si lui a la sensation d'avoir été passé à la moulinette. Une mâchoire enflée. L'intérieur des bras zébré de coupures et d'écorchures. Des taches de sang – celui de Kermadec – sur ses chaussures et son pantalon. Il a bien essayé de les faire disparaître, mais sans grand succès. Il est faible, encore peu solide sur ses jambes, et n'aspire, après sa douche, qu'à rester allongé sur son lit à attendre le sommeil.

Espoir qui reste vain. Ses pensées refusent d'avoir un autre objet que celui de la folie qui a été la sienne de vouloir obtenir justice pour Harriet. Il a gâché sa vie à poursuivre le mirage d'un châtiment pour ses bourreaux. Et maintenant – maintenant qu'une forme de châtiment est enfin à portée de main –, il est incapable de se défaire de ce sentiment de gâchis. Son obsession lui a coûté son mariage, une famille à lui, une existence rangée et heureuse. Le prix à payer s'est révélé sans commune mesure avec la valeur de ce qu'il achetait.

Il faut en finir une bonne fois pour toutes demain. Ce que lui réserve l'avenir, il n'en a pas la moindre idée. Mais il faut que ce soit différent. Qu'il connaisse enfin ce qu'il aurait dû connaître depuis longtemps.

Oui, il faut que cela cesse.

Demain.

28

Suzette est restée éveillée tard dans la nuit, s'efforçant de croire que sa visite aux bureaux de Coqblin & Baudouin sonnera pour elle la fin des ennuis. Une fois que Laloul aura donné leur argent à Zarbi et à Kermadec et reçu en échange l'original de la confession de son père, plus rien ne pourra venir la hanter, ni elle ni sa famille. Tout sera véritablement terminé. Elle se méfiera de sa mère et de son beau-père, mais elle le faisait déjà depuis longtemps. Méfiance et détestation monteront simplement d'un cran. Elle se consacrera au bien-être de Timothée et d'Élodie et n'aura plus rien à faire avec Stephen Gray. Le passé s'estompera pour céder la place à un avenir serein et plein d'espoir.

Tel était le fil de ses pensées quand elle s'est endormie.

À son réveil, après quelques heures seulement de sommeil, dans la pleine clarté d'un matin d'été, ces idées sont toujours présentes à son esprit. Tout peut vraiment se dérouler comme elle l'a imaginé. Elle n'a rien d'autre à faire qu'à rester calme. La journée se passera bien. Elle ne peut se permettre d'envisager le contraire.

Oui, la journée se passera bien. Il le faut.

La matinée avance, et Taleb et Hidouchi s'attardent au Trèfle, attendant l'appel que leur a promis Bouras. Ils ne se sont pas aventurés au-delà des environs immédiats de l'hôtel, et ils ont convenu qu'il était préférable de ne pas utiliser la Lancia avant d'aller à leur rendez-vous chez Coqblin & Baudouin, au cas où le vol de la voiture aurait déjà été signalé. Le temps passe lentement. Hidouchi vérifie son revolver une fois, deux fois. Elle vérifie même celui de Taleb dans la foulée. Ce dernier fume encore plusieurs cigarettes, tout heureux, contrairement à Hidouchi, d'avoir découvert que le tabac du coin a des Nassim. Les heures s'écoulent paresseusement.

Gray marche dans les rues de Versailles. Il évite les abords du palais et des jardins envahis par les touristes. Il se trouve qu'il ne les a jamais visités. Ses séjours à Paris ont toujours été guidés par son désir de découvrir ce qui était arrivé à Harriet. Catherine l'a bien traîné jusqu'au sommet de la tour Eiffel lors de leur long week-end dans la capitale en 1983, mais ils en sont restés là. Il se sent coupable aujourd'hui d'avoir négligé Catherine comme il l'a fait. Ne lui en veut pas de l'avoir quitté. Pour tout dire, il regrette de lui avoir donné tant de bonnes raisons de le faire. Le futur se présenterait plus agréablement s'il l'avait encore à ses côtés. L'idée lui traverse l'esprit qu'il pourrait la contacter quand tout cela sera terminé, et songer avec elle à l'éventualité d'un avenir ensemble. C'est un fantasme, bien sûr. Il est certain qu'elle a trouvé un compagnon plus sympathique pour partager sa vie. Il est seul. Non par choix, mais parce qu'il n'a pas fait ce qu'il fallait pour qu'il en soit autrement. Pour que ça change, il lui faudra d'abord changer, lui.

Peut-être… peut-être ce changement est-il déjà en route. C'est bien là l'idée la plus réjouissante qui lui soit venue à l'esprit depuis longtemps.

Suzette est assise dans le jardin, tout à son effort pour profiter du soleil, du chant des oiseaux et du café fraîchement moulu, quand son téléphone sonne. Un appel de sa mère. Elle n'a pas envie de le prendre, mais, au vu des circonstances, s'y sent obligée.

« Maman ?

– Suzette, *ma chérie**. J'espérais que tu m'appellerais hier.

– Désolée. Il s'est passé... beaucoup de choses. Comment va Timothée ?

– Il va bien. Mais... tu as des nouvelles de Gérard ? »

La question surprend Suzette. Et la prend au dépourvu. Kermadec ne voudrait certainement pas que sa mère apprenne quoi que ce soit de leur transaction. Qu'est-elle censée lui répondre ?

« Euh... pourquoi cette question ?

– Il devait aller à Paris hier. Pour affaires. Ça s'est décidé à la dernière minute. Je me suis dit qu'il te contacterait... pendant son séjour là-bas.

– Non, il ne m'a pas appelé. » Ce qui, techniquement, est vrai.

« Je pensais qu'il l'aurait fait. Je n'ai aucunes nouvelles, vois-tu. Et il ne répond pas au téléphone.

– C'est bizarre. »

Ça l'est, en effet. Kermadec aurait dû s'assurer qu'elle n'avait pas de raison de s'inquiéter.

« Oui. Mais bon, je suppose qu'il ne va pas tarder à se manifester. Il lui arrive de manquer de délicatesse. »

Manquer de délicatesse ! En guise de résumé d'une personnalité, il n'y a pas meilleur euphémisme pour caractériser le tyran arrogant qu'est en réalité Gérard Kermadec.

« Ma foi, je ne sais pas où il est, j'en ai peur, poursuit Suzette, qui ne fait qu'énoncer la vérité. Est-ce que je pourrais parler à Timothée ?

– Il n'est pas ici pour le moment. À vrai dire, j'ai profité de son absence pour t'appeler, pour éviter qu'il s'inquiète au sujet de Gérard. »

Quelle prévenance de sa part !

« Et pour cette affaire avec les avocats suisses, *ma chérie**... tu devrais faire ce que demande leur client. Et prendre l'argent qu'il t'offre. Pour l'amour de Timothée. Et celui d'Élodie, bien sûr.

– Je suis tout à fait d'accord.

– Comment ? Qu'est-ce que tu dis ?

– Je suis d'accord avec toi. Je vais dire à M. Saidi ce qu'il désire entendre et le laisser m'acheter.

– Non, vraiment ?

– Mais si, maman. Tu vois, il y a quand même des fois où je suis ton conseil. »

L'appel arrive un peu avant midi.

« Taleb ?

– Chef ?

– J'ai fait le nécessaire. Mais ça n'a pas été facile.

– Quoi que tu aies fait, nous t'en savons gré.

– Êtes-vous toujours prêts à poursuivre ?

– Oui, oui.

– Alors, écoutez-moi bien. Il y a un aérodrome à Chaubuisson, à environ cinquante kilomètres au sud-est de Paris. Un avion à quatre places sera là-bas à 18 heures. Et il vous attendra jusqu'à 20 heures. Si vous n'êtes pas là-bas dans ce délai…

– Je comprends.

– Le nom du pilote est Moussa Hafsi. Je t'envoie sa photo. Je connais bien le père. On peut faire entièrement confiance au fils.

– Merci, chef.

– À votre place, je ne remercierais personne avant d'être rentré sans encombre en Algérie et d'avoir mis Laloul hors d'état de nuire. Parce que, si quelque chose devait mal tourner…

– Oui, je sais, tu me désavouerais.

– Exactement. Ce que je regretterais beaucoup. Mais…

– Tu n'aurais pas d'autre choix.

– Si tu avais femme et enfant, Taleb, je ne t'autoriserais pas à prendre un tel risque. Les circonstances étant ce qu'elles sont…

– Il n'y a en jeu que ma tête.

– Quoi qu'il arrive, toi et moi nous connaîtrons la vérité.

– Toi et moi… et l'agente Hidouchi.

– Je te dirais bien de prier pour que tout s'accomplisse selon nos désirs, surtout qu'aujourd'hui est un vendredi. Mais je soupçonne que prier n'est pas ton genre.

– Soupçons parfaitement fondés, chef. Le Tout-Puissant et moi, on est brouillés depuis des années.

– Alors, c'est à moi de te souhaiter bonne chance.

– Des souhaits dont je te remercie sincèrement. Comme le fera l'agente Hidouchi.

– Il n'y a pas de quoi », dit Bouras en raccrochant.

Gray est de retour à son hôtel quand Suzette appelle. Il reconnaît à part lui que la supposition de Zarbi s'avère juste. C'est maintenant à lui d'assurer à Suzette qu'il va bien et que, au cas où elle le demanderait, il en est de même pour Kermadec.

« Salut, Suzette.

– Stephen ? Vous êtes rentré en Angleterre ?

– Non. En fait... je suis toujours ici. À Versailles.

– Mais je croyais...

– J'ai décidé de rester... jusqu'à ce que votre affaire avec Laloul soit réglée.

– Et Kermadec n'y a pas vu d'objection ?

– En dehors de me mettre de force dans un train, que pouvait-il faire ? Je n'ai pas l'intention de créer des problèmes. J'ai été très clair à ce sujet. »

C'est en effet le cas, mais avec Zarbi comme interlocuteur, et non Kermadec.

« Ça m'étonne qu'il vous ait laissé faire. Où est-il à l'heure qu'il est ?

– Je n'en suis pas sûr. Pourquoi cette question ?

– Ma mère s'inquiète d'être sans nouvelles de lui.

– Mais ça ne fait pas si longtemps.

– Pas vraiment, non.

– Vous devriez faire ce qui a été décidé, Suzette. Je le pense sincèrement. Je... je me suis fait une raison.

– Ah, bon ?

– Oui, je vous assure. Pourriez-vous m'appeler quand ce sera fini ?

– Vous le voulez vraiment ?

– Je vous en serais reconnaissant. Il est temps que nous tirions un trait sur toute cette affaire. J'en suis bien conscient.

– Je suis heureuse de vous l'entendre dire. D'accord, je vous appellerai. Quand ce sera fini. »

Sa conversation avec Gray laisse Suzette perplexe. Elle s'était dit que Kermadec le renverrait sur-le-champ en Angleterre. Elle se trouve à présent obligée de supposer que Gray est parvenu à convaincre son beau-père qu'il ne menaçait en rien le bon déroulement de l'opération de chantage visant Laloul. Ce qui veut dire que tout repose sur son obéissance aux instructions qu'elle a reçues. Si bien que, finalement, sa perplexité n'est peut-être pas de mise. Kermadec est convaincu que son plan va fonctionner, et certain qu'elle va jouer son rôle comme prévu. Une certitude tout à fait fondée pour ce qui la concerne. La domination qu'il exerce sur sa mère et son influence grandissante sur Timothée ne lui laissent pas le choix. Il lui faut se conformer aux désirs de Kermadec. En espérant qu'il en sortira le meilleur pour son fils.

L'après-midi s'écoule lentement. Elle attend. Et surveille la pendule. Puis, exactement à l'heure dite, elle entend un crissement de pneus sur l'allée. Storza est exact au rendez-vous.

Il arrête la Citroën et en descend, mais n'approche pas de la maison. Il reste debout près de la voiture et fume une cigarette en attendant qu'elle veuille bien sortir.

Elle ne le fait pas attendre longtemps. Il lui ouvre la portière passager en la voyant se diriger vers lui.

« Où est mon beau-père ? demande-t-elle. Ma mère se fait du souci.

– Pas ici », réplique Storza.

Son regard est indéchiffrable. Elle ne saurait dire s'il fait exprès de paraître obtus ou s'il l'est réellement. Il lui fait signe de monter.

« On y va. »

La première chose qu'elle remarque, une fois assise, est un porte-documents sur le sol à ses pieds. Elle l'ouvre. À l'intérieur, les feuillets familiers et écornés de la confession de son père.

Bientôt, très bientôt, elle va s'en dessaisir pour toujours. Et avec eux, anéantir tout un pan de souvenirs. Elle n'y peut rien. Elle ne peut plus reculer. Il faut qu'elle en fasse son deuil.

Storza prend place au volant et désigne le porte-documents de la tête.

« Tout est là. »

Le ton tient à la fois de la question et de l'affirmation. Puis il lui tend un morceau de papier.

« Pour le transfert. »

Y sont imprimés le nom d'une banque et un numéro de compte. Mais les données ne correspondent pas à ce que Kermadec lui avait laissé entendre. La banque est au Liechtenstein.

« Pas aux îles Caïmans ? demande-t-elle.

– Moi, je ne sais rien », réplique-t-il avec un haussement d'épaules. Il démarre, recule et remonte l'allée.

Tandis qu'ils débouchent sur la route et se dirigent vers la N12, elle se demande si elle a intérêt à interroger Storza pour savoir pourquoi Kermadec n'a pas renvoyé Gray en Angleterre. Elle décide que non. Il est clair que Storza ne lui révélera rien des intentions de son patron.

Peut-être que c'est sans importance, de toute façon. La seule chose qui compte, c'est ce qu'elle va faire quand elle sera dans les bureaux de Coqblin & Baudouin. Et ce que fera Laloul quand on lui aura exposé les conditions de Zarbi.

Rien d'autre n'a d'importance.

Taleb et Hidouchi voient avec soulagement arriver le moment de quitter le Trèfle. Ils marchent prudemment jusqu'au parking où ils ont laissé la Lancia, près des voies de chemin de fer de la gare du Nord. Hidouchi montre sur son téléphone à Taleb le trajet à suivre pour se rendre à l'aérodrome.

« Direction sud-est tout du long. A4, D4, N4, puis sortie sur la D402. Facile.

– Tant mieux, acquiesce Taleb.

– Tu crois que tu pourras y aller sans moi ?

– Pourquoi ça ?

– Il faut qu'on soit prêts à toute éventualité. »

Taleb plisse les yeux pour mieux voir l'écran tandis que Hidouchi agrandit l'image du trajet.

« Ça a l'air simple, en effet. Mais nous allons tous monter à bord de cet avion. Toi, moi et Nadir Laloul.

– Je te crois, dit-elle en lui souriant, ce qu'elle n'a fait que rarement jusque-là. Alors, on y va ? »

Gray descend à la station Pont-de-l'Alma et prend la sortie est. La Seine miroite sous le soleil d'été. En regardant au-dessous de lui, il repense un instant à tous ces Algériens jetés du haut du pont Saint-Michel, à une demi-douzaine de ponts en amont, une nuit d'octobre 1961. Il est difficile de croire qu'une telle chose a réellement pu avoir lieu. C'est pourtant un fait, même si la plupart des passants qu'il croise ne peuvent concevoir pareille horreur en plein centre de Paris, dans un passé relativement récent.

Un coup de klaxon retentit. Gray se détourne de la rambarde pour voir une Mercedes grise arrêtée le long du trottoir, comme convenu. La vitre arrière la plus proche de lui descend. Un coup d'œil à l'intérieur, et il se retrouve face à face avec Wassim Zarbi, plus hâve et plus défait s'il se peut que la dernière fois où ils se sont rencontrés, quatre mois plus tôt, à Alger. Zarbi lui fait signe de monter.

Le chauffeur, qu'il ne reconnaît pas, omet de vérifier, avant de s'éloigner du trottoir, qu'il a bien refermé la portière derrière lui, et Gray se trouve projeté contre le dossier de la banquette par un démarrage brutal. Ils traversent en trombe le carrefour à l'extrémité nord du pont et s'engagent dans l'avenue Marceau.

Zarbi se tourne avec raideur et le regarde fixement de ses yeux chassieux, un faible sourire aux lèvres comme pour s'excuser de l'état pitoyable auquel l'a réduit la maladie. Il est si maigre qu'il flotte littéralement dans son costume gris à rayures. Il a le cheveu rare, et son ancienne moustache de pirate n'est plus qu'un trait de petits poils blancs.

« Il est heureux, Stephen, dit-il d'un ton haché, que nous n'ayons pas à attendre encore des jours et des jours avant que mon vieil ami Nadir tombe dans notre piège. Je me demandais si je vivrais assez longtemps pour ce faire. Aujourd'hui, je pense que oui. Décidément, oui. »

29

Bordée d'arbres au feuillage d'été, de larges trottoirs et d'hôtels particuliers abritant désormais des boutiques, des bureaux et des appartements, la grande avenue suit un axe nord-sud à travers tout le XVIIe arrondissement. Il y a des emplacements de parking de part et d'autre de la chaussée. La circulation, tant des voitures que des piétons, est très réduite. Le virus a privé le quartier d'une bonne partie de son animation.

Hidouchi trouve facilement à garer la Lancia juste en face des bureaux des avocats. De là, elle et Taleb bénéficient d'une excellente vue sur l'entrée de l'immeuble, même si la double porte cochère ne permet pas de voir à l'intérieur. Une plaque en cuivre, discrète mais soigneusement astiquée, ornée des initiales entrelacées C et B, est le seul indice de la présence en ces lieux de l'antenne parisienne du cabinet.

Coqblin & Baudouin ont pour voisins immédiats une banque et une *boutique de mode** dont la devanture s'orne de plusieurs mannequins habillés tendance. Dix minutes encore avant l'heure prévue pour l'arrivée de Laloul, d'après l'information fournie par Ménard. Taleb ne s'attend pas à ce qu'il soit en avance. Il se dit qu'il a certainement le temps d'une cigarette. Il montre le paquet à Hidouchi en levant les sourcils, espérant qu'elle n'y verra pas d'objection.

Elle lui signifie du regard un accord désabusé.

« Je vais aller faire semblant de jeter un coup d'œil à la vitrine de la boutique tout en surveillant les abords. Prends ma place pendant que je serai partie. De toute façon, c'est toi qui dois conduire quand on repartira. »

Hidouchi a prévu que ce sera à elle de pousser Laloul dans la voiture, avec peut-être bien un revolver pointé sur la nuque. Une prévision qui était aussi celle de Taleb.

« Sois prudente, acquiesce-t-il, bien qu'il sache que la prudence n'est guère compatible avec leurs activités présentes.

– Ne te fais pas de souci. Je suis juste une fille en train de faire du lèche-vitrines. »

Elle se glisse hors de la voiture et traverse la rue.

Une fille en train de faire du lèche-vitrines ? Ma foi, se dit Taleb, elle peut en effet faire illusion. Il allume sa cigarette.

Une Citroën noire, un modèle vintage, passe à sa hauteur dans un grondement sourd, roulant en direction du nord. Taleb la suit d'un œil admiratif – et nostalgique. Son ancien patron, le commissaire divisionnaire Meslem, avait autrefois la même. Également noire. Taleb se souvient encore du parfum de biscuit que dégageait le cuir des sièges les jours de forte chaleur, mêlé à celui de la fumée de leurs cigarettes. Comme lui, Meslem fumait des Nassim.

Storza se gare en marche arrière le long de la chaussée et coupe le contact. Suzette regarde l'heure sur son téléphone : 16 h 53. Elle jette un coup d'œil par-dessus son épaule sur l'entrée des bureaux de Coqblin & Baudouin, devant lesquels ils viennent tout juste de passer. La vue qu'elle en a est en partie bloquée par une jeune femme, vêtue d'une veste de cuir noir et d'un jean, qui semble absorbée dans la contemplation de la vitrine voisine. Elle se demande si Laloul est déjà à l'intérieur, mais elle en doute. Elle se demande aussi ce que pourrait être une avance décente pour arriver au rendez-vous. Elle n'a pas envie d'attendre là avec Storza plus que nécessaire.

Celui-ci allume une cigarette et lui en offre une. Elle refuse d'un mouvement de tête irrité, bien qu'en réalité rien ne pourrait lui faire plus plaisir.

« Un conseil, dit-il en tournant vers elle un regard que dissimule ses lunettes de soleil. Ne laissez pas transparaître votre nervosité.

– Et pourquoi pas ? répond-elle sèchement, regrettant aussitôt sa réaction.

– Ne montrez pas ce que vous ressentez, c'est tout, poursuit-il après une légère pause.

– Je crois que je vais y aller.

– Non, c'est trop tôt. »

Une Mercedes grise longe lentement leur voiture, se dirigeant vers le sud. Elle paraît retenir l'attention de Storza, qui incline la tête pour la suivre des yeux dans son rétroviseur extérieur. Suzette se retourne et regarde par la vitre arrière. La jeune femme est toujours devant la boutique. Une vingtaine de mètres plus loin, la Mercedes se range le long du trottoir et s'arrête. Il y a deux personnes sur la banquette arrière. Elle distingue les contours de leurs têtes et de leurs épaules.

« Des gens que vous connaissez ? demande-t-elle.

– Allez-y, se contente-t-il de répondre.

– Vous venez de dire que c'était trop tôt.

– Plus maintenant. On m'avertira quand l'argent sera versé. Et j'apporterai ça. » Il se penche et referme le porte-documents. « Mais d'abord… il faut jouer votre rôle, *signora*. »

Gray tourne la tête pour regarder par la vitre arrière de la Mercedes l'entrée des bureaux de Coqblin & Baudouin. Il ne voit personne entrer ou sortir. Un coup d'œil à sa montre : 16 h 57. Ils sont légèrement en avance.

« Crois-tu que Laloul pourrait être déjà là ? demande-t-il à Zarbi.

– Non, Nadir n'est sûrement pas encore arrivé, murmure le vieil homme en secouant la tête. Tu gagnes toujours à faire attendre ton ennemi.

– Pourquoi est-ce que nous, on est déjà là, alors ?

– Parce que je veux le voir arriver. Je veux l'observer quand il entrera dans l'immeuble. Et savoir si la vieillesse l'a traité mieux que moi. Après ça, je descendrai de voiture et fumerai un cigare

– au mépris des ordres les plus stricts de mon médecin – en attendant qu'il ressorte. Et alors…

– Alors ?

– Alors, tout sera consommé, pas vrai ? La victoire et la défaite, Nigel. La victoire…

– Moi, je suis Stephen.

– Comment ?

– Tu viens de m'appeler Nigel.

– Mais non, voyons.

– Mais si, je t'assure. Du nom d'un homme qui est mort depuis longtemps. Nigel Dalby. »

Zarbi plisse les lèvres, mais arrive difficilement à manifester de la colère.

« Tu es ici pour regarder et écouter, rien de plus.

– Ce n'est pas la raison pour laquelle on est là tous les deux ?

– C'est ta vengeance autant que la mienne… Stephen. Rappelle-toi bien ça.

– Je ne risque pas de l'oublier. J'ai passé les cinquante-cinq dernières années à ne pas oublier.

– Donc pour toi… c'est un grand jour. »

Un grand jour… oui, sans doute. Mais Gray n'a pas vraiment cette impression, tant il a un goût amer dans la bouche. Il regarde de nouveau vers l'entrée des bureaux.

Et voit Suzette s'avancer vers la porte cochère venant d'un peu plus haut dans la rue. Elle est donc au rendez-vous. Plus moyen de reculer désormais.

Taleb aperçoit une femme habillée avec chic qui passe devant Hidouchi et se dirige, pressent-il, vers l'entrée des bureaux. Une inclination de la tête de la part de sa coéquipière lui laisse entendre qu'elle l'a repérée, elle aussi.

Son pressentiment se vérifie très vite. La femme s'arrête près de la plaque en cuivre et appuie sur le bouton en dessous. Ce pourrait être une employée, ou une cliente venant pour une consultation sans rapport avec la raison de leur présence ici. Mais il y a cinquante pour cent de chances pour que son arrivée ait un rôle à jouer dans leur affaire. D'autant que, d'après sa montre, il est à présent 17 heures.

Il la voit se pencher légèrement pour parler dans l'Interphone, puis mettre un masque et pousser une des portes pour entrer.

Hidouchi a son téléphone à la main. Elle est en train de passer un appel. À qui ? Taleb n'en a aucune idée... jusqu'à ce que son propre téléphone sonne.

« C'est gentil à toi d'appeler, remarque-t-il en guise de préambule.

– Une femme qui parle au téléphone attirera toujours moins l'attention qu'une femme qui fait les cent pas sans rien faire. Et qui d'autre pourrais-je bien appeler, tu veux me dire ?

– C'est vrai, tu as raison.

– Tu as a vu la femme qui vient d'entrer ?

– Oui. »

À ce moment-là, deux voitures, dont un taxi, passent l'une derrière l'autre. Hidouchi attend de voir si elles s'arrêtent. Quand elles continuent leur route, elle tourne lentement sur ses talons à la manière d'une personne absorbée dans une conversation téléphonique et dit :

« Elle est descendue de la Citroën noire. Qui est garée trois voitures plus loin. Tu la vois ?

– Oui. Et on dirait que le chauffeur est resté à l'attendre.

– Ça en a tout l'air.

– De toute façon, nous ne connaissons pas vraiment la raison pour laquelle Laloul doit venir ici. C'est peut-être pour rencontrer cette femme ?

– C'est possible, oui. »

Le vestibule est un mélange de bois ciré et de panneaux de verre très modernes, encadrant un mobilier dernier cri. La réceptionniste, une jeune femme pleine d'assurance en tailleur-pantalon noir et masque assorti, accueille Suzette avec une politesse formelle.

« *Bonjour, madame**. M. Lionel va descendre.

– Merci. »

Suzette tourne lentement en rond un instant, s'efforçant de rester calme.

Puis elle entend des pas dans l'escalier. Lionel Baudouin, costume sobre et cravate discrète, apparaît et s'arrête avant d'atteindre le bas des marches.

« Madame Fontaine, l'accueille-t-il en écartant les bras. Merci d'être venue. Notre client n'est pas encore arrivé. » Et il ajoute, après avoir consulté sa montre d'un mouvement vif de son poignet aux manchettes immaculées : « Alors que vous êtes, vous, d'une exactitude remarquable. Vous avez apporté le document ?

– Il est dans ma voiture.

– Ah, je vois que vous êtes prudente. Ma foi, c'est une bonne chose. Je vous propose de venir rencontrer notre petite équipe ?

– Certainement. »

Se déplaçant avec une lenteur calculée, Suzette monte les quelques marches qui la séparent de l'avocat.

Un 4×4 foncé aux vitres teintées dépasse la Mercedes, roulant en direction du nord. Il attire aussitôt l'attention de Zarbi.

« Ah, le voilà, murmure-t-il d'un ton satisfait.

– Comment sais-tu que c'est Laloul ? demande Gray.

– C'est le genre de moyen de locomotion qu'il affectionne. Et le chauffeur a l'air de faire office de garde du corps. » Zarbi tourne la tête avec raideur pour suivre le véhicule des yeux. « Oui, c'est bien ça. Il s'arrête. Dans un instant, on devrait être fixés. L'heure est presque venue. »

Un 4×4 aux vitres teintées ralentit et s'arrête pratiquement devant l'entrée des bureaux. Hidouchi s'éloigne lentement – et apparemment sans but précis – de la devanture de la boutique.

« Ça pourrait être lui, dit-elle dans son téléphone.

– On ne va pas tarder à le savoir », répond Taleb, qui pose soigneusement son arme sur le siège à côté de lui.

Il voit alors le conducteur descendre du 4×4 – costaud, cou de taureau, cheveux noirs coupés court, air rébarbatif. Quelque chose dans sa corpulence suggère qu'il porte un gilet pare-balles, ce qui n'est pas fait pour rassurer Taleb.

Le conducteur fait le tour du véhicule par-devant pour atteindre le trottoir, où un autre homme – forte carrure et crâne rasé – est occupé à aider leur passager à descendre. Il est assisté dans sa tâche par un troisième individu – d'un patrimoine génétique apparemment comparable – qui, lui, se distingue par une queue-de-cheval.

Quant à Laloul – Taleb est certain que c'est lui –, c'est un homme voûté, à la démarche mal assurée, vêtu d'un imperméable incongru par cette chaleur, le visage grisâtre, la tête baissée, les yeux invisibles derrière des lunettes de soleil panoramiques. Il se déplace à l'aide d'une canne. C'est une évidence – le grand escroc spécialiste du détournement de fonds d'État et meurtrier du conseiller d'un président français, l'homme qui a échappé pendant plus de vingt ans à ses poursuivants et au châtiment qu'on lui réservait, n'a malgré tout pas réussi à se protéger des ravages de l'âge.

« Je crois que c'est Laloul, dit Hidouchi, qui à présent revient lentement sur ses pas. T'es d'accord ?

– Oui. »

Le conducteur du 4×4 s'avance jusqu'à la porte cochère. Les deux autres gorilles entourent Laloul tandis qu'il retrouve son équilibre, essaye sans succès d'arranger le col de son imperméable et commence à s'éloigner de la voiture. Mais ils ne l'accompagnent pas. Ils reviennent vers l'arrière de la voiture, lui tournant le dos, ce dont il n'est pas conscient.

« Mets le moteur en marche », ordonne Hidouchi avant de raccrocher.

Taleb se sert du tournevis qui fait office de clé de contact. Le moteur démarre.

Hidouchi passe vivement devant le conducteur du 4×4 et barre le chemin à Laloul, qui s'arrête et la dévisage, bouche bée. Elle lui dit quelque chose que Taleb ne peut entendre. Pas plus qu'il ne sait si Laloul répond. Elle lui parle à nouveau en lui montrant son badge du DSS. Il accuse le coup, visiblement, et regarde en direction de son chauffeur, lequel, à ce moment-là, a les yeux fixés dans l'autre direction. Avant qu'il puisse tourner la tête et chercher de l'aide auprès des deux autres sbires, Hidouchi a sorti son revolver de son holster de ceinture et l'a pointé sur lui. Laloul contemple l'arme, interloqué.

Hidouchi parle à nouveau, suffisamment fort cette fois pour que Taleb saisisse ses paroles.

« Tu traverses la rue jusqu'à la Lancia, où t'attend mon collègue, ou je te descends sur place.

– Qui es-tu ? demande Laloul.

– Agente Hidouchi. *Département des services de sécurité**. Allez, avance. »

Une poussée assez brutale à l'aide du canon de son revolver produit l'effet désiré. Laloul incline nerveusement la tête et commence à se diriger d'un pas traînant vers le bord du trottoir. Il regarde autour de lui et appelle ses hommes.

« Aidez-moi, bon Dieu ! Arrêtez-moi ça. »

Mais ceux-ci ne bronchent pas. Mieux, ils ne semblent même pas l'entendre.

Tout va parfaitement se passer, se dit Taleb. Ménard a respecté leur accord. Ils vont pouvoir embarquer Laloul dans la voiture. Sans problème.

« Qu'est-ce qui se passe ? demande Zarbi dans un souffle. Il ne rentre pas. Qui est cette femme ? »

Gray n'a rien à répondre. Les choses ne se déroulent pas du tout comme prévu. La question de Zarbi, il se la pose, lui aussi. Qui est cette femme ?

Hidouchi et Laloul traversent maintenant la rue, aussi vite que le permet la démarche mal assurée du vieil homme, la virole métallique de sa canne résonnant sur le macadam. Il jette un coup d'œil devant lui à Taleb et plisse le front. Puis dirige à nouveau son regard vers ses gardes du corps, qui n'ont toujours pas réagi. Il marmonne un juron à leur encontre. Il sait qu'il a été trahi. Et que c'en est fini pour lui. Il n'échappera plus à la justice, et ce, dans des circonstances qu'il n'aurait jamais pu anticiper.

Hidouchi croise le regard de Taleb. Un léger hochement de tête pour lui signifier que l'affaire est bien engagée. Il acquiesce à son tour. Elle et Laloul ne sont plus maintenant qu'à quelques mètres de la voiture. Laloul essaye de se retourner, mais Hidouchi le contraint à avancer de la pointe de son arme. La colère déforme ses traits, mais il n'y a rien qu'il puisse faire.

Et puis… coup de théâtre. Taleb a détourné les yeux du conducteur du 4×4, lequel quitte soudain la porte de l'immeuble et lève les bras, un revolver à la main. Plusieurs détonations déchirent l'air. Les pneus de la Lancia côté rue éclatent et s'affaissent sur eux-mêmes. Une pensée, nette, terrifiante, traverse l'esprit de Taleb : d'abord, ils nous empêchent de partir ; ensuite… ils nous tuent.

Les coups de feu font sursauter Gray, soudain affolé.

« Qu'est-ce qui leur prend ? » s'écrie Zarbi.

Il tire sur la poignée de sa portière et l'ouvre à demi.

Gray tente de le retenir.

« Ne sors surtout pas. »

Mais Zarbi ne l'écoute pas.

« Lâche-moi, tu veux », dit-il d'une voix rauque tout en se dégageant pour sortir de la voiture.

Le staccato de plus en plus rapide de la fusillade retentit dans les bureaux silencieux de Coqblin & Baudouin. Le petit groupe qui s'apprêtait à accueillir Suzette dans la salle de conférences donnant sur la rue se disperse sur le palier. Tous sont sous le choc.

« N'approchez pas des fenêtres, avertit l'un d'eux. Des gens se tirent dessus là en bas. »

Taleb se saisit de son arme. Le chauffeur du 4×4 continue de tirer. Les deux autres gorilles se sont joints à lui. Les balles tintent contre la carrosserie de la Lancia. Hidouchi a un mouvement de recul, comme si elle avait été atteinte. Ce qui ne l'empêche pas de tourner sur elle-même et de faire feu.

Laloul avance en titubant devant Taleb, lui bloquant la vue. Les tirs sont toujours aussi fournis. Le vieillard a un sursaut et pousse un gémissement quand il est touché à la poitrine et au ventre par des balles qui étaient peut-être destinées à Taleb. Sa canne tombe à terre avec un petit bruit sec, et il s'affaisse comme un sac en papier froissé.

Hidouchi se précipite derrière la voiture pour se mettre à l'abri. Sa manière de se déplacer et la grimace qui déforme son visage confirment à Taleb qu'elle est blessée. Il se baisse au maximum et tire sur leurs assaillants par la vitre ouverte, sans grand espoir toutefois de les atteindre. Hidouchi et lui sont inférieurs en nombre et en puissance de feu et n'ont ni l'un ni l'autre de gilet pare-balles. Il aperçoit les trois gardes du corps qui avancent vers eux, tirant toujours. Taleb se souvient soudain d'un conseil de l'ex-commissaire Meslem : « Évite de te faire tuer dans l'exercice de tes fonctions. La retraite est le seul luxe que connaîtra jamais un policier honnête. »

Gray se précipite hors de la Mercedes, baissant la tête sous les coups de feu qui crépitent autour de lui. Il aperçoit Zarbi qui s'approche d'un pas mal assuré du 4×4, d'où provient le gros de la fusillade, dirigé, autant qu'il peut en juger, vers l'autre côté de la rue, là où se trouvent Laloul et la femme qui paraissait vouloir l'appréhender.

« Arrêtez, crie lamentablement Zarbi. Arrêtez » Il allonge le pas, puis se lance dans une course chancelante. « Arrêtez ! »

Quelqu'un s'arrête effectivement.

Dans un long gémissement, Zarbi, plié en deux, tombe à terre.

Les coups de feu redoublent. Mais ils sont maintenant différents, plus sourds et plus puissants. Et ils ne visent plus la voiture. Taleb se redresse précautionneusement sur son siège.

Ce qu'il voit est d'une certaine manière incompréhensible. Un quatrième homme, grand, maigre, le crâne rasé, avance à grandes enjambées en direction de leurs attaquants, un fusil automatique au poing. Le conducteur du 4×4, déjà hors d'état de nuire, est étendu, les bras en croix, au milieu de la rue. Sous les yeux atterrés de Taleb, un des deux autres est blessé à la gorge. Il tombe à la renverse et disparaît de leur vue derrière la Lancia. Mais le troisième gorille – la queue-de-cheval – tire toujours. Deux balles atteignent le tireur solitaire au ventre. Il chancelle sans pour autant tomber. Fait feu à nouveau, mais son tir est moins précis. Il s'effondre sur les genoux.

Queue-de-cheval avance et lâche sur lui une nouvelle rafale. Taleb le vise, mais manque sa cible. Sa vue n'est tout bonnement plus ce qu'elle était et s'accommode mal de ce genre d'exercice. Mais des yeux plus jeunes s'en tirent beaucoup mieux. Hidouchi a pris ses marques soigneusement. Deux balles atteignent le dernier survivant – une dans le genou, l'autre dans la cuisse. L'homme s'effondre sur le côté. Ce faisant, il se présente face au tireur au crâne rasé. Celui-ci a le temps de lui expédier une dernière salve qui lui emporte une partie du visage, avant de tomber en avant, face contre terre.

Et les armes se taisent.

Gray émerge lentement de derrière la Mercedes et jette un regard nerveux le long de la rue. Les coups de feu ont cessé, mais l'air est encore chargé de l'odeur de brûlé des munitions éparpillées dans la rue. Tout s'est passé très vite. Pourtant, le temps semble à présent suspendu. Quatre corps sont étendus près du 4×4. Dont celui de Storza. Un cinquième – celui de Laloul, suppose-t-il – se trouve à côté de la voiture vers laquelle l'inconnue le conduisait. Il ne voit pas la femme. Plus près de lui, Zarbi est aussi à terre, recroquevillé sur le macadam, sans vie, donnant l'impression d'un tas de chiffons mis au rebut.

Tout à coup, la Mercedes démarre. Le conducteur a décidé, dirait-on, de ne pas se retrouver impliqué dans cette tuerie. Il estime sans doute que son patron est foutu et quitte le trottoir pour s'éloigner à grande vitesse, abandonnant Gray à son sort.

Taleb descend de la Lancia et se retourne pour voir Hidouchi appuyée sur l'aile arrière de la voiture. Toujours cette grimace plaquée sur le visage. La moitié inférieure de la jambe gauche de son jean est imbibée de sang. Il se précipite vers elle.

« Il faut qu'on se tire d'ici, Taleb, dit-elle, les dents serrées. Erica avait prévu de tous nous éliminer – toi, moi et Laloul – et de mettre la main sur la bande. On ne peut pas courir le risque d'attendre pour voir si elle a un plan B, en admettant qu'elle en ait un. Mais il va falloir qu'on change de voiture. Le type qui nous a sauvé la mise est venu dans la Citroën. C'est celle-là qu'on va prendre.

– C'était qui, celui-là ?

– Aucune idée. En tout cas, je suis bien heureuse qu'il se soit montré. Sans lui, on serait morts tous les deux.

– Je vais chercher la Citroën. Mais… tu vas vraiment pouvoir aller jusqu'à l'aérodrome et monter dans cet avion ?

– Il le faudra bien. Prends juste nos sacs au passage et amène la voiture. »

Zarbi est couché sur le côté, et Gray le tourne doucement sur le dos. Un visage blême et flasque. Gray s'empare d'un des poignets osseux et cherche le pouls. Sans succès. Le cœur de Wassim Zarbi l'a lâché. Lui et Laloul sont morts tous les deux. Après toutes leurs années de compagnonnage, puis de séparation, leurs vies se sont terminées au même moment, dans cette rue de Paris.

Gray regarde devant lui. Un homme, qui pourrait facilement passer pour algérien, plutôt frêle, les cheveux gris bouclés, en costume fripé et chemise au col ouvert, vient de fermer le coffre de la voiture près de laquelle se trouve le corps de Laloul. Il traverse la rue à grandes enjambées, puis court le long du trottoir, alourdi par deux sacs passés à l'épaule.

La femme qui a accosté Laloul est appuyée contre l'aile arrière de la voiture et respire avec difficulté. Gray la voit glisser lentement à terre jusqu'à se retrouver assise, dos à la roue. Sa poitrine se soulève par à-coups.

Gray se remet debout et court vers elle, ralentissant toutefois l'allure à la vue du revoler qu'elle tient à la main. Des douilles sont éparpillées tout autour d'elle.

Elle lève les yeux vers lui à son approche et s'efforce de sourire.

« N'ayez pas peur, dit-elle en français d'une voix enrouée. Je ne vais pas vous tirer dessus. »

Gray remarque le sang qui suinte à travers le tissu de son jean.

« Ça a l'air sérieux.

– Sans blague, répond-elle faiblement en passant à l'anglais.

– Il vous faut une ambulance, décide-t-il en sortant son téléphone.

– Non, non. Taleb et moi devons partir immédiatement. Nous ne sommes pas en sécurité ici.

– Taleb, vous avez dit ?

– Oui, mon collègue. »

Elle désigne d'un mouvement de tête une Citroën noire qui déboite d'une place de parking un peu plus loin dans la rue.

« L'inspecteur Taleb ?

– Pourquoi, vous le connaissez ?

– Oh, ça remonte à loin.

– En fait, précise-t-elle avec un petit sourire, il a été promu commissaire… depuis le temps. Et vous, qui êtes-vous ? »

Tout en démarrant, Taleb aperçoit devant lui plusieurs voitures les unes derrière les autres, les conducteurs bloqués par les cadavres étalés en travers de la rue. Rester sur place en attendant l'arrivée de la police et téléphoner pour avoir une ambulance serait, en d'autres circonstances, la chose à faire. Mais pas là. Il leur faut impérativement quitter les lieux au plus vite. Mais Taleb est inquiet : sa collègue est-elle seulement en état de se déplacer ?

Il fait une manœuvre en trois temps et couvre à toute allure les quelques mètres qui le séparent de la Lancia. Il constate avec angoisse que Hidouchi n'est plus debout. Elle est assise, affalée contre le flanc de la voiture. Un homme – un passant, peut-être ? – est accroupi à son côté et parle dans son téléphone. Il a l'air soucieux. Mais aussi étrangement familier. Taleb sort précipitamment de la Citroën, laissant tourner le moteur.

« Excuse-moi, Taleb, dit Hidouchi avec un pâle sourire. Je ne vais pas pouvoir… partir avec toi, tout compte fait. Mais vas-y, toi…

– Pas question.

– Bien sûr que si, il le faut. Je ne serai en sécurité… que si tu parviens à sortir du pays.

– Une ambulance est en route, intervient l'homme, avant d'ajouter en regardant Taleb : Nous nous sommes déjà rencontrés, commissaire. Vous vous souvenez ? Mon nom est Stephen Gray. »

Taleb, l'esprit ailleurs, met du temps à enregistrer l'information.

« Euh, oui. Oui… je vous reconnais. Stephen Gray, oui. Que faites-vous ici ?

– Je suis venu avec Zarbi.

– Zarbi ? Il est là ?

– Là-bas. » Gray a un geste en direction d'un corps recroquevillé sur le sol à une dizaine de mètres. « Il est mort.

– Il a été abattu comme les autres ?

– Non. Je crois que c'est son cœur qui a lâché. Il essayait de les empêcher de tuer Laloul. L'effort a été trop grand pour lui.

– Mais pourquoi aurait-il voulu le sauver ?

– Parce que Laloul était ici pour lui verser une petite fortune dans le cadre d'un chantage que Zarbi exerçait sur lui. Mais bon, nous n'avons pas le temps de parler de ça maintenant. » Gray se tourne vers Hidouchi. « Je crois qu'on devrait placer un tourniquet sur votre jambe. Vous perdez beaucoup de sang. »

En effet, le sang qui goutte de sa cheville se répand lentement sur le macadam.

« Allongez-vous, l'écoulement sera moins abondant. »

Gray soutient Hidouchi tandis qu'elle se tourne et le laisse la coucher sur le sol.

« On va avoir besoin d'un linge pour le garrot, reprend Gray. Et d'un bâton, ou de quelque chose de similaire, pour le maintenir en place.

– Attendez une seconde. »

Taleb ouvre la portière arrière de la Citroën et fouille dans son sac. Il en sort une de ses chemises de rechange. Puis il repère la canne de Laloul dans une mare de sang près du cadavre et s'en empare.

« La chemise, c'est parfait, déclare Gray. Mais la canne est beaucoup trop longue. Vous n'avez rien de plus court ? »

Taleb se précipite sur la portière avant de la Lancia et sort d'un coup sec le tournevis de la fente du contact pour le tendre à Gray.

« Ça ira, ça ?

– Oui, beaucoup mieux. »

Gray replie la chemise pour en faire un bandeau qu'il enroule en haut de la cuisse de Hidouchi. Puis il attache les manches autour de l'outil qu'il tourne comme il le ferait d'une manivelle, resserrant ainsi son tourniquet.

Au bout d'une bonne minute, Taleb annonce :

« Je crois que ça marche. Le saignement ralentit.

– C'est bon… à entendre », gémit Hidouchi.

Sa voix est faible à présent, son visage très pale.

Des sirènes se font entendre dans le lointain. Police ou ambulance. Les deux peut-être.

« Tu devrais partir… avant qu'ils arrivent, Taleb, dit Hidouchi

– Ça va aller maintenant, commissaire, le rassure Gray, qui maintient le tournevis en place. Les gars du Samu vont s'occuper d'elle.

– Je vais avoir besoin… de mon sac, Taleb, poursuit Hidouchi, qui a du mal à articuler.

– Bien sûr. » Il le récupère dans la Citroën et le laisse tomber à côté d'elle. « Ne meurs pas, Souad, je t'en prie, supplie-t-il en la regardant dans les yeux. Je ne le supporterais pas. » Il se rend compte de l'étrangeté de son propos. Ils se connaissent depuis moins d'une semaine, et pourtant sa prière est emplie de sincérité.

« Ne t'inquiète pas… pour moi. Prends le volant. Débrouille-toi pour monter dans cet avion et rentrer chez nous.

– OK, dit-il en se levant. À bientôt… à Alger.

– Compte sur moi », lui promet-elle en hochant péniblement la tête.

Taleb voudrait en être sûr, mais se garde de rien ajouter. Les mots seraient superflus. Le mugissement des sirènes se rapproche. Il est temps de partir.

30

Suzette fait les cent pas dans le bureau privé de Lionel Baudouin, qui donne sur une cour intérieure. Il l'a fait entrer là pour la mettre en sécurité pendant que, dehors, la fusillade se déchaînait. Celle-ci s'est arrêtée depuis un moment déjà, et Suzette a hâte de savoir ce qui s'est passé. L'heure est venue de partir.

Au moment où elle se dirige vers la porte, celle-ci s'ouvre sur Baudouin, qui vient la chercher.

« Il y a... beaucoup de sang... là-dehors, madame. Des morts... des cadavres dans la rue. Mais le danger est passé maintenant. La police est en route. Ils vont nous bombarder de questions. Tous.

– Qui tirait sur qui ? demande-t-elle, se rappelant soudain la question rhétorique des Algériens durant *la décennie noire** : "Qui tue qui ?"

– C'est... difficile à dire, répond Baudouin, qui donne l'impression d'être évasif plutôt que simplement hésitant. Il est de mon devoir de vous apprendre cependant que notre client semble être au nombre des morts. De même que ses gardes du corps. Et un autre...

– Laloul est mort ? »

À quoi bon prétendre qu'elle ne sait pas qui est – ou plutôt qui était – le client de Baudouin.

Ce dernier acquiesce d'un hochement de tête, éludant soigneusement toute réponse plus explicite.

« Nous devrions nous mettre d'accord – vous et moi – sur ce qu'il convient de dire à la police, enchaîne-t-il. La transaction à laquelle nous envisagions de procéder cet après-midi est de toute évidence... caduque. En fait... je me demande s'il ne vaudrait pas mieux... pour vous, j'entends... n'en rien dire... au-delà de ces murs. »

Ils échangent un regard furtif de conspirateurs. Laloul mort, plus question de chantage. La confession de son père n'a plus aucune valeur marchande. Personne ne lui en donnera ne serait-ce qu'un centime. D'un autre côté, elle pourra retrouver son passé – sans rien débourser. Tout ce qu'elle a à faire, c'est oublier qu'elle a mis un jour les pieds ici. Ce qui, dans la mesure où Baudouin ignore les nouvelles conditions qu'elle allait imposer à Laloul, serait certainement le mieux pour elle. Elle devrait se sentir soulagée. Ce n'est pourtant pas le cas. Elle était à l'abri dans les bureaux des avocats quand la fusillade a éclaté, après tout, et elle devrait en être reconnaissante. Et puis, Kermadec n'obtiendra jamais ce qu'il voulait, ce qui ne laisse pas d'être gratifiant. Elle se demande si Storza a essayé de s'interposer dans l'attaque contre Laloul. Finalement, les questions sans réponse sont légion. Une, surtout, la travaille, qu'elle ne peut s'empêcher de poser.

« Qui peut être l'auteur de ce massacre ?

– Je ne peux pas faire de conjectures sur ce point, madame. Comme vous le savez sans doute, notre client avait des relations... disons... discutables. Dans ce monde-là, la violence n'est pas inhabituelle. Nous rendrons compte aux autorités, bien sûr, de l'aide juridique que nous lui apportions. Mais vous pourriez vouloir... dans votre propre intérêt... éviter d'être impliquée dans cette affaire. Et pour ma part, je ne vois pas de raison pour que votre visite dans nos bureaux soit officiellement connue.

– Que suggérez-vous, monsieur Baudouin ?

– Je suggère, madame, que vous quittiez cet endroit avant l'arrivée de la police. Et comme elle sera là d'un moment à l'autre, je vous conseillerais vivement de partir... au plus vite. »

En levant les yeux, Gray voit une ambulance se frayer un passage dans la circulation. Son gyrophare lance des éclairs, mais sa sirène est intermittente à présent.

« L'ambulance est tout près maintenant, dit-il à Hidouchi.

– Merci, murmure-t-elle en le regardant d'un air hébété, le visage masqué par les ombres dansantes des feuilles d'un arbre voisin. Je crois que… vous m'avez sauvé la vie.

– Espérons-le.

– Si vous voulez qu'elle reste sauve pour longtemps, cette vie… ne parlez pas de Taleb… à la police.

– Pourquoi ? »

Elle essaie de lui prendre le poignet, mais ne réussit qu'à laisser retomber mollement sa main dessus.

« Je ne peux pas vous expliquer. Mais je vous en prie… ne le faites pas. D'accord ?

– Entendu.

– Je suis… sérieuse. Pas un mot.

– D'accord, j'ai compris. Pas un mot sur Taleb. Ni sur quoi que ce soit. Il s'est trouvé que je passais par là, et j'ai fait de mon mieux pour aider. Ce carnage… n'a rien à voir avec moi.

– Bonne… idée », approuve-t-elle d'une voix faible.

Elle est sur le point de s'évanouir. Mais l'équipe de l'ambulance est là. Gray est certain qu'elle va s'en tirer.

Il regarde autour de lui les corps étendus dans la rue. Les gens sortent, hésitants, des magasins, des bureaux et des appartements alentour. Ils sont silencieux ou chuchotent entre eux, visiblement sous le choc. Tous ces morts, en si peu de temps, en plein après-midi, en plein Paris.

Parmi les morts, Laloul et Zarbi. Leur âge et leur moindre résistance font qu'ils ont succombé rapidement. Toutes les idées de vengeance qui ont obsédé Gray pendant si longtemps lui paraissent ridicules à présent qu'il a été témoin de la pitoyable fin qu'ont connue ces deux hommes, précisément dans la ville où ils ont tué sa sœur, il y a cinquante-cinq ans. Le châtiment attendait son heure pour les rattraper. Justice a été rendue, d'une certaine façon.

Il a été témoin de l'événement, mais il n'a pas contribué à sa survenue. Il en prend conscience maintenant. Et comprend combien il était vain d'espérer le contraire.

Suzette sort des bureaux de Coqblin & Baudouin pour se retrouver dans une rue sens dessus dessous. Voitures de police et ambulances ont investi les lieux. Éclairs bleutés, crépitements d'autoradios. Un périmètre de sécurité a été établi autour de la zone, interdisant toute entrée ou sortie non approuvée. Des techniciens en combinaison blanche examinent les corps. Suzette en compte six. Des officiers de police, certains en uniforme, d'autres en civil, parlent dans leur téléphone ou interrogent des témoins. Les occupants des immeubles voisins sont rassemblés en petits groupes et commentent l'événement. Pendant que le soleil de la fin d'après-midi perce joliment à travers les feuilles vert vif des arbres et prend comme un malin plaisir à scintiller sur les taches de sang.

Maintenant qu'elle est dehors, Suzette ne sait pas ce qu'elle doit faire. Si elle essaye de s'en aller, on l'en empêchera pour pouvoir l'interroger à loisir. La police va probablement vouloir relever le nom et l'adresse de chacun, ainsi que connaître les raisons de sa présence sur les lieux. Elle va devoir mentir, mais en racontant quoi exactement, elle n'en sait rien.

Elle examine la rue et l'endroit où était garée la Citroën, se demandant si elle va apercevoir Storza. Mais la voiture n'est plus là. Storza a dû partir quand il en avait encore la possibilité.

Mais non, il n'est pas parti. Soudain, au moment où un homme en combinaison blanche se relève de son examen d'un des corps, elle le voit, Storza, étendu le visage contre le macadam. Sous ses yeux, son corps est photographié, aussi efficacement que rapidement, sous différents angles. Mais s'il est mort, qui donc a pris la Citroën ?

Une ambulance démarre de l'autre côté de la rue, en direction du nord. Là-bas, un homme est debout près d'une Lancia aux pneus crevés. L'ambulance l'avait jusque-là masqué à sa vue. À présent, ils échangent un regard de reconnaissance mutuelle.

Stephen Gray lui fait signe de ne pas bouger. Il se dirige lentement vers elle, la tête baissée, en se tenant autant qu'il le peut à distance des policiers rassemblés autour des cadavres.

« Que faites-vous ici ? » murmure-t-elle dès qu'il l'a rejointe. Puis elle remarque le sang sur ses mains et son pantalon. « Mais... qu'est-ce qui vous est arrivé ?

– Ne vous inquiétez pas. Ce n'est pas le mien. J'étais en train d'aider une femme atteinte à la jambe. C'est elle qui est dans l'ambulance qui vient de partir.

– Elle va s'en sortir ?

– Je crois, oui. Pour ce qui est de ma présence ici, sachez que je suis venu avec Zarbi. Il tenait à voir à quoi ressemblerait la tête de Laloul quand il l'aurait forcé à lui verser tout cet argent.

– Où est Zarbi en ce moment ?

– Il est au nombre des morts, Suzette, répond Gray avant de désigner de la main le corps le plus éloigné. Quand la fusillade a éclaté, il a voulu s'interposer. L'effort a eu raison de son cœur.

– Mon Dieu ! s'exclame-t-elle, de plus en plus dépassée par les événements. Qui était à l'origine de la fusillade ?

– Les gardes du corps de Laloul. La femme dans l'ambulance est un membre des services secrets algériens – du moins, c'est ce que j'ai cru comprendre. Elle a essayé d'appréhender Laloul, et c'est alors qu'ils ont commencé à tirer. Ils ont descendu Laloul tout de suite. De toute évidence, c'était un coup monté, ils devaient être payés pour le tuer. Et puis, Storza a voulu les arrêter. Résultat : quatre morts – les trois gorilles plus Storza. Incroyable la vitesse à laquelle ça s'est passé. À un moment, Zarbi, Laloul, Storza et les trois tueurs étaient vivants ; une minute plus tard, pourrait-on dire, ils étaient tous morts. Je n'en croyais pas mes yeux. J'ai encore du mal, même maintenant.

Mais bon, les cadavres sont là. La police est là, constate platement Gray en balayant les cheveux de son front pour regarder à nouveau la scène. Tout ça est bien réel.

– Où est la Citroën – la voiture dans laquelle Storza m'a amenée ici ?

– Taleb l'a prise pour s'enfuir.

– Qui, dites-vous ?

– Le commissaire Taleb. Ex-inspecteur. Le policier algérien qui m'a interrogé après mon arrestation à Alger en 1993.

– Il était là lui aussi ?

– Oui, pour arrêter Laloul, semble-t-il. J'ai eu l'impression que lui et la femme des services secrets qui a été blessée – Souad, comme il l'a appelée – auraient dû être éliminés, eux aussi, en même temps que Laloul. Mais l'intervention de Storza leur a sauvé la vie. La trahison a joué un rôle majeur dans toute cette affaire, Suzette. Je ne comprends malheureusement pas tout.

– Mais... Taleb est parti dans la Citroën ?

– Oui. Et j'ai accepté ne pas parler de lui à la police pour faciliter sa fuite. Pensez-vous pouvoir faire la même chose ? »

C'est à peine si Suzette entend la question.

« Il est parti – avec la confession de mon père ?

– La confession ? répète Gray avec un sourire forcé. Mais oui, bien sûr. Elle se trouvait dans la voiture. C'est étrange, mais ça ne m'est pas venu à l'esprit. Vous avez raison. C'est lui, Taleb, qui l'a maintenant en sa possession.

– Où est-il parti, bon sang ?

– Pour l'Algérie... je crois. Ils parlaient d'un rendez-vous sur un aérodrome quelque part.

– Et vous l'avez laissé emporter la confession avec lui ?

– Je dois dire que je n'y ai pas pensé, dit Gray en haussant les épaules. Et je suis certain que lui-même ignorait ce qu'il y avait dans la voiture. Il n'avait qu'une hâte, c'était de quitter le pays au plus vite. Je crois que les autorités françaises les recherchent. Il semblerait qu'il soit crucial pour la sécurité de Souad que Taleb regagne l'Algérie sain et sauf. C'est pourquoi nous ne devons pas parler de lui à la police.

– Pourquoi les Français les rechercheraient-ils ?

– Honnêtement, je l'ignore. »

Bon, il ne sait pas. Mais Suzette, à voir son visage, devine que cette ignorance le laisse indifférent. Quelque chose a changé en lui.

« La dernière entreprise pour laquelle j'ai travaillé avant de prendre ma retraite, reprend-il, l'air presque joyeux, m'a inscrit à un cours de secourisme. Aujourd'hui, grâce à ce stage, j'ai peut-être sauvé une vie humaine. Fabriquer un tourniquet de fortune dans cette rue, cet après-midi... est bien la meilleure chose que j'aie jamais faite, d'aussi loin que remontent mes souvenirs. » Il sourit à son interlocutrice. « J'ai passé beaucoup trop d'années à poursuivre les morts en oubliant les vivants. Et dans quel but, finalement ? Pour obtenir justice ? Vengeance ? Les deux, sans doute. Zarbi et Laloul sont morts. Et personne ne s'est retrouvé riche du jour au lendemain. Jusqu'aux avocats de Laloul qui ne toucheront pas leurs honoraires. Pendant que la confession de Nigel Dalby... est en route pour retrouver la ville où il l'a écrite. »

Suzette regarde Gray avec effarement, stupéfaite de le voir se débarrasser avec une insouciance aussi soudaine du fardeau de son implication dans les affaires de ces deux hommes désormais décédés. Il n'y a rien qu'elle puisse faire pour récupérer le document. Et rien non plus qu'on puisse lui dicter de faire. Elle en est déconcertée, mais aussi immensément soulagée. Elle n'obtiendra pas d'argent – Gray non plus. Mais peut-être, sait-on jamais, un bien plus précieux.

Pas dans l'immédiat, cependant.

« Qu'allez-vous dire à la police, Stephen ? demande-t-elle, consciente que c'est sans doute là la question la plus urgente.

– Rien. J'étais juste un touriste... de passage.

– Sans doute vous croiront-ils. Mais les choses ne seront pas aussi faciles pour moi. Même si je leur donne le change, il restera toujours le problème Kermadec.

– Non, réplique Gray en secouant la tête, oubliez ça.
– Et pourquoi ?
– Eh bien, c'est là une autre chose... que je dois vous dire. »

Taleb trouva sa route une fois sorti de Paris grâce au souvenir du trajet que lui avait résumé Hidouchi : A4, D4, N4, D402. Il fut surpris de le trouver aussi simple, la seule difficulté s'étant présentée au départ, quand il avait eu du mal à rejoindre le périphérique.

Il avait du mal à se concentrer, préoccupé qu'il était par l'état de Hidouchi, même s'il avait vu l'ambulance approcher et savait qu'elle serait bientôt confiée à des mains expertes. Mais il avait un autre sujet d'inquiétude : qu'allait faire Erica Ménard à présent que ses plans avaient capoté ? Hidouchi n'était plus en position de se défendre. Tout dépendait donc de lui.

Ce fut un grand soulagement quand il aperçut le panneau indiquant l'aérodrome, lequel se trouvait au milieu de champs cultivés baignant dans la dernière clarté du jour. Un coup d'œil à sa montre lui révéla qu'il était 19 heures tout juste passées. Si tout allait bien, l'avion envoyé par Bouras devait être là à l'attendre. Il n'y avait rien de nature à empêcher son vol de se dérouler comme prévu.

Il se gare sur le parking, à proximité du siège d'un aéroclub, d'un hangar et de quelques abris en tôle ondulée. Il y a plusieurs autres voitures stationnées là, dont les propriétaires restent invisibles. Les pistes sont toutes proches. Pas de mouvements d'avions, mais plusieurs petits appareils alignés devant le hangar. Le silence et la douceur de l'air du soir envahissent la voiture.

Taleb descend de la Citroën. Au même moment, un homme en jean, tee-shirt et casquette de base-ball émerge de derrière l'aile d'un des appareils et regarde dans sa direction d'un air impatient. Hafsi, se dit Taleb – le pilote. Il lève prudemment la main. Hafsi lui fait signe que tout va bien. D'un geste, Taleb lui indique de ne pas bouger.

Il va chercher son sac, sur le siège passager de la voiture. Il est en train de contourner le capot quand il entend un grondement de moteur qui approche. Pendant quelques secondes, il s'efforce de croire que le bruit annonce simplement la venue d'un membre de l'aéroclub.

Mais non. Un gros 4×4 noir semblable à celui qui a amené Laloul devant chez Coqblin & Baudouin arrive à toute allure sur le parking et s'arrête dans un dérapage contrôlé derrière la Citroën, la coinçant contre la palissade. En sortent d'un bond deux costauds en treillis, chacun un pistolet automatique à la ceinture. Suivis de près par Erica Ménard, qui émerge de l'arrière. Le chauffeur reste à sa place, les mains sur le volant, fixant Taleb du regard et mastiquant son chewing-gum avec une obstination toute mécanique.

Taleb jette un coup d'œil par-dessus son épaule en direction de l'avion. Il fait signe à Hafsi avec encore plus d'énergie que la première fois de ne pas bouger. Le moins qu'il puisse faire est de s'assurer que le pilote repartira sain et sauf. Il n'a aucun contrôle sur la suite des événements.

« Alors, on part en voyage ? demande Erica en ôtant ses lunettes pour faire profiter pleinement Taleb de son regard méprisant.

– Oui, c'est ce que j'avais dans l'idée, admet-il, parlant lentement et d'un ton qu'il voudrait détaché.

– Il n'a jamais été question que vous puissiez vous enfuir, Taleb. Vous avez vraiment cru que je ne serais pas capable de vous retrouver ?

– Pourquoi m'avoir laissé quitter Paris, en ce cas ?

– Je voulais connaître vos intentions concernant Laloul. L'appareil est bien un quatre places, je me trompe ? Vous et Hidouchi alliez remmener votre prisonnier en Algérie avec vous.

– Non… vraiment ?

– Inutile de prétendre le contraire.

– Ce qui est inutile, certainement, c'est que vous prétendiez, vous, avoir eu la ferme intention d'honorer notre accord. En parlant de plans, quel était le vôtre ? Laisser penser que Laloul avait été accidentellement pris entre deux feux au moment où ses gardes du corps s'opposaient à notre tentative d'arrestation ? C'est bien ça, non ?

– Tout ce que j'ai à dire, répond Ménard avec un sourire, c'est que les choses se sont effectivement déroulées ainsi. L'intervention de l'homme qui accompagnait Zarbi était malencontreuse, et nous avons perdu trois de nos meilleurs agents dans l'histoire, mais cela ne change rien. Maintenant, soyez assez aimable pour me donner la bande.

– Quelle bande ?

– Cessez votre petit jeu, voulez-vous.

– Je ne peux pas faire ça.

– À d'autres. »

Elle fait signe à ses hommes de commencer à fouiller la Citroën. L'un s'occupe du coffre, l'autre de l'habitacle.

« Elle n'est pas là, madame. »

Elle fronce les sourcils, envisageant pour la première fois, apparemment, la possibilité d'avoir commis une erreur de jugement. Taleb craint toujours pour sa vie, ce qui ne l'empêche pas de triompher en secret. C'est le genre d'éventualité à laquelle lui et Hidouchi avaient décidé de se préparer – même si leurs précautions pour ce faire n'étaient pas sans comporter quelques risques.

La fouille du coffre ne prend pas longtemps. Taleb n'a aucune idée de ce qu'il peut y avoir dedans. Une roue de secours et un cric, peut-être. Quant à l'intérieur de l'habitacle, il ne contient que son sac, dans lequel il sait qu'ils ne trouveront pas la bande. L'agent de Ménard l'a déjà dans les mains. Il répand brutalement sur le sol les vêtements et les affaires de toilette de son propriétaire, avant de s'intéresser à nouveau à la voiture en fouillant la boîte à gants et les compartiments de rangement des portières. Sans rien découvrir.

En dehors d'un porte-documents, rangé sous le siège passager, qui a complètement échappé à l'attention de Taleb pendant son trajet jusqu'ici. L'homme l'apporte à Ménard, qui en examine le contenu : une grande enveloppe remplie de feuilles dactylographiées, dont certaines copies carbone froissées. Aussitôt, Taleb commence à se creuser la tête pour tenter de savoir de quoi il s'agit.

Ménard lui lance un regard furieux.

« Qu'est-ce que vous faites avec ça ?

– Je ne savais même pas que c'était là. C'est quoi ? »

Ménard n'a pas l'air de le croire. Et elle n'a pas l'air non plus enchantée.

« C'est bon pour la corbeille à papier, maintenant que Laloul et Zarbi sont morts tous les deux », dit-elle sèchement en jetant l'enveloppe de côté.

Celle-ci s'ouvre en tombant, et les pages s'étalent en éventail sur le macadam.

« Où est la bande ? »

Un signe de la tête à son agent, et Taleb est fouillé sans ménagement, même s'il est évident qu'il ne cache rien dans ses poches.

« La bande, elle n'a jamais quitté Alger, affirme-t-il avec un air de défi.

– Vous mentez. Gilles l'a vue dans votre sac pas plus tard qu'hier.

– C'est ce qu'il vous a dit ?

– C'est ce qu'il a vu. »

Oui, suppose Taleb, ça doit être vrai. Parce que c'est là qu'était la bande. Hier.

« Alors, elle est où ? insiste Ménard.

– Je vous l'ai dit. À Alger. »

Ménard esquisse une moue dubitative. Elle est sur le point de dire quelque chose, quand un homme d'un certain âge élégamment vêtu apparaît et s'avance vers eux depuis l'aéroclub. Il a les manières empressées et inquisitrices de celui qui se mêle de tout.

« Puis-je vous aider ? lance-t-il.

– Débarrasse-moi de lui », ordonne Ménard sans quitter Taleb des yeux.

Son assistant rejoint le fouineur à grandes enjambées en brandissant un badge. Ils échangent quelques mots ; l'homme bat en retraite ; l'assistant revient.

« Bon, maintenant soyons clairs, dit Ménard d'un ton posé. Si vous ne nous remettez pas la bande, je doute que Hidouchi survive à son séjour à l'hôpital. Et je vous garantis que vous, vous ne monterez jamais dans cet avion. Alors, elle est où ?

– Gilles s'est trompé. La bande n'a jamais été dans mon sac. Il était paniqué. Il n'arrivait ni à voir ni à penser clairement.

– Vous mentez !

– Ah, vous croyez ? Vous ne voyez ni ne pensez pas beaucoup plus clairement que ce pauvre Gilles, Erica. Que je vous dise ce que, moi, je peux vous garantir. Si vous ne me laissez pas monter dans cet avion, ou s'il doit arriver malheur à Hidouchi à cause de vous, la bande sera aussitôt communiquée aux médias, ici comme en Algérie. À votre avis, quel sera l'impact de sa diffusion sur les relations actuelles entre nos deux gouvernements ? Macron et Tebboune roucoulent comme deux tourtereaux depuis quelques mois. Voudriez-vous être celle qui met fin à leur romance ? Voudriez-vous être celle qui prend – personnellement – la responsabilité de leur séparation ? » Il s'interrompt, histoire de laisser ses paroles produire leur effet. « À vous de choisir. »

Un choix sur lequel s'attarde Ménard pendant un certain temps, tandis que chacun cherche à faire baisser les yeux de l'autre. Un léger relâchement de son regard signale le moment où elle se résigne à accepter l'amère vérité. Mais il y a une différence entre reconnaître sa défaite et s'avouer définitivement vaincu.

« On n'en a pas fini avec vous, Taleb. Oui, vous pouvez rentrer chez vous et retrouver le sordide petit appartement dans lequel vous vivez. Mais souvenez-vous bien d'une chose : un soir viendra où nous frapperons à votre porte. Je vous le promets. »

Taleb décide de ne pas faire remarquer à Ménard que, pour ce qui est des promesses, elle a l'habitude de les rompre plutôt que de les tenir. La discrétion semble être la stratégie la plus sage dans un moment aussi décisif.

« On dégage ! » aboie Ménard avant de tourner les talons. En se dirigeant vers le 4×4 aux côtés de ses hommes, elle laisse en souvenir une empreinte de botte sur une des pages tombées de l'enveloppe. Elle n'a pas un regard en arrière.

Quelques instants plus tard, le 4×4 quitte le parking en trombe. Le silence retombe. Taleb regarde en direction de son avion et voit Hafsi s'approcher enfin. Plus rien ne s'oppose désormais à leur départ. Il va réussir, finalement.

Il rassemble ses affaires et les remet dans son sac. Puis il s'emploie à récupérer les pages éparpillées sur le sol. Elles ont l'air d'avoir été tapées sur une ancienne machine à écrire. Une copie carbone accompagne chaque feuillet original. Il parcourt ce qui paraît être la première page.

Je suis pareil à une mouche prise au piège dans un verre renversé. Je vois ce qui se passe au-dehors, mais je ne peux pas m'échapper. J'aurais dû partir avec Monique et Suzette quand j'en avais encore la possibilité. Je ne suis pas sûr de savoir pourquoi je ne l'ai pas fait. J'ai dit que je devais m'occuper de la librairie. Monique a rétorqué que j'étais fou. Elle avait raison. Qui prétendais-je tromper ? Ils ont incendié la boutique quelques semaines plus tard. Le Chélifère en feu.

Le Chélifère ? L'auteur de ces lignes est forcément Nigel Dalby, il ne peut en être autrement. Et le titre en haut de la page – *J'avoue** – ne laisse aucun doute sur la nature de ce que Taleb a entre les mains. C'est la confession de Nigel Dalby. Un abrégé de ses secrets.

« Commissaire Taleb ? » demande Hafsi, debout devant lui.

Il a un regard attentif ; son attitude et son apparence sont celles d'un homme qui se flatte d'accomplir son travail consciencieusement.

« C'est bien moi, oui.

– On m'a dit que je devais prendre trois passagers.

– Les deux autres ne viendront pas.

– J'ai pensé que vous ne viendriez pas vous non plus, quand j'ai vu débarquer ces gens.

– Je les ai finalement persuadés de nous laisser tranquilles.

– Vous voulez toujours partir, même seul ? Pendant qu'on peut ? La météo est bonne.

– Oui, répond Taleb, qui fourre les pages dans le porte-documents et le referme. Je veux toujours partir. »

ÉPILOGUE

Onze jours se sont écoulés depuis le retour de Taleb en Algérie. Une convocation chez le directeur l'attendait quand il est arrivé à l'hôtel de police ce matin par une chaleur torride ; il est monté aussitôt pour savoir de quoi il retournait. Lui et Bouras s'étaient entretenus à la villa de celui-ci le lendemain de son retour, mais ils ne s'étaient pas revus depuis.

Il comprend qu'il n'a pas d'inquiétude à avoir – pas plus en tout cas que celle qui l'habite déjà – dès qu'il pénètre dans l'antichambre du directeur et qu'il voit la secrétaire de Bouras, connue pour son air sévère, l'accueillir avec un sourire et lui offrir une tasse de café.

Bouras est tout sourire, lui aussi, quand il pivote sur son fauteuil et se détourne de la vue qu'il a de sa fenêtre pour accueillir Taleb. La banquette, elle, est toujours aussi inconfortable. Certaines choses ne changent pas – il en éprouve une forme de réconfort.

« J'ai pensé que nous devrions… faire le point sur la situation, explique Bouras en agitant la main, maintenant que j'ai pleinement évalué les conséquences de… ton séjour parisien.

– Oui, chef ?

– D'une certaine façon, tu es allé au-delà de mes attentes, mais d'un autre côté, tu es resté en deçà. Tout bien considéré, cependant, nous sommes dans une position favorable à la suite de tes… efforts.

– Je regrette de n'avoir pu ramener Laloul avec moi.

– Je le regrette aussi. Pendant vingt-quatre heures, j'ai rêvé que nous allions remporter une victoire écrasante. Un rêve un peu fou, sans doute. »

Bouras s'interrompt quand sa secrétaire entre avec le café. Il sera beaucoup trop sucré au goût de Taleb – le directeur aime son café *ziyada* –, mais l'honneur de se le faire servir vaut bien ce léger désagrément.

« Il reste, reprend Bouras dès qu'ils sont de nouveau seuls, que nous pouvons nous féliciter de ce que nous avons accompli. Le DSS n'a soulevé aucune objection à propos des initiatives que tu as prises à Paris. Le fait que nous possédions la bande concernant Tournier, toute secrète qu'est son existence, nous donne un avantage considérable dans d'éventuelles négociations à venir. À cet égard, tu as agi avec beaucoup de discernement, Taleb, même si, jusqu'à ce que la bande ait été livrée à ma porte, j'avoue avoir eu des doutes sur la fiabilité de ton plan.

– Ménard ne m'aurait jamais laissé partir avec la bande, patron. En te l'expédiant par la poste, j'espérais sauver quelque chose du naufrage, quoi qu'il puisse nous arriver, à moi et à l'agente Hidouchi. Par chance, Ménard m'a cru quand je lui ai assuré que la bande n'avait jamais quitté l'Algérie.

– Si bien que nous avons un temps d'avance sur la DGSE, tandis que les gens du DSS en sont toujours à se creuser la cervelle pour comprendre comment nous avons pu berner les Français. Si seulement je pouvais faire savoir à beaucoup plus de monde combien nous avons été astucieux dans cette affaire. Mais peu importe. Cette bande est une assurance tous risques.

– Ménard a reconnu en ma présence qu'il existait toujours des agents du *hizb fransa* dans ce pays. Quelqu'un occupe encore la position de mesureur d'eau.

– Et tu voudrais essayer de les débusquer ? Non, Taleb, non. Ce serait une erreur… une erreur que nous ne commettrons pas. Zarbi et Laloul sont morts. Ainsi que Boukhatem. Pour nous, l'affaire est close, et dans des conditions autrement plus favorables que toutes celles dont j'aurais pu rêver au départ.

– Si c'est le cas, chef…

– Oui, oui, je sais. Abderrahmane. J'ai transmis ta requête.

– Eh bien, si, comme tu le dis, l'affaire est close…

– Tu n'as plus besoin de plaider sa cause. Le ministère de la Justice a accepté d'abandonner les poursuites à son encontre. Elle sera libérée… un peu plus tard dans la journée.

– Ça, c'est une bonne nouvelle, patron. C'est sa voisine qui va être contente !

– Vraiment ? Abderrahmane semble avoir avec ses voisins des relations plus amicales que celles que j'entretiens avec les miens.

– Oui, elle sera ravie de pouvoir rendre Barbarossa – vous savez, le perroquet – à sa maîtresse. Il n'a pas très bien vécu leur séparation, apparemment.

– C'est donc une journée à marquer d'une pierre blanche pour tout le monde. On me dit que l'agente Hidouchi est rentrée hier.

– Oui, patron, c'est exact.

– Tu as eu le temps de lui parler ?

– Oui. » Et Taleb ne va pas tarder à reparler à Hidouchi, même s'il décide de ne rien dire à Bouras du rendez-vous dont ils ont convenu à l'heure du déjeuner. « Elle se rétablit très bien de sa blessure.

– Où en est-elle avec le DSS ?

– Ils voulaient Zarbi et Laloul morts. Or, ils sont morts tous les deux. Ils n'ont donc pas de raison de se plaindre.

– L'impression que j'ai retirée de ma toute récente conversation avec le directeur adjoint Kadri, c'est qu'il la considère d'un œil méfiant.

– Je crois plutôt que c'est elle qui le considère, lui, avec méfiance.

– Leurs carrières respectives risquent alors d'être très instructives, non ? En parlant de carrière, Taleb…

– Oui, patron ?

– Tu as atteint l'âge de la retraite, si je ne m'abuse.

– En effet.

– Mais tes liens avec l'agente Hidouchi, qui peuvent se révéler précieux pour nous à l'avenir, ainsi que ton expérience considérable dans de nombreux domaines me poussent… eh bien… à te demander si tu serais d'accord pour différer ton départ… d'au moins un an.

– Non… tu voudrais que je rempile ?

– Oui, c'est mon souhait.

– Ma foi, je…

– Je pourrais même te réserver un bureau… avec la clim, propose Bouras avec un sourire d'encouragement à l'adresse de son subordonné. Si ça peut faire pencher la balance. »

Stephen Gray est assis à la terrasse d'un café dans le vieil Annecy après un petit déjeuner tardif. Devant lui, deux cartes postales d'un mont Blanc couronné de neige. Il prend celle qu'il a déjà rédigée et la relit.

Chers Wendy et Oliver, Suzette vous aura fait un récit détaillé des événements de Paris. Depuis, j'ai voyagé ici et là, en quête de points de repère. Je ne sais pas trop ce que l'avenir me réserve, mais j'ai mis le passé derrière moi, définitivement. Mes excuses les plus sincères pour tous les ennuis que je vous ai causés ces derniers temps – et, disons-le, dans des temps plus anciens. Ne vous inquiétez pas pour moi. Tout va bien se passer, maintenant. Je vous verrai à mon retour. Je vous embrasse, S.

Oui, c'est à peu près ça. Tout va bien se passer, même s'il n'est pas sûr pour l'instant de ce que recouvre ce « bien ». Mais peu importe. Il peut attendre pour le découvrir.

Il se penche au-dessus de la table et s'empare de la seconde carte pour écrire.

Cher Riad, Suzette t'aura fait un récit détaillé des événements de Paris. Depuis, j'ai voyagé ici et là, en quête de points de repère. J'aurais dû suivre le conseil que tu m'as donné la première fois que nous nous sommes rencontrés, bien sûr. N'hésite pas à me *lancer un «Je te l'avais bien dit!» la prochaine fois que nous nous verrons. Bref, j'en ai définitivement fini avec le passé. Tu peux donc arrêter de te faire du souci pour moi... si toutefois tu t'en faisais! Je te verrai à mon retour.* Amitiés*, *S.*

Gray prend un carnet de timbres dans son portefeuille, en prélève deux qu'il colle sur les cartes. Il aurait pu envoyer des textos, mais il préfère la méthode désuète des cartes postales, même si elles mettent parfois longtemps à parvenir à leurs destinataires. Elles sont comme un clin d'œil au passé qu'il a abandonné derrière lui.

Il se lève, glisse les cartes dans sa poche et part à la recherche d'une boîte aux lettres.

Aux Fringillidés, Suzette est dans la cuisine, les portes ouvertes sur la terrasse, occupée à parcourir les messages sur son téléphone tout en buvant son café de 11 heures. Sa mère vient de lui envoyer un énième texto pour lui apprendre que la police n'a toujours pas la moindre information sur ce qui est advenu de Kermadec. Suzette l'appellera plus tard et se fendra de quelques mots de consolation. Mais elle se gardera de lui dire que Kermadec ne reviendra pas. Son corps finira bien par être retrouvé un jour, mais d'ici là, sa mère devra vivre dans l'incertitude de ce qui est arrivé à son mari. Ce qui n'est pas si terrible, après tout. Suzette en est venue à penser que l'incertitude est un état largement mésestimé.

La sonnette de la porte d'entrée lui fait abandonner son téléphone. Elle gagne le vestibule et aperçoit le fourgon de la poste par la petite fenêtre qui se trouve près de la porte. Quand elle ouvre, Jacques, le facteur habituel, est là qui l'attend, un colis dans les bras.

Ils échangent quelques banalités, puis il repart, laissant Suzette retourner à la cuisine tout en examinant le paquet en chemin. Il est assez lourd et ficelé dans du papier d'emballage.

Son nom et son adresse sont écrits à la main. Et les timbres sont algériens.

Elle pose le paquet sur le plan de travail, dénoue la ficelle et déchire le papier.

À l'intérieur, une boîte en carton. Elle soulève l'un des rabats et voit apparaître la première page de la copie carbone de la confession de son père.

« Ça ne va pas, maman ? »

Suzette sursaute au son de la voix d'Élodie. Sa fille est dehors sur la terrasse, vêtue, comme elle l'est le plus souvent depuis son retour de Mykonos, d'un haut aux bretelles tirebouchonnées, d'un minishort et de tongs. Les larmes sont montées aux yeux de Suzette et lui brouillent le visage de sa fille.

« Tout va bien, *chérie**, répond-elle, clignant les yeux pour y voir plus clair.

– Mais… tu pleures ?

– Oh, juste… un petit peu », admet Suzette, qui chasse ses larmes de son pouce.

Élodie pénètre dans la pièce.

« Tu as reçu des nouvelles de *grand-père** ? »

Elle veut parler de Kermadec, évidemment, et de façon bien compréhensible.

« Non, fait Suzette, avant d'ajouter en souriant : Mais dans un sens, oui.

– Qu'est-ce que tu veux dire ?

– Il s'agit de ton vrai grand-père, Élodie. De mon père à moi. »

Personnellement, Taleb n'aurait pas choisi la place de l'Émir-Abdelkader pour son rendez-vous avec Hidouchi. Le célèbre – tristement célèbre – Milk Bar est toujours là et a gardé son nom pour qu'on n'oublie pas qu'il a été la cible d'un attentat du FLN au cours de la guerre d'indépendance. Aux yeux de Taleb, une explosion qui a tué ou grièvement blessé des dizaines d'enfants de pieds-noirs en train de siroter des milkshakes au retour d'un dimanche à la plage était un pas, qui n'aurait jamais dû être franchi, en direction d'un monde de violence et de barbarie dont son pays n'est plus jamais réellement sorti. C'est le monde dans lequel il aura vécu toute sa vie, mais il déteste avoir à s'en souvenir.

Par bonheur, le soleil est si éclatant que les lettres sur la façade du Milk Bar sont pratiquement illisibles, et l'établissement, lui, brille par l'absence de clients en raison des fermetures dues au coronavirus. Il n'y a pas non plus beaucoup de passants. La place est plongée dans un grand calme. Taleb est assis sur un petit muret à l'ombre d'un palmier, près des marches qui conduisent à la statue du combattant de la liberté du XIXe siècle Abd el-Kader, qui a donné son nom à la place. Il fume une cigarette et de temps en temps jette aux oiseaux sur les marches les miettes d'un gâteau qu'il vient d'avaler. Il aime bien donner à manger aux oiseaux quand il peut, sur le balcon de son appartement ou dans des endroits comme celui-ci. Il prend plaisir à les voir voleter ici et là et à écouter leurs joyeux pépiements.

Une ombre plus marquée que celle du palmier tombe sur son visage et, en levant les yeux, il découvre Hidouchi à son côté. Elle sourit de sa surprise.

« Tu ne m'as pas vue venir, c'est ça ?

– Non, en effet, admet-il.

– Bien. C'est le signe que je n'ai rien perdu de mon savoir-faire.

– Comment vas-tu ? »

À la voir, Taleb a plus l'impression qu'elle revient de vacances que d'un hôpital. Elle porte une robe bleu marine à petits pois blancs. C'est la première fois qu'il la voit habillée autrement qu'en pantalon. Ses cheveux flottent librement dans la brise légère, et son menton, imperceptiblement relevé, lui donne cette attitude pleine d'assurance qu'il a tendance à lui associer désormais, à elle et à personne d'autre.

« Tu veux t'asseoir ?

– Non. Tu es venu en voiture ?

– Selon tes instructions.

– Alors, emmène-moi quelque part. J'ai besoin d'air et d'espace. De vastes horizons… des horizons algériens.

– D'accord, allons-y », dit Taleb, qui se lève aussitôt.

Il part en direction de l'est, puis vire vers le nord en longeant le port. Hidouchi lui demande s'il a apporté avec lui la confession de Nigel Dalby, qu'elle a hâte de lire. Il lui assure que le document est en sécurité. Lui tait l'existence d'une copie carbone qu'il a envoyée à la fille de Dalby, car il craint qu'elle l'accuse d'avoir cédé à un accès de sentimentalisme. Elle-même est tout sauf sentimentale.

Ou complaisante à son propre égard. Elle lui décrit son séjour à l'hôpital – une première opération, suivie d'une infection, puis d'une seconde opération – avec une froideur impassible.

« Je suis bourrée d'antibiotiques, Taleb, déclare-t-elle, et si je suis en robe, c'est uniquement parce que je ne supporte pas le moindre contact sur ma blessure. » Elle relève le bas de sa jupe pour montrer le bandage autour de sa cuisse. « Débrouille-toi pour éviter de te faire tirer dessus. Le résultat n'est pas toujours très propre, et les balles non plus, apparemment.

– J'en prends bonne note.

– Quand on pense à tout le sang versé au cours du conflit franco-algérien, ça ne manque pas d'ironie que je doive ma survie aux litres de sang français que l'on m'a transfusés.

– Un signe d'espoir, peut-être.

– Je vais essayer de m'en persuader. Il reste qu'avoir frôlé la mort m'a permis de dire à Kadri que j'avais fait tout mon possible pour exécuter ses ordres, ce qui en soi était plutôt une bonne chose, finalement. J'ai été l'instrument de la mort de Zarbi et de Laloul, et si je n'avais pas été mise hors de combat, je ne me serais pas arrêtée en si bon chemin et je t'aurais éliminé, comme j'en avais reçu l'ordre.

– J'ai eu de la chance, en somme.

– Tout à fait. Surtout qu'Erica n'aura pas pu faire autrement que de dire à Kadri de te laisser en paix, puisque c'est toi qui es en possession de la bande.

– Il a cru à ton histoire ?

– Sûrement pas. Mais il a bien dû faire semblant. Je crois qu'il se fie aussi peu à moi que moi à lui. Bon, maintenant dis-moi où est la bande.

– Dans un coffre, à la banque de Bouras. Lui et moi sommes les seuls détenteurs de la clé.

– J'aurai besoin d'une clé moi aussi.

– Au cas où Bouras et moi serions victimes d'accidents regrettables, tu veux dire ?

– Absolument.

– Malheureusement, la loi interdit de reproduire les clés de coffre.

– Je suis sûre que tu connais un serrurier qui passerait outre. »

Taleb réfléchit un moment à la question, puis avoue :

« Ma foi, ça se pourrait. »

La basilique Notre-Dame d'Afrique – « Madame l'Afrique », comme l'appellent les autochtones – s'élève, imposante, sur sa haute terrasse au-dessus du bleu profond de la Méditerranée, ses dômes et ses tours couleur pêche vibrant dans le soleil de midi, enveloppés du parfum odorant des pins d'Alep et des eucalyptus.

Taleb et Hidouchi ont l'esplanade pour eux tout seuls. Ils la traversent lentement en direction du parapet, l'un tirant sur sa cigarette, l'autre, tête renversée en arrière, offrant son visage au soleil.

« Dans quel état as-tu laissé Erica ? demande-t-elle.

– Elle était furieuse, il n'y a aucun doute là-dessus. Mais… elle a reconnu la force de mes arguments.

– Elle ne nous poursuivra pas ?

– Elle a menacé de le faire. Mais à mon avis, c'était une manière comme une autre de donner libre cours à sa frustration.

– À *ton* avis ?

– Eh bien, de toute façon, elle ne nous avertira pas au cas où elle songerait sérieusement à s'attaquer à nous.

– Tout comme, de notre côté, nous ne la préviendrions pas si nous décidions de nous en prendre aux derniers agents secrets encore à sa disposition.

– Non, bien sûr », admet Taleb avec circonspection.

Ils atteignent le parapet qui borde la terrasse et regardent un moment l'horizon, cette ligne de bleu qui tremble dans la brume de chaleur au point de rencontre de la mer et du ciel.

« On devrait laisser tomber, Souad. Dans notre propre intérêt.

– Mais que fais-tu des intérêts de notre pays ? *Le pouvoir** pèse toujours sur nos vies. Qui est le mesureur d'eau aujourd'hui ? Qui paie-t-il ? Et que reçoit-il en échange de son argent ?

– Il y a peut-être des choses qu'il vaut mieux ne pas savoir.

– Peut-être, en effet. Mais je soupçonne que, tôt ou tard, Erica cherchera à nous éliminer. C'est dans sa nature. C'est inévitable. »

Taleb perçoit la vérité de tels propos, malgré son désir de la nier.

« Tu pourrais bien avoir raison, dit-il en soupirant.

– On ne peut pas lui laisser choisir son moment. On a eu de la chance de s'en sortir vivants à Paris. Il en ira peut-être différemment la prochaine fois.

– Qu'est-ce que tu proposes ?

– On commence par identifier ses agents. Par mettre des noms et des visages sur le *hizb fransa*. Et on se prépare au combat.

– Je suis censé me préparer, moi, à la retraite.

– Non, pas question. Il y a trop à faire.

– C'est plus ou moins ce que m'a dit Bouras ce matin.

– Tu vois ! Alors, on est d'accord ?

– Ce ne sera pas une mince affaire.

– Non, en effet. C'est la raison pour laquelle il faut qu'on soit deux. »

Taleb ne dit rien. Ils se regardent un instant dans un silence traversé seulement par les cris d'une mouette qui tournoie au-dessus d'eux. Rien n'arrêtera Hidouchi. Il se garde bien d'essayer. Et si elle ne peut être arrêtée...

« Tu es avec moi dans cette entreprise, Taleb ? »

Il ne dit toujours rien. Parce qu'il n'a pas besoin de mots. Tous deux connaissent déjà la réponse.

POSTFACE

Aucun romancier ne saurait imaginer les horreurs sanglantes qui ont marqué la guerre d'Algérie, et encore moins le carnage des luttes intestines qui déchirèrent le pays au cours des années 1990. Si l'on croit que pareilles atrocités ont effectivement été commises par des êtres humains aux dépens de leurs semblables, c'est uniquement parce que les documents historiques l'attestent. Cela vaut certainement pour le massacre perpétré par la police parisienne à l'encontre des manifestants algériens la nuit du 17 octobre 1961, et qui reste de loin l'action la plus destructrice de l'histoire moderne menée par un pouvoir en place contre des manifestants dans un pays de l'Europe de l'Ouest. En écrivant ce roman, je me suis efforcé de rendre au mieux l'impact que ces événements effroyables ont eu sur les personnes qui s'y sont trouvées mêlées – et, par voie de conséquence, sur les personnages de cette histoire.

#lisez! engagé
www.lisez.com
Pour plus d'information :
Imprimé sur du papier issu de forêts gérées durablement.

Imprimé en France par
CPI BRODARD & TAUPIN
en août 2023
N° d'impression : 3053396